양만춘 2

양만춘 2

초판 1쇄 인쇄 2008. 1. 5.
초판 1쇄 발행 2008. 1. 10.

지은이   이 지 욱
펴낸이   김 경 희
펴낸곳   (주) 지식산업사
         주 소   **본사:** 경기도 파주시 교하읍 문발리 520-12
                 서울사무소: 서울시 종로구 통의동 35-18
         전 화   **본사:** (031)955-4226~7 **서울사무소:** (02)734-1978
         팩 스   (031)955-4228
         인터넷한글문패 지식산업사
         인터넷영문문패 www.jisik.co.kr
         전자우편 jsp@jisik.co.kr
         등록번호 1-363
         등록날짜 1969. 5. 8.

ISBN 978-89-423-7046-7 03810
ISBN 978-89-423-0052-5 (전3권)

책값은 뒤표지에 있습니다.

이 책을 읽고 지은이에게 문의하고자 하는 이는
지식산업사 전자우편으로 연락 바랍니다.

차 례

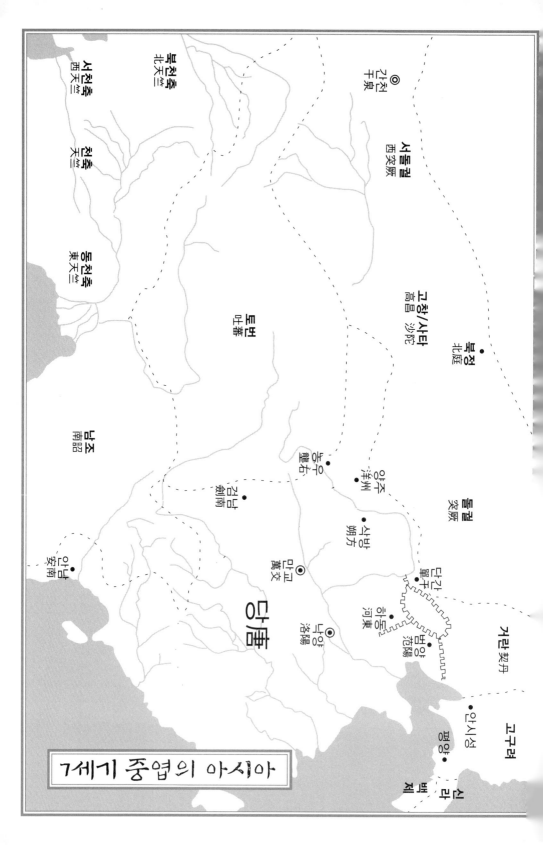

7세기 중엽의 아시아

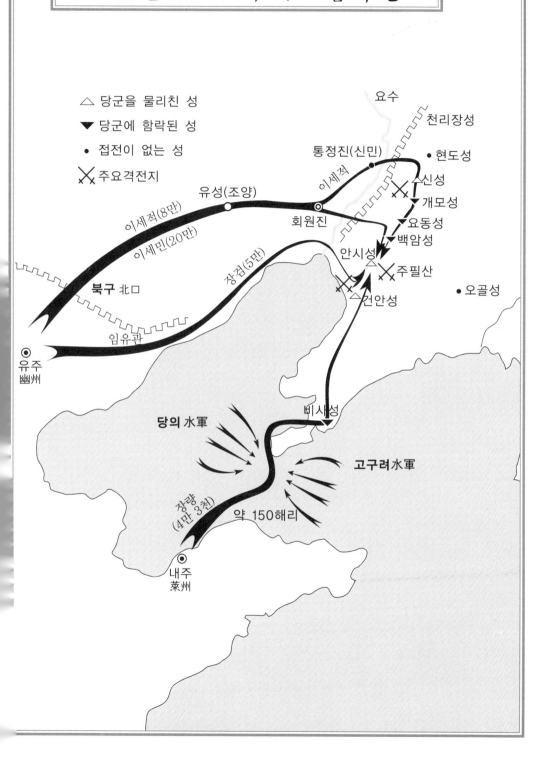

645년 당군의 고구려 침입 추정로

△ 당군을 물리친 성
▼ 당군에 함락된 성
• 접전이 없는 성
✕ 주요격전지

요수
천리장성
통정진(신민)
• 현도성
이세적
△신성
▼개모성
▼요동성
▼백암성
이세적(8만)
유성(조양)
회원진
이세민(20만)
장검(5만)
안시성
△
✕주필산
• 오골성
북구 北口
△건안성
임유관
유주
幽州
▼비사성
당의 水軍
고구려 水軍
장량
(4만 3천)
약 150해리
내주
萊州

1. 풍운의 중원

포로 양만춘이 상전인 이연 일행과 회식을 나눈 며칠 뒤, 만춘의 마방(馬房)에 한 처녀가 나타나 주변을 기웃거리다가 사라졌다. 그녀의 빼어난 미모에 모두들 넋을 잃었지만 만춘은 한번 힐끗 쳐다보았을 뿐이었다. 그런데 잠시 뒤 그 처녀는 어떤 장교 하나를 데리고 다시 나타났다.

"어이, 마여우. 이 낭자 분은 세마(洗馬: 동궁의 고문) 위징 영감의 장녀 소연 낭자이시다. 영감의 명이니 오늘부터 승마를 가르쳐 드려라! 완벽하게 탈 수 있을 때까지……."

말을 마친 장교는 사라졌다. 만춘은 별로 탐탁치 않았으나 할 수 없이 같이 일하는 고구려 포로에게 일렀다.

"어이, 저기 가서 과하마 한 마리만 끌고 오너라."

부여가 원산지인 과하마가 오자 만춘은 소연을 불러 우선 말 위에 올라타는 법을 설명하려는데 그녀는 한사코 마다했다.

"이 조그만 말은 싫어욧! 근사한 말로…… 저기 저 갈색 말로 가르쳐 주세요."

"소저, 처음 배우기엔 작은 말이 좋소. 안전하고…… 만일 말에서 떨어지면……."

차분히 설명하였지만 소연은 막무가내로 우겼다.

할 수 없이 그녀가 가리키는 말을 끌어와 말을 올라타고 내리는 법부터 가르쳤다. 그 말은 등마루가 높아 초보자가 등자에 발을 얹고 단번에 올라타기에는 너무 높았다. 만춘이 발을 받칠 만한 것을 찾느라 두리번거리고 있는데, 처녀는 성화를 내었다.

"뭐 하는 거예요? 빨리 올려 주세요."

안하무인인 태도가 괘씸했으나 만춘은 하는 수 없이 그녀의 한쪽 허벅지를 양손으로 잡고 어깨에 그녀의 엉덩이를 받치고 올려 주지 않을 수 없었다.

첫날은 천천히 걷는 법, 즉 평보를 가르쳤다.

"저쪽 숲으로 가요."

평보를 배우자마자 소연이 요구했다.

"낭자, 안 됩니다. 말은 잘 놀라는 버릇이 있어요. 잘린 나무 등치만 봐도 잘 놀랍니다. 그러다 말에서 떨어지면……."

그러나 그녀는 굽히지 않았다.

'무슨 여자가 이렇게 대가 세냐?

만춘은 속으로 언짢았지만 어쩔 수 없이 소연의 말을 따랐다.

숲 속에 들어선 그녀는 맑은 공기를 맘껏 들이마시면서 좋아하기도 하고 들꽃을 보며 감탄하기도 하였다. 한참 숲 속을 헤맨 끝에 만춘이 말 머리를 돌리려 하자 소연은 갑자기 소리를 쳤다.

"저 좀 내려 주세요."

"내리는 법을 가르쳐 줬잖소. 혼자 내리시오."

"싫어요. 무섭단 말예요."

"그럼 내리지 마시오."

만춘이 무뚝뚝하게 대꾸했다.

"정말 이럴 거예요? 난 지금 소피가 마렵단 말예요."

그녀는 화난 듯 쏘아붙였다.

"허, 참……."

만춘은 어쩔 수 없이 자신이 먼저 말에서 내려 소연을 부축하였다. 그녀가 내리면서 두 팔로 만춘의 목을 꼭 껴안는 바람에 만춘의 얼굴이 그녀의 젖가슴에 파묻혀 버렸다. 뭉클한 젖무덤이 그의 뺨에 와 닿았다. 만춘은 놀라 얼른 그녀를 땅에다 내려놓았다.

"도망가지 말아요!"

소연은 눈을 곱게 흘기며 숲 속으로 들어가더니 바지를 내리고 주저앉았다. 만춘은 무안해서 얼른 고개를 돌렸다.

만춘이 소연을 다시 안아 말에 태우자 그녀는 키득키득 웃으며 말했다.

"말을 오래 타기에는 여자가 훨씬 쉽겠어요. 신체 구조상…… 그렇지 않아요?"

만춘은 곤욕을 치른 끝에 겨우 그 날 수업을 끝냈다.

'어지간한 말괄량이나. 누군지 모르지만 나중에 서방 되는 자, 골치깨나 아프겠다.'

소연이 저녁때 집으로 돌아오자 퇴청해 있던 위징이 물었다.

"그래 오늘은 무엇을 배웠느냐? 친절하게 가르쳐 주더냐?"

"아빠, 지금부터는 제 일이에요. 제가 알아서 할 테니 꼬치꼬치 캐묻지 마세요."

그녀는 제 방으로 쏙 들어갔다.

위징이 헛기침을 하고 안방으로 가니 부인이 말을 걸어 왔다.

"당신, 정말 저 아이를 오랑캐한테 시집보낼 생각이우?"

"오랑캐도 오랑캐 나름이지."

"아니— 그러다가 그 녀석이 남의 집 귀한 딸, 몸이나 망쳐 놓고 고구려로 도망쳐 버리면 어떡할 작정이우?"

"그럴 사람이 아니오."

"당신이 어떻게 아우? 듣자 하니 오랑캐들은 저희들끼리 눈만 맞으면 시집·장가간다던데……."

"흠, 인간의 성정을 억지로 누르고 가문의 강압으로 결혼시키는 것보다 당사자의 의견에 따라 혼인을 한다면 그게 훨씬 나은 제도이지."

"당신 정말…… 이젠 오랑캐가 다 되었네!"

"오랑캐, 오랑캐 하지 마시오. 그들은 우리보고 오랑캐라 할 걸…… 사는 것은 그들이 우리보다 훨씬 깨끗하게 해 놓고 산다 합디다."

"깨끗하면 다우? 고구려에서는 신랑 집에서 신부 집에 돼지 기와 술을 보내면 그걸로 납채(納采)는 끝이라는데 그래도 좋수?"

"그게 간편하고 좋잖소? 혼인에 재물을 주고받는 게 오히려 부끄러운 게 아니오?"

"아이그, 속상해. 당공(唐公: 이연을 말함) 그 자는 미인계를 쓰려면 제 딸을 쓸 일이지 왜 남의 딸을……."

"말조심하시오. 미인계라니? 문제는 그 청년이 우리 소연이한테 마음이 끌리느냐 아니냐에 달렸지. 만약 성사가 된다면 그만한 사위는 눈 닦고 봐도 우리 중국에는 없을 거요."

"당신 어떻게 됐구려. 오랑캐를…… 그것도 나이 차이가 일곱이나 나는 자를……."

"자꾸 그러지 마오. 오랑캐도 사람 나름이고, 당신이 몰라서 그렇지 동방의 예의범절이 우리보다 훨씬 엄격하오. 당신도 그 청년을 보면 마음이 당장 달라질 걸. 소연이를 보시오. 아침에는 그렇게 빼더니, 얼굴이 환해 돌아왔잖소?"

"아이그, 난 몰라. 우리 소연이가 잘못되면 내 당신 수염을 다 뽑아 버릴 테니 그리 아시우."

"허허, 고얀 사람……."

위징은 입맛을 쩍쩍 다셨다.

2년 가까운 세월이 물처럼 흘러갔다.

그간 중원은 점점 소란을 더하여, 곳곳에서 도적 떼로부터, 의거라 칭하는 자, 왕이라 칭하는 자, 혹은 황제를 칭하는 자들이 늘어갔다.

이자통(李子通)은 해릉(海陵)을 근거지로 일어나, 나중에는 강도(江都)에서 스스로 오제(吳帝)라 일컬었다.

양현감과 같이 거사하려다 실패하고 몸을 숨긴 이밀도 다시 떼도둑 적양(翟讓) 일당과 손잡고 군사를 일으켰다. 일당은 형양을 함락시키고서, 대장기를 앞세우며 서쪽으로 나아가 여러 성을 손

에 넣고 군수물자를 다량 비축했다. 이밀은 흥락창(興洛倉)까지
손에 넣고 이곳을 근거지 삼아 하남(河南)의 여러 고을을 점령하
여 자칭 위공(魏公)이라 하였다.

파양(호남성 소재)의 도둑 괴수 임사홍(林士弘)은 초제(楚帝)라
칭하며 강남에 웅거했다.

두복위(杜伏威)는 역양(歷陽: 안휘성 소재)에 웅거했다.

두건덕(寶建德)은 장락왕(長樂王)을 자칭하고 나섰다. 그는 나
중에 하북(河北) 지역을 뺏고 나서 스스로 하왕(夏王)이라 일컫는
다.

삭방(朔方)의 낭장 양사도(梁師都) 역시 각 고을을 근거로 군사
를 일으켰다. 그는 조음(雕陰), 홍화(弘化), 연안(延安) 등 여러 고
을을 뺏고 난 뒤 스스로 양제(梁帝)라 일컬었다.

비릉(毗陵: 강소성 소재)에서 일어난 심법흥(沈法興)은 양왕(梁
王)이랍시고 나섰다.

금성(金城: 감숙성 소재)의 교위 설거(薛擧)는 농서 지방에서 군
사를 일으켰다. 그는 스스로 서진(西秦)의 패왕(覇王)이라고 하다
가 다시 진제(秦帝)로 바꾸고 근거를 천수(天水)로 옮겼다.

무위(武威) 지방의 사마(司馬) 이궤(李軌)는 하서(河西)에서 군
사를 일으켜 양왕(涼王)이라 칭했다.

소선(蕭銑)이라는 자 또한 파릉(巴陵)에서 군사를 일으켜 스스
로 양왕(梁王)이라 했다.

중원 각처가 이 모양이 되자 양제는 아예 강도(江都)에서 돌아
올 생각을 않고 그곳에 살면서 술 중독이 되어 술잔을 입에서 떼는
때가 드물었다.

그는 술에 취하면

"사흘 뒤에 고구려를 정벌할 터이니 병기를 챙겨라."

는 소리를 일삼았다. 주위에서는 어디까지가 취해서 하는 소리이고, 어디까지가 제정신으로 하는 소린지 분간하기 힘들었다. 그가 믿던 우문술은 이미 병들어 타계하고 없었다.

이연은 태원(太原) 유수로 임명되었다. 그가 돌궐과 벌인 싸움은 여전히 일진일퇴를 거듭하고 있었다.

이연은 고구려 포로들과 한 약속을 지켜 615년 말~616년 말, 두 차례에 걸쳐 각 100명씩을 고구려로 돌려보냈다. 이 가운데 만춘은 포함되지 않았다. 만춘은 여러 번 이연에게서 높은 벼슬을 제안받았지만 그때마다 마다했다. 그와 위징의 딸 소연은 상당히 가까워지긴 했으나 이연이나 세민·위징이 바라는 정도로까지 나아가지는 못 했다.

617년, 나른한 봄기운이 감도는 정원에서 이연의 아들 세민, 진양의 현령 유문정(劉文靜), 진양의 궁감(宮監) 배적(裵寂), 세 사람이 술잔을 기울이고 있었다. 그들은 서로 의기가 투합하는 사이라 틈만 나면 수시로 만나 술자리를 같이하던 터였다. 셋 모두 술이 얼큰하게 되었을 무렵 유문정이 말했다.

"요즈음 양제는 강도에서 술독에 빠져 정신을 못 차리고 도둑들은 사방에서 일어나 나라 꼴이 말이 아니오. 이때 억조창생을 살릴 진정한 큰 인물이 나와 천하를 다스리고 어가(御駕)를 이용한다면 중원을 취하는 건 손바닥 뒤집는 것처럼 쉬울 거요. 지금 태원의 백성 가운데 장정들을 모은다면 10만은 능히 얻을 수 있을 것이며 존공(尊公: 이연을 가리킴)이 거느린 군사도 수만 명이나 되오. 이들을 합하여 양제가 없는 틈을 타 관중(關中)으로 들어가 천하를 호령한다면 반 년 안에 제업(帝業)을 이룰 수 있을 것이외다."

이세민은 앞에 놓인 잔을 훌쩍 비우고서 응수했다.

"맞는 말씀이오. 나 역시 오래 전부터 그런 생각이었소. 문제는 아버님이 고집불통이시라 이야기가 먹혀들어야 말이지……."

배적이 거들었다.

"내게 존공을 설득시킬 건덕지가 하나 있소. 마침 내일 저녁에 우리 집에 존공을 모시어 술자리를 같이할 일이 있소. 우선 공이 내일 중으로 아버님께 터놓고 의중을 말해 보시오."

이튿날 세민은 아버지 이연에게 조용히 말을 꺼냈다.

"아버님. 지금 주상(主上)은 정치에 관심이 없고, 백성은 도탄에 빠져 있습니다. 만일 아버님께서 계속 이렇게 절개만 고집하신다면 도둑들은 막을 수 없고 양제는 아버님이 돌궐을 물리치지 못 한다고 벌을 내릴 것이 뻔합니다. 그렇게 되면 우리 가문은 멸문을 면치 못 하게 됩니다. 민심이 지금 아버님을 따르고 있사온데 뭘 주저하십니까? 민심에 따라 거사를 하셔야 전화위복의 전기로 삼을 수 있습니다."

이연은 흠칫 놀라며 꾸짖었다.

"너 이놈, 간뎅이가 부었구나. 어찌 그런 무엄한 말을 함부로 하느냐?"

그러나 세민은 굽히지 않았다.

"제가 말씀 드린 것은 천운(天運)이 가는 바, 세상 형편을 두루 살피어 한 말씀입니다. 만일 아버님께서 저를 고변하신다 해도 저는 벌을 달게 받겠습니다. 어찌 죽음을 두려워하겠습니까?"

"내 애비로서 차마 너를 고변할 수는 없다마는 다시는 그런 말을 입에 담지 마라."

이연은 한숨을 쉬고 나서 세민을 내보냈다. 하지만 그의 뇌리에는 아들의 말이 떠나지 않고 맴돌았다.

'돌궐과의 싸움이 지지부진한 판에 정말로 양제가 죄를 뒤집어씌워 일족을 멸한다면……?'

그가 고민하고 있는 참에 부하가 들어와 궁감 배적의 연회에 갈 채비가 다 되었다고 알렸다.

'골치 아픈데, 술이나 잔뜩 마셔야겠다.'

배적과 이연은 아주 가까운 사이였다. 얼마 전에는 이연이 양제의 별궁에서 일하는 미모의 여관(女官)에 관심을 보이자, 배적이 그 여관을 몰래 빼내어 이연의 시녀로 삼게 했다. 이 여관은 그즈음 이연의 침실을 단골로 드나드는 관계로 발전하였다.

이연이 배적의 집에서 술이 거나하게 취해 있는데, 배적이 인상을 찌푸리더니 말문을 열었다.

"당공, 그런데 고민이 하나 생겼소."

"무슨 고민이오. 말해 보시오. 혹 내가 도울 일이라도……."

"그게 아니고…… 어찌 보면 사소한 일인데…… 그 여관(女官) 아이 일인데…… 어떤 놈이 양제에게 그 일을 고한 모양이오."

이연은 술이 확 깨었다. 그것은 결코 사소한 일이 아니었다.

'황제의 여관을 가로챘다.'

그것은 지위 고하를 가릴 것 없이 능히 죽임을 당하고도 남을 일이었다. 특히 여자를 밝히는 양제의 성격상 그냥 넘어갈 일이 아니었다.

이연의 얼굴색이 변하는 것을 보자 배적이 말했다.

"당공, 혹시나 양제에게서 공을 강도로 오라는 명이 떨어지면 절대 가지 마시오. 그건 호랑이 굴에 스스로 들어가는 일이오."

이 날 배적이 여관에 관한 일이 양제한테 들통이 났다고 한 말은 물론 거짓이었다.

이런 일이 있고 난 얼마 뒤에 정말로 강도에서 전갈이 왔다. '태원 유수 이연은 강도로 와서 그간 돌궐과의 전황과 유무주(劉武周) 사건을 황제께 직접 보고하라' 는 내용이었다. 유무주 사건이란 마읍군 태수 왕인공(王仁恭)의 휘하에 있던 교위 유무주가 왕인공을 죽이고 반란을 일으킨 다음 돌궐에 신하의 예를 갖추면서 그 보호를 받은 일이었다. 이 사건을 다스리지 못 한 것은 이연에게 치명적인 과오가 되었다.

이연은 세민과 배적, 유문정을 불러 대책을 물었다. 배적이 말렸다.

"일이 어렵게 됐습니다. 지금 공이 강도로 가시면 공이나 저나 다 주살될 것입니다. 절대 가시면 안 됩니다."

세민이 동조했다.

"아버님, 아버님께서 그동안 무찌르신 도둑의 수만 해도 몇 만을 넘습니다. 그런데 그 공은 다 무시하고 겨우 그런 일로 문책하려 한다는 건 말이 안 됩니다."

"사태는 이미 절박합니다. 속히 군사를 일으키십시오. 이곳 태원에는 강한 말과 군사들이 무수하고, 창고에는 거만(巨萬)의 재물이 쌓여 있습니다. 황제 곁에는 이제 따르는 신하들이 없지만,

우리에게는 호걸들이 널려 있습니다. 이 기회에 우리가 당당히 일어나 서쪽의 호걸들을 위무하여 우리 편으로 끌어들인다면 천하를 얻는 건 주머니에서 물건 꺼내는 것보다 쉽습니다."

유문정이 재촉하자 드디어 이연은 용단을 내렸다.

"일이 이에 이른 이상, 이제 어찌할 수가 없구려. 여러분 의견에 따르겠소."

이리하여 이연은 마침내 태원에서 궐기하였다. 각지에서 군사들을 모으고 돌궐에는 사자를 보내 앞으로는 신하의 예를 다할 것을 맹세하노니 도움을 줄 것을 청하였다. 돌궐이 이에 응하자 이연은 본격적으로 수나라에 반기를 들고 진군 방향을 논의하였다.

1차 목표는 서하군(西河郡: 산서성 소재)이었다. 그 고을의 차관(次官) 고덕유(高德儒)는 이전에 공작새 두 마리가 서원(西苑) 전각에 날아와 앉자 양제에게 '이제 난(鸞)새(봉황의 일종)가 날아드니 태평성대의 징조이옵니다'라고 아부하여 졸지에 조산대부(朝散大夫) 벼슬을 받은 자였다. 이연의 군사가 서하군으로 물밀듯 진군하자 탐관오리의 대명사 고덕유의 군대는 제대로 힘도 못 쓰고 무너졌다. 고덕유의 목을 베어 하늘에 제물로 바치고 썩은 정치를 바로잡을 것을 선포하자 휘하 장병들과 백성들의 함성이 하늘을 찌를듯하였다.

다음으로 곽읍을 빼앗고 임분현(臨汾縣)과 강군(絳郡)을 함락시킨 뒤, 한성(韓城)·풍익(馮翊)을 항복 받았다.

그리고는 군사를 나눴다. 이연의 큰아들 건성은 동관(憧關: 섬서성 소재)을 맡고, 세민으로 하여금 위수(渭水) 북쪽을 돌며 백성들을 선무했다. 이연 자신은 서쪽으로 진격했다.

다시 군사를 합친 세 부자는 관중의 도둑들을 토벌하면서 남진한 뒤 장안에 이르러 성을 포위하였다.

그러나 장안은 좀처럼 함락되지 않았다. 어수룩한 지방의 성과는 비교가 되지 않았다. 수나라의 국세가 기울었다고는 하나, 송노생(宋老生)·굴돌통(屈突通) 등이 지키는 이곳의 군대는 장군에서 사졸까지 그래도 중원에서 내로라하는 정병 가운데 정병이었다.

보름 동안이나 갖은 방법을 다 써 봤지만, 성 위에서는 조롱만 날아왔다.

"태원(太原) 촌놈들아, 더 이상 터지기 전에 빨리들 물러가라."

"큰일이다. 이 판국에 강도에서 양제의 본군이 들이닥치는 날에는 우린 전멸이다."

이연의 얼굴이 핏기를 잃었다. 세민, 건성, 이정, 유문정 등이 별별 수단을 다 짜내었지만 모두 무위로 끝났다.

어쩔 수 없이 일단 북쪽으로 철군해야 한다는 주장과 그렇게 되면 수하 병사들이 지리멸렬되어 다른 도둑 떼들과 다를 바 없어질 것인데, 그러면 대업은 고사하고 폭도 신세도 면키 어려울 것이라는 주장이 팽팽히 맞서, 이연은 이러지도 저러지도 못 하고 있는 판에 위징이 들어왔다.

"고구려 포로 만춘이란 자가 자기한테 고구려 포로 300명을 맡겨 준다면 성을 어떻게 해 보겠다고 합니다."

부장들은 그 말에 어안이 벙벙해졌다. 건성이 고함치듯 말했다.

"그거 완전히 미친놈 아냐? 15만 대군이 보름 동안 난리를 쳐도 끄떡도 않는 성을 300명으로 어쩌겠다는 게야? 여기는 장난하는 곳이 아니니 썩 물러가시오."

세민이 말을 막았다.

"잠깐, 우린 지금 지푸라기라도 잡아야 할 형편입니다. 그 자가 최소한 실성한 위인은 아닙니다. ─그래, 그 자가 다른 말은 하지 않았소?"

"별것 없습니다. 그저 내일 하루 동안 공격을 멈추어 주시고 자기가 원하는 몇 가지 도구만 챙겨달랍니다."

"그 도구가 뭔데?"

"가만있자…… 여기 적어 왔는데…… 옳지, 여기 있군. 낫 50자루, 죽창 300개, 괭이 50개, 광목 30마, 북 20개, 징 20개, 성 안의 관군 군복 100벌, 이상입니다."

"별것도 아니군……."

"아, 참─ 그리고 우리 군사들 가운데 글씨 잘 쓰는 사람 열 명을 뽑아 하루만 빌려 달랍니다."

"어떻습니까? 내일 하루 군사들을 쉬게 할 겸, 잠시 공격을 멈추고 그 자에게 맡겨 보는 것이……."

세민이 이연에게 청했다.

"기대할 것도 없지만, 밑져 봐야 본전이니 좋도록 하라."

이연의 승낙을 받은 만춘은 우선 각 부대에 흩어져 있던 고구려 포로들을 모은 뒤에 수나라 백성들의 옷차림과 관군 복장으로 갈아입혔다. 곧 하사관 뇌영길(雷永吉)을 비롯하여 글씨 잘 쓰는 병사들이 도착하였다. 그들은 광목을 두 자 폭으로 긴 것은 여덟 자, 짧은 것은 넉 자 길이로 100개 이상 잘라 현수막을 만들었다.

─수를 멸하고 당을 받들자(滅隋奉唐)

-백성은 천하의 근본이다(良民天下之大本)

-모든 백성은 일어나 폭정을 거꾸러 뜨리자(繼民蹶起倒暴政)

-전쟁은 가고 평화가 왔도다(去亂到平)

-어진 임금 당공 이연 만세(仁君唐公李淵萬歲)

-병사들은 양민을 탄압하지 말고 같이 협력하여 거사하라

(諸兵止壓良民共助擧事)

현수막에 쓰여진 선전·선동 문구였다.

현수막이 준비되자 밤이 깊어진 뒤에 만춘은 죽창 등 연장을 챙기고 나서 포로들을 이끌고 어디론가 총총히 사라졌다.

고구려 포로들이 이른 곳은 성 동남쪽 모서리에 있는 곡강지(曲江池)라는 연못 근처였다. 만춘은 6년 전 '보라매'와 첩보원 노릇을 할 때, 이 연못 물속에 사람 하나 겨우 지날 수 있는 구멍이 있고 그 속으로 들어가면 물도랑으로 이어져 계속 기어가면 성 안 어느 지점에 이를 수 있다는 걸 잘 알고 있었다. 기어들기 전에 만춘은 포로들에게 주의를 주었다.

"우린 이쪽에 잡히나 저쪽에 잡히나 어차피 포로 신세인 것은 마찬가지다. 그런데 이연이 이 싸움에서 지면 우리가 고구려로 돌아갈 기회는 물 건너 가 버린다. 우린 이연을 도와주려고 이 일을 하는 게 아니라, 우리가 돌아가고자 또 양제에게 원수를 갚고자 이 일을 한다.

우린 지금 성 안으로 들어가 각각 15명이 한 조가 되어 흩어진다. 조는 지금부터 내가 짜 줄 터이며 조별 행동 장소도 알려 주겠다. 너희들은 내일 사시(巳時)에 조마다 꽹과리나 북을 울리면서

이 광목에 쓴 격문을 높이 내걸고 골목골목을 누비며 사람을 모으면서 행진하라. 지금 백성들 가운데 양제를 좋아하는 사람은 거의 없으니 많은 사람이 모일 게다. 그러면서 슬며시 양제가 이미 죽었다고 헛소문을 퍼뜨려라. 만일 수나라 관군이 잡으러 나타나면 죽창이나 낫으로 그 가운데 가장 계급이 높은 자를 골라 처치하라. 칼은 되도록 쓰지 마라. 너희들 모두 수나라 백성인 것처럼 보여야 한다. 백성들이 모이는 대로 낫, 괭이 등으로 무장을 시키고, 없는 사람은 죽창을 나누어 주라. 관군을 죽인 뒤에는 그들의 무기를 뺏어 무장하라. 신시(申時)가 되거든 따르는 무리가 적건 많건 사람들을 이끌고 서쪽에 있는 연평문(延平門)으로 모여라.”

만춘은 조 편성을 끝냈다. 그리고는 미리 준비한 약도를 펴놓고 그들이 갈 방향을 알려 주었다.

이튿날 아침, 장안성 만수사(萬壽寺) 주변에 사는 백성들이 아침 식사를 끝냈을 무렵. 거리에서는 느닷없이 북소리, 꽹과리 소리가 울렸다. 백성들은 무슨 일인가 하고 나가 보았다. 몇몇 사람들이 기다란 장대에 갖가지 반정부 구호를 내걸고 행진하면서 구경꾼들에게 같이 걷기를 청했다. 이를 본 어른들은 머뭇거리고, 아이들만 재미로 졸졸 따라다녔다.

“이제 양제는 죽었다. 새 세상이 왔다. 동참하라!”

시위대 쪽에서 이런 소리가 들리자 사람들이 수군거렸다.

“양제가 죽었다고? 정말일까?”

“그럴지도 몰라…… 안 그렇다면 왜 1년 반 동안 장안에 코빼기도 안 보여?”

“그럼, 이연이라는 사람이 진짜 황제가 되는 건가? 그 사람도 양제나 똑같은 무리가 아닐까?"

"태원에서 온 사람들 말로는 아주 괜찮은 인물인가 봐. 뭐……
그럴 리야 없겠지만, 옛날 유비 현덕에 버금간다는군."

"그렇다면 저기에 끼는 것도 괜찮겠군."

"글쎄…… 관군이 잡아가지 않을까?"

"아니, 저기 관군들도 같이 끼어 걷고 있잖아?"

"어디? 정말이네. 그럼 그렇지. 저렇게 대담하게 거리를 활보하
는 것을 보면 뭔가 바뀌긴 바뀐 모양이야……."

"아니, 이 길뿐 아니네…… 이봐, 저쪽에서도 오고 있잖아? 아
니, 뒤쪽에서도……."

서로 눈치만 보던 사람들이 하나 둘 대열에 끼기 시작하였다.
사람 숫자는 갈수록 불어났다. 군중들은 점점 겁이 없어지고 대담
한 주장을 외치기 시작했다.

이와 같은 일은 이 날 만수사 주변뿐만 아니라 대흥선사(大興恩
寺), 숭성사(崇聖寺) 등 성내 수십 군데의 절 부근에서 동시에 일어
났다. 동시(東市)와 서시(西市) 남쪽을 행진하는 군중들도 그 수를
헤아릴 수 없었다.

성 안이 시끌시끌하자 성벽을 지키던 군사들이 무슨 일인가 하
고 내려다보았다. 장수들은 이 일을 보고 받고 '다 잡아 넣어라!'
고 했으나 '다 잡아 넣기에는 사람이 너무 많습니다'는 말에 '그
럼 주모자를 색출하여 끌고 오라'는 명령을 내렸다.

관군들이 주모자를 잡으러 거리로 나섰다. 곳곳에서 백성들이
새카맣게 몰려들고 있었다. 관군 몇몇이 막아섰다.

"비켜라! 너희들은 뭐냐?"

군중 가운데서 누군가가 소리쳤다.

"더 이상 못 간다."

관군 한 사람이 막아서며 말했다.

"비켜라."

"안 된다."

실랑이를 하고 있는데 행렬 중간에서 누군가가 앞쪽을 밀치자 앞에 선 군중들이 저절로 밀려 군사들을 떠밀었다. 장교인 듯한 군사 하나가 칼을 빼 들었다. 그러나 그가 칼을 빼 들자마자 누군가가 그 자의 등을 낫으로 찍어 버렸다.

"와아!"

함성이 일며 군중들이 흥분하기 시작했다.

"서쪽으로 갑시다! 연평문으로!"

누군가가 외치는 소리에 대열이 그쪽으로 뛰기 시작했다. 그들이 연평문에 도착해 보니 벌써 수만에 이르는 군중들이 모여 들끓고 있었다. 이때부터 조직적으로 구호를 외치기 시작했다.

연평문 수문장은 어쩔 줄을 모르고 우왕좌왕하고 있었다.

"활을 쏠까요?"

부장이 물었다.

"그래…… 아니다! 숫자가 너무 많다."

"성문을 열어라!"

군중들이 일제히 소리를 질렀다.

"성문을 열라고? 그건 안 돼!"

부하 몇몇이 군중에게 화살을 겨누었다. 그러자 갑자기 군중들 사이에서 죽창 몇 개가 연달아 날아오더니 병사들의 목줄기를 뚫어 버렸다.

"와아!"

함성과 함께 성난 파도처럼 군중들이 몰려들어 군사들을 밀어 냈다. 빗장은 벗겨지고 성문이 열렸다. 누군가가 성벽에 뛰어 올라 가 '백성의 군대인 당병을 환영한다(歡榮良民軍唐兵)' 라는 현수 막을 내걸었다.

서쪽 성 밖에서 이제나저제나 하고 소식을 기다리던 이연 이하 참모들은 이 광경을 보고 놀랐다.

"엇, 저것 봐라! 성문이 저절로 열리네!"

"정말이다. 모두 빨리 말을 타라! 전군은 진군 준비를 하라!"

이연은 얼굴이 벌겋게 상기되어 소리쳤다.

성문에서는 사람들의 고함 소리가 요동쳤다. 이때 성문 쪽에서 급히 말을 달려 오는 사람이 있었다. 만춘이었다. 그는 도착하자마 자 궁금해 하는 여러 사람에게 말할 틈도 주지 않았다.

"지금 연평문은 완전히 열렸고, 다시 남쪽에 있는 명덕문(明德 門)을 열 터인즉, 군사들에게 대오를 갖추어 연평문, 명덕문 두 곳 으로 입성하라 하시오. 싸움은 없을 것 같소이다. 병사들에게 위엄 을 갖추고 절대 경거망동하지 말도록 이르시오."

그는 말머리를 돌려 도로 성안으로 달려갔다.

"자아! 우리 이제 남문으로 갑시다. 명덕문으로!"

만춘은 엄청나게 몰린 군중들 절반을 다시 남쪽의 명덕문으로 유도하였다.

성을 지키던 군사들은 완전히 혼란에 빠졌다. 일부 군사들은 시 위대에 가담했고 지도부는 어떤 명령을 내릴지 갈피를 잡을 수 없었다.

이연의 당병(唐兵)들은 두 무리로 나뉘어 보무당당하게 연평문과 명덕문으로 들어오고 있었다. 성 곳곳에는 누가 준비했는지 갖가지의 현수막이 내걸려 당병들을 환영하였다.

"어쩔 수 없다. 모두 무기를 버려라."

수나라군 수뇌부는 마침내 저항을 포기하였다.

'혹시나 무슨 일이 생기지 않을까, 만춘이란 자를 너무 믿은 게 아닌가?'

내심 불안해 하던 이연은 막상 성 안에 들어서자 열렬한 환영을 받았다. 수나라군의 저항은 전혀 없었다.

"백성의 힘은 과연 무서운 것이로구나!"

이연과 세민은 가슴이 뭉클할 정도로 이 사실을 절감했다.

대대적인 환영 행사가 끝나고, 장안성 치안유지에 대한 긴급조치와 백성들의 위무를 위한 조처를 취한 뒤에 이연은 제장을 불러 놓고 치하하였다.

"오늘 수훈을 세운 양만춘은 왜 안 보이느냐? 그를 불러라."

이연이 주위를 둘러보며 말했다. 만춘이 안내되어 왔다.

"오늘 그대가 세운 공은 어느 대장보다 으뜸이다. 소원이 있으면 말하라. 내가 들어줄 수 있는 일이라면 뭐든지 들어주겠다."

만춘은 한참을 생각하다가 이내 침묵을 깨트렸다.

"오늘 공로는 제 한 사람의 힘이 아니라, 목숨을 걸고 성 안에 숨어들어 백성들을 움직인 고구려 포로 모두의 힘입니다. 장군께서 정녕 사례를 하시고자 한다면 몇 년에 걸친 여수전쟁에서 포로가 되어 중원 각처에 흩어져 노비 생활을 하고 있는 고구려 포로

전원을 찾아내 고향으로 돌려보내 주시옵소서."

뜻밖의 엄청난 요구에 주위에 있던 장수들은 숨을 죽였다. 이연은 심각한 표정으로 잠시 생각에 잠기더니 이윽고 입을 열었다.

"그대의 요청은 오늘의 공에 견주면 지나친 것이 아니다. 아마그대가 아니었다면 우리 군민 수만 명의 목숨이 더 없어졌을지 모른다. 그러나 고구려 포로 문제는 그리 간단한 것이 아니다. 물론내 수하에 있는 포로들은 언제든지 석방할 수 있다. 이 자리에서약속하거니와 여섯 달 안에 그들을 모두 돌려보내겠다. 그러나 전국의 포로를 다 찾아내 돌려보내는 것은 천자의 칙령이 아니면 시행할 수가 없다. 그러나 나는 약속한다. 그러한 때가 오면 내 반드시 그대의 청을 기억했다가 그들을 돌려보내겠다. 나를 믿어 주겠는가?"

"장군께서 여러 부장들 앞에서 공식적으로 한 약속이오니 저는그 말씀을 믿겠습니다."

만춘이 말을 끝내자 이연은 직접 술잔을 채워 만춘에게 권했다.

이때 세민이 직속 부하인 사만보(史萬寶)를 불러내어 으슥한 장소로 데리고 가서 말했다.

"저 만춘이란 놈, 보통이 아니다. 지난번엔 그의 무용을 보고 감탄했지만, 오늘 보니 무용뿐 아니라 지략 또한 뛰어난 자이다. 게다가 아버님과 내가 갖가지 수단으로 회유하려 했지만 고집불통이다. 내 언젠가는 고구려를 쳐서 양제가 못 이룬 꿈을 실현하려 한다. 그때에 가서 저런 자가 고구려에 있다는 것은 결코 우리에게 이롭지못 하다. 기회를 봐서 저 자를 없애 버려라. 단, 아버님이 아시면 노발대발하실 테니 서둘지 말고 적당한 기회를 봐서 처치하라."

"알겠습니다."

사만보는 대답은 했지만 속으로는 섬뜩한 생각이 들었다.

'세민이란 이 자— 겉으로는 늘 인자한 미소를 띠고 있지만, 그 웃음 속에는 칼을 감추고 있다. 목적을 위해서는 수단 방법을 가리지 않는다. 심지어는 목숨의 은인까지도…… 게다가 양제의 못다 이룬 꿈을 이루겠다면? 그것은 그 자신이 천자가 되겠다는 뜻 아닌가? 이연이 설사 황제가 된다 해도, 지금 엄연히 황위계승 1순위인 그의 형 건성이 있지 않은가? 그럼 목적을 위해서는 형까지도? 아아, 그렇다면 언젠가는 또 한번 골육상잔의 피를 뿌리겠구나. 절대 권력이란 이렇게 냉혹해야만 얻을 수 있는 것인가?'

사만보는 언젠가 위징이 했던 말이 생각났다. 당시 건성의 비서 격인 위징은 몇 번이고 세민이 건성에게 '손을 쓰기' 전에 미리 '조치'를 강구하라고 건성에게 건의했던 것이다.

이연이 군사를 일으켜 장안까지 점령했다는 소식은 강도에 있는 양제에게도 전해졌다.

곧이어 이연은 직접 사자를 양제에게 보내 조칙에 수결할 것을 요구했다. 조칙의 내용은 이러하였다.

'이연에게 구석(九錫: 황제가 공로 있는 제후·대신에게 내리던 아홉 가지 물품)을 하사하고 대승상 당왕(大丞相 唐王)에 임명한다. 양제는 일선에서 물러나 태상황이 되는 대신, 양제의 손자 유(侑)를 대왕(代王)으로 세운다.'

이제는 싫어도 거부할 수 있는 상황이 아니었다.

"아! 이제 난 허수아비구나."

수결을 받은 사자가 물러난 다음, 그는 술을 목구멍에 퍼붓듯이 쏟아 넣었다. 그는 열한 살 난 늦둥이 조왕(趙王)을 불러 앉히고서 설움에 겨워 어린 아들을 꼭 껴안았다.

'이제 우리 세상은 끝났다. 고구려 원정에만 나서지 않았어도 이 지경을 당하지는 않았을 것을…….'

새삼 뼈저리게 후회했지만 이미 엎질러진 물이었다.

이듬해 초 봄. 개울가 양지바른 곳의 버드나무가 파랗게 물이 오를 무렵이었다.

만춘은 호젓한 곳 마초더미 위에서 낮잠을 자고 있었다. 꿈속이었다. 자옥이 조그만 배를 타고 강을 내려가는데 그는 말을 타고 쫓아가고 있었다. 그런데 그가 아무리 빨리 달려가도 자옥과의 거리가 좁혀지지 않았다. 숨이 가빴다. 마침내 말에서 굴러 떨어졌다. 하늘을 쳐다보며 그대로 드러누워 있었다. 말이 부드러운 혓바닥으로 그의 얼굴을 핥았다. 그는 말의 목을 쓰다듬었다. 그러자 또 숨이 찼다. 가슴이 너무 답답하여 몸부림을 치며 눈을 떴다. 그런데 그의 얼굴을 덮고 있는 것은 말의 머리가 아니라, 소연의 머리였다. 그리고 말의 혀가 아닌 그녀의 입술이 만춘의 입술을 애무하고 있었다.

만춘은 후다닥 놀라 그녀를 밀치며 자리에서 벌떡 일어났다.

"소저, 이게 무슨 짓이오?"

저만치 밀려 나간 소연은 다시 다가와 그의 품에 안기며 소곤거렀다.

"제발…… 거부하지 마세요. 네?"

그녀의 보드라운 손이 만춘의 가슴을 더듬었다.

"안 되오. 소저!"

만춘은 다시 소연을 밀쳐 냈다.

"왜죠? 내가 그렇게도 싫나요?"

그녀는 눈물을 글썽거리며 애원 조로 만춘을 올려다보았다.

"소저가 싫은 게 아니오. 실은……."

"……."

"실은 내 마음속에 다른 소저가 있소."

이윽고 소연은 흐느껴 울기 시작했다. 둥그스름한 그녀의 어깨가 한참 동안 동요를 멈추지 않았다. 만춘은 그런 그녀가 퍽 애처롭게 느껴졌다.

"울지 마오……."

그는 소연의 어깨를 조용히 쓰다듬었다.

그녀는 눈물이 범벅이 된 얼굴로 만춘을 올려다보며 비참한 표정으로 말했다.

"저는 다만 만춘 씨의 아기만 가지는 걸로, 그리고 그 아기를 기르는 것으로 만족하겠어요. 그러니 하룻밤만이라도……."

만춘은 그녀를 와락 껴안았다. 그리고 그녀의 얼굴을 똑바로 들여다보며 달래었다.

"소저, 그건 안 되오. 내가 소저를 좋아하지 않는다면 그렇게 할 수 있소. 그러나 나는 소저를 좋아하기에 소저가 평생 불행해질 일을 할 수 없소."

"아니에요. 그건 제게 불행이 아니에요."

소연은 또 다시 엎드려 울기 시작했다. 만춘은 그녀를 물끄러미 내려다보았다.

"소저, 이 세상 인연만이 인연이 아니잖소. 참읍시다."

만춘은 자리에서 벌떡 일어나 그녀를 남겨 두고 말을 묶어 둔 곳으로 사라졌다.

이 날 이후, 소연은 다시는 만춘 앞에 나타나지 않았다.

강도(江都)—

이제 권력은 양제의 손에서 벗어나 있었다. 중요한 일은 장안의 이연이 결정했다. 형식적으로 대왕 공제(代王 恭帝)의 결재를 거치기는 했으나 그든 양제든 결재를 거부할 수도, 새로운 일을 벌일 수도 없었다. 그러면서도 양제가 행사하는 권한이 꼭 한 가지 있었다. 그것은 주변에서 자신에 대해 불평하거나, 장안으로 가려는 사람에 대해 무지막지한 처벌을 가하는 짓이었다. 그런 일은 그를 가까이서 호위하는 시위무사가 있기 때문에 가능했다.

"이제는 이 짓도 못 해 먹겠다."

나중에는 시위무사들 사이에서도 불평이 일었다. 어느 날, 시위무사 우문화급이 동생 지급에게 말했다.

"양제는 아직도 제 분수를 모르고 있다. 더 이상 저 인간을 보호해야 할 머리가 없다."

지급도 고개를 끄덕였다.

우문화급은 다시 어영군 낭장 사마덕감(司馬德戡)과 몰래 모의한 뒤 그 날 밤, 궁궐 밖에서 불을 지르는 것을 신호로 행동을 개시하기로 했다.

밤이 깊어지자 우문화급은 시위무사들을 불러 모은 다음 선언했다.

"양광이 천명을 거스른지가 이미 오래 되었다. 더 이상 우리가 그의 주구 노릇을 하는 것은 선을 버리고 악의 편을 드는 것과 같다. 나는 오늘 하늘을 대신하여 그를 처단하려 한다. 뜻을 같이하려는 이는 나를 따르라."

무사들은 모두 그를 따랐다.

대궐 밖에서 불길이 타오르고 사방이 소란하자, 술에 취한 양제가 놀라 일어났다.

"바깥이 왜 이리 소란한가?"

"실화(失火)인 듯 합니다."

병사가 대답하자, 그는 거울 앞으로 걸어가더니 목을 만지면서 중얼거렸다.

"이 좋은 머리와 목을 누가 잘라갈꼬?"

그 말을 들은 황후 소씨(簫氏)가 놀라 말했다.

"폐하, 그 무슨 말씀을……."

양제는 껄껄 웃었다.

"인간이란 귀천고락이 수시로 바뀌는 것이니 무엇을 상심하랴."

그때, 어영군 소속인 배건통(裵虔通)이 들어오면서 외쳤다.

"대역죄인, 양광이 어디 있느냐?"

배건통의 부하들은 우우 달려들어 양제를 묶고는 대궐 밖으로 끌어내 갔다. 횃불을 대낮 같이 밝히고 장병들이 지켜보는 가운데서 맨발에 잠옷 바람을 한 양제가 비참한 모습으로 꿇어앉았다.

32

"내 무슨 죄가 있어 이 지경에 이르렀는고?"

그가 중얼거렸다. 옆에 있던 마문거(馬文擧)가 대답했다.

"백성들을 중노동에 혹사시켜 죽게 하고, 종묘를 등지고 돌아다니며 전란과 유흥을 그치지 않아, 백성이 생업을 잃고 도적 떼가 사방에 일어났는데도 사치와 음탕에 빠져 있으니 어찌 죄가 안 되겠소?"

양제가 소리쳤다.

"못난 놈들아, 그게 다 너희와 백성들의 영화를 위함이다."

그는 앞에 선 우문화급을 보더니 목청을 높였다.

"무엄한 놈! 내, 너의 애비를 중용하였거늘 어찌 충효를 무시하고 불충을 범하려 하느냐?"

"이놈, 너는 일찍이 네 아비와 형제를 시살한 주제에 어찌 충효를 논하느냐? 삼척동자가 웃을 일이다."

화급이 비웃는 것을 보자 양제는 한층 더 격앙된 목소리로 허세를 부렸다.

"천자는 하늘이 내리는 법, 내 제위에 오른 뒤 중원의 이름을 사해에 떨치고 역대 어느 제왕도 못 이룰 일들을 해냈거늘 너 같은 조무래기가 어찌 대붕(大鵬)의 큰 뜻을 알겠는가? 지금이라도 뉘우치고 엎드려 빌면 목숨을 살려줄 테니 어서 이 포박을 풀라."

"가소롭다. 너는 천자의 명을 빌어 백성을 학대하고 무모한 전쟁을 꾸며 수십만 젊은이들을 이역의 고혼이 되게 했다. 이제 황천에 가거든 그들에게 잘못을 빌어라. 여봐라, 저 미친놈을 죽여라."

양제는 더 이상 목숨을 연장하려는 노력이 부질없음을 알고 다시 외쳤다.

"죽는 데도 법이 있다. 황제의 목숨은 범인과 다르다. 가서 독주(毒酒)를 가져오너라."

"저놈이 아직 황제, 황제 하는 것을 보니 죽고 나서야 정신을 차릴 모양이다. 얘들아, 어서 집행하거라."

우문화급이 명하자 마문거 등이 양제를 끈으로 뒤에서 목 졸라 죽였다.

양제의 아버지 문제(文帝)는 어지럽던 중원을 평정하였고, 원대한 식견이 있어 후세에 남을 제도와 문물을 펼치고 대역사를 일으켜 뒷날 당(唐)이 번성하는 기초를 만들었다.

양제는 포부가 웅장하여 문제 때 시작된 토목공사를 더욱 통 크게 벌여 이를 마무리하였으나, 허식에 치중하고 자기 자신을 다스릴 줄 몰라 결국 아버지 문제가 24년에 걸쳐 일군 나라를 12년 만에 잃었다.

후세에 장온고(張蘊古)가 이에 교훈을 얻어 당 태종에게 〈대보잠(大寶箴)〉이란 글을 지어 올렸다. 왕이나 황제가 경계해야 할 덕목에 관한 글이다.

'천자는 한 사람으로서 천하를 다스리지만, 천하로써 천자 한 사람의 욕망을 채워서는 안 된다…… 아홉 겹(九重) 문을 두어 대궐을 장려하게 하더라도, 몸을 가누는 데 필요한 것은 무릎을 놓을 만한 자리에 지나지 않는다. 그런데 저 어리석고 도리를 분별하지 못하는 자는, 그 누대(樓臺)를 구슬을 박아서 만들고, 그 방을 보석으로 장식했다. 팔진미를 늘어놓더라도 실제로 먹는 것은 입에 맞는 일부분뿐이다. 마음이란 신중하게 생각하지 않으면 광분(狂奔)

하는 것인데, 술지게미로 언덕을 쌓고, 술로 못을 만들어서 욕망을
마구 채웠다…… 천자된 자는, 한 일에 탐닉(耽溺)해서 전체의 도
리에 어두워서는 안 되며, 작은 일을 주물러 터뜨리며 총명하다고
생각해서도 안 된다. 면류(冕旒)가 눈을 가리고 있어도 마음의 눈
(心眼)으로써 형체가 없는 사물의 굽은 곳과 바로 선 것(曲直)을
볼 줄 알아야 하며, 주굉(누른 빛 솜을 둥글게 해서 양쪽 귀에 다는
것)이 귀를 막더라도 마음의 귀(心耳)로써 소리 없는 바르고 사악
함(正邪)을 판단할 줄 알아야 한다…….'

　양제를 죽인 군사들은 이어서 궁궐을 뒤져 황족들을 찾아내어
모두 처형하였다. 단지 진왕(秦王) 호(浩)만 남겨 황제로 삼았다.
그러나 그 역시 얼마 안 있어 죽임을 당하고 우문화급은 스스로 황
제를 칭하여 허제(許帝)라 일컬었다.
　이렇게 되자 두 달 뒤인 5월, 장안에서는 이연이 공제로부터 제
위를 물려받아 드디어 황제의 자리에 올랐다. 이연은 장남 건성을
태자로 삼고 둘째 세민에게는 진왕(秦王), 넷째 원길에게는 제왕
(齊王)의 자리를 주었다(셋째 아들은 일찍 죽었다).
　이연은 황제에 오른지 몇 달 뒤, 자신이 데리고 있던 고구려 포
로 가운데 남은 인원을 모두 풀어 주도록 지시했다. 만춘과의 약속
중 일부를 실천에 옮긴 것이다.
　세민은 급히 사만보를 불러 밀명을 내렸다.
　"소식을 알리는 전령이 도착하기 전에, 만춘을 끌어내 죽이고
묻어 버려라."
　그러나 사만보가 병졸들을 데리고 만춘이 일하는 마구간에 도

착했을 때, 그는 며칠 전에 애마 흑룡을 끌고 이미 달아난 뒤였다. 만춘과 친한 이정(李靖)이 이 일을 미리 짐작해, 그를 몰래 도망치도록 하였던 것이다.

2. 고국

평양성 밖, 잔뜩 찌푸리던 잿빛 하늘이 슬금슬금 눈발을 날리고 있었다. 잎이 거의 다 떨어져 가지만 남은 앙상한 나무들이 늘어선 길을 따라, 검정 말 위에서 천천히 성 쪽으로 가는 남루한 옷차림의 사나이—

그는 5년 만에 고국 땅을 밟는 만춘이었다.

작은 시냇가에 이르자 그는 말에서 내렸다. 말을 냇가로 이끌어 살얼음을 깨고는 물을 먹이고, 자신은 소나무 둥치를 정겨운듯 만져 보고 있었다.

이때 멀리 성 쪽에서 긴 행렬이 느린 속도로 다가오는 모습이 보였다. 잠시 뒤 행인 몇 사람이 다가왔다. 만춘은 한 사람을 붙잡고 물었다.

"저 행렬이 무슨 행렬이오?"

행인은 만춘을 아래위로 한번 훑어보고 나서 수상쩍다는 표정으로 말했다.

"모르셨소? 국왕의 장례 행렬이오. 장례를 끝내고 지금 졸본성으로 가는 길이오."

그 순간, 만춘은 망연자실한 채 먼 하늘만 바라보다가 그 자리에 털썩 주저앉았다. 눈물이 핑 돌았다. 벌써 10여 년 전 돌궐에서 돌아온 그를 앞에 앉혀 놓고 그의 말에 조용히 귀를 기울이던 인자했던 왕의 모습이 떠올랐다. 허무했다. 뻥 뚫린 가슴에 바람이 지나가는 느낌이었다. 온갖 파란을 겪고 몇 년 만에 고국의 품안에 안긴 때가, 하필 왕의 장례식이라니…… 이제 그의 시신은 조상 곁으로 가고 있었다. 행렬은 점점 더 가까워졌다. 애절한 곡소리가 들판을 메웠다.

재위 28년— 안으로는 백성들의 어려움을 구석구석 보살폈고 역사서인 《신집(新集)》 5권을 펴내는 등 문치에 밝았으며, 대륙을 통일하고 초강대국 자리를 독점하고자 쳐들어오는 수나라와 정면 대결을 벌여 승리한 문무를 겸전한 현군(賢君)의 죽음을, 백성들은 마치 어버이를 여읜 자식처럼 마음에서 우러나오는 애도로서 슬퍼하고 있었다. 만춘의 눈에서도 눈물이 뚝뚝 떨어졌다. 만춘은 땅에 꿇어 엎드려 그 긴 행렬이 지난 뒤 한참까지도 그런 자세로 있었다.

그가 다시 일어나 천천히 말을 걸리기 시작한 것은 해가 뉘엿뉘엿 넘어갈 무렵이었다. 집에 이르러 눈에 익은 담장이며, 대문간을 살펴보면서 문을 두들겼다. 한 늙은 종이 나오더니 그를 유심히 들여다보았다.

"도련님! 도련님 맞지요? 귀신 아니지요? ……마님, 마님, 도련

님 오셨습니다!'

어머니가 마당까지 뛰어나와 아들의 손을 잡고 눈물을 흘렸다. 까맣던 어머니의 머리가 어느덧 하얗게 새어 있었다.

"죄송합니다, 어머니. 제가 못나서……."

"그게 무슨 소리냐? 어서 올라가자."

만춘은 마루로 올라가 어머니께 큰절을 올렸다.

"우린 네가 죽은 줄 알고 장사까지 지내려 했다. 그런데 한 1년 쯤인가 뒤에 누가 와서 자기는 수나라에 포로로 있었는데 네가 살아 있다고 전해 주더구나. 그 사람 말이 만춘 대장은 일을 잘 하니까 1년 뒤엔 꼭 돌아올 거라고 했다. 우린 그 말을 믿고 이제나저제나 하고 기다렸는데 그 다음 해도 또 다른 사람이 와서 같은 얘기를 하고…… 그래서 또 기다리고…… 이제는 영영 못 오는구나 포기하고 있었는데……."

여기까지 말을 잇던 어머니는 옷소매로 눈물을 닦아 냈다.

"이젠 걱정하지 마세요, 어머니. 수나라는 망했습니다. 양제도 죽었고요."

"참, 상감마마께서 승하하셨단 소식 들었니?"

"예, 오다가 장례 행렬을 봤습니다."

"참으로 어지신 분이었는데…… 네가 사라지고 난 뒤로 명절이면 꼭꼭 네 아비 제수(祭需)를 챙겨 보내 주셨다. 그런 명군(名君)은 앞으로 다시 보기 어려울 게다."

"후사는 누가 잇는 답니까?"

"건무(建武) 장군이 즉위하셨다."

"참, 영춘이와 영란이는 어디 가고 안 보입니까?"

집안을 이리저리 살피던 만춘이 동생들의 안부를 물었다.

"영란이는…… 난리가 끝나던 해에…… 역질로 그만……."

"뭐라고요? 그럼 죽, 죽었단 말입니까?"

어머니는 대답 대신 고개를 끄덕였다. 만춘은 가슴이 무너져 내리는 것 같았다. 그가 어디 멀리 떠날 때나 전쟁터로 나갈 때면 꼭부적을 만들어 목에 걸어 주던 영란의 모습이 눈에 아른거렸다. 너무 허망했다.

"영춘이는요?"

그는 가까스로 북받치는 슬픔을 누르고 한참 만에 물었다.

"말도 마라. 그 애는 아들이 아니라 애물단지다. 제 아비를 일찍여의어서 그런지 버릇도 없고…… 스무 살이나 먹은 녀석이 매일술타령에다 패싸움질이다…… 네가 그 나이였을 때를 생각하면 애가 터진다."

모친은 꺼질듯이 한숨을 내쉬었다.

"걱정 마세요, 어머니. 괜찮아지겠지요. 그게 다 제 죕니다. 제가 가까이 있었으면 안 그랬을 텐데……."

"그래, 네가 좀 잘 타일러 보거라. 내 말은 죽어도 안 듣는구나."

"마님, 진짓상 준비할까요?"

바깥에서 소리가 들렸다.

"아참, 내 정신 좀 봐. 객지에서 굶다 온 아이를 두고……."

모친은 그제야 자리에서 벌떡 일어났다.

"괜찮습니다. 전 그보다 가영의 집에 좀 다녀올까 하는데……."

"가더라도 밥은 먹고 가라. 갈 필요 없이 사람을 시켜 불러오면안 되나? 그 양반 요새 장가들어 사는데, 집이 예서 가깝다."

"예? 가영이 장가를 들어요?"

만춘이 깜짝 놀라 물었다.

"그럼, 벌써 3년 됐다. 애도 하나 있다더라."

만춘은 자리에서 일어났다.

"어머니, 그럼 전 그 집에 가서 가영이랑 형수씨도 보고, 애도 구경하고 올랍니다."

어머니는 밥을 먹고 가라고 권하다가 할 수 없이 아들을 놓아주었다.

만춘이 종의 안내를 받아 가영의 집에 이르니 처갓집은 권세가 있는 집인 듯 뱃집지붕이 꽤나 웅장하였다. 대문에서 기별을 하자 얼굴이 동그스름하게 생긴 여자가 나와 그를 쳐다보았다.

"뉘시온지?"

만춘이 이름을 대고 좀 기다리니 가영이 쏜살같이 튀어나왔다.

"허이!"

"엇!"

둘은 탄성을 지르며 상대의 어깨를 부둥켜 잡고 흔들었다.

"죽진 않았군! 자, 어서 들어가세."

가영은 만춘을 방으로 안내했다. 그는 고구려 풍습대로 처갓집 뒤에 작은 집을 짓고 살고 있었다. 방에는 가영의 아들로 보이는 애가 이 구석 저 구석 열심히 기어 다니고 있었다.

"언제 그새 장가를 다 들었나?"

"3년이 채 안 되었어. 여보, 이리 와 인사하소. 이 분이 내가 늘 얘기하던 만춘 공이오."

가영은 그의 아내를 불렀다. 아까 대문을 열어 주던 여자가 와서 만춘에게 절을 하자 만춘이 맞절을 하였다.

"아직 저녁 안 했지? 여보, 어서 상 좀 차리시오."

가영이 아내에게 부탁하고는 만춘에게 다가 앉았다.

"그래, 언제 왔나?"

"조금 전 집에 들렀다가 바로 오는 길이야. 그새 세상이 많이 바뀌었군⋯⋯."

둘은 지난날 겪었던 일 가운데에 무엇부터 이야기해야 할지 알지 못 했다. 서로 할 말이 너무 많아서 대화에 두서가 없었다.

전쟁이 끝나자 유관수 제독은 가영의 공을 높이 사서 살 집을 마련해 주고 처녀도 소개하여 장가를 들게 하였다.

술상을 마주하고 잔을 따르면서 가영이 말했다.

"자네가 멀리 타국에서 고생하는 동안 나만 혼자서 편하게 지내 미안하네."

만춘이 머리를 긁으며 겸연쩍은 듯 대꾸했다.

"그까짓 것 고생이라 할 수 있나? 진짜 고생은 우리가 강도에 있을 때였지."

그리고는 덧붙여 물었다.

"참, 그간 자옥이한테선 기별이 없었나?"

사실은 그 말을 제일 먼저 묻고 싶었다. 그러자 가영은 머뭇거리며 말꼬리를 흐렸다.

"어― 저― 그게⋯⋯."

"왜? 무슨 일이 있었나? 난 며칠 내로 가볼까 생각 중인데⋯⋯."

"그 앤⋯⋯ 그 사이에 결혼을⋯⋯ 했네."

"뭐라고? 누구랑?"

만춘이 송곳으로 심장을 찌르는듯한 충격을 가까스로 참고 물었다.

"자네의 의동생 있잖아. 그 성충이란 사람과……."

만춘이 또 한번 놀라, 멍하니 있는데, 가영이 덧붙였다.

"면목 없네. 우린 모두 자네가 죽은 줄로만 알고…… 전쟁이 끝나고 내가 한번 그 애에게 갔었는데, 그 애도 충격을 받고 쓰러졌어. 그런데 나중에 자네가 살아 있다는 소식을 다시 전하러 갔을 땐, 이미 결혼한 뒤였어…… 미안하네……."

둘 사이에 한동안 침묵이 흘렀다.

만춘은 허탈한 심정이었다.

한참 뒤에야 그가 침묵을 깨뜨렸다.

"누구보다 그 동생이면, 자옥에게는 더 할 나위 없는 배필이지…… 난 아무렇지도 않네. 어쨌든 어떻게 사는지 한번 보고 싶군. 술이나 한잔 주게. 오늘은 취하고 싶네."

만춘은 잔을 내밀었다.

"그 아인 잊어버리게. 자네라면 그 아이보다 나은 처녀가 고구려에 수두룩할 텐데, 신경 쓸 거 있나?"

가영이 위로하였다.

"아니야, 어쨌든 만나 보고 싶어. 축하도 해 줘야지. 내일은 을지문덕 장군을 찾아뵙고, 그리고 궁궐에 제청(祭廳)이 차려지면 문상을 하고 나서 바로 백제로 가 볼까 하네."

"자네가 간다면 나도 휴가를 내 보겠네. 그런데 을지문덕 장군은 국왕께서 승하하신 이후로 종적을 감추셨네. 여러 사람이 찾고 있지만 아무도 행방을 모르네. 중이 되셨다는 말도 있고……."

"그으래? 거 참 이상하군. 어쨌든 가 보면 알겠지……."

그들은 계속 술잔을 비웠다. 오랜만에 만난 지기라 거리낌이 없었다.

"아! 자옥이, 자옥이……."

술에 완전히 곤드레가 되자 만춘은 눈을 감은 채 자옥의 이름을 부르다가는 또 혀 꼬부라진 소리로 중얼거렸다.

"그래…… 그래도, 다른 놈이 데려가는 것보다는…… 낫다."

"영란아! 영란아……."

그는 죽은 여동생의 이름을 부르기도 했다.

다음 날, 늦게 깨어난 만춘은 우선 찬물을 찾았다. 문이 비시시 열리더니 동생 영춘이 물 사발을 들고 얼굴을 내밀었다. 만춘은 물을 벌컥벌컥 들이켜고 나서 동생에게 말문을 열었다.

"그래, 그동안 내 대신 집안일 챙기느라 고생 많았다. 어머니가 네 걱정을 많이 하시더라. 요샌 뭘로 소일하나?"

"특별히 하는 일 없이 그냥……."

영춘은 겸연쩍은 얼굴로 얼버무렸다. 그때 어머니가 들어왔다.

"사나이가 그래서 되나? 군에라도 가야지."

만춘이 영춘에게 말하자 어느새 곁에 온 어머니가 사정 조로 말했다.

"얘가 군에 들어갔다가 쫓겨났단다. 만춘아, 네가 어떻게 힘 좀 써서 얘를 다시 군에 들어가게 할 수는 없겠니? 군에 안 가면 농사꾼밖에 할 일이 없는데 얘가 농사일을 알아야 말이지."

"제 하기에 달렸죠, 뭐. 그래, 군대에서 무슨 일이 있었는데?"

영춘이 답변을 못 하자 모친이 윽박지르며 안타까운 표정을 지었다.

"애야, 형 앞에 솔직히 말해라. 그래야 방법이 생기지……."

"그래요, 그러니까……."

영춘은 거의 죽을상이 되어 운을 떼다가, 갑자기 후다닥 일어서서 도망치듯 방문을 열고 나가 버렸다.

"아이그, 저 못난 놈! 아이구, 가슴이야! 한 배에서 난 새끼인데 어찌 저리 다를꼬…… 아이구, 복장 터진다."

방바닥을 치는 어머니를 만춘이 달랬다.

"고정하십시오, 어머니. 저도 힘이 들 때가 있겠지요. 제가 어떻게 알아보겠습니다."

"저놈이 글쎄…… 군량미를 세 섬이나 훔쳐 내 팔아 기생집에서 탕진해 버렸단다. 법에 따라 내가 서른 섬을 물어 줬지만 군에 복귀는 아예 안 된다는구나……."

"으음……."

만춘은 깊은 신음을 토했다.

늦은 조반을 마친 그는 일단 소속 부대 사령인 조학성 장군에게 가서 신고를 했다.

모두들 반가워하면서 한편으로는 위로를 하였다. 조 장군은 그에게 한 달 동안 푹 쉬고 복귀한 뒤에 자리 문제를 얘기하자고 했다. 만춘은 조 장군에게 부끄러움을 무릅쓰고 동생 영춘의 일을 상의하였나. 소 상군은 해당 부대의 기복을 보고 나서 힘이 되어 주겠다고 약속을 했다.

부대를 나온 만춘은 영란의 무덤을 돌아보고 나서, 말을 몰아

용악산(龍岳山: 지금의 평양 만경대구역) 북쪽 구촌에 있는 을지문덕의 집으로 갔다. 그러나 그 집에는 늙은 종 한 사람이 집을 지키고 있을 뿐이었다. 종은, 장군은 석 달 반 전에 집을 나가서 연락이 끊겨져 아무도 행방을 모른다고 했다. 장군을 기다리다 지친 식구들은 모두 북쪽 멀리 남소성(南蘇城: 지금의 중국 요령성 신빈현)에 있는 외가로 옮겨갔다고 했다.

만춘은 언젠가 을지문덕에게 '장군께선 전쟁이 끝나면 무엇을 하시겠습니까?' 하고 여쭈어 본 적이 있었다. 그때 그는 웃으며, '전쟁에 명성을 얻은 장수는 평화시엔 쓸모가 없는 법. 괜히 궁정 근처에 얼씬거리면 권력을 탐하는 걸로 오해를 받지…… 조용한 곳에 가서 도나 닦을까?' 라고 말한 적이 있었다. 만춘은 그 말을 떠올렸다.

또 만춘의 아버지가 생존해 있었을 때, '을지문덕이 젊었을 때 불곡산(佛谷山: 평남 평원군 화진리)에 있는 동굴 속에서 독서에 몰두했으며, 불곡산 동쪽에 있는 대원산(大圓山: 평남 평원군 운봉리)과 석다산(石多山: 평남 증산군 석다리) 남쪽의 마이산 사이를 자주 말을 타고 오가며 체력 단련과 무술 연습에 힘썼다' 는 이야기를 한 적이 있었다.

만춘은 을지문덕을 꼭 만나고 싶었다. 그것은 장군이 그의 부친과 막역한 친구 사이였기에 인사를 드리려고 하는 뜻도 있었지만 그보다 장군께 수나라의 멸망과 양제 사망 소식을 꼭 전해 드리고 싶었던 것이다.

그는 말을 달려 불곡산 쪽으로 향했다. 산이 험해 말에서 내려 고삐를 잡고 잡목 가지들을 헤치고 올라갔다. 다시 말을 소나무에다 묶어 놓고 혼자 숲 속으로 기어 올라갔다. 중턱에서 잠시 땀을 훔치며 바위틈 얼음 사이로 쫄쫄 흘러내리는 물에 목을 축였다. 어딘가에서 노랫소리가 들려왔다.

가지는 셋, 잎은 다섯
햇빛을 등지고 응달만 따르네.
나를 구하러 오려거든
단나무 밑에서 살펴 찾아보구려.

그것은 심마니들이 흔히 부르는 노래였다. 만춘은 노랫소리가 나는 쪽으로 다가갔다. 한 노인이 망태를 걸머지고 비탈을 내려오고 있었다. 그 노인은 만춘을 보고 흠칫 놀라는 표정을 지었다.

"노인장, 혹시 이 근방에 동굴 같은 것 없소?"

"바로 요 위에 있는데 거긴 왜 찾으시오?"

"예. 저는 을지문덕 장군을 모시던 사람인데, 혹 장군께서 거기에 계시나 하고……."

노인은 고개를 가로저었다.

"장군께선 서너 달 전에 거기에 들려 며칠 계시다 떠나셨소."

만춘은 그가 장군의 소식을 언급하는 것이 놀랍고도 반가웠다.

"혹시 노인장께서는 장군의 소식을 아시오?"

"아니, 그건 나도 모르오. 장군께서 떠나실 때, '태백산(백두산)에니 가 지낼까?' 하셨는데 혹시 거기 계실지도 모르지. 그러나 정확한 건 전혀 모르오. 설사 태백산에 계신다 해도, 그 험하고 넓은 태백 준령 어느 곳에 계신지 어떻게 찾을 거요?"

만춘이 다시 낙담하여 부탁했다.

"그럼, 그 동굴이라도 가르쳐 주시오."

"그야 어렵지 않지. 바로 요 위이니까 같이 갑시다."

노인은 앞장을 섰다. 그들이 나무뿌리를 잡으며 가파른 곳을 간신히 올라 다다른 동굴은 입구 너비가 허리를 꾸부리면 들어갈 수 있을 만한 크기였다. 동굴 안에 들어서니 한쪽 모서리가 잘린 돌책상 하나가 가운데 놓여 있었다.

"장군께서 젊은 시절 여기서 책을 읽고 계실 때, 잠깐 조는 사이에 큰 구렁이 한 마리가 기어들었던 모양이오. 장군께서 놀라 칼로 구렁이의 머리를 내리쳤는데 저 돌모서리가 함께 잘렸다 하더군."

노인의 설명에 만춘은 그 잘린 모서리를 만져 보았다. 화강석인 돌의 두께가 두 치는 되어 보였다. 만춘은 무슨 흔적이라도 있나 싶어 사방을 훑어보았으나 단지 한쪽 구석에 빛이 누렇게 바래 찢어진 책장 한 장을 발견했을 뿐이었다.

둘은 비탈을 다시 내려왔다.

"노인장은 태백산에 가 보셨소?"

"그렇소. 거기에 산삼이 많단 얘기 듣고 가긴, 여러 번 갔지. 그런데 꼭대기까지 오른 건 딱 한 번뿐이오. 꼭대기까지 오를 수 있는 때가 6월과 7월 두 달밖에 안 되오. 다른 때 갔다간 얼어 죽지. 꼭대긴 참으로 장관이대. 꼭대기에 깊이를 알 수 없는 큰 못이 있는데 물은 남빛이고, 사방 봉우리는 수시로 구름에 가렸다 보였다 하고…… 호랭이는 엄청 많더군."

"저도 내년엔 다녀올까 합니다."

며칠 뒤, 졸본에 갔던 장례 행렬이 돌아오고 궁궐에 제청(祭廳)이 차려지자 만춘은 조문을 하러 갔다. 가영은 이미 다녀왔지만 다시 만춘과 동행을 하였다. 수많은 사람들이 줄을 지어 기다리고 있었다. 그가 조문을 마치고 나오는데 붉은색 제복을 입은 열서너 살 가량의 소년들 10여 명이 조문을 하러 온 게 눈에 띄었다.

"쟤들은 뭐지?"

만춘이 가영에게 물었다.

"아, 누가 지난해에 선왕께 우리도 신라의 화랑처럼 미리 인재들을 발탁하여 정예 무관을 양성시켜야 한다고 주청한 모양이네. 종전 제도만으로는 영재 교육이 안 된다나, 어쨌다나…… 그래서 태학에다 특별히 무과 영재반을 두었다 하네. 경당을 졸업한 학생들 가운데 추천을 받아 우수한 사람들은 이 과정을 거치게 하고 6년제 과정을 마치고 나면 초급장교로 임명할 모양일세. 앞으로도 해마다 100명씩 뽑는다는데……."

"흠!"

만춘은 헛기침을 한 번 하고 열을 지어 있는 그들 무리 가운데 가장 뒤에 서 있는 한 소년을 불렀다. 그는 상체가 하체보다 커서 손이 무릎에 거의 닿을듯했다. 다른 소년 둘이 히죽 웃으며 같이 따라 왔다.

"네 이름이 뭐냐?"

"남의 이름은 왜 묻소?"

소년이 퉁명스레 말했다.

"허, 이놈 고약하구나. 어른이 물을 때는 공손해야지……."

"성은 연, 이름은 개금이라 하오."

"요새 너희들 뭘 배우냐?"

"오경, 삼사,《삼국기》,《진양추》, 칼쓰기, 봉술, 승마…….."

"배우는 게 재밌냐?"

"책 읽는 거 빼놓고 다 재미있죠."

옆에 있던 소년들이 개금이란 아이를 가리키며 놀렸다.

"얘는 다른 건 다 일등, 책 읽는 건 꼴찌…… 킥킥킥킥."

"이놈들, 문상 와서 그렇게 떠들면 못 쓴다."

만춘은 점잖게 타이르고 그 자리를 떴다.

3. 양자

고구려 영양태왕의 국상이 끝나고 한 달 뒤.

백제 대목악군에 있는 성충의 집 앞에 장사꾼 차림의 두 남자가 와서 주인을 찾았다. 주인인 성충이 금방 뛰어나왔다.

"앗, 형님!"

"그간 무고한가?"

두 남자는 만춘과 가영이었다.

성충은 몰골이 무척 수척해 보였다. 안방에는 물건들이 어질러져 있었다.

"제수씨는?"

넙죽 절을 하던 성충은 울먹이면서 말하였다.

"형님, 제 죄를 용서하여 주십시오."

대낮인데도 그에게서 술 냄새가 확 풍겨 왔다.

"허어, 이 사람. 죄라니 우린 축하하러 왔네."

"형님, 전 형님이 돌아가신 줄 알고 그만……."

"그만 됐네. 이제 숨겨 놓지 말고 그만 인사나 시켜주게."

만춘이 성충의 팔을 잡았다.

"형님, 그게 아니고…… 제가 결혼한 게 하늘의 뜻을 거스른 것이었나 봅니다. 제 처는 지금 신라군들에게 붙잡혀 있습니다."

성충은 얼굴을 들지 못 했다.

"그게 무슨 소리요? 자세히 말해 보시오."

가영이 정색을 하고 다그쳤다.

"보름 전 일입니다. 집사람을 제 외가가 있는 가잠성으로 일을 거들어 주러 보냈는데 신라의 변품(邊品)이란 자와 해론(奚論)이란 자가 쳐들어와 성을 점령하였습니다."

"그, 그럼…… 문훈에게 도움을 청해 보지 그랬나?"

만춘이 말했다.

"그렇지 않아도 알아봤는데, 문훈 형님은 지금 왜국에 갔답니다."

성충은 풀이 죽어 어깨가 축 늘어졌다. 만춘과 가영은 난처하여 입맛을 쩝쩝 다시었다.

"그렇다고 술만 마시고 있으면 어쩌나? 대책을 찾아야지……."

만춘이 방구석에 팽개쳐진 술잔을 보며 싫은 소리를 했다.

"……죄송합니다."

"지금 대목악군 내에서 움직일 수 있는 백제군 병력이 얼마나 되나?"

"한 3천 됩니다."

"가잠성에 있는 신라군은?"

"한 5천 되는 걸로 알고 있습니다."

"여기서 얼마나 걸리지?"

"걸어서 가면 반나절 거리입니다."

잠시 생각에 잠기던 만춘이 가영에게 말했다.

"우리, 내일 새벽에 일단 정찰을 해 보세."

그들은 상심하고 있는 성충을 달래며 선물 꾸러미를 전달했다.

한밤중이 되어 셋은 가잠성 가까이 접근하여 동이 틀 무렵까지 기다렸다가 성 주위를 살펴보고 돌아왔다.

"자네는 먼저 군 장수에게 가서 약속을 받아 내게. 만약 밤을 틈 타서 우리가 몰래 성에 들어가 성문을 열어 주면 군사를 대기시켰 다가 들이칠 수 있겠는지 상의해 보게."

만춘은 성충을 대목악군 관아로 보냈다.

성충이 돌아와 말하기를, 군 장수는 '성문을 여는 것이 문제이 지 문만 열리면 때를 맞춰 들이치겠노라' 고 약속했다.

"모레가 그믐날이니까, 그 날을 기일로 잡고 장수에게 알리게."

만춘이 성충에게 일렀다.

칠흑 같은 밤, 만춘과 가영은 백제군에서 뽑혀 온 날랜 병사 셋 과 함께 성벽 밑으로 원숭이처럼 잽싸게 접근하였다. 가영이 긴 동 아줄이 달린 쇠갈고리에다 소리가 나지 않게 헝겊으로 감고 나서 성벽 위로 던져 올렸다. 잠시 기척을 살핀 뒤 그는 다람쥐처럼 성 벽을 기어 올라갔다. 그가 올라간 뒤에 줄이 좌우로 흔들렸다. 다 음 사람이 올라와도 좋다는 신호였다. 다섯 사람이 모두 성벽 위로 올라갔다. 그들은 성문으로 접근하여 보초들을 처치한 다음 성문을 열었다. 동시에 바깥에서 기다리는 백제군들에게 불화살을 쏘아 올려 신호를 보냈다.

성충을 비롯한 백제군들이 기마병들을 필두로 성문으로 몰려들었다.

"야습이다!"

신라군들이 잠에서 깨어 횃불을 밝히고 몰려들었다.

"남문이다! 남문 쪽을 막아라!"

신라군이 몰려오자 만춘, 가영 등이 막아섰지만 다섯 명이 금세 세 명으로 줄었다. 때마침 백제군이 성 안으로 쇄도했다.

백제군과 신라군 사이에 치열한 접전이 벌어졌다. 누가 불을 질렀는지 성 안에서는 화광이 충천하였다. 수적으로 우세한 신라군들이었지만 제대로 정신을 차릴 겨를이 없이 당해서 그런지 밀리기 시작했다.

해론(奚論)이 앞장서서 신라 병사들을 독려했지만 전세가 바뀌지 않았다. 해론은 소리를 질렀다.

"이곳은 전에 내 아버지가 전사한 곳이다. 오늘은 내가 여기서 죽을 차례다. 어서 덤벼라!"

그가 악을 쓰고 나아가 닥치는 대로 백제군을 쓰러뜨리니 그제서야 신라군이 사기를 얻어 되치고 나왔다.

"안 되겠는 걸……."

만춘·성충·가영은 자옥이 있는 곳을 찾아 나서려던 계획을 포기하고 발걸음을 돌려 싸움터로 되돌아왔다. 가영이 나서서 해론을 맞아 칼부림을 벌였다. 이때 백제군의 누군가가 쏜 화살이 해

론의 가슴에 정통으로 꽂혔다. 해론은 쓰러졌다.

"빨리 가세!"

세 사람이 다시 자옥이 갇힌 감옥으로 향하던 순간이었다.

"상주(上州)에서 신라 원병이 왔다."

외치는 소리와 함께 일단의 군마가 들이닥쳤다. 가잠성에서 불길이 오르는 것을 보고 이웃 성에서 급히 도우러 온 신라 병사들이었다.

"안 되겠다. 후퇴하라!"

백제군 장수가 퇴각 명령을 내렸다.

"이런! 일이 글렀는데…… 젠장!"

만춘이 혀를 찼다.

"안 되겠소, 양 형! 일단 물러갑시다."

가영이 외쳤다. 그러나 도망하는 일도 쉽지 않았다. 원병들은 열린 남문을 통해 밀고 들어왔다. 백제군은 뒤에서 치고 나오는 성 안의 신라군과 지원 온 신라군 사이에서 샌드위치 신세가 되었다.

만춘과 가영은 여러 군데 부상을 입었다. 임자 잃은 말 두 필에 몸을 싣고 간신히 혈로를 뚫어 성을 빠져나왔다. 그러나 300여 기의 신라군들이 악착같이 추격해 왔다. 성충은 어디에 섞였는지 보이지도 않았다.

"산 쪽으로 도망칩시다. 산 쪽으로……."

둘은 정신없이 말을 달렸다. 산길 중도에서 말을 버리고 뛰었다. 추격군들도 말을 묶어 놓고 따라왔다.

"지독한 놈들이다. 포기할 때도 되었는데……."

둘은 혀를 차면서 나무뿌리, 돌부리에 걸려 엎어지고 자빠지며 점점 더 깊은 산속으로 들어갔다.

동녘이 뿌옇게 밝아올 때에야 겨우 추격병을 따돌렸다. 두 사람은 물 마실 곳을 찾아 이리저리 헤매었다. 어디서 은은한 목탁 소리가 들려왔다. 소리를 따라서 걷다 보니 조그만 암자가 나타났다. 웬 중이 싸리비로 눈을 쓸고 있었다. 두 사람은 다가가서 물을 청했다. 얼굴이 둥글둥글하게 생긴 젊은 중은 암자 옆의 벽간수를 손으로 가리켰다. 만춘과 가영은 오장육부가 시원하리 만큼, 물을 들이켰다. 그때 한 늙은 중이 암자 문을 열고 나왔다.

"웬, 길손들인고?"

만춘이 앞으로 나아가 인사를 하려다 말고 깜짝 놀라 그 자리에 얼어붙은 듯 멈추었다.

"아니, 원광법사님!"

원광도 그를 알아보았다.

"허어, 그대와 나는 전생에 인연이 많은가 보군. 들어가세."

원광은 그들을 안으로 이끌었다. 안에는 자그만 불상 앞에 방석하나와 목탁 하나가 달랑 놓여 있었다.

"스님, 대체 여기가 어딥니까?"

만춘과 가영이 원광에게 큰절을 올리고 나서 물었다.

"여긴 속리산 환적대(幻寂臺)란 곳이야. 그런데 어쩌다 이런 깊은 산중을 헤매고 있나?"

만춘이 사연을 설명하자 원광은 빙긋이 웃었다.

"그래서, 결국은 구하지 못 했단 말이지?"

그는 말을 이었다.

"우선 배가 고플 테니 나물밥이라도 먹고 천천히 얘기하세."

법사는 젊은 중에게 아침 준비를 시켰다.

"그런데 스님은 천하에 널리 알려진 큰스님이신데 어찌 이런 조그만 암자에 계십니까?"

만춘이 여쭈었다.

"허, 절이 크면 뭘 하나? 찾아오는 사람만 많고 공부에 방해만 되지. 내, 그동안 세속의 일에 매어 외도를 하다가 이제사 제 길로 돌아온 거야. 여기도 소문이 나면 다른 곳으로 가야지."

"을지문덕 장군께서도 중이 되셨단 소문이 있습니다."

"허어! 그거 흥미진진한 소식인데? 그러고 보니 나도 고구려 땅 밟아 본 지가 꽤 됐군. 내년엔 그쪽으로나 한번 가 볼까?"

"제발 그렇게 해 주십시오."

"어떻게…… 이제 바로 고구려로 돌아갈 텐가?"

만춘과 가영은 서로 얼굴을 마주 보다가 힘없이 대답하였다.

"그래야…… 될 것 같습니다."

"성충 군의 부인을 구하는 건 포기하고?"

"마음이야 당장 가잠성으로 달려가고 싶습니다만 방법이……."

만춘의 응대에 원광은 눈을 감고 염주알을 조용히 굴렸다.

"나무관세음보살, 내 자네가 못 한 일을 대신해 준다면, 자네도 내 일 하나를 대신해 주겠는가?"

"그, 그게 무슨 말입니까?"

"내가 맡아 길러야 할 사생아가 하나 있는데, 자네가 대신 맡아 길러 준다면 나도 자네들이 찾는 부인을 구해 주지……."

"옛, 그럼 스님이 실수를?"

만춘이 엉겁결에 실언을 했다. 원광이 만춘의 말귀를 알아채고

껄걸 웃었다.

"이 원광이 자식을 본다…… 그거 재미있는 발상인데, 허허허."

원광은 너털웃음을 그치지 않았다. 이때, 젊은 중이 식사 준비가 다 되었다고 알려 왔다. 원광은 그 중에게 일렀다.

"식사는 놔두고 자네도 잠깐 들어와 앉게."

젊은 중이 들어와 옆에 같이 앉았다.

"스님, 죄송합니다. 제가 그만……."

만춘은 자신의 실언 때문에 몸 둘 바를 몰라 했다.

"아니, 아니, 괜찮네. 사실은 그 아이를 자네한테 부탁하려는 건, 신라의 골품제도 때문일세. 이 악법은 신라의 뭇 젊은이들의 가슴에 못질을 하기 때문에 고구려에다 맡기려는 걸세. 하긴 여기 이 사람처럼 진골 출신이면서도 자신의 신분을 과감히 벗어 던지고 중이 된 사람도 있지만 말이야. 자장(慈藏)! 인사 드리게. 아마 자네와 비슷한 나이일 거야. 이 분은 고구려 분이고 이 분은 유구에 있던 분이야."

"자장이라 합니다."

"저는 성은 양, 이름은 만춘이올시다. 뵙게 되어 영광입니다."

"저는 손가영이라 합니다."

셋이 인사를 나눈 뒤에 만춘이 다시 말했다.

"하지만 고구려에도 귀천의 가름이 있습니다."

"그래도 신라와는 천지 차이지…… 온달 장군 같은 이는 천민 신분에서 장군까지 되지 않았었나? 그러나, 신라에선 골품의 벽을 깰 수가 없어……."

"전 이미 결정을 했습니다. 괜찮으시다면 그 아이 아버지의 이름이나 가르쳐 주십시오."

만춘은 자옥을 구해 낼 수만 있다면 무슨 일이든 할 작정이었다. 원광의 제안을 들자마자 이미 받아들이기로 결정한 상태였다.

"아이의 아버지는 성이 김 가고, 이름은 '유신'이네."

"옛?"

"왜? 아는 사람인가?"

"예, 연전에 그와 전장에서 부딪친 적이 있습니다."

"왜? 마음에 걸리는 게 있는가?"

"아닙니다. 단지 그 아이가 자라서 제 아비의 나라에 칼끝을 겨누게 된다면 어쩌나…… 그게 걸립니다."

"듣게. 인간이 이승에서 어느 나라에 태어나고 어느 집에서 자라느냐, 어느 왕의 신하가 되는가는 부처님이 잠시 누구에게 그를 맡기느냐에 달린 것이라네. 왕은 잠시 맡아 있는 것뿐, 유구한 생명은 오직 부처님의 것이네. 수 양제 같은 이는 이걸 모르고 마치 자기가 만든 백성인양 마음대로 하다가 자멸의 길을 걷게 된 것이야. 이 아이가 어느 국적을 갖는가는 중요한 게 아닐세. 단지 아이가 뜻을 펼 수 있도록 성심을 다 하면 그만이야. 자장! 그렇지?"

"스승님의 말씀이 백 번 옳습니다."

자장이 화답하였다.

"저도 명심하겠습니다."

만춘이 대답했다.

"일이 이렇게 성사가 되는 걸 보니 유신이란 자도 전생에 뭔가 고구려와 인연이 있기는 있는 모양이군."

이어서 원광은 자장에게 일렀다.

"아침상은 내가 차릴 테니, 자넨 이 아래에 가서 군승(軍勝)이와 그 어미를 모시고 오게."

"아닙니다. 제가 차려 놓고, 곧장 갔다 오겠습니다."

자장은 금세 상을 들여놓고 사라졌다.

만춘과 가영이 조반 그릇을 후딱 비우고 나자, 자장이 웬 비구니와 아이 하나를 데리고 나타났다. 비구니는 몸매가 호리호리하고 얼굴은 흰 얼굴에 맑고 큰 눈을 지녔다. 호수처럼 깊은 눈은 마치 상대방을 빨아들일 것처럼 느껴졌다.

'이 여자가 아이의 엄마인 모양인데…… 유신이란 자가 반할 만도 하구나.'

원광이 비구니에게 말했다.

"인사 드리게. 이 분이 자네 속세의 업이 남긴 인연을 맡아 줄 사람이네. 내, 자네 아이를 직접 맡으려고 했으나 아이의 관상을 보니 아무래도 중 될 팔자가 아니어서 이 분들께 맡기려 하네."

비구니는 공손하게 머리를 숙이며 인사를 했다.

"덕화라고 합니다. 속명은 천관입니다. 지극한 은덕을 입게 되어서 무어라 감사 드려야 할지 모르겠습니다."

"아닙니다. 전 원광법사님께 이미 큰 은혜를 입었습니다."

그들이 대화를 나누는 동안 원광은 자장에게 말했다.

"자, 우리도 밥이나 먹자."

조반을 끝낸 원광은 곧 붓을 들었다.

"자네들이 찾으려는 부인의 이름이 손자옥이라 했던가?"

이내 원광은 서찰을 접어서 자장에게 주며 일렀다.

"자네, 지금 가잠성으로 가서 변품 도독에게 이 서찰을 전하고 이 분들이 찾는 자옥이라는 부인을 모셔 오게. 올 때 혹시 병사들이 뒤를 밟는 눈치가 있거든 단단히 혼을 내 주게."

자장이 사라진 뒤 가영은 걱정을 하였다.

"과연 신라군이 자옥이를 고분고분 내어 줄까?"

"염려 말게. 신라왕이라도 저 스님의 부탁은 거절 못 할 걸세."

만춘이 귓속말로 안심시킨 뒤, 군승이라 불리는 아이와 친해지려고 그 모자(母子)에게 이런 말 저런 말을 걸었다.

반 식경 쯤 지나자, 덕화란 비구니가 말을 꺼냈다.

"저는 그럼 여기서 일어서는 게 좋은 일일 것 같습니다. 잘 부탁드립니다."

그녀는 큰 눈동자에 글썽이는 눈물을 애써 감추며 아이가 한눈파는 사이에 서둘러 산 아래로 사라졌다. 원광은 꼼짝하지 않고 불상 앞에서 열심히 불공을 올렸다.

점심때가 지났다. 가잠성에 갔던 자장이 돌아왔다. 그의 뒤에서 자옥이 따라오고 있었다. 가영이 먼저 달려가 그녀를 안았다. 그런 다음 만춘이 그녀의 손을 마주 잡고 말없이 그녀의 눈동자를 들여다보았다. 그녀의 눈동자에 눈물이 고이더니 두 뺨을 주르르 타고 흘렀다.

"미안하오. 축하가 늦어서……."

자옥은 고개를 돌린 채 소리 없이 울었다.

"허어! 오늘은 세속의 인연들을 정리하는 날이로군. 자, 늦기 전에들 떠나시오."

원광은 그들에게 출발을 재촉하며 자장에게 길양식을 챙겼는지도 점검하였다.

"주먹밥은 마련했는가?"

"예, 스님."

자장은 만춘과 가영에게 주먹밥을 싼 보자기를 내놓았다.

"어디, 백제를 거쳐 고구려로 갈 건가?"

만춘이 그렇다고 답하자 원광은 다시 자장에게 명했다.

"이 분들을 안전한 곳까지 바래다 드리게."

자장이 앞장을 서고 만춘과 자옥, 군승이란 아이, 가영이 차례로 뒤를 따랐다.

자장은 산길에 익숙한 듯, 도중에 신라 군사들은 한 사람도 만나지 않고 용케 오솔길을 잘 빠져나갔다. 군승은 가끔 다리가 아파 쉬어 가자고 했다. 신기하게도 아이는 어미를 애타게 찾지는 않았다.

이내 해가 저물었다. 일행은 어느 야산 어귀의 동굴 속에서 하룻밤을 묵게 되었다. 나무를 꺾어다가 불을 피워 놓고 주먹밥을 꺼내 덥혀 먹었다.

"스님이 저희들 때문에 고생이 많으십니다. 스님은 진골이시라면서 어떻게 쉽게 출가를 결심하셨습니까?"

만춘이 주먹밥을 먹으며 자장에게 물었다.

"스승님 말씀대로지요. 짧은 이승에서 어느 집에 맡기느냐는 사람의 일이 아니라 부처님의 일인데 어찌 귀천의 나눔이 있겠습니까?"

"그렇지만 부모님들의 반대가 컸을 텐데요?"

"저희 아버님은 소판(蘇判: 신라의 벼슬 17관등 가운데 셋째) 무림(武林) 공으로서 화백회의의 원로 가운데 한 분이셨는데 일찍 돌아가셨습니다. 그보다 제가 화랑 신분에서 처자를 버리고 출가를 한다니까 제 아내가 반대를 많이 했지요. 그러나 부귀영화에 눈이 멀어 100년을 사는 것 보다 진리를 깨닫고 하루를 사는 것이 더 값진 일 아닙니까?'

'신라라는 나라가 결코 우습게 볼 나라는 아니구나. 지도층 사람들의 생각이 이와 같다면 어찌 백성들이 한마음 한뜻으로 뭉치지 않을 수 있을 것인가?'

만춘은 속으로 감탄하였다.

"어떻게, 우리 스승님과는 오래 전부터 아는 사이이신가요?"

만춘은 유구국에 갈 때 일어난 일이며 수나라에서의 일들을 죽 설명하였다. 자장은 고개를 끄덕였다.

"스승님은 원래 진(陳)나라가 망하기 전에 금릉(金陵: 중국 남경)으로 가서서 장엄사(莊嚴寺) 민공(旻公)의 제자로 계셨습니다. 거기서 구족계를 받으시고 중국 백성들을 위해 전교를 하러 다니셨습니다. 나중에 진나라가 수나라에 패망하면서, 스승님도 수나라군에 잡혀 참수될 뻔했는데 어떤 수나라 대장이 절의 탑이 불타는 광경을 보고 구하고자 달려가니 불타는 광경은 간데없고 스승님이 결박된 채 죽음 직전에 있더라는 겁니다. 그 대장은 보통 일이 아님을 깨닫고 즉시 결박을 풀고 극진히 모셨다 합니다."

"스님이 화랑이셨다면 문훈이라는 사람을 혹 아시는지요?"

"제가 화랑이었을 때 속명이 선종랑(善宗郞)이었습니다. 문훈은 저보다 두 살 아래였습니다."

만춘은 자장과 이런저런 이야기를 나누었다. 자옥의 일로 상처 받았던 마음에 한결 위로가 되었다.

'그렇다, 귀족 신분으로 결혼하여 처자까지 있음에도 저렇게 초연히 달관하는 마당에 나는 무엇에 연연하여 스스로를 괴롭히고 있는가……?

그는 문득 자옥 쪽을 바라보았다. 그녀는 섶을 깐 자리 위에서 아이를 부둥켜안고 고꾸라져 새우잠을 자고 있었다. 이야기를 마친 자장은 꼿꼿한 자세로 가부좌를 하고는 미동도 않은 채, 명상에 잠겨 있었다.

이튿날, 자장은 그들을 백제의 접경인 탄현(炭峴) 부근까지 바래다 주고는 돌아갔다.

4. 서민

 서라벌—

왜국에 다녀온 용수(龍樹, 일명 龍春)와 그를 수행하였던 문훈 등이 진평왕을 배알하고 있었다. 진평왕은 키가 11척이 넘는 장신이었다.

"그래, 왜국은 어떻더냐?"

"예, 지금 불사를 일으키느라 신라뿐 아니라 고구려, 백제 사람들까지 불러서 일을 맡기고 있습니다. 스이코여왕이 백제계라 그런지 아무래도 백제 사람들이 가장 많았습니다. 문물이 자못 성대하고 신하들이 여왕을 존대하는 태도가 남달랐습니다. 여왕이 조공품과 함께 전하께 특별히 보검 두 자루를 전해 올리라고 했습니다."

용수는 문훈더러 싣고 온 상자들 가운데 보검을 꺼내라고 손짓하였다. 문훈이 보검을 꺼내어 용수에게 전하자 용수는 다시 그것을 왕에게 바쳤다. 왕은 그 자리에서 칼을 꺼내 보았다. 예리한 날이 번쩍번쩍 빛을 내었다.

"흐음…… 왜국이 우리한테서 제련 기술을 배워 갔었는데 언제 이렇게 기술이 발전했는지 놀랍다."

왕은 이것저것 왜국에 대해 물어보았다. 질문이 너무 구체적이어서 용수가 대답하느라 진땀을 뺐다.

진평왕이 용수를 일본에 보낸 건 여러 가지 목적이 있었다.

첫째는 왜국에서 비다쓰천황이 죽은 뒤 수 년 동안 계속된 권력 암투를 바로잡고 성공적으로 정권을 장악하여 일취월장하는 스이코란 여걸이 누구인가, 과연 왜국 사정은 어떻게 돌아가고 있는가 알기 위함이었다.

둘째는 오직 진평왕 자신만이 아는 일로서 자신의 후계 구도와 관련된 것이었다. 환갑을 바라보는 그에게 후사라고는 딸 하나뿐이었다. 아들은 없고 딸만 셋 낳은 그가 가장 귀여워했던 딸은 막내 선화였는데 인물값을 하느라 그랬는지 나쁜 소문이 돌아 잠시 멀리 있다가 오라고 보냈더니 지금의 백제왕인 서동(무왕)을 만나 백제로 가 버렸고, 둘째 딸은 주위의 권유로 지금 그의 앞에 있는 용수에게 시집보냈다. 용수는 진평왕의 사촌 동생이기도 했는데, 골품제도를 유지하기 위해 근친혼은 어쩔 수 없는 선택이었다. 그러다 보니 남은 것은 이제 첫째 딸 덕만(후일의 선덕여왕)뿐이었다. 왕으로서는 선택을 해야 했다.

진평왕에게는 두 가지 선택의 길이 있었다. 원래 그가 앉은 옥좌는 어떻게 보면 지금 자기 앞에 있는 용수가 앉아야 할 자리인지도 몰랐다. 용수의 아버지는 진지왕인데 백성의 아내를 탐하는 등 추문이 있어 폐위되었다.

이처럼 왕의 비행이 폐위로 연결되듯이 절대 왕권 아래에서도 옛 화백제도의 유풍이 남아 있어 국왕에 대한 견제장치가 있었다. 6인의 원로회의가 국왕의 자문 및 보좌 역할을 하는 것, 지배계급이 특권만을 차지하지 않고 그에 상응하는 엄격한 도덕률을 지키는 것, 각종 전투에서 상류층들이 목숨을 아끼지 않고 솔선수범을 보이는 것, 선화공주의 사례처럼 왕실 측근이나 지배층의 추문에 대하여 단속을 철저히 하는 것 등이 신라 사회의 장점인지도 몰랐다. 말하자면 신라는 귀족정치의 이상적 모형을 보여 주고 있었다. 진평왕이 측근 진골 신하들에게 늘 강조하는 것도 '뼈가 어긋나 제 역할을 못 하면 몸에 말할 수 없는 고통을 준다. 통뼈라 주장하지만 말고 뼛값을 하라!' 였다.

어쨌든— 진평왕은 후임 옥좌를 용수에게 물려주는 문제를 진지하게 검토한 적이 있었다. 그러나 그러기에는 용수의 아버지 진지왕이 남긴 불행한 유산이 너무 무거웠다. 용수도 이것을 알고 있었다. 만일에라도 그가 후계를 잇는 사태가 벌어진다면 신하들의 상소가 빗발칠 것이 불을 보듯 뻔했다. 용수는 판단이 빠른 사람이었다. 그는 부친의 죗값을 고려, 자신이 왕좌를 넘보는 꿈은 일찌감치 그만두었다.

10년 전 모지악(毛只嶽: 지금의 경북 포항시 영일 지역에 있는 갈탄 매장 지역인 듯) 아래에서 길이 여덟 보, 너비 네 보, 깊이 다섯 자가량의 땅에 불이 붙어 열 달 동안이나 줄곧 타오른 일이 있었다. 그때 갖가지 소문이 서라벌 안에 떠돌았다. 녹색 도깨비 여러 마리가 불탄 자리에서 기어 나와 서쪽으로 갔다는 둥, 키가 보통 사람의 세 배를 훨씬 넘는 여자가 나와서 서북쪽으로 사라지는 것을 봤다는 둥…… 이에 왕은 점쟁이를 불러 점을 쳤더니 이런 괘가 나왔다.

"땅은 음(陰)을 나타내는즉, 왜국과 우리나라 그리고 중국에 잇따라 여제(女帝)가 나타나리라."

결국 진평왕은 용수에게 후계를 물리는 방안을 포기하고 남은 다른 한 가지 방법─ 덕만을 후계자로 삼기로 심정을 굳혔다.

이번에 용수를 왜국에 갔다 오게 한 것도 여자도 그만큼 할 수 있다는 점을 용수에게 눈으로 보고 오라는 뜻, 즉 용수에게 권좌는 일찌감치 포기하라는 뜻이 넌지시 담겨 있었다. 용수는 이 의미를 잘 알고 있었다.

"그래, 네 아이는 잘 크더냐? 식탐을 한다더니 요즘은 어떤가?"

진평왕이 용수의 아들 춘추를 떠올리고 물었다. 용수의 아들 춘추는 밥상 위에 놓인 음식이라면 닥치는 대로 먹어 치우는 버릇이 있었다. 특히 육류의 경우 더욱 심했다. 이 버릇은 후일 그가 왕이 되고 나서도 고쳐지지 않았던 모양이다.《삼국유사》에는 그가 하루에 쌀 서 말과 꿩 아홉 마리를 해치웠다고 적혀 있다.

"아직 집에는 들르지 못 하였습니다."

"그래서 쓰나? 빨리 가 봐야지. 그리고 내일부터는 선부서(船府署) 일을 네가 맡아라. 중요한 일이니 각별히 신경 쓰도록 해라."

선부서는 진평왕이 왕위에 오른 얼마 뒤(583년) 만든 관청인데 그의 중요한 치적 가운데 하나였다. 선부서는 중국, 왜, 고구려, 백제의 모든 조선술을 취합하여 배를 건조하는 일과 평시의 운항에 관한 일도 이 부서에 맡아 보았다. 용수는 왕이 이 일에 얼마나 열정을 기울이고 있는지 잘 아는 터라, 요직 가운데 요직을 맡겨 주는 데 감사했다. 왕은 용수의 남다른 추진력을 평가해서 이 일을 맡긴 것이다.

용수를 따라 같이 선부서로 옮기게 된 문훈은 며칠 뒤 퇴화군 (退火郡) 근오지현(斤烏支縣: 지금의 포항)에 나가 선부서의 제반 상황을 파악해 용수에게 보고했다. 보고서를 검토하고 난 용수는 현장에 나와 선부서에 근무하는 수병들의 막사 옆에 막사를 하나 더 같이 짓고 숙식을 그들과 같이하였다. 어느 날, 그는 문훈을 불러 지시하였다.

"선부서의 공장(工匠)들과 수병들에게 집의 원근에 따라 보름에서 한 달 동안의 휴가를 주도록 하고 앞으로는 1년에 한 번씩 정기적으로 휴가를 주도록 하라."

문훈이 의견을 말하였다.

"육군의 경우 수자리에 당번을 서게 되면 3년 동안 집에 돌아오지 못 하는데 선부서에만 휴가 제도를 두어도 괜찮을까요?"

"배 만드는 일에는 정성이 들어가야 한다. 정성이 들어가려면 마음이 바로 서고 의욕이 솟아야 하는데 머리가 돌이 되어서 시키는 대로만 하면 어떻게 좋은 배가 만들어 지겠느냐? 임금님께는 내가 말씀 드릴 테니 먼저 시행하라. 육군에서 우리를 본받아 휴가제를 실시하면 더 좋은 일이고 아니면 그만이다."

문훈은 용수가 담력 있게 일을 밀어붙이는 것을 보고 몇 곱절로 일할 의욕이 생겼다. 그는 바로 선부서의 인적 사항을 파악하였다. 그리고 전 인원을 나누어서 교대로 1년에 한 차례씩 집에 다녀오게 했다.

서라벌 사량부 율촌 마을——

일찍 일어난 설계두(薛罽頭)에게 어머니가 잔소리를 늘어놓았
다. 10년 전, 나이 마흔에 열 살 난 설계두와 젖먹이 아이를 가지고
과부가 된 그녀는 불만 해소를 오직 잔소리로 풀고 있는 듯했다.

"오늘 일찍 가서 느그 삼촌 이삿짐 거들어 줘야재. 와 그리 꾸물
거리노? 모혜현(芼兮縣: 지금의 포항시 기계면)까지 60리 길인데
어느 여가에 갔다 올라 카노? 니가 늦게 오면 밀린 일은 언제 할라
카노?"

모친의 잔소리에 이력이 난 설계두는 개의치 않고 아침상을 차
렸다. 궁색한 집안이라 아침상이라야 조 두 줌과 쑥 한 줌을 섞어
끓인 멀건 죽이 전부였다. 그는 부엌에 들어오는 동생에게 잠깐 아
궁이를 지켜보게 하고 뒤주로 갔다.

바가지로 남은 쌀을 박박 긁어보니 서너 되 남짓 되었다. 제사
에 쓰려고 아껴 놓은 것이었다. 설계두는 망설이다가 나중에 모친
한테 단단히 혼날 각오를 하고 그 가운데 두 되 정도를 자루에 퍼
담았다. 자신의 집보다 더 어렵게, 병든 아버지를 모시고 사는 사
촌 여동생 향순이의 얼굴이 떠올랐기 때문이다. 어머니가 보지 않
게 자루를 얼른 품 안에 감추고 부엌으로 돌아온 그는 동생 용석
(龍石)에게 귓속말을 했다.

"니, 아침 묵자마자 이 자루를 가지고 나가서, 동구 밖 장승 있
는 데서 기다리고 있거라. 어매한테 들키면 큰일 난다. 알겠재?"

계두는 자루를 땔감 더미 속에 슬쩍 감추었다.

동생은 이런 일에는 익숙한 터라, 걱정 말라는 표정으로 손을
쳐들어 보였다.

세 식구가 죽 그릇에 간장을 풀어 아침 식사를 하면서도 어머니의 잔소리는 끊이지 않았다.

"옆집 가실(嘉實)이를 봐라. 애가 얼매나 근실하노? 어제는 송아지 한 마리 또 샀다 카더라. 니가 그 아 반만 쫓아가도 내가 걱정을 안 할 낀데……."

계두가 가장 싫어하는 게 어머니가 다른 사람을 거론하며 나무랄 때였다. 죽 그릇을 들어 훌훌 마신 뒤 방을 나와 버리자, 어머니는 그것마저 못마땅한지 또 나무랐다.

"저런, 저런, 지한테 약되는 말만 하면 저리 듣기 싫어한다. 쯧쯧……."

계두는 마당에서 서성거리다가 용석이 상을 들고 나오는 것을 받아 부엌에서 대강 설거지를 마쳤다. 그 사이에 용석은 쌀자루를 들고 잽싸게 사립문 밖으로 달음질쳤다.

계두는 모친에게 다녀오겠다는 말을 하고 집을 나섰다. 동네 우물곁을 지날 때쯤, 옆집의 가실이 어디선가 나타났다.

"오늘 어데로 행차하나?"

가실은 그와 친한 친구였으나 계두는 아침부터 어머니가 가실과 자신을 견주어 나무란 때문에 은근히 심사가 틀어져 퉁명스럽게 말을 받았다.

"어데로 가든 니가 알아 뭐할래?"

"아따, 아침부터 뭘 잘못 묵었나? 말투가 와 그렇노? 오늘 느그 삼촌 이삿짐 거들어 주러 가는 거 아이가?"

계두가 며칠 전에 마을 친구들과 만난 자리에서 그 사실을 말한 터이라 가실은 이미 알고 있었던 것이다.

"알면서 뭐할로 묻노?"

"우째, 소달구지는 준비했나?"

계두는 거기까지 미처 생각을 못 했었다.

"……짐이 가벼우니 필요 없을 끼다."

"그라머, 내가 같이 가서 거들어도 되겠재?"

웃는 얼굴에 침 못 뱉는다는 식으로 계두의 잇단 무뚝뚝한 말투에도 그가 계속 고분고분 말을 걸어오자 계두도 누그러졌다.

"니 맘대로 해라."

"천천히 가고 있그래이. 내 금방 집에 들렀다가 뒤쫓아 가께."

가실은 집 쪽으로 달려갔다.

계두가 마을 어귀에서 용석으로부터 쌀자루를 받아 들고 몇 발자국 안 가서 가실이 헐레벌떡 뛰어왔다.

"그거는 뭐꼬?"

계두는 가실의 옆구리에 끼인 두툼한 보따리를 보고 물었다.

"이거, 베 두 필이다. 이사하는 집에 빈손으로 갈 수 없어서……."

계두는 깜짝 놀랐다.

"일마 이거 웃기는 아네. 느그 집에서 쫓겨날라고 환장했나?"

베 두 필이면 적지 않은 액수였다. 그제야 계두는 짐작이 가는 바가 있었다.

'얌전한 강아지가 부뚜막에 먼저 올라간다더니…… 이눔아가 향순이에게 마음이 있는 모양이다.'

계두는 몇 달 전 사촌인 향순이가 그의 집에 다니러 왔을 때 향순이의 자태를 본 동네 총각들이 군침을 흘리던 일이 생각났다.

'엉큼한 놈, 그래서 미리 우물 근방에서 나를 기다린 것이군.'

계두는 가실의 배때기를 한 대 차 주고 싶었다. 그러나 한편으로는, 차라리 가실처럼 착한 친구가 향순이의 짝이 되는 것도 괜찮겠다는 생각이 들었다.

둘이서 숙부 집에 이르렀다. 향순과 삼촌은 짐을 꾸려 놓고 기다리고 있었다. 워낙 빈한한 살림이라 짐도 별 게 없었다. 낡은 이불 보따리 하나, 작은 옷 보따리 하나, 중간 크기의 독 하나가 전부였다. 낡은 옷궤가 하나 더 있었는데 워낙 낡아, 향순이는 버리고 가자고 하고 삼촌은 가지고 가자고 하면서 부녀지간에 실랑이를 했다. 결국 계두가 이불 보따리와 함께 묶어 둘러메었다. 자질구레한 것들은 독 속에 넣어 가실이 짊어졌다. 옷 보따리만 향순이 안아 들고 퇴화군 모혜현으로 향했다. 지금껏 삼촌 댁은 율리에서 향순이가 삯바느질을 해 가며 근근히 연명해 왔으나, 도저히 호구지책이 되지 않았다. 그런데 모혜현에 살고 있던 향순의 외조모가 대(代)를 잇지 못 하고 밭떼기와 논 몇 마지기를 남긴 채 죽었으므로 그 곳으로 옮겨 가게 된 것이다.

'언제 우리 집안도 형편이 펴질 것인가?'

초라한 이삿짐을 지고 가면서 계두는 집안 신세를 한탄했다. 원래 그의 집안은 고조부 때만 하더라도 육두품 벼슬의 꽤 괜찮은 집안이었다. 그러던 것이 그의 중조부대부터 불운이 겹쳤다. 중조부는 전쟁에서 행방불명이 되었으며 조부 또한 진흥왕 말년의 전쟁에서 어린 계두의 선친과 삼촌을 남겨 둔 채 죽었다. 그의 아버지 역시 병약하여 일찍 세상을 떠나는 통에 가세가 기울어 이제는 평민과 노비들이 모여 사는 동네에 섞여 살면서 그나마 입에 풀칠하기도 어려운 형편이 된 것이다.

계두와 가실은 짐을 지고도 걸음이 빨랐으나 계두의 삼촌은 가슴앓이 때문에 숨이 가빠서 자주 쉬게 되었다. 그들이 모혜현에 이르렀을 때는 미시(未時)가 지나서였다.

계두는 늦게 온다고 성화를 부릴 어머니의 모습이 눈에 선했으나, 애처로운 사촌 누이의 모습이 마음에 걸려, 가실과 함께 땔나무 한 짐까지 해 놓고 난 뒤, 삼촌 집을 나섰다. 향순이 저녁을 먹고 가라고 졸랐지만 어려운 집에 양식 축내기가 싫어 그냥 길을 떠났더니 뱃가죽이 등짝에 달라 붙는듯 시장하였다. 위장에서 무쇠라도 녹일 한창 나이에 아침으로 떼운 멀건 죽 한 그릇은 그가 하루를 버티기에는 턱없이 모자랐다. 둘은 길가에 널려 있는 연한 솔잎을 몇 주먹이나 따서 씹은 뒤 냇가에 엎드려 물을 들이켰지만 별로 도움을 주지 못 했다.

"내가 배 고프지 않는 방법을 하나 가르쳐 줄까?"

가실이 불쑥 말했다.

"그게 뭔데? 제발 좀 가르쳐 도고."

가실은 엄숙한 표정을 지으며 말했다.

"기(氣)를 마시면 된다. 어디 나 하는 대로 따라해 봐라!"

가실은 풀밭에 주저앉아 석양을 향해 가부좌를 틀고 두 손을 무릎에 올렸다. 꼭 부처 같은 자세를 한 그는 눈을 감고 입을 열고는 심호흡을 되풀이했다. 계두는 반신반의하면서도 그가 하는 대로 따라해 봤다. 배고픔이 잠시 가시는 느낌도 들었다. 그러나 그것도 잠시 뿐, 그들이 다시 일어서자 배에서 꼬로록 소리가 났다. 기를 들이마신다는 것이 기로 배가 부르는 게 아니라 심리적 효과 뿐이었던지 그 소리를 듣자마자 다시 배가 고파왔다.

"어떻노? 시장기가 좀 가셨나?"

가실이 묻자 계두는 피식 웃었다.

"목구멍으로 뭔가 넘어가야 배가 안 고프지 헛바람만 집어넣은 게 무슨 효험이 있노? 아아! 우리 세 식구 밥만 실컷 먹여 주는 자리가 있다면 내 무슨 일이라도 할 끼다."

비화현(比火縣: 지금의 경주시 안강읍)이 보이는 곳까지 온 그들은 혹시 오른편 숲에 산토끼라도 있는가 하고 살폈지만 허사였다. 이 숲은 잘 알려진 사냥터였으므로 서라벌 사람들이 이곳까지 와서 자주 사냥을 하곤 했다.

마을을 지나던 그들이 주막집 앞에서 술 냄새를 맡으며 잠시 서성이고 있었다. 인심 좋은 주모가 술 한 사발씩 마시고 가라고 권해서 두 사람은 감지덕지하며 마당 안으로 들어가 평상에 걸터앉았다. 주모가 술 사발을 내오길 기다리고 있는데 한쪽이 떠들썩하였다. 그쪽에는 웬 중 하나가 장정 여럿이 지켜보는 가운데 팔씨름을 하고 있었다. 장정 몇 명이 중에게 차례로 도전했지만 제대로 힘도 못 쓰고 연거푸 팔이 넘어갔다. 그 중은 상대를 이길 적마다 술 사발을 잇따라 들이켜면서 연방 상대를 조롱했다.

"야, 이놈아! 젊은 놈이 힘은 다 어데 갔노? 니 어젯밤에 힘을 너무 썼구나."

"이 녀석! 어릴 때 에미 젖이 부족했던 모양이구나. 가서 네 마누라 젖이라도 먹고 다시 오너라."

이런 식의 조롱을 퍼부으며 연전연승을 하는 중—

"저 중은 누구요?"

가실이 옆에 앉은 늙수그레한 손님에게 물었다.

"젊은 양반, 저 중을 모르는걸 보니 이 고을 사람 아니로군. 저 중은 혜숙(惠宿)이라고 하는데 사람들이 땡중, 땡중 하지만 내가 보기엔 그냥 땡중은 아니야. 작년에 국선(國仙) 구참(瞿旵) 공이 이곳에 사냥을 왔을 때, 저 중이 몰이꾼을 자청했어. 그리곤 노루를 잡아 굽고 있는데 갑자기 '싱싱하고 맛있는 고기가 있는데 좀 드실랍니까?' 하더라는 거야. 구참 공이 좋다고 하자 느닷없이 저 중이 칼로 자기 허벅지 살을 뚝 잘라서 내놓았어. 옷에는 피가 줄줄 흐르고…… 공이 기겁을 하여 그 뒤로 다시는 사냥터에 나타나지 않았어. 사냥에 미치지 말고 나랏일에 미치라는 경고였겠지. 어쨌든 술도 마시고 고기도 먹는 괴상한 중이야. 여자하고 잠자리도 갖는다는 소문도 있고……."

그때까지 일고여덟 명의 건장한 장정들 가운데 한 사람도 그 중을 이기는 사람이 없었다. 완력이라면 자신이 있는 계두가 호기를 억누르지 못 하고 중에게 걸어갔다.

"어디, 저하고 한번 합시다."

중은 힐끗 그를 쳐다보았다.

"어쭈, 이눔 봐라. 너 이게 내기라는 거 아냐? 지는 사람이 술 한 되 내기다."

"좋수다. 삼세판 해서 지면 내겠소."

계두는 주머니에 땡전 한푼 없으면서 뱃심 좋게 말했다.

둘이서 손을 맞잡았다. 중의 손은 돌덩이 같았다. 심판을 보는 사람이 "시작" 소리와 함께 잡고 있던 두 사람의 엉킨 손에서 손을 떼자마자 두 사람은 용을 썼다.

'아뿔사!'

계두는 속으로 가벼운 비명을 질렀다. 시작하자마자 상대방에게 손목을 꺾였기 때문이었다. 계두의 팔이 20도쯤 기울었다. 계두는 있는 힘을 다해 도로 올리려고 애를 썼다. 중도 야유를 멈추고 용을 쓰며 얼굴에 핏대를 올렸다. 구경꾼들은 중이 오랜만에 강적을 만난 것을 보고 계두를 응원하였다. 그러나 결국 계두의 팔이 넘어가고 말았다.

"음, 네놈이 힘은 좀 쓴다마는 아직 한 수 더 배워야겠다."

중은 이마의 땀을 닦으며 말했다. 계두도 호흡을 가다듬었다.

"총각, 힘내게!"

누군가 그에게 술 한 잔과 쇠고기 한 점을 집어 가져왔다. 계두는 술과 고기를 냉큼 삼켰다. 그러자 갑자기 속에서 기운이 용솟음치는 것을 느꼈다.

'희한하다. 아직 소화도 안 되었는데 고기 한 점, 술 한 잔 들어간 게 이렇게 다를 수가…… 그래서 배고픈 장사 없다는 말이 생겨났구나.'

계두는 표정이 싹 달라지더니 팔꿈치를 털썩 상 위에 얹었다.

"자— 남은 판, 합시다."

중이 손을 잡자마자 계두는 팔목을 꺾이지 않으려고 단단히 버텼다.

"시작!"

계두는 있는 힘을 모두 팔과 허리에 모았다. 응원 소리가 웽웽 귓전을 맴돌았다. 마침내 중의 팔이 넘어갔다. 주위에서 환호 소리가 났다.

"이놈은 술을 먹으면 힘이 나는 놈이로군. 좋다, 나도 한잔 가져와라."

중은 "허허" 웃으며 뒤이어 가져온 술을 벌컥벌컥 마셨다. 계두를 응원하던 사람들이 질세라 계두에게도 술을 먹였다. 세 판째는 서로 막상막하로 버티다가 이번에도 계두가 이겼다. 사람들이 함성을 질렀다.

"이 사람, 내 친군데 말이오. 쌀 한 가마를 예사로 담장 위로 던져 넘긴다오."

가실도 신이 나 떠들어대었다. 중은 자기가 졌음에도 호탕하게 웃으며 내기에 진 술을 시켰다.

"자네가 장사는 장사네. 어이, 주모 여기 술 한 되 가져오게."

"아닙니다. 스님, 저는 사실 내기에 져도 술 살 돈이 없었습니다. 안 사셔도 됩니다."

계두가 사양하자 혜숙이란 중은 쓴웃음을 지으며 소리쳤다.

"허, 이 총각, 순진해 빠졌군. 맘에 들어. 어이, 주모 빨리 가져오게."

이때, 한쪽 구석에서 물끄러미 이 광경을 지켜보고 있던 구레나룻 수염을 기른 사내가 터벅터벅 계두 앞으로 걸어 나왔다.

"저하고 한 판 해도 되겠소?"

사람들은 떠들기를 멈추고 그 사나이를 유심히 바라보았다. 수염을 텁수룩하게 기른 그의 얼굴은 햇볕에 검게 그을어 있었고 근육이 불끈불끈 솟은 팔뚝에는 용 대가리의 문신이 새겨져 있었다.

"저는 사량부에 사는 설계두라 합니다만, 댁은 뉘시온지?"

계두가 공손히 인사를 하자, 그가 설명했다.

"소인은 내혜홀(奈兮忽: 지금의 경기도 안성) 사산(蛇山)에 사는 심나(沈那)라고 하오. 선부서에서 일하다가 고향으로 휴가차 가는 길이오."

계두와 심나가 팔씨름을 붙게 되자 주막에 있던 사람들이 모두 몰려 지켜보았다. 첫 판은 계두가 지고 둘째 판은 이겼다.

"용호상박이로군."

혜숙이 말했다. 셋째 판은 서로 비등하여 결판이 좀처럼 나지 않았다.

"이제 그만들 하게. 너무 오래 하면 팔꿈치 뼈가 빠지네."

마침내 혜숙이 시합을 중단시켰다. 그런 뒤 그는 주모를 불러 제의했다.

"내가 내일 노루 한 마리를 선사할 테니 오늘 술 한 말을 시주할 텐가?"

"아니, 스님이 살생을 하면 되나요?"

주모가 핀잔을 주었다.

"아니— 이 사람, 누가 살생을 한댔나? 산 채로 잡아 올 테니 기르든 잡아먹든 알아서 하란 말이다."

"좋소, 불법(佛法) 앞에 희언은 없기요!"

혜숙은 주모의 궁둥이를 탁 두들기며 낄낄 웃었다.

"불법이 다 여기서 나온다."

주모가 술을 내오자 혜숙은 모두에게 술을 권했다.

"자, 오늘 내가 오랜만에 호걸들을 만났다. 같이 한잔 하세."

그리하여 혜숙과 계두, 심나, 가실이 같이 술잔을 주고받았다. 계두는 선부서가 궁금한지 심나에게 이것저것 물어보았다.

"선부서에서는 지금 최신형 배들을 만들고 있는데, 이 배들을 타면 중국 강남은 물론이고 천축국, 나아가 그 너머에 있는 파사국까지 갈 수 있소."

계두의 눈이 빛났다.

"파사국이 어데쯤이오?"

"배로 중국에서 더 남쪽으로 가면 임읍(林邑)이고 거기서 남조(南詔)를 넘어 더 서쪽으로 가면 천축국인데 그 너머에 있는 곳이 파사국이라 하오."

"거기 사람들은 어떻게 사는가요?"

가실이 물었다.

"우리 선부서에 대세(大世)라는 사람과 구칠(仇柒)이라는 두 노인이 있는데 그 분들이 파사국뿐 아니라 그 너머에 있는 라마제국까지 갔다 왔답디다. 그 분들 말을 들으면 파사국 사람들은 밥 대신 밀가루로 만든 떡을 먹고, 돼지고기 대신에 양고기를 먹는데 큰 통다리를 쟁반에 올려놓고 한꺼번에 먹어 치운다고 합디다."

계두는 거의 황홀한 표정을 지었다. 양의 통다리를 송두리째 먹는다는 말은 늘 배고픔에 시달리는 그에게는 파사국이 극락에 버금가는 이상향으로 여겨지기에 충분했다. 다시 그들은 심나가 선부서에서 동료로부터 들은 당나라의 수도 장안에 대한 이야기로 꽃을 피웠다. 이야기가 파할 무렵 계두는 심나에게 은근히 물었다.

"나중에 근오지현에 가면 공을 만날 수 있겠소?"

"내가 한 달 뒤엔 돌아가니 그 뒤론 언제든지 오시오."

네 사람은 말술을 다 비운 뒤에 작별 인사를 하고 계두와 가실은 서둘러 서라벌로 향하였다. 둘 다 술이 거나하게 취하였다.

"니 우리 동생한테 진짜로 마음이 있나?"

술기운이 오른 계두가 가실에게 툭 까놓고 물었다. 가실은 머뭇머뭇하더니 말했다.

"그래, 진심을 말하자면 그렇다."

"장게를 들라카나?"

"그래…… 니가 좀 도와 도고."

"느그 아부지, 엄마가 반대하실 낀데……."

"잘 설득해야재. 그래도 정 안 된다면 내 고집대로 할 끼다."

계두는 조용한 성격의 가실이 어떻게 그처럼 단호할 수 있는지 놀라웠다.

"잘 설득시키 봐라. 니가 그아 때문에 불효자가 되는 건 싫다. 술이 취해 하는 얘기가 아니라 진짜로 향순이만한 신붓감은 세상에 없데이. 내 사촌 오래비라고 하는 얘기가 아이다."

"나도 알고 있다. 근데 니는 느그 엄마가 장가 가라고 안 하나?"

계두는 한숨을 푹 내 쉬었다.

"나는 언젠가는…… 배를 탈 끼다. 이곳에는 정이 안 간다."

"무슨 소리고? 우리 같은 평민이야 농사나 지어야지만 니는 언젠가는 느그 고조 할아부지처럼 돼야재?"

"그렇게 되면 뭐하노? 육두품은 아무리 뛰어나도 상대등(上大等: 재상)이나 높은 자리에는 올라갈 수 없다. 골품인지 뭔지 그게 없는 세상으로 가고 싶다. 아까 그 선부서 사람 말이 중국에는 과거제도라는 게 있어 거기에 합격만 되면 누구나 왕후장상이 될 수 있는 길이 열린다 안 카더나? 거기로 갈란다. 대체 천자란 어떤 사람인지 그 옆에서 매일 봐야 직성이 풀리겠다."

"니는 꿈이 너무 크다. 느그 엄마와 어린 동생은 우야고?"

가실의 말에 계두는 다시 한번 꺼질듯이 한숨을 푹 내쉬었다.

"그케, 그기 맘에 걸려 지금 이러지도 저러지도 몬하고……."

"참아라. 좀 지나면 니도 생각이 바뀔 끼다. 좋은 처자 만나서 사랑에 빠지게 되면 생각이 바뀐다."

그들이 이런저런 이야기들을 나누며 사량부에 도착한 것은 자정이 다 되어서였다. 가실과 헤어진 계두가 집 근처에 이르니 열 살 난 동생이 길가에서 기다리고 있었다.

"니, 잠 안자고 여기서 뭐하노?"

"힝아, 큰일났데이. 엄마가 뽈따구가 되게 났다."

"예끼, 어매보고 뽈따구가 뭐고. 그런 말 하면 못 쓴데이."

형을 걱정해서 잠도 안 자고 길목에 나와 있는 어린 동생이 기특해 그는 손을 꼭 쥐었다. 집에 들어서서 어머니한테 다녀왔다고 인사를 올렸다. 아니나 다를까 어머니는 계두를 마주 앉혀 놓고 술 냄새가 나는 것과 늦은 사실을 두고 나무라기 시작했다. 과거의 온 갖 일들까지 다 들추어 한 식경 가까이 잔소리를 늘어 놓았다.

며칠 뒤, 가실이 계두를 찾아왔다. 그는 윗마을 흠춘 도령 댁의 집 개축 공사에 품꾼으로 일하러 같이 가자고 했다. '흠춘 도령 댁'이란 마을에서 소문난 대갓집인데 그의 아버지가 이찬(伊飡: 신라 벼슬 17관등 가운데 두 번째) 벼슬을 지내다가 일찍 죽고 그의 아들 흠춘이 열다섯의 나이로 집주인 노릇을 하고 있었다. 계두는 어머니의 허락을 얻어 따라 나섰다.

"또 누구를 데리고 갈까?"

"석수도 데리고 가야지."

석수는 그들과 친하게 지내는 노비인데, 얼마 전 그의 주인이 죄를 지어 재산을 몰수 당하자 늙은 부친과 단 둘이 이곳으로 와, 아직 집도 없이 움막에 살고 있었다. 석수는 마음이 곧고 품성이 순할뿐 아니라 활을 잘 만들고 쏘는 재주 또한 뛰어났으므로, 계두와 가실은 곧잘 그와 어울렸지만 계두의 어머니는 아들이 노비 출신과 자주 어울리는 것을 달가워하지 않았다.

"참, 그 댁에서 '올 때 병풍을 찾아 가지고 오라' 했어. 그쪽부터 가자."

그들은 언덕 위에 있는 화공, 솔거의 집으로 갔다. 그는 일찍부터 남달리 그림에 소질이 있었다. 그가 황룡사(皇龍寺)의 벽에 소나무를 그렸더니 새가 정말 소나무인 줄 알고 날아와 부딪쳤다는 소문이 있을 정도로 그림을 잘 그렸다. 그들이 솔거의 집에 이르니 그는 마당에서 고령토를 가지고 뭔가를 열심히 만들고 있었다. 흰 머리칼이 희끗희끗한 솔거는 그들이 곁에 갈 때까지도 모른 채 일에 열중해 있었다.

가실이 '병풍 찾으러 왔습니다' 라고 했을 때야 그는 힐끔 쳐다보더니 천천히 일어섰다. 어깨가 유난히 올라가고 목이 짧은 이 기인은 한쪽 다리를 절며 방 안으로 들어가더니, 병풍을 안고 나와 마루에다 펴놓았다. 꽃나무와 새 그림이 그려진 병풍에는 흡사 새가 살아서 팔팔 날아다니는 것 같았다.

"어때 괜찮아 보이는가?"

잠시 뒤 그는 두 사람의 얼굴을 살폈다.

"아, 참! 자네들이 석수의 친구였지?"

"네. 지금 석수네 집으로 가는 길입니다."

솔거는 방 안에서 그림을 한 장 더 가져 나와 그들에게 주며 말했다.

"이 그림을 석수에게 가져다주게."

"이게 뭡니까?"

두루마리를 펴 보니 그것은 제사상 그림이었다.

아래 첫 줄에는 각종 과일이 그려져 있고, 그 뒤에 여러 가지 나물들, 탕국, 그 다음에는 고기와 생선류, 그리고 밥과 국이 금방 펴서 놓은 것 같이 먹음직스럽게 그려져 계두는 저도 모르게 침을 꿀꺽 삼켰다.

"내일이 제사라는군, 그런데 찬물밖에 떠 놓을 게 없다기에 내가 제사 음식상을 그려 주마고 약속했지. 허허, 실은 이 제사상 그림에 저 병풍보다 더 많은 품이 들어갔다네."

"이 그림을 공짜로 주는 겁니까?"

"암만, 물 떠놓고 제사 지내는 집에 무엇을 받겠나. 이것도 함께 전해 주게. 제삿날만큼은 쌀밥을 지어야 되지 않겠나?"

솔거는 두 되는 됨직한 쌀자루도 함께 주었다.

"병풍 값은 받아올까요?"

"그건 내가 궁해서 미리 받았네."

둘은 병풍과 제사상 그림, 쌀자루를 받아들고 언덕 바로 너머에 있는 석수의 움막으로 갔다. 그는 제사상 그림과 쌀자루를 받자 눈물을 글썽이며 중얼거렸다.

"내가 그냥 지나가는 소리로 한 건데 그걸 잊지 않고……."

세 사람은 흠춘 도령 댁에 도착하였다. 이들을 맞은 흠춘의 모친은 일일이 할 일을 일러주며 며칠이면 일을 끝낼 수 있겠느냐고 물었다.

"저희 세 사람이 열심히 하면 엿새 안에 끝낼 수 있겠습니다."

"알았네. 열심히 하면 내 각자에게 쌀 두 말씩을 주겠네."

세 사람은 소매를 걷어 부치고 일을 시작하였다. 흠춘 도령도 헌 옷으로 갈아 입고 그들을 도왔다.

나흘째 되는 날 아침, 석수가 싱글벙글 웃는 낯으로 나타났다. 무슨 좋은 일이 있느냐고 계두가 물었다.

"그 그림 제사 덕을 톡톡히 봤어. 그제 밤에 제사를 지내고 일어 나니, 도비(都非) 대감 댁에서 머슴으로 들어와서 일해도 좋다는 기별이 왔거든."

석수는 좋아서 어쩔 줄을 몰라 했다. 계두와 가실도 기뻤다. 도 비 대감은 대내마(大奈麻: 신라 벼슬 17계급 가운데 열 번째) 벼슬 에 있는 사람으로 나이가 많아 그의 아들 눌최(訥催)가 실질적인 집안 살림을 꾸려 가고 있었다. 부자가 모두 어질어서 부리는 사람 들을 너그럽게 보살피는 것으로 마을에 소문이 나 있었다.

"그러니 조상을 잘 모셔야 해."

가실이 말했다.

집 공사를 마친 날 저녁때, 그들은 품값으로 받은 쌀자루를 들 고 흠춘네 집을 나섰다. 가실과 석수는 흐뭇한 표정이었다. 그러나 계두는 좀 다른 생각을 하였다.

'그렇다. 남자로 태어났으면, 저 정도 집에서 살고, 저 정도의 지위에 올라야 사람답게 사는 것이다. 그런데 나는 이게 뭐냐?'

그는 흠춘네의 웅장한 집채와 드나드는 사람들의 화려한 옷차 림이 그 뒤 며칠 동안 눈에 아롱거렸다.

봄이 가고 여름이 왔다. 그 사이 석수는 주인 눌최를 따라 서쪽 변경인 앵잠성으로 갔다.

10월. 백제가 속함(速含), 앵잠(櫻岑), 기잠(岐岑), 봉잠(烽岑), 기현(旗懸), 용책(冗柵) 등 여섯 성을 공격하여 왔다. 진평왕은 상주(上州), 하주(下州), 귀당(貴幢), 법당(法幢), 서당(誓幢)의 5부 군을 동원해 구원하려 했으나 실패했다.

첫눈이 내리는 어느 날, 석수는 싸늘한 주검이 되어 돌아왔다. 성이 무너지자, 석수는 자기 주인 눌최 앞에서 활을 쏘며 최후까지 싸웠으나, 마침내 적이 내리친 도끼에 맞고 주인과 함께 장렬한 전사를 했다는 것이었다.

"아아, 좋은 주인을 만났다고 그렇게 좋아하더니……."

계두는 시간이 흐를수록 점점 우울해져서 친구들과 나누는 말 수도 적어져 갔다.

5. 태백산

620년 여름, 만춘은 미뤄 뒀던 태백산(백두산) 원정을 하기로 마음먹었다. 무엇보다도 2년 가까이 종적이 묘연한 을지문덕 장군의 소식이 궁금하여 견딜 수 없었다. 이즈음 그는 유구에서 병사들을 훈련시킨 경력 덕분에 태학 무과반 조교로 일하였다. 마침 여름방학을 맞아 여유가 생겼던 것이다.

태백산에 오르는 길은 북쪽과 동쪽 두 갈래가 있었다. 만춘은 북쪽 길을 선택하고 하고 우선 졸본성으로 갔다. 거기서 국조 동명성왕의 사당에 참배한 다음, 흑룡을 몰고 집에서 데려온 종자 하나와 함께 양식을 싣고 길을 떠났다.

북쪽에서 접근하여 마지막 마을이 있는 곳까지 도달하였다. 산 꼭대기까지는 200리라는 사람도 있고 300리라는 사람도 있었다. 그러나 아무도 꼭대기까지 올라가 본 사람은 없었다. 개중에는

'꼭대기 큰 못에 시커먼 용이 사는데 접근하는 사람은 모두 물어 죽인다'고 하기도 했다.

그는 연전에 불곡산에서 만난 심마니한테서 들은 얘기가 생각났다. '심마니는 삼이 많은 지역에 사람들이 오는 것을 막고자 가끔 거짓말로 겁을 주어 자기 지역을 지킨다'고 했다. 태백산 꼭대기 큰 못에 산다는, 사람 물어 죽이는 시커먼 용 이야기도 그런 종류의 이야기이거니 여겼다.

한 30리쯤 올라가다보면 산 중턱에 사냥꾼의 움막이 있다고 했다. 만춘은 종자를 거느리고 거기까지 갔다.

비탈길을 한참 걸어 올라갔다. 산수가 수려한 곳에 통나무집 한 채가 나타났다. 주위가 너무 고요해서 계곡으로 졸졸 흐르는 냇물소리와 산새들의 지저귐 소리만이 적막을 깨트릴 뿐이었다.

"주인장 계시오?"

두 사람이 마당에서 주인을 불렀지만 아무런 기척이 없었다. 문을 열고 보니 주인은 없고 벽에는 곰, 늑대, 호랑이 가죽 등 각종 산짐승 껍질과 박제가 죽 걸려 있었다. 반 식경쯤 지나자 한 사내가 온몸에 늑대 가죽을 걸치고 나타났다. 미심쩍게 눈으로 바라보는 그 사내에게 만춘은 신분을 밝히고 산꼭대기로 오르는 길을 물어보았다.

"나도 꼭대기까지는 못 가 봤소. 그런데 거기까지는 뭣 때문에 가려 하시오?"

"아시는지 모르겠지만 을지문덕 장군께서 이 산속으로 들어왔다는 소문이 있어서 찾아보려고 합니다. 혹시 요 몇 년 사이에 이 길로 들어간 사람이 없었습니까?"

만춘은 장군의 용모를 대략 설명해 주었다.

"그 비슷한 사람이 있기는 있었소. 그런데 그 사람은 거란 땅에서 왔다고 하던데…… 아무튼 그 사람은 1년 전에 이곳을 지나 들어간 뒤로 한 번도 보지를 못 했소. 아마 산짐승한테 물려 죽은 게지……."

만춘은 어둠 속에서 한 줄기 빛을 찾은 느낌이었다.

"여기서 꼭대기까진 얼마나 걸리겠소?"

"글쎄…… 나도 끝까지 가 보진 않았고 큰 폭포까지 가 봤는데 거기서 꼭대기까진 그리 멀지 않다고들 하오. 도중에 길을 잃지 않는다 해도 거기까지 한 열흘 이상 걸릴 걸…… 그런데 산속에서 살아 본 적은 있소?"

만춘이 고개를 가로 젓자 그는 피식 웃으며 말했다.

"그만 포기하시오. 이 산중에는 사나운 짐승들이 우글우글거리오. 늑대는 널렸고 호랭이, 곰은 심심하면 나타나오. 경험이 없는 사람은 어림도 없지……."

그때 공교롭게도 어디서 늑대 울음소리가 들렸다.

"도련님, 그만 돌아갑시다."

종자가 애원했다.

"아니다. 너는 필요한 식량 만큼만 여기 내려놓고 말을 몰고 돌아가거라. 여기서부터는 내가 알아서 하겠다."

만춘은 종자를 돌려보냈다. 보름 치 양식을 꾸려 등짐을 지고 가죽 불수머니, 활과 전통, 장검, 단검, 부싯돌, 동아줄 등을 챙겨 길을 나섰다. 그밖의 남은 식량들은 사냥꾼에게 주었더니, 사냥꾼은 여우 모피 두 장을 그에게 주었다.

"산꼭대기 날씨는 여기와는 사뭇 다르오. 이것이 소용이 있을 거요. 가지고 가시오."

그는 만춘과 20리 정도 동행한 뒤에 돌아갔다.

첫날 밤은 요행히 빈 동굴을 찾아내 거기서 밤을 지냈다. 짐승들의 접근을 막고자 동굴 입구에다 불을 피워 놓고 잠을 청했지만 늑대 소리, 풀벌레 소리, 부엉이 소리에 잠이 쉽게 들지 않았다.

'내가 괜히 미친 짓 하는 게 아닌가? 이 깊은 산중에서 어떻게 장군을 찾는단 말인가? 더구나 돌아가셨을지, 다른 데로 가셨을지도 모르고……'

후회가 되기도 했다. 그러나 그럴수록 장군과 아버지가 다정히 술을 마시던 모습, 전쟁 때 장군과 함께 지내던 모습들이 아른거렸다.

'아니다, 만날 수 있을 것이다. 아니, 돌아가셨으면 유골이라도 찾아야 한다'

그의 결심은 점점 굳어져 갔다.

'이럴 줄 알았으면 술이라도 한 병 가지고 와서 한 모금씩 마시고 잘 걸……'

그는 산중에서 밤을 혼자 지내기가 이렇게 무료할 줄 몰랐다. 피로가 엄습해 와 몸을 뒤척이는데 뭔가 뭉클한 것이 손에 잡혔다. 섬뜩해 놀라 일어났다. 양 손바닥을 합친 크기 만한 도마뱀이 꼬리를 남겨 두고 제풀에 놀라 후다닥 달아났다.

첫날 밤을 설치고 다음 날, 다시 길을 재촉했다. 실처럼 이어지던 사냥길마저 끊어져, 빼곡한 밀림 속을 무작정 헤쳐 나갔다. 나무들이 너무 빼곡히 들어찬 탓에 발을 디디면 빠지지가 않을 정도였다. 반나절을 힘겹게 헤쳐 나가니 다시 습지대가 나타났다. 엄청난 모기떼가 덤벼들었다. 윗옷을 벗어 휘둘러 대며 걸었지만 소용이 없었다. 그는 길을 잃지 않으려고 계곡을 따라 올라가던 것을 그만두고 능선을 따라 걷고자 비탈로 올라갔다. 다래, 더덕, 등칡, 단풍나무 등이 곳곳에 무성하였다.

나무뿌리, 풀뿌리를 잡고 올라가다가 해가 져서 큰 바위 밑에서 자리 잡고 밤을 지내기로 했다. 가랑잎에 부싯돌로 불을 피웠다. 늑대 무리가 나타나 불 근처를 얼씬거리다가 만춘이 화살로 늑대 한 마리를 쏘자 모두 캥 소리를 내며 도망갔다.

셋째 날이 되자 잣나무, 소나무, 낙엽송, 자작나무가 하늘을 찌를 듯 솟아 있는 가운데 많은 산짐승들이 눈에 띄었다. 노루 떼가 장관을 이루며 뛰어가는 모습이 보이기도 하고 멧돼지, 여우, 담비가 수시로 나타났다가는 사라졌다. 이 날은 개울가에서 밤을 지냈다.

넷째 날, 비가 내렸다. 비가 심하게 쏟아질 때는 잠시 나무 그늘에 피했다가 좀 뜸하면 다시 걷고 하느라 얼마 나아가지를 못 했다. 해가 보이지 않아 시간을 가늠하지 못 하는 사이에 주위가 어두워졌다. 비는 그치고 어느새 초승달이 구름 속에 자태를 감추었다, 나타났다를 되풀이했다. 주위엔 온통 하얀 줄기의, 높이를 알 수 없는 자작나무가 우거져 있었다.

'빨리 잘 곳을 찾아야겠다.'

마음이 급한 그가 좌우를 살펴보았지만 마땅한 곳이 눈에 띄지를 않았다. 어쩐지 예감이 불길했다. 갑자기 심한 두려움이 덮쳐 왔다. 귀신이 목덜미를 잡는 것 같았다. 그러나 뒤를 돌아볼 용기가 나지 않았다. 걸음을 빨리했다. 그러나 공포감을 떨칠 수 없었다. 마침내 큰 고목나무 앞에 이르러 칼을 휙 빼어 들고 뒤를 돌아다보았다. 그러나 아무 것도 없었다.

식은땀이 전신을 타고 흘렀다. 전쟁터에서 여러 번 죽을 고비를 넘긴 그였지만 이런 공포감은 생전 처음이었다.

다시 가랑비가 조금씩 뿌리기 시작했다. 습한 공기를 콧속에 느끼며 다시 한번 용기를 내어 뒤를 돌아보는 순간 그는 가슴이 철렁 내려앉았다. 저만큼 떨어진 곳에서 화등잔 만한 불빛 두 개가 이쪽을 향해 노려보고 있었다.

'호랑이다!'

만춘은 직감적으로 그 물체의 정체를 알아보았다. 이제 그 불빛은 그가 멈춰 서면 따라 서고 그가 걸으면 따라서 다가왔다. 점점 거리가 가까워졌다. 그는 길바닥을 더듬어 자그마한 돌을 여러 개 주웠다.

어릴 적에 어른들에게 들은 이야기가 생각났다. 그는 작은 돌들을 열심히 두 손으로 비벼 하나씩 뒤로 던졌다. 불빛은 그때마다 멈춰서서 그 돌 냄새를 맡느라 멈추었다간 다가오고, 다가오다간 지체하기를 거듭했다.

마침내 돌도 떨어졌다. 만춘은 앞쪽에 제법 커다란 바위를 발견하였다. 그는 바위에 등을 기대고 오른쪽 무릎을 세운 채 쪼그리고 앉았다. 품속에서 가만히 단검을 꺼내 왼손으로 단단히 쥔 뒤 오른쪽 겨드랑이 밑에 감추고 죽은 듯 몸을 도사렸다. 그런 다음 허리춤의 긴 칼을 슬며시 오른손으로 반쯤 빼, 칼자루를 잡고 팔꿈치 위로 왼팔을 포갠 뒤, 두 팔 사이로 실눈을 뜨고 정면을 주시했다. 불빛이 점점 다가왔다. 집채만한 큰 호랑이가 앞에 서서 잠시 그를 지켜보았다. 숨을 죽인 채 호랑이와 마주한 만춘의 심장이 쿵쿵 소리를 내었다. 이윽고 호랑이는 그의 앞으로 슬금슬금 다가왔다.

호랑이의 뜨거운 콧김이 그의 얼굴에 확 끼쳤다. 그 순간 만춘은 왼손에 쥔 단도로 호랑이의 눈을 향해 힘껏 찔렀다. 동시에 몸을 반쯤 일으켜서 오른손으로 장검을 빼어 올려쳤다.

"어흥!"

호랑이는 펄쩍 뛰어오르더니 오던 길로 사라졌다.

주위에는 핏자국이 여기저기 떨어져 있고 호랑이 앞다리 하나가 잘린 채 나뒹굴었다.

만춘은 이마에 흥건히 흐르는 땀을 닦았다. 주위에 잠을 청할 마땅한 곳을 찾지 못 했다. 그는 맨땅에서 도저히 잠을 잘 용기가 나지 않았다. 하는 수 없이 만춘은 꾸부러진 소나무 위에 올라가 떨어지지 않게 끈으로 몸을 소나무에 묶은 뒤 선잠을 잤다.

이튿날, 날씨는 화창하게 개었다. 이 날은 활로 토끼를 잡아 오랜만에 고기로 배를 채웠다. 잠자리는 두 큰 바위가 마주 포개져 움푹 들어간 곳에 마련하였다.

다음 날 정오, 드디어 나무숲 지대가 사라지고 무릎 높이의 관목들이 가득한 등성이가 나타났다. 장엄한 삼림이 눈 아래로 펼쳐져 있고, 노랑만병초, 개암채, 제비꽃, 두메자운, 개양귀비, 산구절초, 고산 자몽선 등 형형색색의 야생화가 등성이 군데군데를 수놓았다. 호랑나비, 신선나비들이 유유히 그 사이를 춤추듯 날아 다녔다.

'아, 극락세계가 바로 이런 모습일 게다!'

만춘은 크게 심호흡을 했다. 장쾌한 기분을 만끽하며 굽이굽이 이어진 원시의 산등성이를 내려다보았다. 이 날 그는 오랜만에 실 컷 잠을 잤다.

엿새째 되는 날은 온천 지대를 지났다. 흰 김을 무럭무럭 뿜어 내는 물구덩이가 유황 냄새를 풍기며 이곳저곳에 널려 있었다.

그곳을 지나 자그만 개울을 건너자 어디선가 물 떨어지는 소리 가 요란하게 들렸다. 그 소리를 따라가니 갑자기 눈앞에 70~80척 은 되어 보이는 거대한 폭포가 마치 하늘에서 떨어지듯 흰 물줄기 를 쏟아 내리고 있었다.

'저것이 바로 용왕담(龍王潭)이라는 못에서 쏟아 내린다는 물 줄기로구나!'

만춘은 감개가 무량하였다. 폭포에서 흘러내리는 물에 얼굴을 씻고 발을 담갔다. 가슴까지 짜릿해 왔다. 오르는 길을 찾을 수가 없어 왔던 길로 조금 되돌아와 왔다.

그 다음 날, 그는 왠지 온몸에 힘이 솟아나는 것을 느끼며 꼭대 기를 향해 걸음을 재촉하였다. 폭포 오른쪽의 가파른 경사를 올라 가니 오른쪽은 천인단애의 절벽이었다. 아래쪽의 경치가 한눈에 잡혔다. 조금만 헛디디면 까마득한 낭떠러지로 떨어져 뼈가 산산 이 부서질 것 같았다. 다시 한번 폭포 쪽을 바라보았다. 꼭대기에 서 떨어지던 물줄기가 중간에 있는 커다란 바위 덩어리 때문에 둘 로 갈라져서 흰 물보라를 일으키며 밑으로 떨어지고 있었다. 폭포 위쪽에 이르자 다시 빠른 물살의 개울이 나타났다.

개울을 따라 얼마 동안 걸었을까? 눈앞에 장관이 펼쳐졌다. 크 고 작은 봉우리들이 병풍처럼 둘러서 있는 가운데, 그림 같은 쪽 빛 호수가 구름과 안개 속에 자취를 감췄다 드러냈다 하며 신령한 위엄으로 미지의 방문객을 압도 하였다. 한쪽에는 노루 몇 마리가 물을 마시고 있었다.

넋을 빼앗기고 바라보던 만춘은 천천히 그 호숫가로 내려갔다. 물속에 손을 넣어 보았다. 한여름인데도 손이 시리도록 차가웠다.

호수에는 주위를 둘러싼 봉우리들이 거울처럼 물속에 비쳤다. 금방이라도 호수 한복판에서 정말 용이 물거품을 치면서 하늘로 오를 것만 같았다.

반나절쯤 걸려 북쪽에서 동쪽으로 호수를 반 바퀴쯤 돌았다. 어느새 노을이 졌다. 저녁을 빨리 해치우고는 호숫가에서 하룻밤을 자기로 마음먹었다. 적당한 자리를 잡아 사냥꾼이 준 여우 모피를 뒤집어쓰고 누웠다. 여름인데도 너무 추워서 도저히 잠을 이룰 수가 없었다.

갑자기 세찬 바람이 일더니 모래며 잔돌들이 날아왔다. 잘못하면 바람에 몸이 송두리째 날아가 호수 복판으로 내동댕이쳐질 것 같아, 바위를 꼭 끌어안고 버텼다. 바람은 일정한 방향도 없이 이곳저곳으로 종잡을 수 없이 불었다. 가까스로 눈을 뜨고 호수 쪽을 바라보았다. 희미한 달빛 아래, 시커먼 수면 위에서 세 개의 거대한 물기둥이 수십 척 높이로 둘둘 말리며 하늘로 용솟음치고 있었다.

"아! 이 호수에 용이 살고 있다는 게 정말이었구나!"

그 기괴한 광경은 만춘에게 공포를 자아내기에 충분하였다. 그러나 용의 모습은 끝내 보이지 않았다.

아침이 되자 간밤의 노도와 같은 폭풍은 온데간데없고, 해가 동쪽 산봉우리에 떠올랐다. 만춘은 그 광경을 지켜보고 이 생각 저 생각을 하면서 호숫가를 거닐었다.

'결국은 끝내 장군을 못 찾아뵙고 가는구나. 그러나 오기는 잘했다. 평생 이런 광경을 어떻게 다시 볼 것인가?'

그는 호수에 미련이 남아 몇 번이나 뒤를 돌아보며 전날 거쳐 왔던 등성이로 다시 올랐다. 내리막길로 향하는 언저리에 서서 다시 한번 호수를 내려다보았다.

이때 동편 산봉우리에서 뭔가 꼬물꼬물 움직이는 물체가 보였다. 정신을 바짝 차리고 유심히 살펴보았다. 그 물체는 분명 계속 움직이고 있었다.

'저게 곰인가? 사람인가? 아니면 산신령인가?'

그 물체는 점차 호수 쪽으로 내려오고 있었다. 그것은 분명한 사람의 모습이었다. 그는 이윽고 호숫가에 이르러서는 등을 꾸부려 얼굴을 씻는 듯하더니 하늘을 향하여 두 팔을 폈다가 한참 만에 다시 엎드려 절을 하는 시늉을 하였다. 만춘은 도로 호수 쪽으로 내려갔다. 만춘이 호숫가에 거의 다 내려갈 때까지도 그는 알아채지 못 한 채 다른 곳만 바라보았다. 만춘과의 사이가 100여 보가량 되었을 때야 그도 만춘을 발견하고 흠칫 놀라 그 자리에 서서 움직이지 않았다.

짐승 가죽을 온몸에 두르고 지팡이를 짚은, 머리칼이 반백인 그 사람은 가까이 온 만춘을 보고만 있었다.

"장군님, 을지문덕 장군님 맞지요?"

눈을 동그랗게 뜬 그는 마침내 만춘을 알아보았다.

"오오, 자네가……."

을지문덕은 그의 손을 덥석 잡았다. 만춘은 즉시 큰절을 한 번

올리고 나서 감동에 복받친 어조로 말했다.

"신령님께 감사드립니다. 장군님을 찾아 여기까지 왔습니다만 정말 이렇게 뵐 줄은……."

"내가 여기 있는 줄은 어떻게 알았나?"

"평양 불곡산에서 만난, 늙은 심마니한테 얘기를 들었습니다. 그래도 긴가민가했습니다."

"자넨, 어느 쪽으로 해서 왔나?"

"북쪽으로 왔습니다. 1년 전에 장군님을 닮은 거란 사람이 산속으로 들어갔다는 말을 한 사냥꾼에게서 듣고 왔습니다."

"음, 그랬군. 그때 내가 거란 북쪽 태실위에 갔다가 이곳으로 왔지. 난 자네가 전쟁이 끝났을 때 행방불명자 명단에 있기에 죽은 줄로만 알았어. 자, 이곳에서 너무 꾸물거리면 오늘 안으로 우리 집에 이르지 못 하네. 가면서 얘기하세."

을지문덕은 그를 재촉하였다.

"집이 있습니까?"

"암, 있다마다. 저 산봉우리 넘어서네."

장군은 주위에 병풍처럼 둘러선 봉우리 가운데 가장 높은 곳을 가리켰다.

"자네, 저 꼭대기에 올라가 봤는가?"

"아닙니다."

"저기가 태백산에서 가장 높은 봉우리야. 들렀다 가세."

을지문덕은 앞장서 가면서 지난 이야기와 세속의 일들을 물었다. 만춘은 양제가 비참한 최후를 맞이한 이야기도 했다.

"으음, 우리 땅을 침략한 벌을 톡톡히 받았군."

　장군은 또 당나라 건국 소식을 듣고는 나라를 세운 자와 그 주변의 인물들에 대해 자세히 물었다.

　둘은 최고봉에 올라 다시 한번 주위를 굽어보며 감회에 잠겼다가, 동편 기슭 쪽으로 내려갔다. 만춘은 나이 50이 된 을지문덕의 걸음걸이가 젊은 그보다 날랜 데 놀랐다.

　을지문덕의 집은 삼림이 시작되는 지점, 비탈 위에 있었다. 통나무를 엮어 만든 집은 안쪽 구석에 아궁이가 있고 바닥에는 짐승 가죽이 여러 장 깔려 있었다. 조그만 상이 하나 놓여 있었는데 그 위에 책 여러 권과 붓과 벼루가 놓여 있었다. 날이 이미 저물었으므로 만춘이 가져 온 쌀에다 을지문덕이 내놓은 조와 수수를 섞어 밥을 지었다.

　"이 곡식들은 어디서 납니까?"

　"요 밑에 조그만 밭을 하나 일궜지."

　장군은 자신이 담근 술도 내놓았다. 한 모금을 마셔 보니 목구멍이 얼얼하도록 독했다.

　"자네 덕분에 모처럼 옥미(玉米) 맛을 보는군."

　오랜만에 사람과 함께 식사를 하는 을지문덕은 흡족해 했다. 만춘이 상 위에 놓인 책에 눈길을 주자 장군은 그것을 집어다가 보여 주었다.

　"내가 얼마 전에 책을 써 놓고 누구에게 어떻게 주나 고민하고 있었는데, 임자가 나타났군. 내가 공들여 쓴 책이니 가지고 가서 잘 읽어 보게."

　《해동해서병법고(海東海西兵法考)》란 책 세 권과 《임신수구격멸일기(壬申隋寇擊滅日記)》란 책이었다.

"제가 어떻게 손수 쓰신 이 귀한 책을 감히 받을 수 있겠습니까? 국왕께 바쳐 올리겠습니다."

만춘이 황송하여 사양하자 을지문덕은 고개를 좌우로 흔들었다.

"책에는 임자가 있다 하지 않았나? 이 책은 자네 같은 무장에게 유용한 책일세. 되도록 많은 주제를 깊이 있게 다루려고 애썼네만, 자네가 읽고 나서 나중에 더 보충할 게 있으면 보충하게. 내가 여기 있다는 사실은 알리고 싶지 않으니 내가 죽기 전에는 절대 내게 받았다는 말은 말게."

만춘은 감격하여 목이 메었다.

"장군님, 책을 쓰시느라 이런 곳에 계셨군요. 이젠 그만 내려가시지요. 여러 사람들이 장군님을 기다리고 있습니다."

을지문덕은 빙긋이 웃었다.

"난 이곳이 더 좋다네. 이젠 속세가 싫어. 심심하면 용왕담에 올라가 볼 수도 있고…… 산짐승들과도 이젠 친해졌네."

"전 이런 깊은 산중에 몇 년씩 혼자 살 수 있다는 게 도저히 믿어지지 않습니다. 장군님은 언제 그런 것을 배우셨습니까?"

"허허, 다 연유가 있지. 내가 집을 떠난 뒤 좀 긴 여행을 했었지. 자네도 종군했었지만 병인년(丙寅年)에 우리가 칙륵 땅을 거쳐 바이갈 달라이까지 가지 않았었나? 이번엔 그 서쪽 투구산(일명 金山: 지금의 알타이 산)까지 다녀왔네. 제법 험하더군. 만년설이 덮여 1년 내내 눈이 녹지 않는 곳도 많고…… 겨울엔 너무 추워 사람들이 토굴 속에 들어가 살고, 짐승을 잡아 주식으로 하고 있는데 그곳에서 짐승 잡는 법, 기름을 짜는 법, 고기 갈무리하는 법을 좀 배웠어. 미개하지만 사람들이 때묻지 않은 곳이야. 사람들 말이 거기서 서쪽에 있는 옛 월지(月支) 땅을 지나면 라마제국에 이를 수 있다더군. 언제 기회가 되면 거기로나 가볼까 하네.”

“저는 오다가 범을 만나 식겁했습니다.”

“범은 좀처럼 사람을 먼저 해치지는 않는데…… 나는 이곳에서 매일 몇 놈씩 만나는 걸. 그냥 신경 안 쓰고 똑바로 걸어가면 그놈 들도 눈만 끔뻑거리다가 어슬렁어슬렁 피하지. 다만 밤에는 나돌 아 다니지 않는 게 좋아.”

둘은 이런저런 얘기를 나누다가 잠이 들었다. 만춘은 오랜만에 온기 있는 방에서 푹 잤다.

이튿날 만춘이 눈을 떴을 때는 이미 움막 틈 이곳저곳으로 햇살 이 쏟아져 들어왔다.

‘늦잠을 잤구나!’

즉시 상반신을 일으켰다. 오랜만에 편한 잠을 자고 나서 그런지 몸이 날아갈듯 가뿐하였다. 그때였다. 바깥에서 도란도란 이야기 소리가 들렸다.

‘이상하다. 여기에 을지문덕 장군 말고 또 누가 있나?’

만춘은 나무벽 틈으로 가만히 바깥을 내다보았다. 그 순간 그는 자기 눈을 의심했다. 등을 보이고 서 있는 을지문덕과 이야기를 나누는 사람은 분명 국왕, 그러니까 왕년의 고건무 장군이었다. 만춘은 수군에 협력관으로 파견되었을 때, 고건무 장군을 자주 보 았으므로 그 얼굴을 똑똑히 기억하고 있었다.

‘수수께끼다. 궁궐에 계셔야 할 분이 왜 이런 깊은 산중 에……?’

그는 알 수 없는 긴장감에 사로잡혔다. 더욱이 이상한 것은 왕의 옷차림이었다. 왕도 역시 늑대 가죽으로 된 사냥꾼 옷차림이었다. 한참 동안 얘기를 나누던 그들은 이윽고 헤어졌는데, 을지문덕이 공손히 절을 하고 왕은 그에게 손을 들어 작별 인사를 하고 내려갔다. 만춘은 얼른 자리에 도로 누워 자는 척했다. 을지문덕은 잠시 들어왔다가는 다시 움막 바깥으로 나갔다. 도끼로 나무 쪼개는 소리가 이어서 들렸다. 만춘은 한참 동안 가만히 누워 있었다. 그러나 이내 장군이 나무 쪼개는 일을 하는데 양심에 찔려 벌떡 일어나 바깥으로 나갔다.

"잘 잤는가?"

"죄송합니다. 너무 곤하게 자느라 그만…… 제가 팰 테니 이리 주십시오."

"괜찮네, 운동 삼아 하는 것이니까…… 자네는 밥이나 짓게."

밥을 짓고 상을 차려 식사를 하는 동안 만춘은 '왜 국왕께서 여기 계십니까?'라는 말이 목구멍까지 올라 왔으나 꾹 참았다. 을지문덕도 그 일에 대해선 아무 언급이 없었다.

'무언가 사연이 있는 모양이다. 그렇지 않고서야 국왕이 부근에 계신다는 것을 말하지 않으실 리가 없을 텐데……'

만춘은 궁금증을 이기지 못 했다. 결국 이튿날 사냥길에 을지문덕에게 묻고 말았다.

"장군님, 국왕께서 왜 여기 계시지요?"

을지문덕은 흠칫 놀랐다.

"자네가, 어제 바깥을 내다본 모양이군……."

그는 체념한 듯 한숨을 크게 내쉬었다.

"이리 좀 앉게!"

장군은 쓰러진 나무 등걸을 가리키고는 먼저 걸터앉은 뒤에 말을 이었다.

"기왕 자네가 못 볼 것을 봤으니 얘기를 하겠네만 이 이야기는 자네가 무덤에 갈 때까지 그 누구에게도 말해서는 안 되네. 맹세할 수 있겠는가?"

을지문덕의 심상찮은 말투에 만춘은 떨리는 목소리로 가까스로 "예!" 하고 대답했다. 을지문덕은 먼 하늘을 쳐다보더니 말했다.

"지금 궁궐에 있는 왕은 가짜네."

"네엣?"

만춘은 귀를 의심했다. 을지문덕은 분노가 이글이글 타오르는 눈빛으로 허공을 노려보았다.

"그럼 지금 왕이 고건무 장군 그 분이 아니란 말씀입니까? 어떻게 그런 일이⋯⋯?"

"그 사람은 고건무가 아니라 고연무라는 쌍둥이 형이야. 자네가 어제 아침에 본 사람은 진짜 고건무 장군이시고⋯⋯."

어리둥절해 있는 만춘에게 을지문덕은 말을 계속했다.

"원래 선대왕이신 평원왕께 네 분의 자녀가 있었어. 첫째가 선왕이신 영양왕이고 둘째가 태양, 그리고 아래에 쌍둥이 형제가 있었는데 연무와 건무야. 그런데 연무는 태어날 때 점을 치니 '두 사내아이 가운데, 자궁에서 먼저 나오는 아이는 열 살이 되기 전에 병사(病死)할 운명이나, 여자 이름을 지어 주면 혹 횡액을 비껴갈 수 있을 것이니라' 하여 이름을 연무(蓮武)라 했다네. 젖을 뗄 무렵, 경기가 너무 심해 죽은 줄 알고 내다 버렸어. 그런데 궁중에 시녀로 있던 말갈 여종이 아무도 모르게 주워서, 멀리 불열부(拂涅部: 말갈의 한 부족)로 가서 길렀는데 영양왕께서 돌아가시기 몇 년 전 이를 알았지만 쉬쉬하고 극소수의 대신에게만 알렸어.

영양왕께서 혼수상태에 빠지시기 전, 유서를 남겼지. 그 유서를 본 사람은 강이식 도원수와 대대로(大對盧) 연태조야. 그런데 영양왕께서 운명하신 뒤 연태조가 내게 유서를 보여 주더군. 후사는 고건무가 아니라 고연무로 되어 있었어. 그럴 리가 없다고 생각한 내가 유서를 다시 보아도 분명히 고연무였어. 연태조는 내게 아무도 모르게 불열부로 빨리 가서 고연무를 모셔 오라고 재촉했어. 떠나기 전에 내가 아무래도 미심쩍어 강이식 도원수께 물으니 그분 말이 '원래 유서에는 고건무였는데 연태조가 '건(建)' 자를 '연(蓮)' 자로 고쳤어'라고 하더라고…… 나는 아무튼 고연무를 데려와서 확실하게 밝히리라 생각하고 불열부로 갔었지. 그런데 불열부에 도착해 보니 고연무는 이미 누가 와서 먼저 데려가고 없었어…….

평양으로 돌아오는 길에 '고건무 장군께서 제위에 오르셨다'는 소식을 들었어. 나는, 제대로 되었구나 하고 안심했는데 패수 부근에 이르자 연태조가 보낸 자객을 만났어. 구사일생으로 생명은 구했지만 영문을 몰라 그 자객을 문초했다네. 그 결과, 진짜 고건무 장군은 비밀 장소에 가두어서 죽일 작정이었고, 왕위에 오른 것은 건무가 아니라 연무였어. 사람들이 모두 당연히 건무가 왕이 되리라 믿고 있는데 그것을 뒤엎기가 두려웠던 거지. 이 비밀을 알고 있는 강 도원수는 독살되었고……. 심복 부하를 시켜 갇혀 있던 건무 장군을 가까스로 구해 저 멀리 거란 땅으로 도망갔다가 작년에 이곳으로 들어왔어. 이 모두가 연태조가 꾸민 흉계야. 천벌을 받을 놈……."

"연태조는 왜 그런 끔찍한 일을 꾸몄을까요?"

"그놈이 건무 태제(太弟)께서 왕이 되면 제 목이 잘리게 되어 있었거든…… 수 양제의 침입 때 반역행위를 한 혐의를 건무 태제께서 알고 계시니까."

"그럼, 왜 떳떳이 나서서 왕이 가짜라고 밝히지 않으십니까?"

"연태조가 지닌 영양왕의 유서가 문제야. 아주 교묘히 변조되어 있거든. 누가 '고연무가 진짜 후계자요' 하면 고건무를 왕권을 넘보는 반역자로 몰아칠 텐데, 그러면 방법이 없어. 그 유서부터 탈취하기 전에는……."

"장군께서 병력을 일으키시면 따르는 군사들이 많을 텐데요……."

"그렇게 되면 내란 상태가 되지. 그러면 당나라 군대가 쳐들어올 테고. 전쟁이 나면 연태조는 여러 성들을 내주고 당나라에 가 붙을 게 불을 보듯 뻔해……."

"그렇다고 한없이 마냥 기다릴 수는 없는 것 아닙니까?"

"지금 사람을 시켜서 연태조가 지닌 유서를 탈취하는 길을 모색 중이야."

"제가 힘이 될 수 있는 길이 없을까요?"

을지문덕은 그의 손을 지그시 잡으며 말했다.

"내 그렇잖아도 자네가 돌아가기 전에 부탁을 하려 했네. 평양으로 돌아가거든 절대 이곳에서 나나 건무 장군을 만났다는 소문은 내지 말고 고정의라는 장군을 만나게. 평양성 수문장인데, 그는 겉으로는 연태조를 따르는 척하지만 믿을 수 있는 사람이야. 절대 신중하게 움직여야 돼. 연태조 무리들이 아직 우리를 찾고 있네. 그 유서만 탈취하면 조용히 그들을 내쫓고 건무 장군을 왕위에 오르게 하면 돼."

만춘은 뛰는 가슴을 억누를 수 없었다.

그 뒤 만춘은 을지문덕의 오두막에서 사흘을 더 보냈다. 사냥을 하면서 여러 이야기가 전설로 내려오는 폭포며, 크고 작은 호수, 기암괴석, 여울 등을 구경하였다.

하루는 동남쪽으로 멀리 내려갔다. 세 길 정도의 폭포 밑에서 큰 연꽃 한 송이를 인공으로 쪼아 파낸듯이 오목하게 들어간 곳을 발견했다. 물이 그 가운데로 떨어지면서 한쪽에선 햇빛이 스며들어 마치 그림 같은 모습을 연출하고 있었다.

"저곳에서 목욕을 하면, 몸에 영험한 기운이 스며들어 잡귀와 병마가 침입을 못 하고 창칼이 살을 베지 못 한다는 전설이 있네. 다 믿을 거야 못 되지만 한번 몸을 씻어 보게. 기분이 상쾌할 거야."

을지문덕의 권유에 만춘은 알몸으로 폭포 밑에 들어가 몸을 씻었다. 기분이 날아갈 것 같았다. 그런데 물 밖으로 나오니 희한하게도 다른 곳은 다 물에 젖었는데 오른손만은 물기에 젖지 않고 가실가실하였다. 만춘이 이상하게 여기고 그 손을 다시 물 흐르는 곳에다 넣었다 뺐는데도 마찬가지였다. 그런데 왼손을 넣었다 빼면 물기에 젖었다. 을지문덕이 두 손을 넣었다 빼니 (당연히) 양손이 모두 젖었다.

"거참, 희한하군. 자네, 특이 체질인 모양이야."

평양으로 돌아온 만춘은 마음이 편치 않았다. 무엇보다 온 백성이 존경하고 따르는 국왕이 가짜라는 사실을 생각하면 울분이 치밀어 견딜 수가 없었다. 당장 가짜 국왕과 연태조 일당을 요절내버리지 않는 을지문덕을 이해하기 어려웠다. 그러나 궁정 사정을 유심히 살펴본즉, 권력의 속성이 어떤 것인지 차츰 이해가 갔다. 이미 실질적인 최고 권력자 대대로 연태조의 주위에는 권력에 빌붙는 인(人)의 장벽이 두텁게 쳐져 있었고, 그에게 아부하여 입신출세하려는 자들로 성시를 이루었다. 이런 상황에서 누가 의병을 일으킨다면 자칫 내란으로 번질 것이 분명했다. 을지문덕과 고건무가 초인적인 자제력을 발휘하여 조용히 문제를 해결하려는 뜻이 겨우 이해가 되었다.

만춘은 을지문덕이 일러 준 고정의 장군을 몰래 만났다. 고정의가 조심스레 말했다.

"아직 연태조가 경계의 눈길을 늦추지 않고 있다. 연태조 일당은 밀정들을 거란에 보내어 을지문덕 장군과 고건무 장군의 행방을 쫓고 있다. 놈들은, 최근에 두 분이 거란에서 떠났다는 정보를 입수하고 추적 중이니 태백산에 계속 계시는 것도 안전할지 어떨지 걱정이 된다."

그는 만춘에게 신변 안전에 각별히 신경 쓸 것을 당부하고 동시에, 연태조의 아들 개소문이 태학에 다니고 있다고 알려 줬다.

이때부터 만춘은 개소문을 주목하였다. 알고 보니 그는 2년 전 영양왕의 국상 때 만났던 개금이라는 그 소년이었다. 개소문은 경

서 과목은 성적이 별로였는데 실기 성적은 타의 추종을 불허할 정
도로 뛰어났다. 만춘은 점점 더 자주 개소문과 대화를 나누게 되
었다.

6. 여로 6300리

당나라 수도 장안—

동궁부에서 퇴청하여 집으로 돌아오는 위징은 속이 편치 않았다. 이즈음 황태자 건성과 진왕(秦王) 세민의 갈등은 눈에 드러날 정도로 잦아졌다. 위징의 생각에도 인물 면면을 보자면 건성보다 세민이 우위였다. 세민의 측근인 방현령(房玄齡), 두여회(杜如晦), 장손무기(長孫無忌) 등은 번갈아가며 자신더러 진왕부에서 일하자고 설득했다.

'병을 핑계로 몇 달만 집에서 쉬어라. 그러면 뒷일은 우리가 알아서 하겠다.'

세민 무리는 이런 말로 수작을 걸어 왔다. 그러나 골수 유학자인 위징에게 불사이군(不事二君), 장자승계의 원칙은 머릿속에 깊이 새겨진 바꿀 수 없는 원칙이었다.

'천하는 아직 완전히 평정되지 않았다. 아직도 스스로를 황제라 부르며 나서는 무리들이 곳곳에 있다. 그런 이때에 우리가 황위계 승권을 둘러싸고 원칙을 뒤집으면 어찌 천하에 위엄을 세울 수 있을 것인가……?

위징은 고개를 설레설레 흔들었다. 이윽고 집에 당도하였다. 집에서는 또 다른 고민이 그를 기다리고 있었다.

"얏, 야앗!"

담장 밖까지 들리는 기합 소리— 그것은 딸 소연이 내는 소리였다. 이미 스물세 살, 당시 풍습으로는 노처녀 가운데 상 노처녀인 처지에 시집갈 생각은 않고 계집이 무슨 무술을 연마한답시고 날이면 날마다 소리를 내지르며 동네 부끄러운 짓을 하였다. 주위에서 여러 번 혼담이 들어왔지만 소연은 거들떠보지도 않았다.

물론 가문이 든든하거나 권문세가인 경우 부모들의 결정으로 혼인을 맺는 게 당시 대부분의 가정에서 해 오던 일이었지만 위징은 그렇게 하고 싶지 않았다. 혼담이 깨질 때마다 부인은 위징에게 화풀이를 했다. 소연에게 하소연해 봤자 마이동풍이니 부인의 억눌린 화는 남편의 머리 위로 쏟아졌다. 하지만 위징은 딸을 이해했다. 딸 역시 무술로 억눌린 감정을 풀고 있는 것이다. 그녀는 아직도 2년 전에 떠난 고구려 청년 양만춘을 잊지 못 했다.

위징이 무거운 걸음으로 대문에 들어서자 마당에서 무예 연습을 하고 있던 소연이 목검을 한 손에 든 채 쪼르르 달려왔다. 이마에는 땀방울이 송글송글 맺혀 있었다. 상냥하게 인사하는 딸을 보자 위징의 주름진 얼굴에 저절로 미소가 떠올랐다. 그때 마누라가 나타났다.

"망할 년, 서방 좋은 줄은 모르니 애비가 반가운 모양이지······."

위징은 아내의 막말에 이골이 난지 오래였다. 마누라가 그의 의관을 받아 종에게 건네고 관복의 띠를 푸는 동안 멍청히 허공을 바라보았다. 관복을 벗고 안방으로 들어서자마자 마누라의 성화가 시작되었다.

"당신이 어떻게 좀 해 봐요. 제가 인물이 남보다 못 하오? 배운 게 남만 못 하오? 사위 하나 제대로 못 들이면 대감이란 감투가 무슨 소용이오?"

위징은 대꾸하려다 가만히 있었다. 벌써 2년 동안 거의 같은 말만 반복해 왔기에, 마누라 말에 대꾸를 했다가는 어떤 역공이 나올지 대본을 훤히 꿰고 있었다. 조야에 이름을 떨치는 중신도 마누라에겐 어쩔 도리가 없었다. 마누라가 무슨 말을 하든 귀가 들리지 않는 셈 치고 차라리 가만히 있는 편이 나았다. 아니나 다를까. 마누라의 푸념과 잔소리는 계속되었다.

한편 옆방에서 소연은 어머니의 잔소리, 가끔 내쉬는 아버지의 한숨 소리를 하나도 놓치지 않고 들었다.

"이 세상에 낙이 없구나."

아버지가 그 날따라 전에 안 하던 말을 하였다. 아마 궁중의 일도 잘 풀리지 않는 모양이었다.

소연은 길게 심호흡을 하였다. 그리고 뭔가 결심한 듯 일어서서 다락을 열고는 보자기 하나를 끌러 물품을 하나씩 점검하였다. 얼마 전부터 계획하였던 일을 마침내 오늘 밤에 저지르기로 작정하였다.

"가자! 떠나자! 가서 일단 만나자! 그가 결혼했든, 여자가 있든,

그건 중요하지 않다. 일단 만나는 게 중요하다. 왜? 내가 보고 싶으니까⋯⋯."

저녁을 대충 뜨는 둥 마는 둥 하고 제 방으로 돌아온 그녀는 붓을 들어 부모에게 짤막하게 편지 한 장을 썼다. 그동안 속을 썩여 미안하다는 것과 지금부터는 없는 딸로 생각하라는 것, 행여 나중에 하늘의 도움으로 죽지 않고 살아 있다면 꼭 돌아오겠다는 내용이었다. 그리고는 사람들이 안 볼 때 살짝 마구간으로 가 평소 타던 말에 안장을 얹고 재갈을 물려 놓았다. 다시 방으로 돌아와 드러누워 이 생각, 저 생각, 어릴 적부터 지금까지 스스로의 지나온 일들을 돌아보며 뒤척거렸다. 시간이 되어 부모들에게 저녁 문후를 여쭈었다. 이 인사가 마지막이라는 생각을 하니 감정이 북받쳐 올랐지만 억지로 참고 자연스런 목소리로 꾸몄다. 자기 방으로 돌아온 소연은 참았던 눈물을 쏟아내며 한참 동안 흐느꼈다.

자정을 넘기자 집안이 고요해졌다. 소연은 일어나 귀를 쫑긋 세워 인기척을 살핀 후 화장을 지운 다음 머리를 싹둑 자르고는 얇은 비단 천으로 묶은 뒤 두건을 썼다. 남자처럼 보이려는 것이었다. 미리 준비해 둔 남자 옷으로 갈아입었다. 그리고 보따리와 지팡이로 위장한 장검 한 자루, 비수 두 개를 챙겨 살그머니 마구간으로 갔다. 그녀는 대문을 나선 뒤에도 소리를 내지 않고자 말을 타지 않고 한참 동안 걸렸다. 100여 보를 걸은 다음, 그녀는 말을 타고 나는듯이 동쪽으로 달렸다. 일단 낙양으로 가려는 것이다.

사실 그녀는 지리에 밝지 않았다. 고구려로 가려면 먼저 낙양까지 가야 배로 하북 지방을 거쳐 등주로 갈 수 있고, 거기서 북쪽으로 계속 가면 만리장성이 나오고 그곳부터 거란 땅을 지나 동북쪽으로 가면 고구려에 이른다는 정도로만 막연히 알고 있을 따름이었다.

당시에는 아직 천하가 통일되지 않아서 지방마다 당나라의 행정력이 미치지 못 했다. 각종 도적 떼, 스스로 왕이나 황제를 칭하는 자들이 곳곳에 있었지만 소연은 이런 사정을 잘 모르고 있었다.

낙양까지는 그런대로 일이 잘 풀렸다. 그런데 낙양에서 배를 타고 여드레를 지나 내주로 접어들어 동평해(東平海)라는 큰 호수 옆을 지날 무렵, 배는 더 이상 나아가지 못 하였다. 최종 목적지인 제남까지는 300리를 더 가야 하나 난리가 나 더 이상 갈 수 없었다. 원래 이 지방은 수나라 말년에 두건덕(寶建德)이 스스로 하왕(夏王)이라 부르며 점령했던 곳인데, 두건덕은 세민에게 패하여 사로잡혔다. 그러나 소연이 도착했을 무렵에는 두건덕의 옛 부하였던 유흑달(劉黑闥)이 장남(산동성 소재)에서 다시 군사를 일으켜 서진(西進)하여 한동(漢東) 일대를 위협하고 있었다.

배에서 내리자마자 사방으로 흩어지는 사람들을 바라보면서 소연은 어찌해야 하나 망설였다. 그러다가 마음을 굳게 먹고 동쪽으로 계속 걸었다. 한참을 걸으니 이번에는 반대편에서 피난민들이 몰려왔다. 그들에게 물으니 대답인즉 전장이 불과 30리 밖이라는 것이었다. 누가 쫓고 누가 쫓기느냐고 물었지만 아무도 시원스런 답변을 주지 않았다. 그들마저 뒤로한 채 소연은 다시 터벅터벅 걸어 산길로 접어들었다.

반 식경쯤 걸었을 때였다. 골짜기 저쪽에서 함성소리, 북이며 꽹과리 소리가 요란하였다. 소연은 싸움이 여기까지 이르렀나 보다 생각하며 잠시 몸을 숨겼다. 병정들이 지나간 뒤에 다시 걸을 생각으로 소나무가 빽빽한 오른쪽에 언덕으로 올라갔다. 잠시 후, 수백의 군마가 어지러이 후퇴하는 모습이 눈 아래에 잡혔다. 뒤이어 그들을 쫓는 군사들의 모습도 눈에 들어왔는데 모두들 당나라 병사의 복장이었다.

쫓기는 무리들은 산속으로 사방팔방 흩어져 몸을 숨기기에 바빴다. 그런데 그 가운데 대장인 듯한 사나이가 투구를 벗어 던지더니 공교롭게도 소연이 숨은 숲 속으로 들어왔다. 그는 소연이 숨은 자리로 점차 가까이 왔다. 소연의 가슴이 방망이질 쳤다. 소연은 그를 피해 빽빽한 숲 사이로 이리저리 움직였다. 그러나 한 순간 큰 고목 뒤에서 나타난 그 자와 딱 마주치고 말았다. 소연은 엉겁결에 지팡이에서 장검을 쑥 빼내어 그 자에게 겨누며 소리쳤다.

"이놈, 항복하거라! 그러면 목숨은 살려준다."

그 자도 갑자기 나타난 소연의 모습에 당황한 표정이었다. 그러나 그것도 잠깐, 이쪽이 혼자임을 알자 씩 웃고는 금방 칼을 빼 들었다. 서너 합, 소연은 상대와 칼을 부딪쳤다. 그러나 상대방이 자신보다는 한 수 위임을 이내 알아챘다. 소연이 부지런히 검술을 익혔다고는 하나 아직 실전 경험이 없었다. 상대방은 산전수전 다 겪은 듯 칼놀림이 예사롭지가 않았다.

이때 소연의 머리에 퍼뜩 한 기지가 떠올랐다. 그녀는 왼손으로 머리에 감았던 두건을 획 벗겨 내렸다. 머리칼이 드러났다. 머리칼을 잘랐기는 했지만 검은 머리가 귀를 덮을 정도는 되었던 터라 두건을 벗은 모습은 자신이 여자임을 고스란히 드러내었다. 상대의 표정이 냉소를 머금더니 이내 쓴웃음으로 바뀌었다.

"푸하하하, 그래, 계집의 몸으로 천하의 이 유혹달을 당하겠다

는 게냐?'

그 순간 상대의 자세에 빈틈이 생겼다. 찰나를 놓치지 않고 소
연은 번개 같이 달려들어 칼을 든 상대방의 손목을 잘라 버렸다.
상대는 주춤하며 왼손으로 다시 칼을 잡으려 했지만 소연이 재빨
리 목에다 칼을 들이대었다.

소연은 유흑달을 앞장세우고 골짜기로 내려갔다. 도중에 재빨
리 머리칼을 묶고 풀었던 두건을 도로 머리에 썼다.

골짜기에 이르러 당나라군 앞에 서자 대장인 듯한 사내가 깜짝
놀라며 소연과 포로를 번갈아 바라보았다.

"아니, 이 자는 유흑달이 아니냐? 그대는 누구시오?"

"그냥 지나가는 과객이오."

소연은 되도록 짤막하게 대답했다. 혹여 유흑달이 자신을 여자
라고 밝힐까 봐 마음이 조마조마하였다. 다행히 유흑달은 고개를
푹 숙이고 말이 없었다.

"도적의 두목을 잡았으니 공이 참으로 크오. 같이 가서 이정 장
군을 뵙도록 합시다. 장군께서 아마 큰 상을 내릴 것이오."

소연은 가슴이 철렁 내려앉았다. 이정은 그녀의 아버지 위징과
도 친하여 자주 집에 들렀던 터라 그녀의 얼굴을 잘 알고 있었다.
심지어 이정의 아들과 소연 사이에 혼담이 오간 적도 있지만 그녀
가 야멸치게 거절했던 터였다.

"저는 갈 길이 바쁜 사람입니다. 운이 좋아 잡은 것 뿐입니다.
상을 내리시려면 말 한 마리만 제게 주십시오."

장수는 기이하다는 듯 소연을 흘깃흘깃 살피면서도 부하를 시
켜 말 한 필을 내주었다. 소연은 얼른 그 자리를 빠져나와 동쪽으

로 말을 달렸다.

그로부터 열흘 뒤, 소연은 만리장성 동쪽 끝인 임유관(臨渝關)에서 150여 리 서남쪽에 있는 창여(昌黎)에 모습을 드러내었다. 창여는 갈석산 바로 남쪽에 있는 마을이다. 당나라에서 형식적으로 파견된 벼슬아치는 있었지만 이곳은 아직 행정력의 공백 상태라 지방 호족의 끄나풀들, 난세에 한몫 잡으려는 장사치들, 도둑 무리들, 보따리 무역을 하러 국경을 넘어온 거란인들이 뒤섞여 어지러웠다.

치안이 불안해서 그런지 날이 저물자 사람들은 재빨리 모습을 감추었다. 소연도 서둘러 주막을 찾았으나 빈 방을 구할 수 없어 마음이 급했다. 걸음을 재촉하여 제법 큰 주막에 이르니 장사치들이 말들을 묶어 놓고 왁자지껄 떠들며 술을 마시고 있었다. 말에서 내린 소연은 밥상을 나르고 있는 주인인 듯한 사내를 잡고 사정했다.

"조용한 독방 하나 빈 것 없소?"

사내는 거무튀튀한 얼굴에 주먹코를 한 중년 남자 앞에 상을 내려놓으며 말했다.

"한발 늦었소그려. 조금 전 이 양반이 마지막 남은 방을 차지해서……."

소연이 낭패한 얼굴로 돌아서려는데 주먹코가 말을 걸었다.

"젊은이, 더 이상은 주막이 없소. 임유관까지는…… 괜찮으면 나하고 한방을 씁시다."

소연이 엉거주춤하고 있자니 주인이 말을 거들었다.

"밤엔 혼자 산을 넘지 않는 게 좋을 게요. 저 산엔 가끔 도적들이 나타나거든……."

"임유관까지는 얼마나 걸립니까?"

소연이 맥 빠진 목소리로 물었다.

"말을 타고 서둘러도 반나절 넘는 길이오."

주인이 대답을 하자 다른 편에 앉았던 손님이 끼어들었다.

"내가 얼마 전에 대낮에 저 산에서 도적 두 놈에게 당했소. 그 다음부턴 절대 혼자 안 다니지. 우리가 내일 아침 일찍 호위군사들을 붙여 넘으려 하니 같이 끼는 게 좋을 거요."

소연은 주먹코의 인상이 마음에 들지 않아 망설였으나 달리 길이 없어 마침내 주저앉아 간단한 저녁을 주문하였다.

"자, 이왕 같은 방을 쓰기로 했으니 말동무나 합시다. 젊은이 이목구비가 수려하우. 우선, 술이나 한 잔 받으시오."

그 자는 냉큼 잔을 내밀었다. 소연은 사양하고 싶었으나 술을 못 한다면 혹시 여자라는 게 들통 날까 봐 억지로 받아 꿀꺽 삼켰다. 목구멍이 얼얼할 만큼 독한 술이었다. 빈 속에 위장을 타고 들어간 술이 온몸으로 한번에 퍼지는 것처럼 느껴졌다.

'남자들이 이 기분으로 술을 마시는구나……'

"젊은이는 어디까지 가시오?"

"고구려 평양까지……."

소연이 무심코 내뱉은 말에 상대방은 눈이 휘둥그레졌다. 주변에 있던 사람들도 갑자기 그녀를 바라보았다. 주먹코가 껄껄껄 크게 웃었다.

"젊은이, 농담도 잘 하시오. 황제의 사신이란 증명서라도 있단 말이오? 그게 없으면 국경에서 고구려군들이 절대 통과시켜 주지 않지. 어림도 없소."

소연은 속으로 낙심천만했다. 무작정 나서기만 했지 국경을 어떻게 넘고, 어떤 절차를 거쳐야 하는지는 전혀 아는 바가 없었다. 그렇다고 포기할 순 없었다.

'무슨 방법이 있겠지. 다른 방법이 없으면 최후의 수단으로 몰래 넘는 수밖에⋯⋯.'

소연이 모진 마음을 먹고 있는데 다른 편에 앉았던 수염이 허연 노인이 친절하게 설명을 해 주었다.

"젊은이가 초행길인가 본데 내가 설명을 해 주지. 임유관에서 거란 땅 600리를 지나면 처음으로 맞닥뜨리는 고구려 성이 오열홀성(烏列忽城)이야. 오열홀성 바로 바깥에 목책을 널따랗게 쳐 놓은 곳에서 우리 중국인, 거란인, 돌궐인 그리고 고구려에서 나온 사람들이 전(廛)을 펼치고 장사를 하는 거야. 성문을 통과해서 고구려로 들어가는 건 허용이 안 돼."

소연은 묵묵히 듣고만 있었다. 이번엔 다른 손님 하나가 끼어들었다.

"평양까지 간다면 장사하러 가는 건 아니고, 틀림없이 수나라 때 포로가 되어 고구려에 살고 있는 사람을 찾으러 가는 거로구만. 고구려에 그런 사람이 몇 만이나 된다고 합디다. 가끔 젊은이처럼 황당하게 고구려로 들어가는 사람을 나도 몇 번 봤소. 고구려 국경 수비가 허술한 곳으로 몰래 넘어 들어가는 모양인데⋯⋯ 그러나 돌아오는 사람은 한번도 못 봤소."

그는 고개를 좌우로 설레설레 흔들었다.

"그렇겠지. 몰래 국경을 넘었다한들 그 넓은 고구려 땅 어디 가서 어떻게 사람을 찾을 것이며, 도중에 잡히지 않고 어떻게 돌아다니겠소?"

주먹코가 말했다.

"다 수 양제의 헛된 꿈 때문에 애꿎은 백성만 당한거야……."

"젊은이는 형제를 찾으러 가는 거요? 아니면 아버지를……?"

그들은 소연이 이산가족을 찾으러 가는 것으로 아예 단정하고 물었다.

"가까운 친척을……."

소연은 적당히 얼버무렸다.

권하는 술을 두어 잔 더 마셨다. 그녀는 사람들이 이 얘기 저 얘기 나누는 것을 무심한 척 자세히 듣고 있다가 주인이 안내해 주는 방으로 먼저 들어가 옷을 입은 채 등을 꼬부리고 누웠다.

온몸이 나른했다. 주먹코는 밤이 늦도록 들어오지 않았다.

얼마나 지났을까, 소연이 선잠에 들었는데 문이 삐그덕 소리를 내더니 이어 사락사락 옷 벗는 소리가 났다. 역겹고 독한 술 냄새가 방 안에 진동을 하였다. 그리고는 이내 드르렁드르렁 코고는 소리가 들렸다. 소연은 두 손으로 귓구멍을 막고 억지로 잠을 청하였다. 새벽닭 우는 소리를 얼푸시 들은 즈음이었다. 갑자기 등 뒤에서 억센 손이 그녀의 허리를 부둥켜안았다. 엉덩이 뒤에서 남자의 하복부가 꽉 밀착해 왔다.

'아니, 이 자가……?'

소연은 소스라치게 놀라 몸을 빼려 했다. 그 자는 우악스럽게도 소연을 부둥켜안고 하복부를 소연의 엉덩이에 비벼대기 시작했다. 소연은 무언가 짚히는 게 있었다.

'이 자가 남색(男色)을 밝히는구나…….'

소연은 온 몸에 소름이 확 돋았다. 빠져나오려고 꿈틀거릴수록 그 자는 더욱더 하복부를 조여 왔다. 그 자의 한 손이 소연의 가슴을 더듬었다. 그 손이 물컹한 소연의 가슴에 닿는 순간 그 자도 깜짝 놀라 벌떡 일어났다. 비로소 소연이 여자란 걸 깨달은 것이다.

"아니, 계집이잖아? 흐흐…… 그럼 더욱 좋지."

그 자는 이번에는 소연의 배 위에 걸터앉아 찍어 누르려고 용을 썼다. 소연은 비상수단을 강구하지 않으면 안 되었다. 그녀는 일단 살며시 다리를 오므려 종아리 춤에 숨겨 놓았던 비수를 끄집어내어 오른손에 움켜쥐었다. 그리고는 꿈틀거리는 그 자의 등 뒤에 비수를 콱 내리 찔렀다.

그 자는 억 소리를 내며 몸을 뒤로 젖혔다. 소연은 그 자의 몸에서 빠져나오자마자 있는 힘을 다 해 그 자의 가슴을 발로 걷어찼다. 그는 비명 소리도 내지 못 하고 나자빠졌다. 소연은 대충 몸 매무새를 가다듬은 다음 방문을 열고 나왔다. 싸늘한 새벽 공기가 허파 속 깊숙이 스며들었다. 급히 말에 안장을 얹고는 어슴푸레한 달빛 속으로 내달렸다.

그녀가 만리장성의 동쪽 끝이자 거란과의 접경으로 국경의 마지막 관문인 임유관에 도착한 것은 미시(未時)에서 신시(申時)로 넘어갈 무렵이라 해가 많이 남아 있었다.

이곳은 국경도시여서 거란 및 고구려에서 넘어 온 물품과 중국에서 거란인들에게 파는 물품을 늘어놓은 좌판이 군데군데 있었다. 고구려로 가는 장사꾼들은 대부분 장안에서 미리 물건을 준비해 온 경우가 보통이었지만 개중에는 깜빡 빠뜨리고 온 물품을 이곳에서 급히 구입해서 가는 경우도 종종 있었다. 소연은 장사치로 꾸미고자 비단을 몇 필 샀다. 그런 다음 거란 땅으로 가는 무역상 일행을 찾았다. 그 무역상들은 아예 거란 부족 추장들에게 돈을 주고 호위병들의 호위를 받아가며 여행을 한다니 그 편이 안전할 것 같았다.

무역상들을 이리저리 수소문하다가 어젯밤에 창여에서 만났던 일행과 마주쳤다. 다행히 주먹코는 보이지 않았다.

"여어, 젊은이 일찍 출발했구려."

"예, 원래 새벽잠이 없어서…… 그런데 한 분이 안 보이는 것 같습니다."

소연은 시침을 뚝 떼고 말했다.

"아, 그 주먹코…… 갑자기 배탈이 난 데다 허리를 다쳤다고 며칠 쉬었다가 따라온댔소. 뭘 잘못 먹은 모양이지……."

'죽지는 않았구나.'

결국 소연은 이들 무리에 같이 끼게 되었다. 그들은 거란 추장에게 줄 물건을 추렴했는데 각자 짐의 개수에 따라 나누었다. 소연은 갖고 있던 비단에서 세 마를 잘라 주었다.

이튿날 아침 일찍 사람을 사서 거란 추장에게 통지를 하고 기다리니 두어 식경 뒤 거란 기병 20여 명이 나타났다. 소연은 호기심에 거란 기병들을 유심히 살펴보았다. 거란족들이 지닌 무기는 당나라 군대와 비슷했으나 투구 대신 담비털로 된 모자를 쓰고 방패를 지니지 않은 점이 달랐다. 거란 땅에는 철이 나지 않아 고구려에서 사서 쓰기 때문에 그렇다고 누군가가 설명을 해 주었다. 거란 병사들은 일행을 앞뒤로 호위하여 하루하고도 반나절을 행군한 뒤에 돌아갔다. 그 다음부터는 다른 부족의 병사들이 나타나 호위하였다. 이들에게도 같은 정도의 물품을 바쳐야 했다.

다시 하루 반을 지나자 멀리 성채 하나가 가물가물 눈에 들어왔다. 그곳이 바로 고구려의 오열홀성이라 했다. 거란군들은 돌아가고 일행은 짐 실은 노새를 끌며 성 쪽으로 나아갔다.

그런데 장사꾼 하나가 뒤가 마렵다고 하여 사람들이 숲에서 잠시 쉬고 있을 때였다. 갑자기 20여 명의 험상궂은 패거리들이 숲 앞뒤 좌우에서 나타나 사람들을 에워쌌다. 손에는 창, 도끼, 칼, 낫 등을 들고 머리는 풀어 헤친 모양이 한눈에 도적 떼임을 알 수 있었다. 그들은 일행에게 흉기를 겨눈 뒤 다짜고짜 짐 실은 노새들을 잡아끌었다. 도적 두목인 듯한 자가 소연을 보더니 중국말로 지껄였다.

"너는 우리가 데려다 졸개로 부려야겠다. 노새 두 필을 끌고 따라오라!"

운수 사납게도 소연은 잡혀가는 신세가 되었다. 소연은 죽을 각오로 싸울까 생각도 하였으나 도적들의 숫자가 워낙 많아 포기하고 달아날 틈만 노렸다.

남은 장사꾼들은 도둑 떼가 떠나자 얼른 오열홀성으로 가 사정을 하고 도움을 청했다. 그러나 오열홀성 수문장은 고개를 내저었다.

"글쎄…… 피해자가 고구려인이면 우리가 당연히 보호할 의무가 있지만 중국인이 국경 밖에서 당한 일이니…… 국경을 넘어서 군대를 출동시키는 것은 서부대인의 허락이 있어야만 하오. 그런데 서부욕살은 안시성까지 가야 만날 수 있으니……."

그는 난감한 표정이었다. 무역상들이 과거 안면을 들먹이며 매달리자 수문장은 뭔가 생각난 듯 군졸에게 명하였다.

"가서 대마근이란 총각을 데려 오너라. 올 때 힘 잘 쓰는 친구도 몇 명 같이 오라고 해라! 민간인이 월경한 것이야 어떻게 변명할 수가 있겠지……."

그는 민간인을 동원하여 장사꾼들을 도울 생각을 한 것이다.

"그 총각이 어떤 사람인지 몰라도 몇 명이서 도적 수십 명을 당할 수 있겠습니까?"

"염려 마시오. 이 근처에서 호랑이 사냥을 하는 총각인데 힘이 장사라 도적 여남은 명은 문제없소. 친구들도 다 한 가닥씩 하는 장사들이요. 길눈도 밝아 금방 도적들을 찾아낼 게요."

일행이 긴가민가하고 있는데, 어깨가 떡 벌어진 장정 다섯 명이 나타났다. 그 가운데 한 명은 유난히 기골이 장대하여 키가 일곱 척은 되어 보였다.

"어이, 마근이. 이 사람들이 우리 성에 거의 다 와서 짐을 도적 떼에게 홀랑 털린 모양인데 자네들이 좀 도와주게. 우린 상부의 명령이 없으면 국경 밖으로 나갈 수가 없어."

마근이란 그 총각은 "알았습니다" 하고 무뚝뚝하게 대꾸하고 나서 일행을 보고 털린 장소까지 앞장서라고 했다. 장정들은 한 사람만 활을 메었을 뿐, 마근을 포함한 두 사람은 기다란 참나무 막대기를, 다른 두 사람은 철장(鐵杖) 하나씩을 들고 있을뿐이었다. 장사꾼들은 미심쩍어 하면서도 그들을 현장까지 안내하였다. 그들 다섯 명은 풀잎이 누운 모양을 살펴보기도 하고, 혹은 흙을 한 줌 쥐어 냄새를 맡아 보기도 하며 마치 도적들이 달아난 방향을 확실히 알고 있는 듯, 거침없이 풀숲을 뛰다시피 헤쳐 나갔다.

한편 소연은 이제나저제나 도망칠 틈만을 노렸다. 그녀 바로 뒤에 따라오던 도적 졸개 하나가 알 수 없는 저희들 말로 중얼거리더니 그녀에게 슬금슬금 다가왔다. 소연의 가슴이 콩닥거렸다. 그 자는 가까이 오더니 느닷없이 소연의 웃옷을 와락 열어젖혔다. 소연이 몸을 빼는 바람에 웃옷은 벗겨지려다 반쯤 걸렸지만 그녀의 젖가슴 한쪽이 드러나고 말았다. 졸개가 "왓!" 하고 탄성을 질렀다. 도적들의 이목이 모두 소연에게 쏠렸다. 앞장서 가던 두목이 다가왔다.

두목이 무어라고 말하자 도적들은 모두 풀숲 이곳저곳에 주저앉았다. 그리고는 도적 세 명이 소연에게 달려들어 두목 앞에 꿇어앉혔다. 두목이 또 뭔가를 명했다. 그러자 그들은 반항하는 소연의 사지를 붙들어 상의를 벗기고는 속옷을 찢어 내렸다. 하얀 젖무덤이 고스란히 드러났다. 두목이 한동안 멍한 표정이 되더니 곧 징그러운 웃음을 지었다.

그때였다.

도적들 뒤로 건장한 사나이 다섯이 나타났다. 큰 나무 뒤에는 중국 상인들이 서 있었다.

졸개 하나가 일어나 낯선 사내들에게 뭐라고 소리치다가 칼을 뽑아 들고 덤볐다. 그러자 사내들 가운데 가장 앞에 있던 7척 장신의 남자가 나무 몽둥이로 졸개의 칼 쥔 팔을 툭 쳐 떨어뜨리고는 그의 몸뚱이를 번쩍 쳐들어 나뭇등걸에다 내동댕이쳐 버렸다. 졸개는 비명을 한 번 지른 뒤 다시 일어나지 못 하였다. 상대가 만만치 않음을 알고 도적들은 우우 일어나 한꺼번에 덤벼들었다.

숲 속에서 일대 활극이 벌어졌다. 7척 장신의 사내는 서너 명의 도둑들을 순식간에 거꾸러뜨리더니 곧장 두목에게 달려왔다. 두목은 칼을 빼 들고 대들었다. 두목은 대여섯 합을 버텼으나 곧 참나무 몽둥이에 두개골이 쪼개져 하얀 뇌수가 흘러나왔다. 졸개 몇 명이 도망을 쳤다. 그러자 화살이 핑핑 날아 등에 꽂혔다.

결국 놈들 가운데 두 명만이 달아났을뿐 나머지는 현장에서 모두 죽거나 반병신이 되어 허우적거리는 신세가 되었다. 소연은 그 사이에 얼른 옷매무새를 가다듬었다. 그러나 사람들에게 여자임이 밝혀졌을뿐더러 반쯤 나신을 드러냈으니 멋쩍은 기분을 감출 수 없었다.

다섯 명의 사내들이 고구려말을 주고받는 것을 본 그녀는 약간 서툰 고구려말로 키 큰 사내에게 인사를 했다.

"구해 주셔서 무어라 감사의 말을 올려야 할지 모르겠습니다."

그는 흠칫 놀랐다.

"고구려말을 할 줄 아시오?"

"예전에 인연을 맺은 분에게서 말을 배웠습니다."

중국 상인들도 다가와 소연에게 말을 건네었다.

"어쩐지 얼굴이 곱상하다 했더니 여자였군. 친척을 찾으러 고구려로 간다더니 포로가 된 낭군을 찾으러 가는 거였군그래."

그들은 지레짐작을 하고는 소연을 대단하다는 듯이 바라보았다. 장사꾼들은 도로 찾은 짐을 챙긴 뒤에 오열홀성으로 갔다. 그들은 수문장과 다섯 명의 총각들에게 수십 번 고개를 숙여가며 고마움을 표시한 뒤에 성 밖에 쳐진 목책에서 자리를 펴고 장사할 준비를 하였다.

그러나 고구려로 들어가는 게 목적이지 장사에는 애당초 관심이 없었던 소연은 어떡하면 국경을 통과할 수 있을까 머리를 굴리느라 정신이 없었다. 그녀는 중국 상인들에게서 감사의 징표로 베 몇 필을 받아 돌아가려는 마근이란 총각을 붙잡고 매달렸다.

"장사님, 저는 사실 백년가약을 맺은 고구려 남자를 찾으러 가는 길입니다. 그런데 국경을 통과할 방법이 없습니다. 꼭 도와주십시오. 평생 은혜를 잊지 않겠습니다."

마근은 고개를 가로저었다.

"그건 나도 방법이 없습니다. 나도 사실은 신라 사람이었는데 전쟁 포로로 잡혀 노비 신분으로 있다가 얼마 전에 겨우 평민이 된 사람입니다."

그러나 소연은 막무가내로 통사정을 하였다. 그녀로서는 지푸라기라도 붙잡아야 할 처지였다.

"장사님, 저는 장안에서 이곳까지 수천 리 길을 온갖 고생을 다 한 끝에 왔습니다. 이대로 돌아갈 수는 없습니다. 제발 좀 봐 주십시오."

소연이 잡은 옷자락을 놓아주지 않자 그는 얼굴이 벌겋게 되어 입맛을 쩍쩍 다시었다.

"허…… 참, 낭자의 입장도 딱하오만 하필 나 같은 무지렁이를 잡고 그러시오? 내가 무슨 힘이 있다고?"

그때 둘이 입씨름 하는 것을 지켜보던 동료 중 하나가 마근을 한 켠으로 데려간 뒤 귀에다 대고 뭔가를 소근소근거렸다. 마근은 "글쎄, 그게 통할까?" 하고 고개를 갸우뚱거리다가 소연에게 다가왔다.

"밑져야 본전이니 저 친구 말대로 한번 해 보리다. 이리 따라 오시오."

그는 소연을 데리고 수문장에게 갔다.

"나리, 이 처녀를 우리 마을로 데리고 가야겠습니다."

장교는 소연을 훑어 보았다.

"그건 안 돼. 보아하니 중국 처녀 같은데…… 고구려 사람 아니면 이 성문을 통과하지 못 한다는 걸 잘 알잖는가?"

"압니다. 하지만 전 이 여자와 혼인해야겠습니다."

그는 피식 웃었다.

"고구려에도 처녀가 많은데 왜 중국 처녀를 데려오나? 쓸데없는 소리 말게."

그러자 마근은 장교를 데리고 구석진 곳으로 갔다. 그러더니 바지춤을 쑥 내리고는 자기의 양물(陽物)을 보여 주었다. 장교의 눈이 휘둥그레졌다. 그 양물은 얼핏 한 뼘 하고도 반이 될 만큼 어마어마한 크기였다.

"보십시오. 그동안 눈 닦고 찾았지만 고구려에서는 제 양물이 들어갈 만한 옥문(玉門)을 가진 여자를 못 찾았습니다. 그런데 아까 숲에서 맞춰 보니 저 여자는 그곳의 깊이가 제 것 못지않았습니다. 하늘이 주신 기회를 어찌 놓치겠습니까? 제발 제게도 총각 신세 좀 면하게 해 주십시오."

수문장은 흐르는 땀을 닦으며 말했다.

"그래서 자네 이름이 마근(馬根)이었군 그래. 삼깐 기다리게. 내가 성주님께 가서 여쭈어 보고 오겠네."

한참 후 그는 껄껄 웃으며 다시 나타났다.

"됐네. 내가 성주님께 오늘 자네가 도적들을 혼낸 공훈과 특수한 '몸 사정'을 말씀 드렸더니 승낙하셨네. 이젠 데리고 가서 아무쪼록 아들딸 많이 낳게. 그런데 자네 물건 조심해서 다뤄야겠네. 함부로 다루다간 옥문이 찢어지기 십상이겠어."

장교는 연방 허리를 잡고 웃었다.

소연은 무사히 고구려 국경을 넘을 수 있었다. 소연은 내친김에 마근에게 평양까지 동행해 줄 것을 청하였다.

"장사님, 여기서 평양까지가 1800리 길이라 들었습니다. 저는 길도 모르거니와 가다가 또 봉변이라도 당한다면 무슨 낯으로 낭군을 대하겠습니까? 또 중간에서 군사들이 기찰을 하면 뭐라고 해야 합니까? 제가 가진 이 비단 세 필을 다 드릴 테니 제발 저와 동행해 주십시오."

비단 세 필은 당시 시세로 쌀 두 섬의 값어치인지라 적은 액수가 아니었다. 그렇기도 했지만 마근은 소연이 사정 조로 매달리는 데 더 마음이 움직여 마침내 수락하였다. 마근이 말을 구하러 간 사이에 소연은 복장을 다시 남장으로 바꿨다. 말을 끌고 나타난 마근은 남장의 그녀를 보고 흠칫 놀라더니 고개를 저으며 말했다.

"그대의 낭군이 누군지 모르지만 복덩어리를 타고난 사람 같소. 그대 같은 배필을 얻는다면 세상에 뭐가 부럽겠소?"

소연은 얼굴이 발개졌지만 속으로는 '만약 만춘 공이 이미 혼인을 했다면 어쩐다……?' 하고 생각하니 괜스레 서글퍼졌다.

둘은 말을 몰아 이레 만에 평양성에 이르렀다. 성문에 이르러 양만춘이란 이름을 물어보았으나 아무도 아는 사람이 없었다. 다행히 소연은 양만춘이 장안에 있을 때 고구려 이야기를 하면서

'조학성 장군 운운' 했던 기억을 떠올려 조학성 장군을 찾아가 물어 본 끝에 만춘의 집을 알아냈다.

둘은 만춘 집으로 찾아가 대문을 두드렸다. 하인이 나오자 소연은 자신을 요동에서 심부름 온 사람이라고만 소개했다. 조금 있자 머리가 하얗게 센, 퍽 자애로운 모습의 부인을 만날 수 있었다. 소연은 '만춘의 어머니구나…….' 라고 직감했다.

"오열홀성에서 양만춘 대사자께 전갈을 드리러 왔습니다."

소연이 거짓말을 하자 옆에 있던 마근은 '낭군을 만나러 중국에서 왔다더니, 무슨 말인가……?' 하는 의아한 표정을 지었다.

"저는 이제 그만 돌아가렵니다."

소연은 마근을 말리며 부인에게 청했다.

"이 분은 길라잡이로 여기까지 따라온 분입니다. 실례가 안 된다면 하룻밤 묵어가게 해 주십시오."

부인은 만춘이 곧 올 때가 되었다며 소연을 사랑채로 들이고 마근은 별채에 머물게 했다.

저녁때, 만춘이 태학에서 퇴청하여 오자 어머니가 맞았다.

"요동에서 손님이 오셨다."

만춘이 사랑채로 들어서니 웬 새파란 젊은이 하나가 앉아 있었다. 많이 본 얼굴이다 생각되면서도 누군지 짐작이 안 가 수인사만 하고는 용건을 물었다.

"절 모르시겠습니까?"

상대방이 머리칼을 가렸던 절풍건을 획 풀었다. 그 순간 만춘은 너무 놀라 소리를 지를 뻔했다.

"소, 소저가 여길 어떻게?"

만춘은 한동안 놀란 입을 다물지 못 하다가 가까스로 물었다.

"그냥…… 어떻게 사시는가 보러 왔어요."

만춘은 무슨 말부터 꺼내야 할지 몰라 가만히 있었다. 둘 사이에 한참 동안 침묵이 흘렀다.

"장안에서 여기까지가 6300리 길인데 어떻게 용케 왔구려."

만춘이 가까스로 입을 열자 소연이 대꾸했다.

"그 얘긴 나중에 차차 드리기로 하고…… 그런데 다른 식구들은 어딨죠?"

"우리 식구는…… 아까 마당에 계시던 어머니와 동생, 그리고 기르는 애가 하나 있소. 그게 전부요. 동생은 지금 어디 나갔고……."

그녀는 눈을 동그랗게 뜨면서 물었다.

"그럼, 벌써 애 어머니가 죽었단 말이에요?"

"그게 아니라……."

만춘은 할 수 없이 자옥을 구하러 가게 된 일과 군승을 데리고 오게 된 사연을 간략히 설명해 주었다.

"그럼, 저와 결혼해도 되겠군요?"

"?!"

그녀는 너무나 간단하게 단도직입적으로 말했다. 만춘은 그저 어안이 벙벙할 뿐이었다. 밖에서 어머니 목소리가 들렸다.

"애야, 차 가져왔다."

어머니가 방으로 들어섰다. 순간 어머니는 아들이 웬 여자와 앉아 있는 걸 보고 기겁을 하여 발을 헛디뎠다. 찻잔들이 떨어져서 '쨍그렁' 소리를 내고 깨어졌다. 소연이 달려가 깨진 찻잔을 주어

담고는 걸레를 찾았다. 만춘이 걸레를 가져오니 소연이 얼른 빼앗아 엎질러진 찻물을 닦았다.

소연은 만춘이 나서기 전에 고구려말로 모친에게 스스로를 소개해 버렸다.

"저는 성은 위 가고 이름은 소연이라 합니다."

모친은 만춘이 또 어디서 아이를 하나 데려와 길러야 할 짓을 저지른 게 아닌가 하고 그녀의 아랫배부터 살펴보았다.

"둘이서…… 예전부터 잘 아는 사인가요?"

"그럼요. 중국에 있을 땐 둘도 없는 사이였죠."

소연은 만춘의 눈치를 핼금 살폈다. 만춘은 그냥 헛기침을 몇 번 할 뿐이었다. 만춘과 소연이 서로 별로 어려워하지 않는 것을 보고 모친은 서둘러 밖으로 나갔다.

소연은 고구려에서 달리 지낼 데가 없다면서 만춘에게 머물 곳을 청했다. 만춘은 별수 없이 아래채의 방을 하나 비워 주었다.

하룻밤만 지나고 떠나기로 했던 마근은 평양성에서 그대로 지내게 되었다. 소연에게서 그 동안의 얘기를 들은 만춘이 사냥꾼으로 썩기에는 마근의 능력이 아깝다며 그를 자신이 근무했던 부대의 선임 병사로 일하도록 주선하였다. 원래 전쟁 노비 출신은 평민 신분을 얻더라도 군인이 될 수 없었으나 만춘이 조학성 장군에게 각별히 부탁하여 이루어질 수 있었다.

소연은 모친의 일을 적극적으로 거들면서 환심을 샀다. 어느 날, 어머니는 만춘을 불러놓고 넌지시 말했다.

"애야. 그 중국 처녀, 용모도 그만하고 손놀림도 빠르더라. 심성이 어떤지는 좀 더 두고 봐야 알겠지만 나보다 네가 그 처녀와 오래 사귀어 봤다니까 더 잘 알 것 아니냐? 어떠냐, 네 생각은?"

모친은 아들이 서른 살의 노총각임에도 무슨 연유에선지 장가 갈 생각은 꿈도 안 꾸고 주위에서 오는 혼담 역시 거들떠보지 않아 애를 태우던 참이었다. 그런데 아들이 외지에서 온 처녀와 허물없이 말을 주고받는 걸 보고 기대를 걸었다.

만춘은 아무 대답도 하지 않았다.

"애야, 저 처녀는 너하고 결혼하러 왔다고 솔직히 얘기하더라. 너도 뭐라고 태도를 정해야 하는 것 아니냐?"

모친이 다그쳤다.

"어머니, 그 앤 중국 처녀입니다. 언제 우리 고구려와 원수지간이 될지도 모르는데 어떻게……."

"나야, 나랏일을 어떻게 알겠느냐마는 들리는 얘기론 그렇지도 않다더라. 중국이 옛날 수나라 때와는 달리 고구려와 평화롭게 지낼 거라더라. 작년에 우리나라에서도 당나라에 사신을 보내지 않았느냐?"

"어머니, 중국 풍습은 우리나라와 사뭇 다릅니다. 어머니께 불편을 끼칠 일이 더 많을 겁니다."

"이 애미야 얼마 있으면 죽을 건데 무슨 신경 쓸 일이 있겠느냐? 내가 며칠 유심히 지켜보았는데 저만한 색싯감도 구하기 어려울 것 같다. 잘 판단하거라."

이런 뒤로 모친은 소연과 한패가 되어 합동으로 계속 그에게 압력을 가하였다. 마침내 만춘이 굴복을 하고 말았다. 그는 소연을 불러 놓고 결혼의 전제 조건을 말하였다.

그 조건이란— 첫째 데려온 아이라고 차별하지 않고 군승을 친아들처럼 잘 돌볼 것, 둘째 일단 결혼하고 나서는 친정을 깨끗이 잊을 것, 셋째 일체 풍습은 고구려식을 따르지만 결혼 후 신랑이 처가살이를 하는 일만은 (어쩔 수 없이) 고구려 풍습을 따르지 않는다는 것, 세 가지였다.

소연이 순순히 승낙하자 둘은 마침내 간소하게 혼례를 치렀다. 나중에 장안의 처가에서 소연의 편지를 통해 이것을 알고는 여러 가지 폐백과 패물을 보내왔지만 만춘과 소연은 그 가운데 비단 세 필을 빼고는 모두 돌려보냈다.

7. 해서(海西)

621년 7월 신라 근오지현.

문훈은 당나라로 갈 배와 물품을 점검하고 있었
다. 용수가 사신 대표로 선발되는 바람에 그가 수
행케 된 것이다. 인삼, 꿀, 약재, 칠기 등을 포장하여 배에 싣고 한
편으로 식량과 식수 등을 몇 척의 배에 나눠 싣도록 인부들을 감독
하였다.

이때 부두 한쪽에서 이 배들을 주시하며 누군가와 밀담을 나누
는 다부진 체구의 한 사내가 있었다. 그는 사량부에서 온 설계두였
다. 설계두와 대화를 나누고 있는 상대는 다름 아닌 2년 전 그와
비화현에서 만나 팔씨름을 했던 선부서 소속 심나였다.

계두는 자주 이곳에 들러서 심나와 회포를 풀곤 했는데, 오늘
그들 사이의 대화는 아주 색다른 내용이었다. 계두는 당나라로 가
는 사신 일행의 배에 몰래 태워 달라고 부탁한 것이다. 심나는 난

처한 표정을 짓다가 마침내 결심한 듯 계두에게 일렀다.

"내일 아침, 배가 출항하네. 기회는 오늘 밤뿐이야. 내가 오늘 밤 무슨 수를 쓰든 저기 보이는 저 끝 배에 순찰을 설 터이니, 자정이 되거든 저 배로 헤엄을 쳐 살그머니 기어올라오게."

계두는 뛸듯이 좋아하며 사라졌다. 그는 그 길로 강을 거슬러 올라가 강가에서 기다리는 동생 용석에게 갔다. 용석은 돌로 장난을 치고 있었다.

계두는 둑에다 동생을 앉혀 놓고 말했다.

"용석아, 나는 이제 당나라로 간다. 이제부터는 니가 어매를 모셔야 한다. 내 꼭 성공해서 돌아오꾸마. 사흘이 지나거든 어매한테 이 편지를 전해라. 잊지 마라. 꼭 사흘 있다가 전해야 한다. 니, 내 올 때까지는 살아 있어야 한데이. 알았재?"

그는 동생의 손을 힘주어 쥐었다.

"당나라가 여기서 멀어?"

"나도 잘은 모른다. 한 3천 리나 4천 리쯤 될 끼다."

"그렇게 머나? 언제쯤 올 긴데?"

"5년— 아니, 아니, 10년은 잡아야 할 끼다. 니가 내 나이쯤 되면 꼭 올 끼니 그때까지만 참아라."

말은 쉽게 하였지만, 동생이 겪어야 할 고생을 생각하니 가슴이 돌에 짓눌린 것처럼 무거웠다.

'참아야지, 여기서 마음이 약해지면 두 번 다시 기회가 없다.'

그는 마지막 순간에 약해지려는 마음을 애써 달랬다.

"가만 있거라. 우리 같이 말이나 한번 타 보까? 내가 여기 아는 아저씨가 있거든…… 내 말 빌려 올 때까지 여기 있거라."

계두는 용석이 기다리는 사이에 어디선가 빌린 말 두 마리를 끌고 다시 나타났다. 계두는 동생에게 말 타는 법을 가르쳐 준 다음 같이 말을 타고 천천히 강 상류 쪽으로 올라갔다.

"저기 저 보이는 산이 형제봉이라는 곳이다. 보이재? 두 산이 마주 보고 있잖아. 형 생각이 나거든 저 산을 보거래이. 향순이 누나한테 가면 말이 있다. 그걸 빌려 타고 오면 될 끼다."

향순이를 좋아한 끝에 정식으로 청혼한 뒤 애마 한 마리를 맡기고 그녀의 병든 아버지를 대신하여 수자리에 번을 나간 친구 가실을 생각하며 계두가 말했다. 그들은 그렇게, 말을 타고 이곳저곳을 다니며 하루를 보냈다.

저녁때가 가까워지자 계두는 동생에게 엿 한 줌을 쥐어 주고 집으로 돌려보냈다. 가물가물 시야에서 멀어져 가는 동생의 뒷모습을 바라보던 계두는 허공을 향하여 소리쳤다.

"어머니, 이 불효자식을 용서하여 주시옵소서!"

그는 그 자리에 엎드려 큰절을 한 번 올렸다.

한참 동안 흐느끼며 엎드려 있던 그는 이윽고 일어나 빌린 말들을 돌려주고 바닷가 한곳에 숨어 밤이 깊어지기를 기다렸다.

그때쯤, 심나는 당나라로 가는 배 가운데 10호선의 순찰 당번과 얘기하고 있었다.

"여보게. 내가 닷새 뒤 당번인데, 그때 내가 어디 급히 다녀올 일이 생겼네. 오늘 밤, 내가 자네 대신 순찰을 서 줄 터이니 그때 내 대신 좀 서 주면 안 되겠나? 대신 내가 술 한잔 사겠네."

심나의 부탁에 상대방은 순순히 응하였다.

자정이 되어 심나가 순찰을 서고 있었다. 계두가 물속에서 나타

138

나, 살그머니 배 안으로 기어들었다. 심나는 그를 데리고 갑판 아래 물품 상자가 보관된 곳으로 갔다. 한 상자에서 자물쇠가 걸린 경첩의 못을 따서 물건들을 자루에 담아 눈에 안 띄는 곳에 감추고 계두를 그 안으로 들어가게 한 뒤 상자를 닫아 보았다. 계두가 사지를 쪼그리고 누우니 상자 문이 넉넉히 닫혔다.

"됐네, 이곳에 숨어 있다가 중국에 도착하면 저 물건들을 도로 담아 놓고 탈출하게. 힘주어 밀면 슬쩍 못이 빠지도록 해 놓을 테니까 잘 알아서 하게. 어떻게, 비상식량은 있는가?"

"엿을 좀 준비했어……."

"보름 넘게 걸릴 텐데, 그걸로 되겠는가? 이걸 가지고 가게."

심나는 인절미를 담은 상자 하나와 물통을 건넸다.

"고마워. 이 은혜는 잊지 않겠네."

"객지에서 몸이나 건강하게."

그들이 밤새 이런저런 이야기를 나누는 사이에 동녘이 희뿌옇게 밝아 왔다. 심나는 계두를 상자 속으로 들어가게 한 다음 물과 비상식량을 안에 넣고는 다시 못을 헐렁헐렁하게 박았다.

"어떻게 숨은 쉴 수 있겠나?"

"음, 괜찮아. 여러 가지로 고맙네."

"그럼 좀 있다 나는 가네. 부디 성공을 비네."

심나의 발자국 소리는 점점 멀어져 갔다.

보름 뒤, 신라의 사신 일행을 태운 배는 당나라의 적산포(赤山浦: 산동 반도. 지금의 중국 산동성 영성시)에 도착하였다. 물건들을 내리랴, 장안까지 갈 노새를 마련하랴, 분주한 문훈에게 병사들이 한 사나이를 끌고 왔다.

"사찬(沙飡: 신라의 벼슬 17계급 가운데 여덟 번째. 중간 정도 계급이지만 현재의 차관급 자리에 해당) 나으리, 이 자가 배 안에 숨어 있다가 탈출하려는 것을 잡아 왔습니다. 밀항자인 것 같습니다."

그 자는 여러 날 동안 얼굴을 돌보지 않아서 수염이 터부룩하고 광대뼈가 툭 튀어 나와 보여 꾀죄죄했다. 움푹 들어간 눈의 눈동자만은 마치 상처 입은 늑대처럼 빛을 발하고 있었다.

"웬 놈인데 무슨 연고로 배 안에 숨어들었는가?"

그는 잠시 머뭇거리더니 대답하였다.

"저는 사량부에 사는 사람으로 성은 설 가요, 이름은 계두라 합니다. 당나라에서 공부하여 출세하고픈 생각에 몰래 탔습니다."

문훈은 황당한 생각이 들어 으름장을 놓았다.

"그래? 하지만 이곳에서는 공부하고 싶다고 아무나 받아들이지 않는다. 출세라는 것도 학력과 배경이 뒷받침되어야 한다. 너 같은 경우에는 기껏해야 남의 종노릇하기가 십상이다. 널 신라로 도로 압송해야겠다."

"나으리, 한번만 봐 주십시오. 죽을 각오로 여기까지 왔는데 무슨 일이든 못 하겠습니까? 저희 고조부는 무관으로서 지증대왕 때 이사부(異斯夫) 장군을 따라 우산국을 정복하면서 세운 공로로 육두품 벼슬까지 지내셨습니다. 그 뒤로 가세가 기울어 지금은 입에 풀칠하기도 바쁜 지경에 이르렀습니다. 제가 다른 재주는 없사오나 기운 쓰는 일은 누구한테도 지지 않을 자신이 있습니다. 절 놓아만 주신다면 평생 그 은혜는 잊지 않겠습니다."

계두는 애걸복걸하였다. 문훈은 생각을 골똘히 하다가 병사에게 지시했다.

"이 자에게 뭘 좀 먹이고 일단 가두어 두어라."

문훈은 용수에게 이 일을 보고하였다. 용수는 문훈의 의견을 구했다.

"뜻을 펴겠다고 보름 동안 먹지도 못 하고 여기까지 숨어 온 사람을 도로 보내기가 좀 그렇군. 자네, 지난번에도 중국에 오지 않았었나? 중국 관리들 가운데 그 자를 추천할 만한 곳이 없을까?"

"그때는 수나라 때라 그 당시 관리들 가운데 아직 자리에 붙어 있는 사람이 얼마나 될지 모르겠습니다만, 아마 장안에 가면 한두 명은 찾을 수 있을 겝니다."

결국 계두는 장안까지 함께 가게 되었다.

계두는 기운이 장사라, 물건 운반하는 일을 시켰더니 다른 사람 서너 명 몫을 너끈히 하였다. 문훈은 점차 그를 신뢰하게 되었다.

장안에 이르렀다. 나라 돌아가는 분위기가 수나라 때와는 전혀 딴판이었다. 장안 백성들의 얼굴에는 생기가 돌고, 관리들의 근무 태도에도 활기가 넘쳤다. 시장 상인으로부터 궁중의 대관에 이르기까지 일하는 모습에 생동감이 넘쳐 있었다.

'세상이 바뀌었구나.'

당 고조 이연은 친히 용수 일행을 접견한 뒤에 진평왕의 안부와 신라의 내외 형편, 특히 고구려와 백제와의 관계, 중신들의 이름과 직책 등을 묻고 나서 머물 곳을 정해 주며 몇 달 동안 푹 쉬다가 가라고 했다.

　며칠 뒤, 문훈은 겨우 수나라 시절 관리들 가운데 안면이 있던 정천숙(鄭天璹)이란 사람을 찾아내어 계두를 추천하여 주었다.

　백제의 수도 사비성.
　백제도 당나라에 사신을 보낼 채비를 서두르고 있었다.
　"중원은 이제 거의 평정이 되어 갑니다. 황제를 칭한 자 가운데 이자통(李子通), 양사도(梁師都)가 아직 버티고 있으나 이들이 끝나는 것은 시간문제입니다. 고구려는 이미 2년 전에 사신을 보냈고, 신라는 7월에 사신을 보냈답니다. 우리도 서둘러야 합니다."
　무왕은 사신을 보내자는 상소가 올라오자 중신회의를 한 결과, 사신과 함께 과하마 스무 마리를 선물로 보내기로 결정했다.
　중신들이 과하마가 스무 마리면 배가 몇 척이 있어야 하느냐, 과하마 한 마리의 무게가 도통 얼마냐, 어떻게 무게를 재느냐 하는 문제로 왈가왈부하였다. 옆에서 보고 있던 왕자 의자(義慈)가 나섰다.
　"말 무게 재는 일이 뭐 그리 어렵소? 이리들 오시오."
　의자는 뜰로 나갔다. 그는 말 한 마리를 끌어다가 배에 태우고 연못에 띄웠다. 의자는 배 옆 수면이 닿는 점에 줄을 그은 다음, 말을 내리고 크고 작은 돌들을 가져다가 수면이 그 줄에 차오를 때까지 배에 싣도록 했다. 그 다음, 돌들의 무게를 나누어 재었다. 다 자란 과하마의 무게가 500근 안팎이라는 결과가 나왔다. 의자는 이때 20대 중반의 나이였다. 여러 사람이 의자의 지혜에 감탄하였고 무왕도 대견해 했다.
　의자가 일곱 살 때, 하루는 왕이 어느 대신과 장기를 두고 있었다. 그런데 수가 막힌 무왕이 이 궁리 저 궁리를 해도 도무지 묘수가 생각나지 않아 판을 끝낼까 하고 있던 참이었다. 보고 있던 의자가 어깨 너머로 손을 쓱 뻗쳐 장기 알을 움직여 받았다. 그러자 죽었다고 생각되었던 판이 살아났다. 그때까지 의자는 누구에게 장기를 배운 적이 없었으며 가끔 어깨 너머로 구경한 것이 전부였다. 무왕은 의자의 머리가 비상한 것을 알았다.

문제는 자라나면서 의자의 성격이 점차 교만해진 것이다. 무왕이 이를 염려하여 몇 번이나 주의를 주었지만, 선화왕후는 거꾸로 아이의 기를 살려야 한다며 의자의 이런 성격을 부추겼다.

'왕후 때문에 아이 교육이 안 되는구나!'

무왕은 한탄하였지만 왕후를 적극 말리지 못 했다. 마(薯)나 캐어 팔아 먹고 살던 서민 신분에서 신라 왕족을 부인으로 맞은 서동(薯童)은 신분 차이에서 오는 열등감이 즉위 뒤에도 의식 깊은 곳에 잠재하고 있었다. 집안일이든 나랏일이든 왕후의 의견이 그의 의견을 압도했다.

잦은 신라 침공도 사실은 왕후가 부추긴 것이다. 왕후는 별것 아닌(?) 추문에 자신을 쫓아낸 신라에 통쾌한 복수를 하고 싶었고 언니 덕만공주와의 경쟁에서도 자신이 인생 최후의 승리자라는 것을 보이고 싶어 했다. 의자는 재주는 무왕을 닮았지만 성격은 선화를 닮은 듯했다. 지고는 못 배기는 성격, 오만, 불같은 질투심 등이 왕후의 성격을 대표하는 것들이었다.

"요번 사행(使行)에 너도 따라가 견문을 넓히고 오너라."

무왕은 내친김에 의자를 사신 일행에 넣었다. 이미 중국에 다녀온 경험이 있는 성충도 사행에 끼었다.

백제 사신 일행은 장안에 이르러 이연을 접견했다. 이연은 의자가 아직 태자 책봉 전의 신분이지만 장래 백제왕이 될 인물이기에, 그의 됨됨이를 알고자 측근들과 함께 이것저것 고전을 들먹이며 질문 공세를 퍼부었다. 의자가 막힘없이 술술 답변하자 이연은 감탄하였다.

"그대는 젊은 나이에 학식이 고금을 통달하고 있으니 능히 해동의 증자(曾子: 공자의 제자, 유학자)라 할 만하오. 내 그렇잖아도 백제와 신라의 관계가 불편하여 늘 마음에 걸렸었는데 마침 신라 사신들이 여기에 와 있으니 과인이 오늘 특별히 두 나라의 귀한 손님들을 위하여 잔치를 베풀 터인즉 꼭 참석해 주기 바라오."

이연은 신라와 백제 사신들을 동시에 만찬에 초대하였다. 그 자리에서 이연은 두 나라 사신에게 화친을 종용하였다.

"멀리 타국에까지 와 이웃끼리 이렇게 같은 자리에 앉게 된 것도 뜻 깊은 일 아니겠소? 두 대표들은 흉금을 털어 놓고 허심탄회하게 얘기들을 나눠 보시오."

먼저 용수가 일어나 의자에게 공손히 술잔을 건넨 뒤 두 손으로 술을 채웠다. 그러나 의자는 잔을 한 손으로 받아 입에 대지도 않고 상에 그냥 내려놓아 버리는 바람에 용수가 무안해졌다.

자신은 명실 공히 백제의 사직을 이어 갈 후계자이나 용수는 겨우 일개 왕족일 뿐이기에 의자는 일부러 이같이 행동한 것이었다.

분위기가 약간 어색해지자 이세민이 잔을 들며 선배를 제의했고 이에 참석자들은 모두 한꺼번에 잔을 비웠다.

주흥이 무르익어 갈 즈음에 이연이 용수와 의자에게 물었다.

"자, 이제 과인이 두 나라 사이에선 싸움이 없을 것이라 믿어도 되겠소?"

"요 몇 년 사이에 저희들이 백제를 먼저 친 적은 없습니다. 앞으로도 백제에서 먼저 공격하지만 않는다면 저희들이 먼저 군사를 일으키는 일은 없을 것입니다."

용수가 답변했다. 그러자 의자가 대뜸 이유 있는 반박을 했다.

"그게 무슨 소리요? 진흥왕이 의리를 저버리고 우리 땅을 뺏어가는 바람에 두 나라가 원수지간이 되었는데 그 땅을 돌려줄 생각은 않고 어찌 우리 탓으로 돌린단 말이오? 적반하장이란 말이 바로 이런 경우가 아니오?"

연회가 파하고 난 다음, 당나라 중신들만 남은 자리에서 이연은 탄식 조로 말했다.

"허허, 고약하다. 조그마한 땅에서 서로 타협하지 못 하고 어찌 저희들끼리 저리 아웅다웅한단 말인가?"

"놔두십시오. 저희들끼리 다투면 우리가 먹어 버리기엔 더 수월합니다."

이세민이 옆에 있다가 참견을 하였다.

"그까짓 개구리 발바닥 만한 땅, 먹어서 무엇 하겠느냐?"

"고구려까지 합치면 결코 작지 않습니다."

"이놈, 어찌 그리 입이 가벼우냐?"

이연은 핀잔을 주면서도 속으로 '저놈의 야심이 너무 커서, 장차 건성이와 다투지나 않을지 걱정이다' 하며 근심을 하였다.

며칠 뒤, 문훈과 성충은 각자의 사신 일행에게서 벗어나 장안

변두리 주막에서 만났다.

"형님, 당나라는 왜 군이 백제와 신라를 화해시키려고 할까요?"

"글쎄, 아마도 고구려를 견제하려는 것이겠지."

문훈이 대답했다.

"저도 그렇게 생각합니다. 그런데 전 그 문제를 좀 더 심각하게 생각하고 있습니다. 며칠 전에 우리 왕자님과 용수 대감이 다툴 때 세민이라는 사람의 표정을 봤습니까? 처음엔 비웃는 표정이더니 나중엔 눈동자에 살기가 번쩍번쩍합디다. 그 사람이 당나라의 태자가 아니기에 망정이지 태자라면 나중에 황제가 되어 우리 삼국을 차례로 꿀꺽꿀꺽 집어삼킬 사람입니다."

성충은 심각한 표정으로 고개를 좌우로 저으며 말했다.

"아우의 눈이 날카롭군. 사실은 나도 같은 생각을 했네. 우리 삼국끼리 아옹다옹하는 사이에 당에서 차례로 하나씩 무너뜨리게 되면 그땐……."

"고구려, 백제, 신라가 차례로 떨어진다…… 그럼 우린 지금 어떻게 해야 합니까?"

"우리가 왕들을 설득시켜 보는 게 한 방법이겠지만, 백제의 의자왕자가 왕이 되면…… 그게 불가능할 걸세. 왕이란 머리도 좋아야 하지만 포용력이 있어야지. 둘 다 안 되면 차라리 머리가 나빠도 포용력이 있는 게 좋아. 그 반대가 되어 자기 머리만 믿고 다른 사람들의 의견을 우습게보면 큰 실수를 저지르게 돼."

"흐유…… 저도 그 점이 걱정입니다."

성충은 긴 한숨을 내쉰 뒤에 되물었다.

"그런데 왜 신라에서는 태자나 좀 더 높은 분들을 사신으로 보내지 않았습니까?"

"그게…… 덕만공주가 올 수도 없고. 그랬다간 당나라에서 여자가 왕이 되는 게 말이 되느냐고 놀릴 게 뻔하고…… 그밖의 중신들은 무장들이라 외교에 경험이 없어. 용수 대감이 지금은 선부서에 있지만 곧 내성사신(內省私臣)으로 올라갈 거야. 경호대장이 되는 셈이지."

"그럼 신라의 다음 임금은 여자가 될 게 확실하군요."

"별다른 일이 일어나지 않는 한 그렇다고 보면 되지."

"형님, 조심하십시오! 우리 선화왕비의 질투심이 보통이 아니라 무슨 사단을 일으킬지도 모릅니다."

"백제가 신라 궁중에서 일어나는 일에 무슨 영향력을 줄 수 있겠나?"

문훈이 고개를 갸웃하며 말했다.

"반드시 그렇지도 않습니다. 선화왕비에게는 아직도 신라 사람들이 들락거리고 있습니다."

"그으래?"

문훈이 심각한 표정을 지었다. 그리고는 만춘의 소식을 물었다.

"고구려에 계시는 큰 형님 소식은 들었나?"

"제가 3년 전에 큰 신세를 졌습니다. 제 집사람이 그때 가잠성에 있다가 신라군들에게 잡혔습니다. 그때 형님은 왜국에 가서 안 계시고…… 큰 형님과 우리가 형제결의 할 때 같이 있었던 유구 사람이 몰래 성 안으로 들어가 성문을 열어 우리 군사들이 쳐들어갔습니다. 나중에 신라 원병들이 와서 워낙 거세게 밀어붙이는 바람에 뿔뿔이 흩어졌는데, 뒤에 원광 스님이 도움을 줬다며 집사람을 데리고 왔더군요."

"그 형님은 남이 어려운 처지에 있는 걸 보면 물불을 안 가리는 사람이야. 어떻게 보면 좀 바보스럽기도 하고……."

"그러니 이런 난세에 출세를 할 수 있겠습니까? 지난번에는 태학에 들어가 접장 노릇이나 할까 그러시더라고요."

"그 성격엔 그 직업이 맞을지도 모르지…… 하지만 활동적인 성격이라 선생 노릇만 하고 있긴 어려울 걸……."

"듣기로는 당나라 황제와 아들 세민도 큰 형님에게 신세 진 일이 많다고 합디다."

둘은 이런 얘기를 나누다가 헤어졌다.

이듬해, 이연은 예전에 만춘과 약속한 대로 중국 곳곳에 있는 포로들을 찾아내어 고구려로 돌려보내면서 사자를 통해 다음과 같은 국서를 전해 왔다.

'짐이 천명을 받들어 중국 땅에 군림하여 다스리게 됨에 삼가 삼령에 순종하며 만국을 회유하여 해와 달이 비치는 곳을 모두 평안케 하고자 하오. 귀왕께서 요동을 통치하며 세세토록 번복(蕃服: 중원에서 먼 곳)에 머물면서 정삭을 받들고 멀리서 선물을 마련하여 사신을 보내와 산천을 건너 성의를 표하니 짐의 마음이 심히 기쁘오.

이제 천지 사방이 평안하고 사해가 잘 다스려져 옥백(玉帛)이 통하고 도로가 막힘이 없으니, 바야흐로 화목함을 펴서 오래 교분과 우의를 돈독히 하고 각기 강토를 유지하면 실로 훌륭하고 아름다운 일이 아니겠소?

단지 수나라 말년에 전쟁이 계속되고 난이 일어나 싸움터에서 각각 그 백성을 잃어 드디어는 골육이 헤어지고 가족이 나뉘고, 여러 해가 지나도록 홀어미와 홀아비의 원한을 풀어주지 못 하였소. 지금 두 나라가 화통하여 의리에 막힘이 없게 되니 이곳에 있는 고구려 사람들을 모아 보내온즉, 귀국에서도 그곳에 있는 우리나라 사람들을 놓아주어 편안히 기르는 방도를 다 한다면, 인자하고 용서하는 도리를 함께 넓히는 일이 될 것이오.'

이연이 고구려 포로들을 돌려보내려 하자 당나라 조정에서는 말들이 많았다. 이연은 만춘과의 약속을 중히 여겨 포로들의 조건 없는 석방을 시행코자 한 반면 여러 중신들은 기왕 석방하려면 중국측 포로의 송환을 먼저 요구해야 대국의 체면이 선다는 주장을 내놓았다.

세민은 포로 석방 자체에는 반대하지 않았지만 다른 나라와는 달리, 당나라와 고구려를 대등한 입장에 두고 '교분'이니 '우의'니 따위의 말을 쓴 것과 요동을 송두리째 고구려 땅으로 인정하고 '각기 강토를 유지하자'며 서로 영토보전과 불가침을 명기한 것에는 불만이었다. 그러나 이연은 자기 뜻대로 밀고 나갔다.

"내가 보는 고구려는 그대들이 보는 것과 다르다. 조건 없이 석방하고 어떻게 되는지 두고 보라."

고구려 조정에서는 이연이 친서를 보내면서 포로들을 석방하자 호혜평등 원칙에 따라 즉각 전국에 흩어져 있던 중국 포로 1만여 명을 모두 돌려보냈다. 신하들에게 체면이 선 이연은 크게 흡족하였다.

"보라, 내가 뭐라고 했던가?"

그는 중신들에게 고구려와의 화평을 한층 더 두텁게 하도록 지시하였다.

8. 영재들

평양성, 태학 무과 영재 최종 학년 세 개 반 가운데 하나—

실내에서 30여 명의 생도들이 경서와 씨름하고 있었다.

자율학습으로 진행되는 이 경서 학습은 생도들이 주어진 책의 일부를 며칠 동안에 걸쳐 읽고 나서 소감을 적어 내는 방식으로 진행되었다. 뒷줄에 앉은 몇 명이 서로 눈짓을 하더니 슬그머니 바깥으로 빠져나갔다. 그들은 바깥을 지키는 군사들의 눈을 요령껏 피해서 한 사람씩 담벽을 뛰어넘었다.

여섯 명의 생도들은 곧장 태학 뒤쪽에 이어진 산을 넘어서 오솔길을 따라 내려가다가 물이 흐르는 골싸기 기슭에서 멈췄다.

"어! 시원하다."

한 생도가 얼굴을 씻으며 말했다. 생도들은 모두 그 주변에 자리를 잡았다. 주저앉거나 벌러덩 눕기도 하고 나무에 매달리는 생도 등 제각기 따분한 태학에서 탈출한 기분을 만끽하고 있었다.

"시장한데 뭐 먹을 거라도 없나?"

"저 건너편 숲에 가면 꿩이 많은데 한 마리 잡아 오지."

"거긴 왕의 사냥터야. 들키는 날엔 혼쭐이 난다고……."

"제길! 날아다니는 새에 무슨 임자가 있나? 잡고 나서 이쪽으로 날아왔다고 하면 되지."

"야, 개금! 그러면 네가 한번 해 봐라."

"못 할 것도 없지. 활이나 하나 만들어 봐."

생도 두 명이 대나무와 칡넝쿨을 구해서는 간단한 활과 화살을 만들었다.

"좋아, 이거면 충분해. 너희들 여기서 잠시 기다려라."

개금이라 불리는 생도는 앞 시내를 건너 숲 속으로 사라졌다.

"야, 저 녀석, 진짜로 가네. 간뎅이가 부었어."

"제 아버지가 대대로(大對盧)라 믿는 데가 있어서 그렇겠지."

"대대로 아니라 대대로 할애비라도 들키면 경을 칠 걸."

"아무렴 꿩을 진짜 잡겠어? 꿩이 없더라며 그냥 오겠지."

"허긴 그렇군. 허풍이겠지."

남은 생도들이 이런 얘기를 나눈지 반 식경이 지났다. 사냥터 쪽을 보고 있던 생도 하나가 소리 질렀다.

"어! 저 녀석이 진짜 잡았네. 양쪽에 한 마리씩 들고 있잖아?"

모두 그쪽을 보았다. 정말로 개금은 꿩을 양손에 들고 유유히 이곳으로 오고 있었다.

"저 녀석 뛰어오지 않고 들키려고 왜 저리 느릿느릿 오지?"

생도들이 안달을 했다. 개금은 기다리는 생도들에게 다가오더니, 꿩 두 마리를 풀밭 위에 던지며 주저앉았다.

"야, 진짜 꿩 많더라. 요리는 너희들이 해라."

일행들이 불을 피우랴, 꿩의 털을 뽑으랴 법석을 떨었다. 개금은 두 다리를 벌리고 앉아 혼잣말처럼 중얼거렸다.

"임금이란 게 진짜 할 만해……."

"너 방금 뭐랬니?"

"임금이란 게 진짜 할 만하다 그랬다. 왜?"

"히야— 참, 내…… 야! 임금을 아무나 하는 건 줄 아나? 그건 하늘이 내는 거다."

"그래……? 그런데 하늘이 낸 사람인지 아닌지 어떻게 알지?"

이런 말들이 오가는 사이에 한쪽에서 구수한 냄새가 피어올라 코를 찔렀다.

"야아! 냄새 죽인다. 근데 안주는 좋은데 술이 없어 아쉽다."

"누가 집에 가서 한 병 가져오지그래?"

"너무 멀어."

한 생도가 꾀를 내었다.

"요 밑에 가면 궁중에만 납품을 하는 '부여술집'이 있는데…… 누가 한 병 슬쩍해 오지그래?"

"야, 들키면 열 배로 물어내야 되는 것 몰라? 들키면 누가 책임질 거야?"

그 말에 모두들 입을 다물었다. 한 생도가 통 크게 소리쳤다.

"내가 뒤집어쓸 테니 누가 좀 갔다 와!"

그는 바로 꿩을 잡아 온 개금이었다. 다섯 생도들은 서로 힐끔 힐끔 마주 쳐다보았다.

"좋다. 개금이 책임진다면 내가 가지."

가장 나이 어린 학생인 검모잠(劍牟岑)이 나섰다. 그러자 또 한 사람이 따라나섰다. 한참만에 두 사람은 술 한 병씩을 들고 싱글벙글하면서 나타났다.

"이야! 이건 최고급 묘향산 산삼주다."

"보통 사람은 평생 가도 이 술 맛 한 번 보기 힘들다. 오늘 우리가 횡재했다."

일행들이 들떠서 익은 꿩 고기를 안주로 술잔을 돌리는데 한 방울이라도 더 마시려고 난리를 피웠다.

"아! 이 기분! 태학에 남아 있는 우리 친구들이 어떻게 알꼬……."

잔을 비우고 난 한 학생이 말했다.

"우리, 내일 또 오자."

어느 학생이 제안을 하는데 다른 사람이 반대했다.

"내일은 양만춘 선생의 수업이 있잖아."

모두들 고개를 끄덕였다. 이즈음 젊은 교수 만춘은 학생들에게 꽤 인기가 높았다.

"그런데 너, 양 교수가 들고 다니는 병법책 읽어 봤니?"

"응, 지난번에 돌려 보라고 필사본을 빌려 준 적 있잖아. 그때 대충 봤어."

"나도 그때 봤는데…… 그 책, 지은이가 알쏭달쏭하단 말이야."

"중국에 있을 때 어떤 기인(奇人)에게서 받은 거라고 했잖아."

"글쎄, 그런데 거기에 나오는 낱말이나 무기 이름은 중국식이 아니고 모두 우리나라 것이란 말이야."

"양 교수가 베낄 때, 알기 쉽게 고쳐 썼겠지 뭐."

"글쎄……."

"근데, 야! 양 교수 부인이 중국 여자라면서?"

"응, 맞아. 지난번에 내가 봤는데 진짜 이쁘더라."

"중국 여자가 시부모를 제대로 모실까?"

"갸들도 《논어》, 《효경》을 읽었을 텐데 잘 모시겠지 뭐."

"시부모 모시는 것도 중요하지만, 여자는 모름지기 밤일을 잘 해야 하는 것 아냐?"

"그것도 그렇지……."

"밤일은 말이야. 말갈 여자가 끝내준다."

나이 든 한 학생이 아는 척하며 말했다.

"하하, 너 이 앞 '황포주점'에 있는 그 말갈 여자를 올라탔구나. 그렇지? 맞지?"

다른 학생이 그를 놀렸다.

"그래서?"

"하하, 임마, 그 여자는 안 올라탄 사람이 없더라. 네 구멍 동서 가 수백 명, 아니 천 명은 넘을 거다. 타 보니 헐렁헐렁하지 않디?"

"헐렁헐렁한 정도가 아니라 패수를 쪽배로 지나가는 기분이었 을 테지."

또 다른 학생이 야유를 거들었다.

"밤일은 거란 여자가 기중 으뜸이라 하더구만."

다른 학생이 또 나섰다.

"네 삼촌 이야길 들었구나!"

"그럼. 우리 삼촌이 지난번 거란 원정 때, 참전했었거든……."

"그거 다 쓸데없는 소리다. 되놈들과 돌궐아들 이야기를 들으면 여자는 뭐니 뭐니 해도 해동 삼국 여자를 최고로 친다더라. 몸 냄새도 안 나고……."

"그렇겠지, 다 남의 손에 있는 콩이 굵어 보이니까……."

잡담을 주고받는 사이에 술이 다 떨어졌다.

"야, 이왕 내친김에 몇 병 더 가져올 수 없나?"

"아서라, 꼬리가 길면 잡힌다."

검모잠과 또 한 사람이 일어서더니 개금에게 말했다.

"한 번 더 갔다 오지. 어이 연개금, 이번에도 네가 뒤집어쓰는 거다."

"야, 개금 개금 하지 말랬잖아. 개금은 아명(兒名)이고 지금은 개소문이라 했는데도……."

개금이 눈썹을 곤두세웠다.

"알았다. 개소문, 그럼 다녀올게."

두 생도는 이내 사라졌다. 그러나 한참 뒤 그 가운데 한 명이 헐레벌떡 뛰어왔다. 얼굴이 하얗게 질려 있었다.

"큰일 났다. 내가 망보고 있는 사이에 모잠이가 들어갔는데 술병을 들고 나오다 그만 붙잡히고 말았어."

"아이고 우린 망했다. 열 배 물어 주는 건 고사하고 우린 모두 퇴교다, 퇴교!"

모두 안절부절못하며 개소문의 얼굴만 쳐다보았다. 개소문은 늘 어려운 일을 자청하고 나서서, 동료와 후배들에게 인기가 있었으므로 이번에도 그가 무슨 수를 낼 수 있겠거니 기대하는 것이다.

개소문은 벌떡 일어나 도망 온 친구를 데리고 술도가로 갔다. 검모잠은 술도가 앞 기둥에 꽁꽁 묶여 있었다. 주인이 그들을 보자 기세가 등등하였다.

"그럼 그렇지. 공모한 놈들이 있었구나! 이놈이 벌써 다 불었다. 당장 관아로 가자!"

"잠깐, 외상술 좀 마신 것 가지고 뭘 그러시오? 당장 그 아일 풀어 주시오."

개소문이 호기롭게 말하자 주인은 노기를 띠고 소리쳤다.

"이놈, 외상술과 도적질은 천양지차다. 너희들은 열 배를 물어내고 관아에 가서 혼이 나야 돼. 보아 하니 학생들 같은데 하라는 공부는 안 하고 대낮부터 술이나 처먹고 다녀?"

"주인장, 그러지 말고 술 여섯 병만 더 주시오. 그럼 아까 마신 두 병하고 합쳐서 여덟 병 아니오. 그러면 내가 내일까지 술 여덟 병에다 비단 두 필을 더 얹어 값을 치르겠소."

개소문이 제안을 하자 주인은 다소 멍한 표정을 지었다.

"이놈, 이 술이 그리 흔한 줄 알아? 네가 무슨 수로……?"

"이런 술은 우리 집 창고에 100병은 쌓여 있소. 싫으면 관에 넘기든지 말든지 맘대로 하시오."

주인은 개소문의 아래위를 다시 한번 훑어보더니 목소리를 누그러뜨렸다.

"그 말을 뭐로 보장할래?"

개소문은 차고 있던 보검을 끌러 건네었다.

"이걸 맡아 주시오."

주인은 그 칼을 받아 칼집에 새겨진 무늬를 자세히 보더니 고개를 끄덕끄덕하였다.

"빈말은 아니겠지?"

주인은 검모잠을 풀어 주고 술 여섯 병을 더 내주었다.

이리하여 개소문, 검모잠 등 세 사람은 술 여섯 병을 들고 돌아왔다. 걱정을 하며 기다리고 있던 생도들은 개소문의 어깨를 두드리며 좋아하였다. 그들은 마음껏 마시면서 한편으로 개소문에게 집에서 술병을 들고 나올 일을 걱정해 주었다.

"내일 아침 양만춘 교수의 수업이 끝난 뒤 집에 가서 들고 나오지 뭐."

개소문은 대수롭잖게 대답했다.

저녁때, 개소문이 얼큰해진 모습으로 집에 들어가자 그의 계모가 나와 푸념을 했다.

"아이구 술 냄새야, 매일 애비 술 냄새 맡는 것도 지겨운데 이젠 아들까지……."

계모는 쏙 들어가 버렸다. 개소문의 친어머니는 그의 동생 정토(淨土)를 낳고 얼마 뒤에 세상을 떠났다. 그의 아버지가 후취 부인을 얻었는데 나이가 개소문보다 겨우 세 살 위였다. 개소문의 부친 연태조는 능력이 있고 처세에 능해 벼슬은 높았으나 술을 좋아하고 바람기가 있었다. 첫째 부인과는 물론, 후처와도 금실이 별로 좋지 않았고 아들들에게서도 존경을 받지 못 하였다.

그 날도 연태조는 자정이 다 되어서야 나타나 대문을 쿵쿵 차며 소리를 질렀다.

"이리 오너라!"

아무리 늦은 시각이라도 마누라, 아들, 노복 등 온 식구가 나아가 그 앞에 도열해야지 만일 한 사람이라도 빠졌다간 온통 벼락이 떨어졌다. 술에 취해 자고 있던 개소문은 얼른 옷을 집어 입고 뛰어나갔다. 연태조는 여느 때처럼 곤드레만드레가 되어 있었다. 그는 양쪽으로 도열한 식구들 앞에서 걸음도 제대로 못 가누면서 숫자를 하나하나 세고는 혀 꼬부라진 소리로 횡설수설하였다. 앞뒤가 맞지 않는 일장 연설을 늘어놓더니 "해산!" 하고 소리쳤다.

"젠장, 꼭 이렇게 해야 아버지로서 권위가 서나?"

개소문은 두 살 아래인 동생 정토에게 불평을 늘어놓으면서 함께 들어가 다시 잠을 청했다.

이튿날. 개소문은 첫째 시간을 끝내고, 검모잠과 함께 학교를 슬쩍 빠져나가 집으로 갔다. 집은 여느 때처럼 군사들이 담장 둘레 곳곳을 지키고 있었다. 개소문은 이런 아버지의 처사가 마음에 들지 않았다.

'제길, 집안에 무슨 큰 보물이 있다고 군사들을 세워 지키게 하나? 궁궐도 아닌데……'

경비 군사들이 개소문은 안으로 들여보내고 검모잠은 제지하였다. 개소문은 할 수 없이 모잠을 문 앞에 세워 두고 혼자 들어가 곳간으로 향했다. 곳간 열쇠는 그도 하나 가지고 있었으므로 쉽게 문을 열고 술 여덟 병과 비단 두 필을 자루에 담았다. 그리고는 종들의 눈에 안 띄려고 살금살금 뒷마당을 건너 대문 쪽으로 향했다. 계모가 서처하는 방을 지나치려니 마루에 지팡이 하나와 삿갓 하나가 놓여 있는 게 눈에 띄었다.

'또 그 중을 불러 염불을 하는 모양이구나.'

그가 무심코 지나치려는 순간, 방에서 야릇한 신음 소리가 들렸다. 이상한 생각이 들어 걸음을 멈춘 채 귀를 기울였다. 그것은 분명히 여자의 흐느끼는 듯한 신음 소리와 남자의 거친 숨소리가 어우러진 묘한 소리였다. 잠시 귀를 기울이던 개소문은 금방 사태를 알아차렸다.

'염불을 하는 게 아니다. 서로 열반에 이르는 소리다!'

개소문은 호흡을 가다듬었다.

'어떻게 하지?'

그의 머리에 밤마다 술에 취해 곤드레가 된 아버지의 모습이 떠올랐다.

'피장파장인데 그냥 지나쳐?'

그런 생각이 드는 순간, 또 다른 그림이 아버지의 모습을 덮어씌웠다. 그것은 남 앞에서는 근엄한 채 위장을 한, 속과 겉이 다른 명덕 선사인가 뭔가 하는 중의 모습이었다. 순간 구역질이 나오려 했다.

개소문은 도로 곳간으로 뛰어가 장검(長劍)을 찾아냈다. 그리고는 계모의 방으로 와서 문을 확 열어젖혔다.

아니나 다를까, 이불 위로 반쯤 윗몸을 드러낸 채 뒤엉켜 있던 남녀가 소스라치게 놀라며 몸을 일으켰다. 개소문이 이불을 걷어차자마자 장검이 번쩍하더니 중의 머리가 방바닥에 굴렀다.

여자의 날카로운 비명 소리가 났다. 그러나 그것도 잠시, 여자의 머리도 몸에서 떨어져 나갔다.

종들이 몰려왔다. 그들은 머리가 달아난 두 알몸의 남녀 모습을 보고는 기겁하며 물러섰다.

개소문은 태연하게 노복 하나를 불러 아까 창고에서 꺼낸 술병과 비단을 담은 자루를 건네주며 일렀다.

"나는 지금 관아로 갈 터인즉, 너는 이 자루를 태학 뒷산 너머에 있는 부여술집이란 술도가에 전해 주고 오너라."

그리고 개소문은 모잠에게 가서 부탁했다.

"내가 사람을 죽였다. 당분간 학교에는 못 나갈 것 같으니 친구들과 양만춘 교수에게 그렇게 전해 다오."

그는 도로 방 안의 현장으로 들어갔다.

마음을 가라앉히려고 가부좌를 틀고 심호흡을 하는데 눈길을 끄는 것이 있었다. 칼을 쓰면서 베개로 얼굴을 가린 계모를 내리치느라 베개도 반으로 갈라졌는데 거기서 새 깃털 뭉치가 우수수 흩어져 나왔다. 그런데 그 가운데 접혀진 종이 하나가 삐죽 나와 있었다. 개소문은 호기심에 차서 접혀진 종이를 펼쳐 보았다. 끝에 왕의 옥새가 찍혀 있고 '나의 후계자를 누구누구로 한다'는 내용의 글이 적혀 있었다.

'이상하다. 이런 서류가 왜 여기 있을까? 뭔가 비밀이 있는 모양이다.'

개소문은 그 종이를 여러 겹으로 접어 허리춤 깊숙이 감췄다. 그리고는 스스로 의형대(義刑臺)로 가서 자수를 했다. 곧 연태조가 소식을 듣고 달려왔다. 연태조는 개소문을 보자마자 베개 속에 있던 종이를 보지 못 했느냐고 물었다. 개소문은 종이를 꺼내 줄까 하다가 자식 걱정은 뒷전이고 엉뚱한 일에 신경을 쓰는 아버지가 미워서 심사가 뒤틀렸다.

"못 보았습니다."

아버지는 위로의 말 한 마디 없이 뒤도 안 돌아보고 종종걸음으로 사라졌다. 그 다음으로 달려온 건 양만춘이었다. 그는 자초지종을 묻고는 진심으로 위로했다.

"염려 말게. 의분을 못 참고 저지른 일인데 큰 벌은 내리지 않을 걸세. 내가 자네 처지였다 하더라도 똑같이 했을 것이야. 내가 관가에 있는 친구들을 모두 동원해서라도 구명에 힘쓰겠네. 태학에는 사정을 잘 얘기해 놓겠네."

만춘은 옥사쟁이에게 개소문이 학생이고 아직 죄가 확정되지 않은 신분이니 잘 부탁한다는 말을 하였다. 양만춘이 밤늦도록 그를 걱정해 주다가 돌아가려 하자 개소문은 만춘을 불러 세웠다. 그리고는 남들이 듣지 못 하게 목소리를 낮춰 속삭였다.

"선생님, 제가 아버지 베개 안에서 이것을 발견했습니다. 뭔지는 모르지만 중요한 것 같으니 선생님께서 맡아 주십시오."

개소문은 허리춤에서 꼬깃꼬깃 접은 종이 한 장을 꺼내 주었다. 만춘은 종이를 얼른 소매 속에 감추고 의형대를 나와 펴서 읽고는 쿵쿵 뛰는 가슴을 억누르지 못 했다. 그는 밤새 잠을 이룰 수가 없었다.

이튿날 만춘이 태학에 가니 벌써 소문이 쫙 퍼져 교수들 사이에 입씨름이 벌어졌다. 개소문을 벌해야 한다는 주장과 방면해야 한다는 주장이 엇갈렸다.

'간남(姦男)과 간부(姦婦)를 등시(等時)에 죽이는 것은 죄가 되지 않는다는 선례가 있다.'

'아니다. 그것은 어디까지나 정조권(貞操權)이 있는 남편이 한 경우이고 아무리 간부라 하더라도 자식이 어미를 죽일 수는 없다. 그런 잔인하고 포악무도한 짓을 한 자는 마땅히 벌해야 한다.'

두 주장이 팽팽히 맞섰다. 주로 박사들을 비롯한 노장파들은 유죄를 인정하여 개소문의 퇴교를 주장한 반면, 일부 소장파들은 징계에 반대하였다. 만춘이 말했다.

"저도 처벌에 반대하오. 이 문제는 의형대의 판결에 따라 결정할 문제요. 설혹 의형대에서 유죄판결이 난다 할지라도 만일 국왕이 사면령을 내린다면 그에 따라야 할 것이오."

만춘은 태학에서 나와 은밀히 고정의를 만났다.

"우연찮게 '그것'을 손에 넣었습니다. 제가 조용히 국왕을 모셔올 테니 절대 소문을 내지 말고 정확히 한 달 뒤 자정에 북문에서 성문을 열 준비를 하고 기다리십시오."

그 다음 날, 만춘은 바로 여장을 챙겨 태백산으로 떠났다.

그로부터 한 달쯤 뒤, 평양성은 예나 다름없는 모습이었다. 적어도 겉보기에는 그랬다. 다만 대대로 연태조가 알 수 없는 이유로 자살을 한 것이 사람들의 입에 오르내렸다. 사람들은 집안일로 충격을 받았을 것이라고 수군거렸다. 또 왕이 말갈족 마을에 있던 형을 찾아내어 궁궐로 조용히 모셔 왔다는 소문이 돌았다. 계모를 죽인 개소문은 왕이 특사를 내려 무죄방면되고 학교로 돌아왔다.

'절대 백성들에게 충격을 주어서는 안 된다. 왕가에 관련되어 어떠한 소문도 돌아서는 안 된다.'

이렇게 생각한 고건무와 을지문덕은 소리 소문 없이 모든 일을 처리했다. 을지문덕은 국왕의 만류에도 불구하고 산이 더 좋다고 하면서 아무에게도 알리시 않고 다시 자취를 감추었다. 만춘은 태학 조교에서 정식 태학 박사가 되었다.

623년, 서라벌—

덕만공주는 남산을 산책하고 있었다. 그녀의 곁에는 작년에 새로 내성사신(內省私臣)이 된 용수와 그의 부장 문훈, 그리고 용수의 아들이자 덕만에게는 조카인 춘추 및 호위군사 몇 명이 따르고 있었다. 그녀의 나이 41세, 이미 꽃다운 나이는 지나가 버렸다. 가을 바람에 낙엽이 우수수 땅에 떨어져 이리저리 흩날렸다. 17~18세의 꽃다운 나이였을 무렵, 그녀는 한때 연상의 남자와 사랑에 빠진 적이 있었다.

그 대상은 지금 대장군으로 있는 알천(閼川)이었다. 그때 알천은 그녀보다 열 살이나 위였고 이미 결혼하여 아이를 둘씩이나 둔 처지였다. 그럼에도 그녀는 사랑이 이루어지기를 간절히 원했다. 방법은 두 가지— 알천이 아내를 버리고 덕만과 다시 결혼하는 것, 아니면 그의 두 번째 부인이 되는 것이었다. 첫 번째는 알천이 동의하지 않았다. 두 번째는 가능은 했지만 왕가의 체면이 말이 아니게 될 터였다. 그녀가 고민하고 있는 가운데 선화공주 사건이 터졌다. 막내 동생 선화가 길거리의 서동과 놀아났다는 것이다. 그 소문이 사실인지 아닌지 확인할 수는 없었지만 어쨌든 선화는 외딴곳으로 가서 근신하라는 왕명을 어기고 백제로 도망쳤다. 바로 아래 동생은 이미 시집을 가 용수의 부인이 되고 난 다음이었다.

덕만은 부친 진평왕이 엄청난 실의에 빠져 고민하는 것을 옆에서 지켜보았다. 이제 유일한 희망인 그녀마저 부왕의 기대에 어긋나는 일을 저지른다면 어떤 사태가 벌어질지 몰랐다.

마침내 그녀는 사랑을 단념하였다. 그런 그녀에게 진평왕은 불교의 미륵하생(彌勒下生) 신앙을 교묘히 이용하여 덕만을 미륵선화(彌勒仙花)로 명명함으로써 백성들이 그녀를 신라에 나타난 미륵으로 믿게 하였다. 사랑·결혼, 이런 세속적 관심과는 동떨어진 초연한 위치가 되어 버린 것이다.

세월이 흐른 지금 그녀의 얼굴에도 잔주름이 나타나고 그녀가 사모했던 알천은 백발이 희끗희끗한 50대를 넘어서고 있었다. 가끔 그를 대할 때면 옛날의 일들이 잔잔한 추억으로 되살아올 뿐, 격한 감정이나 솟구치는 열정 같은 것은 이미 없었다.

오늘도 그녀는 산길을 걸으면서 문훈이나 춘추 같은 청년들을 바라보며 먼 옛날 자신의 젊은 시절을 떠올리고 있었다. 바로 그때 사량궁(沙梁宮)으로부터 멀지 않은 곳에서 검은 연기가 치솟는 광경이 눈에 들어 왔다. 덕만은 그 광경을 보고 명하였다.

"지금 저곳에 불이 난 모양이다. 궁에서 멀지 않은 곳이니 빨리 가서 무슨 연고인지 알아보도록 하라."

용수는 문훈에게 빨리 가 보라고 지시했다. 문훈은 나는듯이 말을 달려 연기가 나는 곳에 이르렀다. 그곳은 유신의 집이었다. 요란하게 대문을 두드리자 유신이 나타났다.

"대체 무슨 일이고?"

얼굴에 검정이 묻고 눈이 벌겋게 충혈되어 나타난 유신을 보고 문훈이 물었다.

"별일 아이시더. 집안일로……."

문훈이 그의 대답을 무지르고 문 안으로 뛰어들어 살피니, 마당 한가운데서 장작불이 활활 타고 있었다. 유신의 여동생 문희(文姬)는 마당에 주저앉아 눈물만 흘리고 있고, 유신의 모친은 마루에 앉아 실성한 사람처럼 멍하니 먼 산을 바라보고 있었다. 문희의 언니인 보희(寶姬)는 기둥을 붙잡고 통곡을 하고 있었다.

"무슨 일인지 답답하다. 말 좀 해 봐라."

"행님, 챙피해서 말하기 싫니더. 그냥 가시소."

문훈은 기둥을 붙잡고 우는 보희를 진정시키며 물었다.

"낭자, 무슨 일인지 말 좀 해 보소."

"쟈가 임신을 했다꼬…… 오빠가 불에 태워 쥑일라 카니더. 지발 좀 말리 주시소. 아이고! 꿈을 판 내가 잘못이재…… 아이고……."

그녀는 다시 통곡을 하였다. 문훈은 우물로 달려가 물을 연거푸 길러다 타고 있는 불더미에 확확 끼얹었다. 그리고는 유신의 팔을 붙잡고 다그쳤다.

"아 애비가 누구고? 당장 말해 봐라."

유신은 씩씩거리며 대답했다.

"춘추! 그놈의 시키가…… 순진한 아를 꼬아 놓고는 결혼을 한다 한다 카디만은 미루기만 하고……."

사건의 전말은 이러했다.

몇 달 전, 화랑들의 축국(蹴鞠) 시합이 있었다.

당시 고구려, 백제, 신라의 청년들 사이에서 축국은 대단한 인기를 누렸다. 진행 방법도 오늘날의 축구와 비슷했다. 채단으로 장식한 구문(毬門)을 양쪽 끝에 세우고 좌군-우군으로 편을 갈라 시합을 벌였는데 중앙 공격수는 정축(正蹴), 측면 공격수는 출첨(出尖), 최종 수비수는 정협(正挾), 키퍼는 수망(守網)이라 불렀다. 헤딩을 앙두괴(仰頭拐)라 했고 바나나킥을 원광괴(圓光拐)라 했다.

그런데 좌군의 정축이었던 김춘추가 막 우군의 측면으로 파고

드는 순간 우군의 정협이었던 김유신이 달려들어 공을 서로 빼앗으려고 몸싸움을 벌였다. 이러는 과정에서 김유신이 김춘추의 바지 자락을 잡았는데 바지 솔기가 주욱 터져 버렸다. 유신의 명백한 반칙이었다. 유신은 퇴장을 당했고 춘추도 허벅지 다리가 훤히 드러나 더 이상 시합을 할 수 없었다. 유신은 미안한 생각이 들어 춘추를 데리고 자기 집으로 가 첫째 여동생 보희에게 옷을 좀 꿰매라고 했더니 보희는 머리가 아프다고 하여 둘째 여동생 문희에게 시켰다.

이 일이 있은 뒤 김춘추는 자주 문희를 몰래 불러내어 만났는데, 둘이 '속도위반'을 하여 문희는 임신을 하게 되었고 결국 유신에게 들통이 난 것이었다. 김춘추는 일찍 결혼하였으나 첫 부인 보라공주(寶羅公主)가 결혼 직후 요절하는 바람에 이때는 스무 살로 홀몸이었다.

"그으래? 이 뭐 만한 자슥이…… 니 잠깐만 기다리라."

문훈은 대충 사연을 들은 뒤에 비호 같이 말을 달려서 덕만공주 일행이 있는 곳으로 갔다. 그는 말에서 내리자마자 춘추에게 달려가 와락 멱살을 붙잡고 흔들었다.

"일마! 니 때문에 사람 하나, 아니, 둘이 죽게 생겼다. 니 유신이 동생한테 무슨 짓을 했노?"

문훈은 다짜고짜 춘추의 뺨을 후려갈겼다. 춘추는 멱살을 잡힌 채 얻어맞고도 아무 말도 못 하고 얼굴이 벌겋게 달아 올랐다.

"허, 공주마마 앞에서 무슨 짓인가? 어서 연고를 아뢰어라."

용수는 아들이 창피를 당하는 것을 보고 당황하여 문훈을 타일렀다.

"유신이 처녀가 아를 뱄다고 지 동생을 불에 태워 쥑일라 카는데…… 이눔아가 아 애비라 카니더."

문훈이 대답하고 나서 멱살 잡은 손으로 춘추를 밀치자 그는 땅바닥에 나동그라졌다. 용수는 무안해서 자기 아들을 바라보며 엄한 목소리로 다급하게 물었다.

"그 말이 사실이냐?"

춘추는 부친 앞에 꿇어 엎드려 싹싹 빌었다.

"아부지 죽을죄를 지었니더. 용서해 주시소."

그 말을 들은 용수는 덕만공주 앞에 허리를 굽히고는 머리를 조아리며 말했다.

"이 일은 제가 아들을 제대로 다스리지 못 해 생긴 일이니 제가 책임지고 수습을 하겠나이다."

덕만공주는 입가에 잔잔히 미소를 띠우며 말했다.

"젊어서 한때 있을 수 있는 일이니 당사자들을 너무 나무라지 말고, 양가 합의하여 좋은 인연을 맺도록 해 보시오."

용수는 춘추를 끌다시피 데리고 얼른 사라졌다. 문훈은 용수가 자리를 비우는 바람에 자신이 덕만공주 경호 책임을 맡게 되자 잔뜩 긴장이 되어 사방을 두리번거렸다. 그러자 덕만이 부드러운 어조로 문훈에게 물었다.

"그대는 올해 나이가 몇인가?"

"서른둘입니다."

"아직 배필이 없는가?"

문훈이 대답을 못 하고 머뭇거렸다.

"더 늦기 전에 장가를 가야지. 좋은 시절을 그냥 보내면 나중에 후회하는 법이야."

덕만공주는 다시 발걸음을 옮겨 놓았다.

그런 일이 있은 얼마 뒤 춘추와 문희는 혼례를 올리게 되었다.

《삼국유사》에 따르면, 즉 문희가 김춘추의 옷을 꿰매기 열흘 전에 보희가 꿈을 꾸었는데 서악(西岳)에 올라 오줌을 누니 오줌이 서라벌을 가득 채웠다고 한다. 자고 나서 꿈 얘기를 문희에게 하니 문희가 그 꿈을 사겠다고 했다. 보희가 대가로 무엇을 줄 것인가 묻자 문희가 비단 치마를 주겠다고 하여 거래가 성립되었다. 그리하여 문희는 비단 치마를 주고 보희는 치마폭을 벌린 문희에게 "어젯밤의 꿈을 너에게 준다!"고 소리 질렀다 전한다.

9. 음모

626년 6월, 장안에서 일대 정변이 일어났다. 이
연의 아들 세민이 형제인 건성·원길을 현무문(玄
武門)에서 살해하고 그 일당을 모두 죽였으며, 건
성의 다섯 아들과 원길의 젖먹이 아들들까지 모두 무참히 처치했
다. 건성의 동궁부에서 일하던 위징도 세민 앞에 끌려갔다.

"너는 전에 무엇 때문에 건성에게 나를 제거해야 한다고 부추겼
느냐?"

세민은 독이 잔뜩 오른 목소리로 물었다.

"바로 오늘과 같은 일을 염려해서 그랬소."

위징은 눈도 깜짝 하지 않고 대답했다.

"넌 형제의 의를 이간한 죄가 크다. 죽을 준비는 되어 있겠지?"

"자기가 모시는 주군을 위해 충성을 다한 게 죽을죄라면 백 번
이라도 죽을 각오가 되어 있소이다."

그는 거침없이 대답했다.

"너는 또 지난번, 황제께서 사면을 하기도 전에 고구려인을 놓아주었다. 그것은 역적죄가 됨을 알고 있겠지?"

세민은 그때까지 만춘을 미리 도망치게 한 것이 이정의 짓인 줄 모르고, 위징이 놓아준 것으로 잘못 알고 있었다. 옆에서 지켜보던 이정의 등에 식은땀이 흘렀다. 위징은 변명할 생각이 없었다.

"인의(仁義)에는 국경이 없소이다. 양만춘이가 먼저 돌궐과의 싸움에서 전하를 위기에서 구해 주었기에 소인도 그가 불쌍한 생각이 들어 놓아주었소이다."

위징은 세민이 황제의 사면령을 어기고 사만보를 시켜 만춘을 죽이고자 했던 일을 알고 있었지만 모르는 채 입을 다물었다. 이에 세민은 그를 죽이려던 생각을 고쳤다.

'음, 이 자는 최소한 상대방을 걸고넘어지려는 자는 아니구나.'

누구보다 '사람 욕심'이 많은 세민은 미리부터 위징 같은 인재가 그의 밑에 있지 않고 건성 밑에 있게 된 것을 몹시 아쉬워해 왔었다.

'이 자는 죽이기보다 살려 두는 게 이용가치가 높겠다. 아버지의 두터운 신임을 받고 있는 점도 그렇고…… 또 내 휘하들에게도 주군을 위해 이처럼 충성을 다하라는 본보기도 될 것이고…….'

이처럼 괜찮은 인재를 보면 네 편, 내 편을 안 가리고 탐을 내는 게 세민의 장점이었다.

마침내 그는 건성을 따르던 사람들 가운데 위징과 왕규(王珪)만은 살려두고 나중에 간의대부(諫議大夫)로 임명했다.

골육상쟁이 벌어진 소식을 뒤늦게 들은 이연은 아연실색했지만 일은 이미 끝난 뒤였다. 그는 생각이 깊은 사람이었다. 기왕지사 일은 벌어진 것이고 이제는 사직의 안위를 걱정해야 할 때였다. 대내적으로 일의 수습에 나서는 한편 대외적으로도 이 일을 납득시켜야만 했다. 이연은 측근 방현령을 불러 조용히 말했다.

"예의와 학문을 섬기는 해동 삼국이 이 일을 알고 우리를 우습게볼까 걱정이오. 해동 삼국에 이번 일을 해명시킬 만한 인재가 없겠소?"

그러자 방현령은 주자사(朱子奢)라는 인물을 천거했다. 그는 국자조교(國子助敎) 벼슬에 있는 사람인데, 소주(蘇州) 출신으로 어려서부터 《춘추좌씨전(春秋左氏傳)》을 익히고 제자백가를 섭렵했으며 수나라 때는 비서학사(秘書學士)를 지내면서 문장에 뛰어날 뿐 아니라 당대 최고의 석학으로 일컬어질 만큼 박식한 사람이었다. 이연은 주자사를 만나본 뒤 그의 해박함에 흡족하여 당부했다.

"짐은 수나라 때와는 달리 해동 삼국과 각별한 유대관계를 맺는 것을 외교의 기본정책으로 삼아 왔소. 해동 삼국이 예로부터 모두 학문을 좋아하고 예의를 받드는 기풍이 있는지라, 이번의 불미한 우리 집안일로 그들이 중국을 업신여기지 않도록 공을 특별히 사신으로 뽑은 것이오. 공 정도의 수준이면 능히 그들을 납득시킬 만한 경지라고 믿고 있소. 공식적으로는 삼국의 화해를 목적으로 공을 파견한다고 할 터이니 내가 당부하는 본래의 목적을 명심하고 일을 잘 수행토록 하시오."

이연은 그에게 산기상시(散騎常侍)라는 벼슬을 내렸다.

그러나 이제 겨우 나이 스물아홉으로 심모원려(深謀遠慮)가 이연에게 못 미치는 세민은 이 사절의 파견을 달가워하지 않았다. 그

렇더라도 아직 황제 자리에 오르지 않은 처지라 드러내 놓고 반대
를 할 수는 없었다. 세민은 주자사가 고구려로 떠나기 전날 밤에
그를 조용히 불러 말했다.

"공식적인 공의 임무가 뭐든, 황제의 뜻이 뭐든 그것은 나로서
는 상관 않겠소. 다만 내가 부탁하고 싶은 것은 이것이오. 나는 제
위에 오르면 3년 안으로 내치의 안정을 이룰 것이오. 그런 다음에
는 외치에 나설 것이고 그 1차 대상은 돌궐이오. 그들과는 이미 화
의협정을 맺은 상태이나 근본적인 치유를 하지 않고는 안심할 수
없소. 그러나 내치의 기반만 든든해진다면 돌궐 경략은 크게 어렵
지 않을 것이오.

그 다음은 해동 삼국이오. 그 가운데에서도 고구려는 강적 가운
데 강적이오. 그러니 우리 당나라는 신라 · 백제와 견고한 동맹을
맺어 고구려가 이들 어느 나라와도 연횡하는 것을 막아야 하오. 그
러나 그것이 안 될 경우 우리는 백제와 신라, 둘 가운데 어느 나라
가 우리와 동맹을 맺는 것이 유리한가 판단하여야만 하오. 고구려
나 그의 동맹이 되는 나라가 지도 위에서 없어진 다음에는 남은 한
나라쯤 삼키는 것은 식은 죽 먹기가 아니겠소? 이러한 내 심중을
대놓고 밝힐 수는 없지만 공만은 내 의중을 잘 알고 있어야 하오.

그러니 공은 첫째, 고구려로 들어가 그들의 허실을 잘 살펴야
하며 둘째, 백제와 신라를 돌면서 그들의 수준, 왕과 그 측근들의
됨됨이, 식자 계층과 서민 계층의 사고방식 · 생활수준 등등을 종
합적으로 세밀히 잘 파악하여 내게 보고하여야 하오. 물론 우리에
게도 첩자가 있고 해동 삼국에서 활동하는 끄나풀이 있소. 그럼에
도 꼭 경에게 내가 부탁하는 이유를 알겠소? 그것은 종합적인 상황

판단은 고도의 지식과 분석능력을 요구하는 일이기 때문이오. 이
해하겠소? 공이 내 뜻에 맞게 임무를 수행하고 돌아온다면 내 경을
중서사인(中書舍人)에 제수하겠소."

"깊이 명심하겠습니다."

주자사는 선뜻 대답하고 물러 나왔지만 좀 헷갈리지 않을 수 없
었다. 해동 삼국과의 친선을 외교 기본방침으로 여기는 이연과 그
반대로 삼국 정벌을 염두에 두고 있는 세민과는 극과 극의 사고 차
이인데, 그는 두 사람으로부터 다 주문을 받은 것이다. 어쨌거나
주자사는 두 사람 모두에게 만족할 답변의 그림을 머릿속에 그리
며 요동으로 출발하였다.

그 뒤 주자사는 고구려-백제-신라를 차례로 돌며, 옛날 주공(周
公)이 형 관숙(管叔)과 아우 채숙(蔡叔)을 죽여서 주실(周室)을 편
안케 한 고사를 거론하여 세민의 비행을 변호하는 한편, 각국의 허
실을 탐지한 뒤에 중국으로 돌아왔다.

그가 왔을 때는 이미 이연이 태상황제라 일컬으며 일선에서 물
러나 앉고 세민이 제위에 올라 있었다. 주자사는 집에도 들르지 않
고 곧바로 세민에게 가서 황제 등극을 감축한 뒤 출장보고를 했다.

"고구려는 기강이 엄정하고 문물이 풍성하여 강국의 면모에 손
색이 없었습니다. 어떤 제도는 우리보다 앞서 가는 것도 있었습니
다. 병사들의 사기가 높고 국왕에 대한 충성심이 남달랐습니다. 일
부 젊은 무인들은 고구려가 우리 당나라와 너무 친하게 지낸다고
조정에 불평하는 자들도 있었습니다.

백제는 국왕이 왕성한 활동가라 대소사를 직접 챙기는데 다만
잦은 군사 동원으로 백성들이 피로한 기색을 보였습니다. 또 귀족

들의 향락 때문에 서민들과 위화감이 날로 커지고 있어, 내부결속에 문제가 발생할 듯합니다.

신라는 왕과 귀족들이 신분을 철저히 나누어 기득권을 잡고 있으나 귀족이 그 직위에 상응하는 의무를 다함으로써 위아래가 화합이 잘 되고 강토에 대한 애착심이 남달랐습니다.

백제와 신라는 서로 원한이 깊어 화해할 가능성은 전혀 없어 보이며, 폐하께서 굳이 그 가운데 한 곳을 택하신다면 신라가 되어야 할 것이 아닌가 여겨집니다. 만약 폐하께서 고구려를 도모하실 원대한 계획을 가지고 계신다면 현재 우리 수준으로는 어렵다고 사료되오며 우선 내치에 힘쓰셔서 우리의 국력이 그들보다 앞섰을 때라야 가능하리라 여겨지오니 깊이 생각하시기 바랍니다."

주자사의 보고를 듣고 난 세민은 물었다.

"대체 그들의 어떤 제도가 우리보다 뛰어나단 말인가?"

"몇 가지가 있습니다만, 그 가운데 두드러진 것으로는 교육 제도가 있습니다.

고구려는 우리가 향학(鄕學) 제도를 시행하기 훨씬 전부터(당나라에서 향학을 둔 것은 서기 624년) 경당 제도를 두어 서민 교육을 시키고 우수한 인재를 발탁하여 태학으로 진학시키는데 이들이 차츰 나라의 중추 역할을 하게 됩니다.

신라는 화랑 제도를 실시하여 우수한 영재를 뽑아 무술 교육뿐 아니라 고금의 문헌을 다 섭렵하는 전인교육을 집중적으로 시킨 뒤에 군의 중간간부로 임명합니다. 중간간부를 집중 육성해 놓으면 사병을 훈련시키는 건 손쉬운 일이라 자연히 강군(强軍)이 형성됩니다.

이에 견주어 백제는 공교육보다는 사교육에 의존하고 있는데, 이는 서민들에게는 부담스러운 교육 제도입니다. 공교육은 전인교육을 시킬 수 있고 지식을 객관적으로 흡수할 수 있지만, 사교육은 지능의 발달에만 치중하고 스승이 변설이나 곡설(曲說)에 빠지면 배우는 사람도 같은 오류에 빠지게 됩니다."

세민은 고개를 끄덕이며 골똘히 생각에 잠기더니 말했다.

"네가 제대로 보고 온 것 같다. 내 곧 홍문관(弘文館)을 설치하여 교육을 다룰 부서를 만들고 고구려의 태학 박사를 훨씬 능가하는 학사들을 뽑아 빈부의 구별 없이 고등교육의 기회를 보장하기 위해 기숙사를 짓고 능력 있는 인재들이 부담 없이 배움에 전념할 수 있는 제도를 마련할 것이니라. 그리고 너의 비밀임무에 대해서는 누구에게도 입 밖에 거론치 말라."

그러자 주자사가 말했다.

"제가 올 때 여자를 하나 데려왔습니다. 폐하께서 이것을 이유로 공식석상에서 저를 꾸짖어 주십시오. 그러면 다른 대신들은 제가 놀고 온 일 외에는 묻지 않을 것이옵니다."

세민이 고개를 끄덕였다.

627년부터 629년까지 3년 동안은 대륙과 한반도에 걸쳐 기상재해가 극심하였다. 관중(關中)에는 기근이 들어 쌀 한 말이 비단 한 필과 맞먹었고 신라에서는 때 아닌 여름에 서리가 내려 곡식이 다 얼어 죽었다. 특히 628년에는 가뭄이 심한데다 병충해까지 덮쳐 어느 나라를 막론하고 백성들이 굶주렸고, 심지어는 아이들을 팔아서 곡식과 바꾸기도 했다.

만리장성 밖 초원 지대에서는 풀이 말라, 양과 말들이 셀 수 없이 굶어 죽었다. 식량 문제가 해결되지 않자 설연타(薛延陀)·회흘(回紇) 등 열다섯 부족의 연합체였던 돌궐 안에서 반란이 잇달아, 힐리칸(詰利可汗)의 지도력이 도전을 받게 되었다. 이때 반란을 주도한 인물이 바로 을지문덕이 바이갈 달라이 원정 때 만났던 을실발의 손자 이남(夷男)이었다. 그는 구성철륵(九姓鐵勒) 가운데 회흘 부족과 연합하여 돌궐에 항거하고 일어나 여러 철륵부의 지지를 받아 연합 세력의 우두머리로 추대되었다.

이세민은 이 틈을 놓치지 않고 이남을 진주비가칸(眞珠毗伽可汗)으로 책봉하여 동맹을 맺은 다음, 이정(李靖)을 정양도(定襄道)의 행군총관으로 임명해 이남의 20만 대군과 남북으로 협공하여 돌궐을 치게 했다.

이때 이정의 휘하 장수 가운데 경기병(輕騎兵)을 이끄는 시소(柴紹)란 장수가 있었다. 그가 군사들을 모으고 있는 가운데 하루는 징병관이 중얼거리는 소리를 들었다.

"허, 참 별일도 다 있다. 우리 같은 직업 군인이야 당연하지만 사병들이야 서로 싸움터에 안 나가려고 하는 판에 제 발로 들어와 졸병이라도 좋으니 전장으로 보내 달라고 떼를 쓰는 놈이 다 있다니……."

시소는 징병관에게 그가 누군지 데려오라고 했다. 시소는 이연의 사위, 즉 이세민의 매제로서 이연이 태원에서 거병할 때부터 행동을 같이해 온 사람이다.

시소에게 불려 온 그 청년은 설계두라는 신라 사람이었다. 설계두는 전직 관료인 정천숙 밑에서 이방인이라는 이유로 괄시를 받아 가며 굶주린 배를 쥐고 공부에 열중하여 해마다 과거에 응시하였지만 다섯 번이나 연거푸 실패하였다. 그는 울적한 마음을 달래려 돌궐 원정군에 자원해서 끼고자 했던 것이다. 시소는 그가 200근이 넘는 바위를 예사로 집어 던지는 괴력의 소유자임을 알고는 자기 휘하의 경기병 부대에 소속시켜 특별한 임무를 주었다.

원정군이 돌궐 경내에 들어서자 설계두는 늘 싸울 때마다 앞장을 서서 공을 세웠다. 그는 군사 100명을 거느리는 하사관으로 빠른 승진을 했다. 그 뒤에도 설계두는 언제나 추격군의 선봉에 서서 패주하는 힐리칸을 음산(陰山), 파림 분지, 고비 사막 부근의 영하(寧夏) 방면까지 악착같이 쫓아갔다. 힐리칸은 소니실(蘇尼失)이란 부족의 영내로 숨었다.

추적이 계속되던 어느 날의 해질녘. 설계두는 부하들을 거느리고 소니실 부족 마을 한 군데를 수색하였다. 그 마을 촌장은 힐리칸이란 사람을 들은 적도 없다며 고개를 흔들었다. 설계두는 촌장의 행동이 수상쩍었으나 일단 마을에서 철수하였다.

그러나 계두는 부하들을 마을에서 멀리 물러가게 하고 혼자서 몰래 돌아와 어둠 속에서 촌장의 집 근처에 숨었다. 날이 완전히 어두워지자 어디선가 목동이 말 한 필을 끌고 와 촌장의 집 앞에서 멈췄다. 그러자 집안에서 한 그림자가 기어 나왔다. 그 그림자가 말 위로 거의 오르려 할 때 설계두는 고함을 치며 달려가 그를 안장에서 끌어내렸다. 상대방은 도망치려다가 이 편이 혼자임을 알고 비수를 들고 공격하여 왔다. 설계두가 달려들어 둘이서 엎치락뒤치락 몸싸움을 벌였다. 상대는 7척 거구로서 힘이 보통이 아니었으나 결국 설계두의 완력 앞에 무릎을 꿇었다. 설계두가 잡은 자는 바로 힐리칸이었다.

힐리칸을 사로잡음으로써 설계두와 시소의 공훈은 수훈 가운데 수훈이 되었다. 당나라군이 개선하여 장안에 돌아오자 이 소문을 전해 듣고 설계두를 특별히 주목한 사람이 있었다. 그는 수나라 말기 군웅 세력의 하나였던 송금강(宋金剛)이란 자 밑에 있다가 이세민에게 투항한 위지경덕(尉遲敬德)이었다. 세민이 '왕자의 난'을 일으켰을 때 그는 일등의 공을 세운 이래 세민의 둘도 없는 심복이 되어 있었다.

위지경덕은 세민을 조용히 만나서 말했다.

"'그 일'을 맡길 적당한 인물을 찾아냈습니다."

세민의 표정이 굳어지더니 낮은 목소리로 지시하였다.

"절대 비밀로 하고, 나는 모른 척할 테니 실수 없도록 잘 하라."

세민이 황제가 되고 난 이듬해에 태백성(太白星)이 가끔 대낮에 나타나는 일이 생겨, 점을 쳐 본 적이 있었다.

"여자 임금이 번영할 징조입니다."

"그 사람이 누군가?"

"'무(武)' 자가 들어가는 이름을 가졌습니다."

당시 민간에 떠돌던 비기(秘記)에는 '당삼세(唐三世) 후에는 여주(女主) 무왕(武王)이 대신 천하를 다스린다'는 기록이 있었다. 세민은 이것이 심히 마음에 걸렸다.

'설마, 여자가 황제가 될 리는 없을 테고…… 이는 틀림없이 여자 이름을 가진 남자일 게다.'

이렇게 생각한 세민은 비밀리에 여자 이름을 가진 신하가 있는지 조사해 보았다. 그러나 그런 사람은 아무도 없었다.

실은 이때, 뒤에 측천무후라는 이름으로 천하를 주름잡은 형주 도독 무사확(武士彠)의 딸이 아주 어린 나이로 세민이 황위에 오른 이듬해에 이미 궁궐에 들어와 있었다. 그녀는 나중(637년)에 재인 (才人)이 되어 세민을 모시고 나서, 세민의 아홉째 아들 치(治)가 제위에 오르고 난 뒤 천하의 권력을 한 손에 쥐고, 드디어는 당나라 황족을 마구 죽이고 국호를 주(周)로 바꾸어 제(帝: 金輪聖神皇帝)를 칭하게 되지만 당시의 세민이 이를 알 턱이 없었다.

재인(才人)이란 황제의 처첩들 가운데 서열 5등급의 후궁을 이른다. 황제의 정부인인 황후 밑으로는 정1품에 해당하는 4명의 비(妃) 즉 귀비(貴妃)·숙비(淑妃)·덕비(德妃)·현비(賢妃)가 있고, 그 아래로는 정2품급인 9명의 빈(嬪) 즉 소의·소용·소원·수의·수용·수원·충의·충용·충원이 있었으며, 그 밑으로 정3품인 첩여(婕妤)가 9명, 그 다음 정4품 미인(美人)이 4명, 정5품 재인(才人)이 5명, 정6품 보림(寶林)이 27명, 정7품 어녀(御女)가 26명, 정8품 채녀(采女)가 27명으로 황후를 포함하면 황제가 거느리는 여자들은 112명이었다.

그러나 이것은 어디까지나 공식적인 정원이고 실제로는 늘 이보다 더 많았다. 수나라 양제 때는 숫자가 거의 3천 명에 이르렀다. 당 고조 이연이 제위에 오르고 나서도 주색을 밝히는 탓에 이 숫자는 줄어들지 않았다. 세민이 제위에 오르고 나서 맨 먼저 한 일은 공식 정원 외의 모든 궁녀들을 대궐에서 내보낸 것이었다.

세민은 성격상 수나라 양제와는 판이했으나 비슷한 점도 몇 가지 있었다. 격식이나 번거로운 것을 싫어하고 문제의 핵심을 파고드는 것과 사람을 아끼는 점이 다른 점이라면 야망이 엄청 크다는 것, 의심이 많은 것, 자식에 대한 애착이 지나친 것 등이 공통점이었다.

세민은 다시 장수와 신하들 모두를 불러 놓고 잔치를 베푼 뒤, 술에 취한 척하고 각자 어릴 때의 이름을 말해 보라고 하였다. 그랬더니 무위장군(武衛將軍) 이군선(李君羨)이 관명에 '무(武)' 자가 들어갈뿐더러 봉읍의 땅 이름이 무련현(武連縣)인데다가 어릴 때 이름이 '오랑(五娘)'이라는 여자 같은 이름이었으므로 세민은 깜짝 놀랐지만 겉으로는 태연한 척했다.

"무슨 여자가 이렇게 억세담."

일단 그 자리에서는 농담 조로 넘겼으나, 뒤에 모반혐의를 씌워 그와 일족을 모두 죽였다. 그러나 그 뒤로도 마음이 개운치가 않았다. 이군선의 인물 됨됨이로 봐서 결코 천하를 뒤흔들 위인은 아니었기 때문이다. 또다시 몰래 태사(太史: 천문관) 이순풍(李淳風)을 불러 점을 치니 다음과 같은 점괘가 나왔다.

"신이 하늘을 우러러 천상(天象)을 살피건대 수십 년 안에 여주(女主)가 천하의 제왕이 되어 당나라 황실의 자손을 거의 다 죽일 것입니다. 그러한 징조가 이미 나타나 있습니다."

세민은 남몰래 끙끙 앓았다. 더욱이 이때 태자였던 승건(承乾)은 재주가 없고 용렬하여 세민의 눈에 벗어나 있었다. '당삼세(唐三世)'라면 그의 아들 대에서 끝난다는 얘기가 아닌가? 그는 드러내 놓고 이 문제를 누구와 상의할 수도 없었다. 그가 명군답지 않게 지나치게 미신을 신봉하고 있다는 것을 신하들이 알면, 뒤에서 놀림거리가 될 게 분명했기 때문이다. 오직 그의 신변 경호를 맡은 위지경덕만이 이런 고민을 잘 알아주었다. 경덕이 하루는 이런 말을 했다.

"고구려왕 고건무가 이름에 '무(武)' 자가 들어가는데 그놈 아닐까요? 고건무를 혹은 '연무(蓮武)'라고도 하는데 이는 여자 이름 아닙니까?"

위지경덕은 건무와 연무를 이명동인(異名同人)으로 착각하고 있었다. 이 말을 듣는 순간, 세민은 가슴이 철렁 내려앉았다.

'맞다! 바로 그놈이다! 내가 왜 진작 그 생각을 못 했을까?'

'고구려가 내 아들 대에 가서 당나라를 멸하고 중원을 차지해?'

충분히 있을 수 있는 일이었다. 게다가 변변치 못한 아들 승건이가 중요한 순간에 멍청한 결정을 내려 주위에서 폐위를 시키는 사태가 난다면? 천하가 다시금 군웅할거하여 소란한 상태가 되지 않는다고 누가 장담할 것인가? 고구려군이 만리장성을 넘어서기 무섭게 거기에 너도나도 자진하여 항복하는 무리들이 줄을 잇게 될 것이고…… 그렇지 않아도 고구려는 그 막강하던 수나라가 국력을 총동원했어도 이기지 못 하고, 오히려 그 때문에 수 왕조가 망하지 않았던가?

만일 수나라 말기에 이연이 장안을 미처 차지하기 전에 고구려가 만사를 제쳐 두고 중원으로 쳐 내려왔더라면? 생각만 해도 등골이 오싹하였다. 그랬더라면 당나라는 기껏해야 고구려의 번국(藩國)이 되었을지도 모른다. 그런데 이제 아들 대에 이르러 그런 일이 정말로 벌어진다? 다른 사람들은 민간의 비기를 미신이라 하지만 '심수 황양을 빠뜨린다'는 비기는 정확히 맞지 않았던가?

'안 되겠다. 무슨 일이 있어도 내가 제위에 있을 때 고구려를 없애야 해. 그래야 '당삼세 후……'라는 예언을 비켜 갈 수 있다.'

세민은 이제 고건무가 당나라를 멸할 주인공이라는 강박관념에 완전히 사로잡혀 버렸다.

'곧바로 군대를 일으킬까? 그런데 주자사는 지금 우리 실력으로는 무리라고 하지 않았던가? 아니, 더 쉬운 방법이 있다. 자객을 보내서 쥐도 새도 모르게 고건무를 죽여 버리자.'

세민은 위지경덕에게 자객으로 보낼 적당한 인물을 고르도록 명했던 것이다.

위지경덕은 당나라군 가운데 무예가 뛰어난 자를 고르려 했으나 고구려말을 가르치기가 쉽지 않았다. 수나라 시절에 잡혀 온 고구려 포로 가운데 사람을 골라 포섭할 방법도 생각해 봤으나 이미 이연이 포로들을 모두 돌려보낸 뒤였다. 그런데 설계두는 완력과 무용이 뛰어날뿐더러 말씨나 생김새가 아무런 문제가 없는 고로 자객으로 쓰기에 최적의 인물로 생각되었다.

경덕은 설계두를 조용히 불러 후한 대접을 하고 또 힐리칸을 사로잡은 것을 거듭 칭찬한 뒤 불쑥 물었다.

"그대는 형가(荊軻: 진시황을 암살하려다 실패한 사람)의 고사를 아시오?"

"알지요. 제 비록 학문은 짧으나 희대의 열사를 어찌 모르겠습니까?"

"그대의 나라 신라를 위해, 또 크게는 천하의 태평을 위해 천자께서 그대에게 형가와 같은 임무를 맡긴다면 능히 해내겠소?"

"대장부로 태어나 천하를 태평하게 하는 일이라면 어찌 목숨을 아끼겠습니까? 자세히 말씀해 주십시오."

위지경덕은 착 가라앉은 목소리로 말했다.

"고구려는 그대 나라의 적국이요, 우리 중국과는 오랜 원수지간이오. 그대가 단신으로 평양에 잠입하여 고구려왕을 처치할 수 있겠소?"

둘 사이에 잠시 동안 숨 막히는 침묵이 흘렀다. 이윽고 계두는 크게 심호흡을 한 번 하고 나서 말했다.

"삼가 명을 받들겠나이다."

위지경덕은 반색을 하며 부추겼다.

"동방에서 영웅호걸이 많이 난다는 말이 빈말이 아니구려. 이것은 천자께서 친히 내린 명이오."

경덕은 비수 한 자루를 꺼내 계두에게 주고 나서 조그만 단지를 꺼내 마개를 열고 잔에다 술을 따랐다.

"이것은 천자께서 친히 내린 어주(御酒)요."

계두가 잔을 훌쩍 비우자 위지경덕이 물었다.

"그대가 만일 성공하여 돌아오면 모르거니와, 혹 실패하여 죽거나 못 돌아오는 경우를 생각하여 남길 말은 없소?"

"고향에 있는 노모와 동생을 보살펴 주시기를 바랄 뿐입니다."

계두는 붓과 종이를 청하여 자기 집 주소를 적고 난 뒤 비수를 꺼내 머리카락을 한 줌 쥐어 자른 다음, 종이에다 싸서 위지경덕에게 맡겼다.

한편 고구려는 돌궐의 붕괴를 몹시 당황한 심정으로 지켜보았다. 이제 고구려와 당나라 사이에 완충지대가 없어지게 된 것이다. 바야흐로 동북아의 국제정세는 어지럽게 변해 가고 있었다. 돌궐이 완전히 무너진다면 고구려는 당나라와 수천 리에 달하는 국경을 직접 마주하게 된다.

이러한 사태에 즈음하여 영류왕은 이세민에게 힐리칸을 사로잡은 것을 축하하면서 동시에 봉역도(封域圖)를 그려 보냈다. 당과 고구려 사이의 국경선을 명확히 하고자 했던 것이다.

또 한편 신라에서는 진평왕이 문무대신들을 모아 놓고 비상대책 회의를 열고 있었다.

"짐이 덕이 없어 3년 동안이나 자연재해를 겪고 있소. 재작년과 작년에는 극심한 가뭄으로 농작물이 다 말라죽었는데, 올해는 잦은 홍수로 가을걷이를 앞둔 작물의 7~8할이 피해를 입었소. 이제 비상용 군량미마저 바닥이 났으니 이 일을 어찌 하면 좋을지, 경들의 기탄없는 의견을 듣고 싶소."

이 말에 제례를 줄여 식량을 아끼자, 선부서에서 배를 동원하여 어획고를 늘리자, 산악 지방에 있는 버섯·도라지 등을 채취하여 곡식 대용으로 쓰자는 등 별별 안이 다 나왔으나 뾰족한 해결책을 찾지 못 한 가운데 이찬 임영리(任永里)가 말했다.

"작년, 재작년에 남쪽은 가뭄 피해가 극심했으나, 한수(漢水) 쪽은 그런대로 비가 내렸다 하옵니다. 그런데 한수 유역 농민들이 진흥대왕 때만 하더라도 모두 우리에게 조세를 바쳤었는데 지금은 북한산주 가운데 한수 이북은 거의 고구려에 조세를 바치고 있습니다. 듣자 하니 고구려는 이들 곡식을 북부의 낭비성(娘臂城)에다 비축해 놓는다고 합니다. 우리가 지금 군사를 일으켜 낭비성을 쳐서 점령한다면 비축 곡식을 얻을 수 있을 뿐더러 전략 요충지를 차지하니 일거양득이 아닐까 합니다."

진평왕은 그럴싸하다고 여기고 다른 사람들의 의견을 물었다.

한 신하가 나섰다.

"식량을 구하는데 다른 방법이 없다면 군사를 동원해야겠으나 다만 당나라의 사신이 삼국의 화해를 종용하고 돌아간지 3년이 채 되지 않았습니다. 우리가 먼저 고구려를 친다는 것은 모양새가 좀 좋지 않을 듯 합니다."

그러자 파진찬(波珍飡: 신라의 17관등 가운데 네 번째) 용수가 나섰다.

"당나라 사신이 다녀간 뒤로도 백제는 해마다 서쪽 변경을 침범하여 왔습니다. 또 그때 주자사를 제가 주로 상대했었는데 당시 그 사람의 진짜 목적은 삼국의 화해보다는 다른 데 있다는 느낌을 받았습니다. 삼국의 내정 상황을 살피는 데 목적이 있지 않았나 싶습니다. 그렇다면 차제에 우리가 고구려를 칠 능력이 된다는 것을 안팎에 과시하는 것이 우리의 위상을 높여 주고 당나라로 하여금 더욱 믿음직스러운 동반자라는 인식을 심어줄 수 있지 않나 생각됩니다."

"파진찬의 얘기가 설득력이 있는 것 같소."

진평왕은 본격적으로 낭비성 공략을 논의하였다. 장군 알천이 앞장서겠다고 나섰으나 백제와 맞댄 서쪽 국경이 낭비성 못지않게 중요해 허락하지 않고, 결국 이찬 임영리, 파진찬 용수와 백룡(白龍), 소판 대인(大因)과 서현(舒玄) 등이 출정하게 되었다.

서현이 군장을 갖추는데 그의 아들 유신이 따라가겠다고 졸랐다. 유신의 어머니는 부자가 함께 출전하는 것을 꺼림칙하게 여기고 말렸으나 유신이 끝까지 고집하여 마침내 서현이 허락하였다.

신라군 1만여 명이 낭비성을 에워쌌다는 보고에 고구려 조정은 누구를 지원군으로 급히 보낼 것인가를 논의하였다. 당시 주력부대들은 모두 서쪽 국경에 있었다. 그 이유는 돌궐이 아직 당나라에 완전히 항복하지 않은 상황에서 당나라 장수 이정이 계속 서쪽에서 돌궐을 공격하고 있었으므로, 돌궐군들이 대거 국경 쪽으로 밀려올 가능성이 있었기 때문이었다.

태학 교수로 있던 양만춘이 자원하고 나섰다. 조정에서는 좀 더 경륜 있는 장수를 보내고 싶었으나 이미 서쪽에 나가 있는 장수들을 불러들이기에는 시간이 너무 오래 걸리어 마침내 허락하였다. 더구나 고구려에서는 신라군의 거물급 장수들이 대거 나온다는 사실을 모르고 있었다.

만춘은 오랜만에 따분한 교편생활에서 벗어나 전선으로 나가게 되어 기분이 좋았다. 그러나 결혼 후 처음으로 남편을 출정시키는 아내 소연은 불만스러운 표정을 지었다. 그들 사이에는 양아들 군승 외에도 여섯 살 난 아들 선백(仙伯)과 일곱 살 난 딸 경숙을 더 두고 있었다. 열여덟 살이 된 양아들 군승이 따라가겠다고 나섰다. 만춘은 친아버지 나라 군사들과의 싸움에 군승을 데려가고 싶지 않았으나, 사정을 모르는 군승이 계속 졸라대므로 마지못해 허락하고 말았다.

낭비성은 뒤쪽에 200척이 넘는 깎아지른 절벽을 의지하고 앞쪽 삼면에 펼쳐진 언덕과 주위의 평야지대를 한눈에 내려다볼 수 있는 곳에 자리 잡고 있었다. 만춘은 적의 숫자가 아군과 비슷함을 보고 정면돌파를 결심하고 좌우익에 2천여 기병과 중앙에 창병을 배치하고 보병 7천을 그 뒤에 세운 뒤 신라군을 압박하여 나갔다. 군세가 아주 웅장하고 질서정연하여 신라군들이 지레 겁을 집어먹고 초반부터 밀리기 시작했다. 승세를 틈타 성 안에서도 2천여의 고구려군이 나와 신라군을 배후에서 공격하기 시작했다.

"큰일이다. 삼면이 포위되었고 뒤쪽은 낭떠러지다. 일단 포위망을 뚫어야 한다."

용수가 군사를 독려하여 탈출구를 뚫으려 했으나 쉽지 않았다. 적의 포위망은 점점 더 좁혀오고 있었다.

"이러다간 큰 낭패를 당하겠다."

모든 장수들이 난감한 표정으로 어찌할 바를 모르는데 유신이 나섰다.

"우리 군의 사기가 떨어진 게 문제입니다. 옛말에 '옷깃을 잡고 흔들면 가죽 옷이 바로 펴지고 벼리를 끌어당기면 그물이 펼쳐진다'고 했습니다. 제가 벼리와 옷깃이 되겠습니다."

그는 칼을 빼 들고 적진 정면으로 돌격하여 닥치는 대로 베고 무찔렀다. 여러 군사들이 비로소 용기를 얻어 그를 따라 돌진하는 바람에 포위망이 뚫렸다. 때마침 파진찬 백룡이 거느린 신라군 제2진 1만여 명이 당도하였다. 고구려군은 숫자에서 불리해졌다. 만춘은 싸움을 멈추고 성 안으로 들어가 기회를 노렸다.

신라군은 성을 포위하고는 좀체 물러나지 않았다. 성주가 만춘에게 말했다.

"우리는 성 안에 보급품이 넉넉한 반면 신라군은 보급이 한정되어 있을 것이오. 그들의 보급품이 보관되어 있는 곳을 알아내 쳐들어가 불태워 버리면 저들이 어쩔 수 없이 물러나게 될 것이오."

만춘은 이 말을 그럴듯하게 여기고 정찰을 보낼 사람을 고르는데 군승이 자원했다. 군승을 비롯한 다섯 명의 군사가 성 뒤쪽 깎아지른 절벽 아래로 동아줄을 타고 내려가 몰래 적의 배후에 잠입한 뒤, 신라군의 보급품이 있는 곳을 알아내는 데 성공하였다. 그곳은 성의 동남쪽으로 약 20리 떨어진 산속이었다.

"엿새 뒤면 신라의 큰 명절이다. 고향에 돌아가고 싶어 하는 군사들이 보급품마저 상실하면 전의를 잃고 물러갈 것이다."

작전회의에서 이렇게 결론을 내린 고구려군은 군승에게 300여 명의 군사를 주어 정찰한 것과 꼭 같은 길로 가 적의 보급품을 불태워 버리도록 명했다.

군승은 이 작전을 성공적으로 수행하고 성으로 돌아왔다.

낭패를 당한 신라군이 긴급회의를 열었다.

"큰일이오. 군량미가 거의 절단 났소. 군사들이 의기소침하여 싸울 뜻이 전혀 없소. 이 일을 어찌하면 좋겠소?"

이찬 임영리의 말에 모두의 표정이 침울하였다.

"닷새 뒤면 한가위인데 병사들이 쫄쫄 굶으며 달을 쳐다봐야 하다니……."

한 장수가 한숨을 지었다.

'일단 철군하였다가 다음 기회에 전열을 가다듬어 다시 오자'는 의견이 많았다. 가만히 듣고만 있던 서현이 말했다.

"다음에는 더욱더 어려울 것이오. 지금은 그나마 적들의 주력이 서쪽 국경에 집중돼 있어 우리에겐 유리하지만 그들의 본진이 다시 이곳에 오게 된다면 우리에겐 영영 기회가 없을 것이오. 전화위복이란 말이 있소. 위기는 곧 기회란 말이 아니겠소?

듣건대 고구려에서는 10월 동명절을 가장 큰 명절로 여기지만 8월 중추절도 5대 명절 가운데 하나라 하오. 이번에 구원병으로 온 그들 역시 고향에 돌아가고픈 마음은 마찬가지일 것이오. 우리가 포기하고 철군하는 척하면 적들도 반드시 군사를 돌이킬 것이오. 이 틈을 타 성을 치면 쉽게 점령할 수 있을 것이오."

이 안이 그럴듯했다. 남은 군량을 다 긁어모으니 사흘 치가 채 못되었다. 그것을 이레 동안 버틸 요량으로 다시 쪼개어 하루 치로 이틀 반에 나누어 사용하도록 지시하고 군사들에게는 철군 명령을 내렸다.

밤 사이에 신라군 진지가 깨끗이 비었다는 보고를 받은 만춘은 정찰병을 내보내었다. 사방 50리 안에는 적군의 그림자도 없다는 보고가 들어왔다. 만춘은 혹시나 하는 생각에 사흘 동안 더 머물면서 사방을 탐지해 봤으나 적군은 눈에 띄지 않았다. 마침내 한가위 전날 아침, 성주가 만춘에게 말했다.

"위기에 처한 성을 구원해 주어 큰 은혜를 입었소. 이제 적군은 물러갔고 내일이면 명절이니 그간 고생한 병사들을 생각하여 군사들을 거두어 돌아가도록 하시오."

"진중에서 어떻게 명절을 생각하겠습니까? 적군이 언제 또다시 들이닥칠지 모르니 폐가 안 된다면 그냥 머물러 있겠습니다."

성주는 군량이 바닥나서 적군이 돌아간 이상 안심하고 떠날 것을 만춘에게 권했다. 설령 적군이 다시 준비하여 침공하려 돌아온다 해도 몇 달은 걸릴 터이니 그때까지 만춘의 부대가 이곳에 머무르기는 어렵겠다는 설명이었다. 이에 만춘은 군사들을 거두어 당일로 출발하였다.

그러나 바로 이 날 밤, 신라군은 야음을 틈타 군사를 북쪽으로 몰래 이동시켜 낭비성에서 10여 리 떨어진 숲 속에서 매복하고 기다렸다.

추석 날, 해가 뉘엿뉘엿 넘어갈 무렵. 고향 생각에 젖은 고구려 병사들이 성 위에서 빈둥거리고 있자니 성 밑에 웬 소달구지 두 대가 짐을 가득 싣고 도착했다. 병사들이 검문을 하러 나갔다. 보아 하니 농부 두 명이 서 있었다.

"우리는 저 아랫마을에 사는 농부들입니다. 명절이 되어 이곳을 지키는 병사들의 노고에 보답하려고 마을 사람들이 힘을 모아 약간의 술을 빚어 왔으니 성의로 알고 받아 주십시오."

장교가 나서서 두 달구지에 가득 실린 통을 일일이 열어 보니 통마다 술이 가득 담겨 있었다. 장교는 몇 통에서 술을 따라 돼지에게도 먹여 보고 자기가 직접 마셔도 보고는 이상이 없음을 확인한 뒤에, 고맙다고 인사를 하면서 술을 창고로 들이도록 했다. 그런데 농부들은 술통은 도로 가져가야 한다며 군용 창고에 직접 들어가 창고에 있는 빈 통에다 옮겨 따랐다. 이때 그들은 병사들이 안 보는 틈을 타 술독 밑에 깔아 놓은 짚더미에서 몽혼(夢昏) 가루약을 꺼내, 술에다 섞고는 돌아갔다.

해가 지자 병사들은 명절 특별선물로 내려 주는 술을 적게는 한두 잔에서, 많게는 대여섯 잔씩 마셨다. 이 날따라 날씨가 흐리더니 가랑비까지 뿌리는 바람에 보름달을 기대했던 많은 사람들은 실망을 했다.

그런데 밤이 되자 고구려군이 잠든 사이에 사다리를 걸어 놓고 성벽을 오르는 그림자들이 있었다. 신라군들이었다. 그들은 몇 무리로 갈라져 일부는 불을 지르고 일부는 선잠을 깬 고구려군을 처치하면서 성문을 열자, 성문 가까이까지 접근해 있던 신라군이 밀

물처럼 들이닥쳤다. 약에 취한 고구려 병사들은 제대로 대항조차 못 한 채 항복하고, 술을 덜 마신 일부 병사들만 성 옆문으로 탈출하였다.

평양성으로 돌아가던 만춘이 급보를 받았다. 그가 병사들을 되돌려 낭비성에 이르렀을 때는 신라군의 깃발이 성루에서 펄럭이고 있었다.

"신라의 쥐새끼 놈들아! 도적질만 하지 말고 나와서 자웅을 겨루자."

만춘이 고래고래 소리를 지르자 사기충천해 있던 신라측에서 김유신을 내보냈다.

"오냐, 좋다. 나갈 테니 기다려라!"

만춘이 마주쳐 나아갔다.

"오라, 너는?"

만춘은 그가 십수 년 전에 싸운 적이 있는 군승의 아비임을 알고 살기를 번뜩이며 칼을 휘둘렀다. 호적수를 만난 둘이 만만치 않은 싸움을 벌였다. 둘의 싸움이 어찌나 맹렬한지 지켜보는 양쪽 군사들이 마음을 졸였다. 둘의 칼이 맹렬한 섬광을 뿌리는 가운데 고구려 군사들의 입에서 하나같이 비명 소리가 났다. 재수 없게도 만춘의 칼이 두 동강이 나버린 것이다. 만춘은 토막 난 칼로 유신의 칼을 이리저리 막아 냈지만 세가 불리해졌다.

보고 있던 군승이 나는듯이 말을 달려 둘의 싸움에 끼어들어 유신의 칼을 대신 막았다. 군승은 나이가 겨우 열여덟이었지만 만춘이 날마다 검술을 가르친 덕택에 유신과 맞붙어도 별로 밀리지 않았다. 만춘이 칼을 바꾸러 고구려 진지로 돌아온 사이, 군승과 유신은 부자지간인 줄도 모르고 사납게 칼부림을 하고 있었다. 만춘이 칼을 바꿔 들고 돌아오자 성 안에서는 유신을 걱정한 서현이 말을 달려 뛰어나왔다.

"너는 비켜라!"

만춘이 군승에게 말하자 군승은 양보하고 돌아서려는데 서현이 앞길을 가로막았다.

이리하여 네 호걸이 이리저리 서로 뒤엉켜 싸우는데 유신과 만춘, 군승과 그의 할아버지인 서현이 부딪치기도 하고 만춘과 서현, 유신과 군승이 부딪치기도 하였다.

유신과 만춘의 실력은 비등하였으나 60이 넘은 서현이 힘에 부쳐 군승에게 몇 번이고 아슬아슬한 순간을 넘기자 마침내 성 안에서 북을 쳐서 유신과 서현에게 돌아오라는 신호를 보냈다.

"어디로 도망가느냐?"

만춘과 군승이 그들을 쫓았지만 성 가까이 이르자 화살이 날아와 할 수 없이 말을 돌이켰다.

그 뒤로 신라군은 성문을 닫아걸고 방어만 할 뿐 바깥으로 나오지 않았다. 만춘은 몇 번이고 싸움을 걸었지만 성은 요지부동이었다.

드디어 고구려군은 양식이 떨어질 지경에 이르렀다. 전황보고를 받은 평양 조정에서 회군을 지시했으므로 만춘은 눈물을 머금고 돌아섰다.

만춘은 이 일로 멀리 요수 서쪽 국경을 지키는 수비대의 하급 장교로 계급이 강등되어 임지로 떠났다.

10. 여왕

631년 백제 사비성 궁궐―

농부 차림의 사내가 왕비의 처소에서 궁녀에게 뭐라고 전갈을 알렸다. 궁녀는 얼른 그를 왕비에게 안내하였다. 그는 변장을 한 신라의 이찬 칠숙(柒宿)의 아들 구절이었다.

"아버지는 건강하시냐?"

"예."

선화왕비의 물음에 구절이 공손히 대답하였다.

"그래, 전하의 옥체는 아직 차도가 없으시냐?"

진평왕의 건강이 요즈음 좋지 않은 것을 알고 있는 그녀였다.

"여전히 좋지 않으십니다."

신라 궁중의 인물들을 손바닥 들여다보듯 하는 왕비는 그밖에도 여러 사람의 안부를 물었다.

"그래, 일전에 얘기한 대로 용수의 의사는 타진해 봤더냐?"

구절은 고개를 가로로 흔들었다.

"아버님 말씀이 '그 자는 전혀 우리 편이 될 가능성이 없다' 고 하십니다."

"줏대 없는 자식! 생긴 건 안 그런데 전혀 속이 없어. 제 밥그릇도 못 챙겨 먹고……."

왕비는 따지고 보면 자신의 형부이자, 오촌 당숙이기도 한 용수를 욕했다.

"그래, 그러면 전하는 언니를 후사로 정할 게 확실한 게지?"

구절은 고개를 끄덕였다.

"지금 군무는 누가 관장하고 있느냐?"

"알천과 서현이 관장하고 있습니다."

왕비는 비웃는 표정을 지었다.

"알천이 옛날에 언니와 좋지 않은 소문이 있었는데도 출세하는 것을 보니 전하께서 정신이 혼미하신 게 분명하군."

왕비는 심각한 표정을 지으며 나지막한 목소리로 물었다.

"아버지께서 거사일은 정하셨다더냐?"

"5월 5일 단옷날, 중신들이 한꺼번에 모였을 때 거사를 하신다며, 의견을 여쭈라 하셨습니다."

"그래? 한 달 반 뒤에 거행한다 이 말이지? 군사를 동원할 책임자는 정해졌느냐?"

"아찬(阿湌: 신라 17관등 가운데 여섯째) 석품(石品)이 책임을 지기로 했습니다."

"살생부는 작성되었느냐?"

　말이 떨어지자 구절은 소매춤에서 한지 두루마리를 꺼내 조심스럽게 건네었다. 두루마리에는 파진찬 이상 벼슬 가운데 7할이 '살(殺)' 자 밑에 적혀 있었다.

　덕만공주, 용수와 그의 아들 춘추, 서현과 그의 아들 유신, 알천, 문훈 등이 살생부 맨 앞에 나와 있었다. 왕비가 몇 사람을 살생부에 추가하고 나서 물었다.

　"왕은 어떻게 할 작정이냐?"

　"일단 별궁에 가두고 나서 선위를 요청한다 하셨습니다."

　"우리가 도울 일은 무엇이냐?"

　"석품 휘하에 있는 군사로 궁성 안에 있는 군은 제압할 수 있다 합니다. 그러나 만약 하슬라주(何瑟羅州: 지금의 강릉)와 상주, 한산주에 있는 국경 수비대 병력이 들이닥치면 막아 내기가 어렵다 합니다. 거사가 성공하면 즉시 독산성에서 봉화를 올릴 터인즉, 백제군을 신속히 보내어 서라벌 외곽 요충지를 장악해 달라고 하셨습니다."

　"신라는 내 친정이요. 따라서 백제는 부마의 나라이다. 그런데 아버님 정신이 허황하셔서 사위가 건재한 것을 잊으시고 굳이 딸에게 양위를 하시고자 하니 고금에 없는 일이다. 너희 아비로 말할 것 같으면 내물왕의 8대손으로서 왕위를 계승할 자격이 있다. 이번 일이 성사되면 백제와 신라는 해묵은 감정을 털어내고 의좋게 지낼 수 있으니, 서로에게 좋은 일이다. 그래, 신라의 민심은 어떻더냐?"

　"여러 해에 걸쳐 흉년이 든데다가 작년에는 지진이 일어나 대궁(大宮)의 뜰이 갈라지는 바람에 민심이 흉흉합니다."

"모두 신라가 하늘을 거스르는 짓을 하기 때문에 일어나는 일이다. 같이 이웃한 땅인데 왜 우리 백제에는 지진이 일어나지 않는지 그 이유를 생각해 보면 알 것이다."

"지당하신 말씀입니다."

"내가 백제왕께 말씀 드려 병력 동원에 일점 차질이 없도록 하겠다. 지금 내 말을 백제왕의 약속으로 믿어도 좋다."

이런 밀담을 주고받은 다음, 왕비는 구절에게 큰일을 하는 데는 반드시 필요하다며 묵직한 금이 싸인 보자기를 주어 돌려보냈다.

서라벌— 단오를 사흘 앞둔 날, 문훈은 명절에 국왕 등 문무백관이 행차할 장소를 미리 점검하고 있었다. 내성사신 휘하의 그가 맡은 중요한 일은 왕과 신하들의 경호와 왕족의 비리 정보를 모아 국왕에게 보고하는 것이었다. 그는 왕이 단오절에 제일 먼저 행차할 황룡사 일대를 점검하였다.

지증왕 이래로 5월 5일을 포함하여 1년에 여섯 번 김 씨 시조에게 제사를 지내는 신궁(神宮)이 그 안에 있었던 까닭이었다. 경내 면적 2만여 평, 건물터만 합해도 8800평을 넘는 거대한 사찰의 구석구석을 살핀 문훈은 반월성 남쪽의 남천을 따라 죽 걸어 올라갔다. 한 곳에 이르니 한 노파가 빨래 광주리를 머리에 이려고 애를 쓰는데 광주리가 너무 무거워 번번이 실패하고 있었다. 그는 얼른 다가가서 광주리를 받아 들었다.

"제가 들어 드리겠니더. 할머니 댁이 어디신교?"

"아이고, 이렇게 고마울 데가 있나?"

노파가 황감해 하면서 가르쳐 준 집 위치는 과히 멀지 않았다.

문훈은 빨래 광주리를 들고 노파를 따랐다. 한참 동안 꼬부라진 허리로 회창회창 걸어가던 노파가 어느 큰 대갓집 앞에 멈췄다.

"아니, 여긴 칠숙 대감 댁인데…… 할머니가 이 집 노비시오?"

노파는 고개를 끄덕이고는 소리쳤다.

"말순아, 문 열어라!"

어린 계집아이 하나가 쪼르르 달려나와 문을 열었다. 빨래 광주리를 종들이 거처하는 바깥채에까지 옮겨다 준 뒤, 고맙다는 인사를 거푸하는 노파를 뒤로 하고 나오던 문훈은 기왕 온 김에 칠숙이 퇴청하였으면 인사나 하고 가려고 안채로 들어갔다.

안채의 댓돌 위에 신발이 여럿 놓여 있었다.

'아, 벌써 퇴청하셨구나.'

"이찬 대감 계십니까?"

그러나 아무런 기척이 없었다. 문훈은 다시 목청을 높였다.

"이찬 대감 계십니까?"

그런데도 대꾸가 없었다.

사실은 이때, 이찬 칠숙과 공모자들은 방 안에 모여 거사의 최종 점검을 하고 있었다. 그런데 갑자기 내성사신 수하의 핵심 관리가 와서 찾으므로 혹시 낌새를 눈치 채고 온 것이 아닌가 지레 겁을 먹고는 숨을 죽이고만 있었다. 문을 열자니 방 안에 있는 동조자 무리들의 신분이 드러날까 봐 열지를 못 하였다.

'이상하다, 분명히 인기척이 있었는데…….'

문훈은 혹 칠숙이 자신에게 무슨 나쁜 감정이라도 가지고 있어 일부러 홀대하는가 싶어, 최근에 자신이 실수한 작은 일이라도 있나 곱씹어 보며 안채에서 물러나왔다. 그런데 저쪽 모퉁이에서 누가 고개를 휙 내밀었다 감추는데 언뜻 보아 이 집 아들 구절인 것 같기도 하고 아닌 것 같기도 했다. 구절도 문훈과 같은 화랑 출신 이었으므로 서로 아는 처지라 그를 보고 숨을 이유가 없었다.

'내가 잘못 본 모양이다.'

문훈은 어쩐지 찜찜한 느낌을 지울 수 없었다.

이튿날 등청하여 용수에게 전날 업무 상황을 보고하는 자리에 서 문훈은 칠숙의 집에 갔던 일을 말할까 말까 하다가 지나가는 말 로 얘기를 하였다. 용수도 대수롭잖게 듣는 듯했다. 그러나 용수는 낮에 품주(稟主: 국가 기밀 담당 기구) · 조부(調府: 재무부) · 병부 (兵部)의 연석회의를 마치고 나오면서 농담 조로 품주 관리이며 그와 같은 직급인 칠숙에게 불쑥 말을 던졌다.

"대감, 요즘 무슨 엄청 큰일을 꾸미는 모양인데 좋은 일이면 같 이 좀 낍시다."

칠숙은 안색이 하얗게 바뀌면서 어물어물하였다.

"좋은 일은 무슨……."

용수는 다소 이상하게 생각하고 집무처로 돌아와 문훈에게 지 시했다.

"칠숙 대감 댁에 누가 모이는지, 한번 알아나 보아라."

문훈은 퇴청하면서, 집에 가 변복을 하고 몰래 그 집을 염탐할 까 하다가 괜히 오해 살 일을 할 필요가 없다고 생각했다. 그냥 칠 숙의 아들 구절에게 묻기로 작정하고 바로 칠숙의 집으로 갔다.

칠숙의 집에 당도하여 구절을 찾으니 구절은 아버지를 모시고 나갔다면서 그의 행방을 가르쳐 주지 않았다. 문훈은 잠시만 기다 리겠다고 하고는 마당에서 서성거리고 있었다. 그런데 보통 때 같으면 관복을 입은 그를 사랑채로 들어오라는 인사말이라도 하는 게 상례인데 아무도 그런 말을 하지 않는 것이 영 불쾌했다. 안채와 바깥채 사이를 왔다 갔다 하며 무료하게 기다리다가 돌아가려고 대문으로 나오는데 어제 만났던 그 노파를 보았다. 바깥채 마루 한쪽에 쪼그리고 앉아서는 다리를 걷어 올리고 종아리에 뭔가를 바르고 있었다. 연고를 물으니 노파는 고개를 설레설레 흔들며 말했다.

"어제 저녁에 내가 허락 없이 외부 사람을 안채로 들여보냈다고 회초리를 맞아 이 지경이 됐다우."

자세히 보니 종아리가 시퍼렇게 멍이 들어 있었다. 문훈이 구절을 만나 따질 생각으로 물었다.

"이 집 도령과 대감이 어디로 갔는지 모르능교?"

"보나마나 석품 대감 댁으로 갔겠지 뭐. 요즘 맨날 그 대감과 어울려 다니는데……."

문훈은 바로 아찬 석품의 집으로 향하였다. 그러나 그는 도중에서 중국 장안에 갔을 때 성충이 그에게 경고하였던 말이 불현듯 떠올랐다.

'형님, 조심하십시오! 우리 선화왕비의 질투심이 보통이 아니라 무슨 사단을 일으킬지도 모릅니다.'

'선화왕비에게는 아직도 신라 사람들이 들락거리고 있습니다.'

문훈은 마음을 바꿔 먹고, 집으로 가서 저녁밥을 챙긴 뒤 옷을 노복의 차림으로 갈아입었다. 그리고 석품의 집 어귀에 가서 주위를 살폈다. 대문 앞에는 커다란 오동나무가 있었다. 문훈은 다른 사람의 눈을 피해 나무로 기어올라 빽빽한 잎사귀 사이에 숨어 집안을 엿보았다. 나무가 꽤 높아 바깥채는 물론 안채의 불빛까지 빤히 보였다. 안채에 자리 잡은 어느 방의 문창호지에는 여러 사람의 그림자가 어른거렸다. 거의 자정 때가 되어서야 그 그림자들은 일어섰다.

문훈은 나무 위에서 그때까지 끈질기게 기다리고 있었다. 주인인 듯한 사람이 등불을 들고 앞장서서 대문까지 전송을 나왔다. 이윽고 대문이 열렸다. 문훈은 등불에 비친 여러 사람들의 얼굴을 아는 대로 하나하나 외웠다. 10여 명 사람 가운데 한 사람만 빼놓고는 모두 문훈도 잘 아는 조정의 높은 벼슬아치들이었다.

다음 날, 문훈은 이 일을 용수에게 보고했다.

"이건 조금 이상하군…… 정밀히 조사해 볼 필요가 있겠는데."

용수는 부하 가운데 전문적인 훈련을 받은 사람들을 풀어 세 사람씩 한 조가 되고, 한 조가 '문제의 인물'들을 한 명씩 맡아 몰래 감시하여 반나절 단위로 보고토록 했다.

용수가 미행자들로부터 첫 번째 보고를 받은 것은 저녁 식사가 끝난 한참 뒤였다. 추적 대상자들의 행로가 한 사람은 서라벌 서쪽에 있는 부산(浮山)의 봉화대로 향하였고, 또 한 사람은 병기고로 향했으며, 다른 하나는 내일 왕이 행차할 신궁으로 갔음을 보고 받은 용수는 사태의 심각성을 알아차렸다. 일단 왕명으로 칠숙 부자를 궁중으로 불러들이고 그 사이에 가택을 수색하였다.

가택 수색에서 역모의 명백한 증거를 찾았다. 거사 후 일당들의 관작 수여 계획을 적은 종이가 발견되자 즉각 체포 명령이 떨어졌다. 아찬 석품은 재빨리 백제 국경 쪽으로 도망갔다. 나중에 식구들을 데려 가고자, 낮엔 숨고 밤에는 걸어 총산(叢山)에까지 돌아와, 나무꾼 행색으로 집 근처에 접근했다가 군사들에게 잡혔다.

거사를 겨우 몇 시간 앞두고 반란 연루자들이 체포되어 심문을 받았다. 전모가 드러나자 진평왕은 경악을 금치 못 했다. 칠숙은 목을 베어 동시(東市)에 효수하고 주모자들은 그 구족(九族)을 멸하라는 명령을 내렸다. 더구나 이번 사건에 딸인 백제 왕비 선화가 관련된 사실이 밝혀지자, 그렇지 않아도 몸이 불편했던 진평왕은 화병이 겹쳐 다시 드러눕게 되었다.

진평왕은 일찍이 선화를 왕궁에서 쫓아냈으나, 그래도 혈육의 정을 못 잊어 그녀가 백제의 왕비가 되어 용화산(龍華山: 지금의 전북 익산시에 있는 미륵산) 아래에 미륵사(彌勒寺)를 세울 때에는 건축 장인 100명을 보내어 돕기까지 했었다. 그런데 그녀가 친정의 역모에 가담하여 변란을 꾀했으니 왕가의 체면이 말이 아니게 되었다. 진평왕은 이 사실을 아는 몇몇에게 함구를 지시하고 선화에 관한 일체 기록을 없애라고 명하였다.

이 일에 너무 큰 충격을 받았던지 진평왕은 끝내 병석에서 일어나지 못 하고 신음하다가 이듬해 정월에 죽었고 덕만이 왕위를 잇게 되었다.

한편 이때 고구려에서도 왕권에 도전을 하는 조짐이 나타나기 시작했다. 그것은 왕의 대외정책과 관련된 것이었다.

영류왕 고건무는 친당정책(親唐政策)을 일관되게 추진했다. 당시 동아시아 정세의 흐름으로 봐서 합리적인 판단이었으나, 이는 여수전쟁 이후 20여 년 가까이 지속된 태평연월에 귀족 무사계급들의 불만이 해소될 탈출구가 없음을 의미했다.

전쟁의 참화를 경험하지 못 한 신세대들, 특히 태학 무과 영재

반을 통하여 선민의식이 주입된 신진기예의 무사계급들이 십수 년 동안 많이 배출되어 이들이 점차 군의 중추를 이루자, 군대 내부에서는 조정의 친당정책에 대한 불만이 날이 갈수록 고조되어 갔다.

특히 631년에 당나라 광주사마(廣州司馬)인 장손사(張孫師)가 고구려 경내에 들어와 여수전쟁 때 죽은 수나라 병사들의 해골이 묻힌 곳에 와서 위령제를 지내면서 그곳에 있던 고구려의 전승 기념비인 '경관(京觀)'을 훼손한 사건이 발생하였다. 조정에서는 이를 강력히 항의하지 않고 유야무야 넘어갔다. 무장들의 불만은 더욱 커져 갔다.

영류왕은 이들의 불만을 누그러뜨릴 겸, 정부가 유화정책만을 기조로 삼는 것이 아니라는 것을 보이고자 동북쪽 부여성(扶餘城)에서 동남쪽 발해만에 이르기까지 천 리에 이르는 장성 축조를 시작했더, 이것만으로는 무사계급들의 불만을 충분히 잠재울 수 없었다.

그러면 백제는 어떠하였던가?

백제는 귀족사회 내부의 분열이 아닌, 더욱 심각한 사회적 분열이 진행되고 있었으나 왕은 이를 모르고 있었다. 그것은 다름 아닌 가진 자와 그렇지 못 한 자, 지배계급과 피지배계급의 괴리 현상이었다.

630년과 그 이듬해에는 백제에서도 가뭄이 극심하였다. 국토의 대부분이 곡창 지대였지만 농민들은 심한 고초를 겪었다. 이에 고리대(高利貸)가 성행하여 보릿고개 때 곡식 한 되를 빌려 준 지주들이 가을에 다섯 되를 받는 일이 비일비재하였다. 그러다보니 부익부빈익빈 현상이 날이 갈수록 심해졌다.

성충을 비롯한 일부 관료들이 이에 대한 구제책을 건의했으나 국왕을 둘러싸고 있는 중신들이 바로 지주이거나 지주계급의 비호를 받는 세력이었기 때문에 그 두터운 벽을 깨트릴 수 없었다. 이럼에도 왕은 사비성을 더욱 웅장하게 축조하고자 재정과 인력을 동원하였으나, 결국 반발이 너무 거세어 도중에 그만두었다.

그러나 몇 년 뒤에는 궁궐 남쪽에 못을 파고 20여 리 밖에서 물을 끌어들이고 네 언덕에 기화요초와 버드나무를 심고 물 가운데 인공 섬을 만들어 방장선산(方丈仙山: 신선들이 산다는 전설의 산)에 비기었다. 그리고 수시로 빈(嬪)들과 더불어 물에다 배를 띄우고 놀았다. 물론 놀이가 궐내에서만 그치는 것이 아니었고 자주 사비하(泗沘河=백강·백마강: 지금의 금강)의 북쪽 포구까지 가서 포구 양쪽 언덕에 늘어선 기암괴석을 감상하며 거문고와 술을 즐기고 신하들과 춤을 추며 놀았는데 당시 사람들은 그곳을 대왕포(大王浦)라고 불렀다.

암탉이 울면 집안이 망한다는 편견을 깨고 오히려 내치 분야에서 가장 내실 있는 국가경영의 기반을 다져간 나라는 신라였다.

선덕여왕은 즉위하자마자 용수에게 명하여 각 지방을 돌아보고 극빈자, 과부, 홀아비, 전쟁고아, 독거노인, 소년소녀가장 등 결손가정을 뽑아서 왕실 비축 양곡을 풀어 구제하였다. 노동력이 모자란 가정에는 병역을 면제해 주었다. 당나라가 새로이 마련한 조용조(租庸調) 제도를 참조하여 세금을 공평하게 거두어 서민들의 부담을 덜어 주었다. 빈부격차를 줄이기 위한 제도는 오히려 당나라 것보다 더욱 좋은 제도를 도입하여 겉으로 강성대국을 지향하지 않고 복지 위주의 정책을 착실하게 펼쳤다.

일례로 작황이 좋지 않았던 633년에는 왕실의 경비를 대폭 줄이고 온 백성들에게 1년 동안 조세를 면제해 주었다. 물론 이런 정책을 편 데에는 명신(名臣)들의 정치력과 부처의 대자대비 정신을 국정에 반영하려는 명승(名僧)들의 도움도 컸지마는 근본적으로는 여왕 자신의 지혜로움에서 나온 것이었다. 여왕의 지혜로움을 나타내는 몇 가지 이야기가 있다.

635년, 당나라에서 사신이 왔는데 다른 예물과 함께 홍색·자색·백색의 꽃 그림과 그 씨 석 되를 덧붙여 보내왔다. 선덕여왕이 꽃 그림을 보고 말하였다.

"이 꽃은 향기가 없을 것이다."

그리고 씨를 뜰에 심도록 하였는데 과연 그 꽃에는 향기가 없었다. 신하들이 어떻게 이 사실을 미리 알았느냐고 물었다.

"꽃을 그렸는데 나비가 없으니 이걸로 향기가 없는 것을 알 수 있다. 이는 세민이 내가 배우자가 없음을 놀린 것이다."

이듬해 5월에는 두꺼비가 궁궐 서쪽 옥문지(玉門池)에 떼지어 나타났다. 선덕여왕이 사실을 보고 받고 좌우 신하들에게 말했다.

"두꺼비는 성난 눈을 가지고 있으니 이는 병사의 모습이다. 내가 일찍이 듣건대 서남쪽 변경에 이름이 옥문곡(玉門谷)이라는 땅이 있다고 하니, 혹시 이웃나라 군사가 그곳에 숨어 들어온 게 아닐까?"

이에 장군 알천과 필탄(弼呑)이 군사를 이끌고 가서 보니 과연 백제 장군 우소(于김)가 500여 명의 군사들을 숨겨 성을 습격할 준비를 갖춰 놓고 있었다. 알천은 그곳을 기습, 백제군들을 죽이고 우소는 사로잡았다. 서라벌로 돌아온 알천이 전황을 보고한 뒤 물었다.

"전하, 어떻게 그쪽에 군사들이 있을 줄 예견하셨습니까? 참으로 신통하십니다."

여왕이 문무백관들을 둘러보고 웃으며 말했다.

"하하, 그것은 쉬운 일이다. 두꺼비의 성낸 형상은 곧 병사의 형상이며 옥문이란 곧 여자의 음부(陰部)를 말하는 것이다. 여자는 음(陰)이고 그 빛이 백색이며 백색은 서쪽을 뜻하니 군사가 서쪽에 있음을 말함이다. 또한 남근(男根)이 여자의 생식기에 들어가면 죽게 되므로 잡기가 쉬운 것을 알 수가 있었다."

알천은 얼굴이 뻘게졌다.

이 말은 여왕이 옛 애인인 알천을 백관들 앞에서 골려 주려고 음양오행 이론을 섞어 한 농담이었다. 어쨌거나 여왕은 상대방이 기습공격을 한다면 어디에 숨어서 어디로 나올 것인가를 미리 예측했을 정도로 현명했던 것이다. 또 여왕의 자애로움이 얼마나 나라 구석구석에 미쳤는가를 잘 나타내는 이야기로 다음과 같은 것이 있다.

어느 거지가 선덕여왕을 사모한다는 소문이 서라벌 바닥에 좍 퍼졌다. 조정에서는 그를 잡아들이려 하였지만 여왕은 말렸다. 도리어 어느 날, 여왕은 그 사람이 누구인가 만나보자며 시종 몇 명만을 거느리고 행차했다. 선덕여왕이 거지를 찾아갔을 때, 그는 배를 반쯤 드러내놓고 드르렁드르렁 코를 골며 낮잠을 자고 있었다. 수행한 군사가 거지를 깨우려 하자 그녀는 군사를 만류하고 자신의 옥팔찌를 거지의 가슴께에 얹어 놓고 돌아섰다. 여왕은 길거리 거지의 마음까지 어루만져 주었던 것이다.

11. 도사

　　　　　당 태종 이세민이 즉위한 뒤, 당시 중원은 중국 사상 유례가 없는 번영을 누리고 있었다. 이른바 정관의 치(貞觀之治)라 하여 후세 사람들이 모든 것을 당 태종 세민의 업적으로 과장하였지만, 사실 세민은 자신이 일군 업적보다는 물려받은 업적이 더 많았다. 이런 의미에서 그는 행운아라 할 수 있었다. 다만 세민은 용의주도한 성격과 사람을 부리는데 천부적이라 할 수 있는 재질을 지녀, 물려받은 것을 까먹지 않고 더 키웠다.

전국을 잇는 도로, 운하, 통신은 이미 수나라가 확립해 놓았다. 말하자면 수 양제가 욕을 얻어먹을 짓은 다해 놓고 죽은 셈이었다.

뛰어난 인재들의 배출도 실은 수나라 때 실시한 과거 제도가 근간이 되었다. 율령(律令)도 위(魏) · 진(晉) · 제(濟) · 양(梁)나라 시대의 법을 참고하여 수나라 때 이미 양형(量刑)을 세분하고 혹

독한 고문(拷問)을 없앴다. 재판이 충분하지 않는 자에게는 공소 (控訴)·상고(上告)를 할 수 있는 권리까지 주었고, 그래도 불만이 있는 자는 궁중에 탄원하는 길을 열어 놓았다. 당나라는 이러한 법률 체계에 53개 조항을 더하기만 하였다.

균전법(均田法)과 조(租), 용(庸), 조(調)의 세제개혁도 고조 이연 때 이미 반포되어 시행하고 있었던 바, 그 중요한 내용을 보면 다음과 같다.

조(租)는 일종의 전지세(田地稅)로서 16세 이상의 남자(丁中이라 불렀다)의 경우 전지(田地) 1경(頃=100畝, 1畝=30평)을 주되 중한 병자(病者)에게는 10분의 6을 줄여서 주고, 남편 잃은 아내나 첩에게는 10분의 7을 줄여 주었다. 이 가운데 10분의 2인 20무(畝)는 상속이 가능한 부동산으로 하여 세업전(世業田), 즉 사유를 인정하고 10분의 8, 즉 정중(丁中)의 경우 80무에 대해서만 과세표준으로 삼아 정년(丁年)의 자, 즉 만 20세 남자인 경우 벼 2섬을 세금으로 바치게 했다.

용(庸)은 1년에 20일씩 정부의 공용 토목공사에 복무하는 것을 원칙으로 하되, 만약 복무하지 않을 때는 하루를 능(綾: 무늬 넣은 비단), 견(絹), 명주 각각 3척으로 쳐서 대신할 수 있었다. 또 유사시에 임시로 일을 많이 한 경우는 15일이면 조(調)를 면제하고, 30일이면 조(租)와 조(調)를 다 면제했다.

조(調)는 일종의 물품세로서 각 지방의 생산 형태에 따라 능 2장(丈), 견 2장, 명주 2장, 마포(麻布: 베) 2장 4척 가운데 어느 하나를 바치면 되었다.

또 수해·가뭄·병충해·서리로 말미암아 10분의 4 넘게 수확

이 줄었을 때에는 조(租)를 면제하고, 10분의 6 넘게 줄었을 때는 조(調)를 면제하고, 10분의 7이 넘으면 조(租)·용(庸)·조(調) 세 가지를 다 면제했다.

이상의 제도들을 시행하고자 조세와 부역의 장부를 만들고 3년마다 호적을 고쳤다. 수탈식 봉건 경제체제 아래서는 농업이 차지하는 비중이 컸으므로, 지방과 중앙의 자의적인 과세를 막고 지나친 부역으로 농업인력의 낭비를 막는 일이 중요하였다. 과세의 공평을 기하기 위하여 조세법률주의를 채택한 이연의 치적은 참으로 크다 할 것이다. 사람의 경우 청년시대의 10년이 그 뒤 장년시대의 20년을 좌우하고, 장년시대의 20년이 노년시대를 좌우하듯 나라도 이와 비슷하다고 해도 과언이 아닐 것이다.

세민이 즉위하고 4년째 되던 해에는 이정 장군이 돌궐의 남은 세력들을 모두 굴복시켰다. 세민은 북방 민족들로부터 천칸(天可汗)으로 추대되고 서돌궐에는 정양도독(定襄都督), 동돌궐에는 운중도독(雲中都督)을 두어 다스렸다. 이어서 이오(伊吾: 지금의 중국 신강성)가 항복하여 오고, 임읍(林邑: 지금의 베트남 지역)이 입조했으며 서역의 고창왕(高昌王)이 입조했다.

이제 장안은 국제도시가 되었다. 동서 30리, 남북 25리의 성곽 안에 가로세로로 곧게 뻗은 넓은 도로에는 해동 삼국에서 온 사람은 물론 왜인, 아라비아인, 페르시아인, 달단인(韃靼人: 타타르족. 몽골족의 일파), 서장인(西藏人), 시리아인 등 여러 인종으로 북적거렸으며 불교, 경교(景敎: 기독교의 일파인 네스토리우스교), 조로아스터교, 마니교 등 각기 다른 신앙의 승려들이 아무런 제약 없이 활동하고 있었다.

특히 이즈음 도교가 성행했는데 동방 삼국, 특히 근검을 미덕으로 삼고 상무정신이 유달리 강한 고구려가 도교에 많은 관심을 보였다. 이미 당 고조 말년 무렵(624년), 당 고조가 천존상(天尊像) 및 도사를 고구려로 보내 노자(老子)를 강의한 적이 있었고 그 뒤에도 고구려 조정은 자주 도법을 배우러 당나라에 사람을 보내거나 도사 파견을 요청하는 일이 흔했다.

도교는 초기에 '무위자연'을 내세우고 금욕주의와 담아한 생활로 대자연의 흐름에 따를 것을 설파할 때는 교리가 그리 복잡하지 않았다. 그 뒤 불교의 인과응보 사상이나 유교의 충효사상 등을 받아들이면서 점점 복잡한 교리체계를 갖추게 되었다. 당시 도가는 크게 두 갈래의 흐름이 있었다. 좌방 도가는 육체의 단련으로 마음의 정화에 이르는 수련을 중요하게 어겼고, 우방 도가는 고요한 명상으로 마음을 바로 다스리는 데 열중했다. 좌방 도가는 포교의 대중화를 꾀하고자 무예, 차력, 진법(陣法) 시범 등을 보이는 경우가 많았고 고구려인들은 좌방 도가에 훨씬 더 높은 관심을 보였다.

어느 날, 도사 다섯 명이 국경선에 나타났다는 소문을 듣고, 만춘은 호기심에 이들을 직접 맞으러 나갔다. 만춘은 중국에 포로로 있을 때도 도교에 잠시 관심을 가진 적이 있었다. 그러나 당 고조 이연이 '당 황실의 시조는 노자'라고 하는 바람에 정이 떨어져 접어 두었었다. 그즈음 낭비성에서 겪은 패전 그리고 계급 강등에서 오는 실의를 추스르고자 다시 도교에 관심을 갖게 되었다.

그는 무장이면서도 다정다감한 성격이었다. 쉽게 감동하고 감상에 빠지는 일이 흔했다. 큰일에는 대담하고 모험심이 강하면서

도 작은 일에는 인정에 이끌려 모질게 자르지 못 하는 면이 있었
다. 그러면서도 원칙을 지키고 마음이 해이해지면 평소에 자신이
정해 놓은 규칙에서 벗어나지 않도록 스스로 늘 경계하였다. 결코
낙천적인 성격은 아니었지만 절망의 심연에서는 곧잘 헤쳐 나와
새로운 일에 관심을 가지는 게 장점이라면 장점이었다. 모든 면에
비판성이 강하고 냉소적인 반면 한 가지 일에 열중하면 정신없이
빠져들고 또 행동으로 쉽게 옮기는 열정파이기도 했다. 대인관계
에서도 좋고 싫음이 뚜렷했다.

계급이 태대사자(太大使者: 고구려 12관등 가운데 일곱째)에서
대사자로 낮아져 변방으로 밀려났어도, 그는 곧 새로운 일에 취미
를 붙여 사냥을 다니기도 하고, 도교에 관련된 책을 읽으며 명상에
잠기기도 했다. 아내 소연이 줄어든 살림살이와 평양과는 딴판인
불편한 벽지 생활에 자주 투덜거렸지만, 그는 꿀 먹은 벙어리처럼
한쪽 귀로 듣고 한쪽 귀로 흘려버렸다. 중앙의 고관들에게 줄을 대
어 좀 더 나은 곳으로 갈 수도 있으련만, 소연은 출세에 전혀 관심
이 없는 만춘이 한심한 무능력자로 비쳐졌다. 또 그녀는 만춘의 계
급이 깎이고 한직으로 쫓겨난 게 군승의 아비 때문인데도 만춘이
계속 군승을 아끼는 것에 대해 '속없는 남자' 라고 속상해 했다.

오늘도 만춘은 소연과 심하게 다투었다. 아침에 그는 국경 인근
의 한 마을을 순찰하였다. 부하들은 마을에 괴질이 돌고 있다며 가
기를 꺼렸으나 만춘은 잠자코 임무를 수행하였다. 당시 서쪽 국경
지방에서는 몸이 새카맣게 타서 죽는 유행성 괴질이 돌았는데, 드
디어 만춘이 근무하는 곳까지 번진 것이다.

어느 집 앞을 지나려니 사람들은 울타리 밖에 웅성거리며 서 있

고 방 안에서는 소년 둘이 구슬프게 곡소리를 내고 있었다. 연고를 물은즉 동네 사람들 이야기가 '어미가 괴질로 죽었는데 상주가 어려, 염을 못 하고 있으며 마을 사람들은 괴질이 옮을까 겁내어 염 하는 것을 돕지 못 한다' 는 것이었다.

"애들 아비는 어딜 갔소?"

만춘이 동네 사람들에게 물어보았다.

"여수전쟁 때 전사했습니다."

"뭐요? 그럼 참전자의 유가족이란 말이오?"

만춘은 당장 팔을 걷어붙이더니 방 안으로 들어갔다.

소렴·대렴을 모두 끝내고 지게에 관을 지고 나서서는 혼자 산으로 가서 매장까지 마치고 돌아왔다. 오후 늦게 집에 오자 누가 이 사실을 소연에게 얘기했는지 소연이 앙칼지게 대들었다.

"아니, 당신이 혼자 몸이오? 애들한테 병이 옮으면 어떡할라고 그러시오?"

만춘은 마주 싸우기도 뭣하고 그냥 머쓱해서 집 밖으로 나와 버렸다. 그가 도사 다섯 명의 출현을 보고 받은 것은 바로 이때였다.

만춘은 국경으로 온 뒤 한때는 불교에 관심을 가지기도 했지만, 원광법사나 자장처럼 달통한 경지에 이르거나 세속을 떠나 삭발을 하고 완전히 중이 되지 않을 바에야 일상 속에서 도를 닦기에는 도교가 낫겠다 싶었다.

만춘은 도사들을 만나 본 순간 적잖이 실망했다. 도사라면 으레 흰 수염을 치렁치렁 늘어뜨린, 위엄이 넘치는 노장을 상상했는데 다섯 도사들 가운데 두 사람만을 빼고는 의외로 나이들이 젊어 보였다.

그러나 만춘이 책에서 얻은 지식을 이것저것 묻고 도사들의 답변을 듣는 동안, 그들의 해박한 지식에 감탄하여 어느 정도 실망감이 누그러졌다.

특히 신체가 건장한 도사 하나는 수비대 본부에 도착하고 나서, 만춘의 요청으로 여러 사람들이 보는 앞에서 차력 시범을 하였다. 그는 군사들이 끌고 온 힘센 황소의 뿔을 양손으로 잡고 버티며 한 뼘도 뒤로 밀리지 않았다. 그는 맨손으로 황소를 일격에 그 자리에서 쓰러뜨려 버렸다. 보고 있던 군사들이 박수갈채를 보냈다.

도사들은 중국 내 소속 도장의 증명서를 보여준 뒤 그곳에서 하루를 묵었다. 만춘은 이들을 집으로 초대하여 저녁 식사를 대접하였다. 만춘은 특히 차력 시범을 보인 도사에게 끌리는 점이 있어 자주 얘기를 나누었다. 아내 소연도 중국에서 온 도사들이란 말에 호기심을 갖고 이런저런 대화를 나누었다.

이튿날 그들이 떠난 뒤 소연이 만춘에게 말했다.

"그 차력 잘 하는 도사말이에요. 아무래도 중국 사람이 아닌 것 같아요."

"왜?"

"억양이 달라요. 중국에도 방언이 많긴 하지만 그런 억양은 처음 들어요."

"돌궐 출신이겠지 뭐."

만춘은 크게 신경을 쓰지 않는 투로 대꾸했다.

"글쎄요. 돌궐 출신이나 해동 출신은 말투가 비슷하니 그럴 수도 있겠죠."

그제서야 만춘은 고개를 갸웃했다.

"해동 출신이라…… 고구려 출신은 아닐 게고. 백제나 신라 출신이란 말이오?"

"글쎄요. 그러나 뭐 해동 출신 가운데에도 중국에 귀화한 사람들도 많잖아요? 당신 같은 골수분자만 중국을 싫어하지……."

소연은 웃으며 말했다. 만춘은 소연의 말을 듣고 보니 무언가 꺼림칙했다. 만춘은 군승과 당시 수하에서 근무하고 있던 대마근을 불러 조용히 일렀다.

"아침에 떠난 도사들의 뒤를 조용히 밟아라. 그러나 절대 눈치채지 못 하게 하고 그들의 최종 행선지를 알아서 돌아오너라."

명을 받은 군승과 마근이 도사들의 뒤를 밟았다. 도사들은 도중 여러 곳에서도 차력 시범과 도교를 설파하여 환대를 받으며 평양에 이르렀다.

그 뒤 그들은 평양성에서 가까운 절의 승려들을 쫓아내고 눌러앉아 도교를 포교한다는 명목으로 성을 자주 드나들었다. 이때 이들이 거처하는 절을 사흘이 멀다 하고 드나드는 젊은 장수가 있었다. 그는 바로 도교에 유달리 관심이 많던 개소문이었다.

그는 아버지 연태조의 과오에도 불구하고 영양왕의 유서를 발견한 공으로 국왕의 특사를 받아 태학을 마치고 장교로 임관한 뒤 특유의 원만한 대인관계와 뛰어난 처세술 그리고 타고난 두뇌와 월등한 기량으로 승진을 거듭해 평양성 성사(省事)라는 요직을 차지하였다. 평상시 도성 방위는 물론 그 출입을 관장하는 권한이 실질적으로 그의 손 안에 있었다.

도사들은 당나라 조정에서 정식으로 명을 받고 온 사람들이 아니었음에도 도교에 관심이 많던 대신들과 개소문 덕분에 차츰 궁정에 출입하여 비록 먼발치에서나마 국왕을 뵙는 영광까지 누렸다. 이때 도사들 가운데 유난히 영류왕의 용모 면면을 뚫어지게 바라보는 자가 있었다.

바로 설계두였다. 그는 위지경덕의 밀명을 받고 3년 넘게 도교 이론에 대한 강습뿐 아니라 맨주먹을 사용하는 무공과 각종 특수 훈련을 받아 인간병기가 되어 있었다. 같이 데리고 온 사람들은 두 명만 진짜 도사였을 뿐, 나머지 두 명은 그의 부하 무사들이었다.

개소문의 도움으로 도성을 마음대로 드나들 수 있게 된 설계두는 왕이 자주 나들이하는 길이며 궁정 사냥터, 패수 유역의 선착장 등을 유심히 관찰하면서 기회를 노렸다.

어느 날, 계두는 자기를 찾아온 개소문에게 말했다.

"열흘 뒤면 백로요. 패수에서 낚시나 같이 합시다."

"그때는 국왕께서 사냥을 나가시니 경비를 서야 하고, 그 뒤에 같이 갑시다."

개소문은 절에서 나왔다. 그런데 도사들을 감시하던 군승과 개소문이 딱 마주치고 말았다.

"뭐 하는 놈들이냐?"

개소문은 호랑이 수염을 치켜 올리며 물었다. 군승은 할 수 없이 도사들을 감시하러 국경 수비대에서부터 따라온 사람이라고 고백했다.

"저 사람들은 내가 이미 신분을 확인해 봤소. 그리고 여기는 내 관할이오. 쓸데없는 짓 말고 돌아가시오."

개소문의 호령에 가까운 말투에 군승과 마근은 할 수 없이 서둘러 만춘에게로 돌아오지 않을 수 없었다.

"그 도사들, 불승들을 쫓아내어 절을 차지하고는 도교를 전파하러 다닙니다. 특별히 수상한 점은 없는데 다만 절에서 그들끼리만 있을 때에는 책은 전혀 보지 않고 무예 연습만 하는데 무공이 보통 수준이 아니었습니다. 더 감시하고 싶었으나 개소문이라는 장수가 호통을 쳐서 돌아오지 않을 수 없었습니다."

군승의 보고를 듣고 난 만춘은 고개를 끄덕이며 말했다.

"개소문이라면 안심해도 되겠지. 그들의 무공이 뛰어나다 해도 개소문보단 한 수 아래일 테고……."

"이것은 그들이 절을 비운 사이에 들어갔다가 구석에 버려져 있는 것을 주운 것입니다."

군승은 꼬깃꼬깃한 한지 한 장을 만춘에게 주었다. 그 종이는 붓으로 낙서한 것이었는데 '무종(武終)'이란 글자가 여러 번 쓰여 있었다.

"무종이라…… 무예를 그치겠다는 말인가? 그런데 왜 무예 연습을 하고 있나? 알 수 없는 걸……."

만춘은 고개를 갸웃거리며 궁리해 봤으나 감이 잡히지 않았다. 퇴청해 집에 돌아와서도 뭔가 찝찝하여 그 종잇조각을 펴 보았다, 접었다 했다.

"그게 뭔데 밥 먹다 말고 들여다봐요?"

소연이 물었다.

"도사들을 미행했던 군승이가 주어 온 건데 도통 무슨 뜻인지 모르겠어."

소연은 종이를 보더니 말했다.

"'종(終)'자에 힘이 잔뜩 들어가 있네요. 살기가 느껴져요."

이 얘기를 듣고 다시 종이를 보던 만춘은 섬뜩한 생각이 났다.

'그렇다. 이들은 누군가를 죽이려 하고 있다. 그게 누군가? 무
(武), 무(武), 무(武), 혹시······.'

만춘의 안색이 하얗게 변했다.

"안 되겠소. 난 지금 당장 군승이를 데리고 평양으로 가야겠소.
도사들의 정체를 내 눈으로 확인해야겠소. 내 짐작이 맞는다면 그
들은 무시무시한 자객들이오."

만춘은 문을 박차고 뛰어나가 말안장을 올렸다.

계두는 부하 두 명을 불렀다.

"때는 왔다. 열흘 뒤, 이 나라 국왕이 사냥터로 나간다고 한다.
우리는 그 전날, 궁정 사냥터로 잠입했다가 일을 끝내야 한다. 오
늘부터는 그 날에 대비한 연습을 집중적으로 실시한다."

그는 부하 한 명에게 미리 준비해 둔 고구려 군복을 내어 주며
말했다.

"너는 노루 만큼이나 걸음이 빠르니 몰이꾼을 가장해, 내가 나
무 위에서 기다리는 곳으로 짐승을 몰아라. 가능하면 아무 말이나
뺏어 타고 국왕이 탄 말에 접근해 채찍을 쳐서 왕이 다른 사람보다
앞장서게 하라."

그리고 다른 한 사람에게 일렀다.

"너는 나보다 앞에서 나무에 숨어 있다가 국왕을 뒤따르는 병사
들을 막아라. 그 사이에 나는 왕을 처치하겠다."

그들은 외진 숲에서 몰이꾼 흉내 내는 방법, 국왕의 말을 뒤에
서 몰래 채찍질하는 방법, 나무에서 뛰어내려 국왕을 따르는 병사

들을 막는 방법, 말 타는 국왕을 끌어내려 처치하는 방법을 연습하였다.

백로를 하루 남겨둔 날 저녁, 그들은 어둠을 타 궁정 사냥터로 숨어들었다.

만춘과 군승이 주야로 말을 달려 이들이 머물던 곳에 도착한 것은 그 다음 날 정오 무렵이었다. 절은 이미 텅 비어 있었다. 단지 서찰만이 덩그러니 방 가운데 놓여 있었다. 개소문 앞으로 쓴 편지였다. 내용인즉 짤막하게 '저희들은 본국 도장에서 급히 귀국하라는 전갈이 와 인사도 못 드리고 떠납니다' 라고 되어 있었다.

그런데 방 한 구석에 예의 그 필체로 된 낙서가 발견되었다. 이번에는 '백로무종(白露武終)' 이라고 쓰여 있었다.

"백로라…… 아니, 오늘이 바로 백로가 아니냐? 이들이 오늘을 거사일로 잡았다! 한시가 급하다. 빨리 대궐로!"

만춘은 급히 말을 달렸다.

이때쯤, 계두는 짐승이 잘 다닐 만한 길목의 어느 고목 위에 올라앉아 미리 지시해 둔 가짜 몰이꾼 부하가 나타나기를 초조하게 기다리고 있었다.

한참 뒤, 몰이꾼의 징 소리가 점점 가까워졌다. 그러자 저쪽에서 멧돼지 한 마리가 쫓겨 오는 것이 보였다. 뒤를 이어 흰 말 한 마리와 그보다 약간 떨어져 갈색 말 한 마리와 회색 말 한마리가 나타났다. 회색 말에 탄 병사가 한손에 채찍을 들고 다른 손으로 백마에 탄 사람을 연거푸 손가락질했다. 그는 계두의 부하였다. 계두가 보니 백마에 탄 사람은 왕이 분명했다. 계두보다 20여 보 앞에서 나무 위에 숨어 있던 부하는 백마가 통과하자, 뒤이은 갈색 말 위로 뛰어내려 고구려 병사를 안고 땅 위로 떨어졌다. 그 다음 순간 백마가 예의 나무 밑을 지나가자, 계두는 밑으로 훌쩍 몸을 날려 말에 탄 사람을 부둥켜안고 땅으로 굴렀다. 숨 돌릴 틈 없이 상대방의 명치 급소에 일격을 가해 숨을 끊어 놓은 다음, 국왕의 얼굴임을 재확인한 뒤 비수를 꺼내 심장에 꽂았다. 부하들이 다가와 계두의 행동을 지켜보았다.

"고구려왕이 틀림없다! 성공이다! 어서 튀자!"

셋은 말을 몰고 부리나케 그 자리를 벗어났다.

이들은 패수에서 조운선을 위협해 승선한 뒤 서해 쪽으로 달아났다.

고구려 군사들이 뒤늦게 그들을 추적하였으나 벌써 포위망을 벗어난 뒤였다.

이들은 도중에서 풍랑을 만나 동지나 해에서 표류하며 고생고생하다가 겨우 강회를 거쳐 장안에 도착하여 위지경덕에게 경과보고를 했다.

그러나 위지경덕은 고개를 설레설레 흔들었다.

"자네들의 용감무쌍한 공로는 인정하네. 그러나 고구려왕은 아직 살아 있어. 자네들이 죽인 건 가짜 왕이야. 고건무의 쌍둥이 형이란 말이야. 이미 고구려에 있는 우리 세작에게서 연통이 왔어."

설계두는 펄쩍펄쩍 뛰며 말했다.

"장군! 저 혼자만이라도 다시 보내 주십시오. 이번에는 꼭 임무를 완수하겠습니다."

"자넨 이미 얼굴이 알려진 몸…… 다시 하긴 힘들 걸세."

"아닙니다. 이번에는 말단 수병으로 잠입하겠습니다. 고건무가 수군 출신이라 자주 수군을 열병하러 온다는 정보를 들었습니다."

"자네 소원이 정 그렇다면 좋도록 하게. 그러나 이번에는 서두르지 말고, 차분히 여유를 가지고 결정적인 순간에 결행하게."

경덕은 세민에게 상세한 보고를 올렸다. 세민은 지그시 입술을 깨물었다.

"천도는 벗어나기 어렵다더니 '무(武)' 자 천하를 막기가 이렇게도 어렵단 말인가? 아니, 그게 아니다. 이 문제는 정면 돌파하는 길뿐이다. 내 꼭 군사를 일으켜 저들을 멸해야 죽어도 눈을 감겠다. 넌 네 방식대로 진행하라. 단, 절대 비밀을 지켜라. 난 내 방식대로 진행하겠다."

위지경덕을 물러가게 한 태종은 아무래도 머리가 모자라는 태자 승건을 바꿔야 되겠다고 결심하는 한편, 이후 고구려를 칠 계획을 점점 굳히고 틈나는 대로 작전을 구상하기 시작했다.

12. 자장 (慈藏)

험준한 남태백의 이름 없는 암자.

탱자나무 가시로 꽉 찬 방 안에서 한 중이 알몸으로 가부좌를 틀고 있었다. 그의 머리는 천정에서 내려온 줄에 묶여 있었다. 조금만 움직이거나 졸면 가시가 몸을 찌르고 천정에 묶인 줄이 머리를 잡아당기게 된다. 이른바 고골관(枯骨觀)이란 극한의 고행을 통한 수행 방법이다. 인간은 결국 마른 뼈로 이루어진 것일 뿐, 육신의 집착에서 벗어나야 한다는 생각에 기초한 것이다.

그가 출가한 지도 어언 20년, 진리를 깨달으면 하루를 살다가 죽어도 원이 없겠다는 생각으로 이때까지 정진해 왔다. 진리란 무엇인가? 부처님만이 진리를 말씀해 줄 수 있을 것이다. 그는 부처님을 뵙기를 원했다. 20년 동안 갖가지 고통을 참으며 수행에 전념하였다. 이름 없는 첩첩산중으로 혼자 들어와 고골관 수행에 몰두

한 지도 만 5년, 오늘 이 고통을 참고 견디면 언젠가는 부처님이 나타나서서 진리를 말씀해 주시리라…….

　삼복더위 때라 등에선 땀이 줄줄 흘러내렸다. 갑자기 벌 한 마리가 그의 코끝에 왱 하고 날아와 앉았다. 자장은 미동도 하지 않았다. 그러자 그 벌은 코끝에다 침을 한 방 놓았다. 코끝이 쓰리면서 화끈거렸다. 그래도 자장은 꼼짝도 하지 않았다. 벌은 그의 코끝을 떠나 얼마 더 날아다니다가 바닥에 뒹굴더니 죽었다.

　'한심한 놈, 엉뚱한데다 침을 날리고 죽다니…….'

　자장은 자신에게 고통을 준 벌이 오히려 가여웠다. 근데 저놈은 전생에 무슨 죄를 지어 벌로 태어났을까? 왜 내게 침을 쐈을까? 전생에 내게 무슨 원한이라도 있었나? 무슨 피맺힌 원한이 있었기에 저렇게 목숨을 걸며 내게 덤벼들었을까? 내가 전생에 억울하게 제 목숨을 빼앗았나? 아니, 내가 전생에 억울하게 남의 목숨을 빼앗았다면 나는 인간으로 태어나지 못 했을 것이다. 잘못은 제게 있었을 것이다. 그런데 그 잘못된 것을 일으킨 책임은 누구에게 있는가? 왜 저 벌은 전생과 이승에서 부질없는 생명의 투기를 되풀이하고 있는가? 왜 저 벌은 저주를 받아 마땅하고 나는 벌이 갖지 못 하는 인간으로서의 특권을 누리는가? 나는 저 벌에 견주어 얼마나 엄청난 호사를 누리는가? 그런데도 나는 보통의 인간으로서 만족하지 못 하고 부처님을 보겠다고 부르짖고 있다.

　왜? 왜? 꼭 나여야 하는가? 다른 사람이면 왜 안 되는가? 다른 사람이 부처를 만나고 나서 내게 이야기해 주면 왜 안 되고 그 거꾸로여야 하는가? 그렇다. 나는 '나' 에 너무 집착하고 있다. '나' 를 버리자! '나' 를 비우자!

자장은 마침내 일어섰다.

알몸뚱이인 채로 기운이 없어 주저앉았다 일어섰다를 되풀이하며 개울가에까지 왔다. 엎드려 물을 꿀꺽꿀꺽 들이마셨다. 그러고 나서 온몸을 씻었다.

"하산이다."

결심한 그는 가사(袈裟)를 챙겼다. 옷이 낡아 금방 걸레가 될 것 같았다. 그리고는 산길을 내려오기 시작했다.

그러다 불현듯 한쪽 비탈로 올라가 숲을 뒤졌다.

있었다! 5년 전 입산할 때 봐 두었던 산삼 한 뿌리가 고스란히 있었다.

'저걸 캐다 베로 바꾸어 가사나 지어 입어야겠다. 잘 하면 원녕사(元寧寺)에서 기다리고 있을 제자들 옷 몇 벌도 나올지 모른다.'

자장은 합장하여 기도를 올리고는 산삼을 조심스레 캤다. 손가락 세 개 굵기 만하였다.

'한 100년은 묵은 게로구나.'

조심스레 산삼을 바랑에 넣은 자장은 내려오는 길에 더덕도 몇 뿌리 캤다.

얼마쯤 내려오던 그의 귀에 멀리서 포효하는 호랑이 소리가 들렸다. 그는 잠깐 귀를 기울였으나 소리는 잠잠해졌으므로 다시 걸었다. 그런데 잠시 뒤 그 소리가 가까운 곳에서 더욱 크게 들렸다. 자장은 걸음을 멈추고 섰다. 바로 앞쪽에서 나는 소리였다. 자장은 신경을 쓰면서 소심조심 걸었다. 그런데 이번에는 바로 오른쪽 옆, 땅 밑에서 소리가 들렸다. 바로 10여 보 떨어진 오른쪽 비탈에 커다란 구덩이가 보였다. 유심히 살피니 그것은 짐승을 잡으려고 사람들이 파 놓은 덫이었다. 그 아래를 내려다보니 중간 정도 크기의 호랑이가 구덩이를 빠져 나오려고 애쓰는데 깊이가 만만치 않아 번번히 실패하는 것이었다. 자장은 순간 망설였다.

'저놈을 구해 줄 것인가? 말 것인가?

구해 주면 스스로의 목숨이 위태로울 수 있다. 그러나 놔두면 살생을 방치하는 것이 된다. 일부러 살생을 하는 것과 살생을 방치하는 것이 뭐가 다른가?

'의무를 게을리 하는 것도 죄다.'

그는 마침내 주위에서 제법 큰, 썩어 자빠진 통나무 하나를 끌어다 구덩이 밑으로 걸쳐 놓았다. 호랑이는 냉큼 그 통나무를 타고는 구덩이 밖으로 나오더니 자장을 흘깃 한번 바라보고는 숲 속으로 사라졌다.

자장은 식은땀을 닦으며 산 아래쪽으로 발걸음을 돌렸다. 골짜기를 따라 얼마쯤 내려오니 저 멀리 마을이 보이면서 폭포가 나오고 그 밑은 제법 큰 시내를 이루며 시원한 물이 흐르고 있었다. 자장은 얼굴과 발을 씻은 뒤에 소나무 그늘에 앉아 쉬고 있었다.

한참이 지났다. 처녀 하나가 마을에서 올라와 옷을 훌렁훌렁 벗더니 알몸으로 시내에 뛰어들었다. 자장이 별로 멀지 않은 곳에 있었으므로 눈치를 챘을 법한데 그녀는 자장의 존재를 아는지 모르는지 전혀 개의치 않고 허리 아래로 몸을 담근 후 몸 구석구석을 씻었다. 자장은 예전 같으면 슬쩍 외면하고 일어나 발걸음을 돌렸을 터이지만 이제는 그 모습을 담담히 지켜볼 수 있었다.

'아름답다. 달관을 하고 마음을 비웠다. 내 마음이 흔들리지 않는다면 아름다운 것을 아름다운 것으로 바라보면 그뿐이지 굳이 피할 이유가 어디 있는가?

그런데 잠시 후 그 처녀는 알몸을 드러낸 채 자장이 있는 곳으로 사뿐사뿐 걸어왔다. 자장이 당황해서 지켜보다가 가까이 온 여자를 보고 깜짝 놀랐다.

"넌, 아지가 아니냐?"

그 여자는 자장이 아직 출가를 하기 전 그의 집에서 일하던 노복의 딸이었는데 벙어리였다. 자장이 출가할 때 나이가 열하나인가 둘이었으니 지금은 30대 초반이 될 터이다. 그런 그녀가 눈부시게 아름다운 몸매로 실오라기 하나 안 걸친 채 자장의 눈앞에 서 있는 것이다. 어안이 벙벙해 있는 자장에게 아지는 손짓으로 붓을 청했다. 자장이 바랑에서 먹과 붓을 꺼내 주자 그녀는 이내 먹을 갈아 자장이 앉아 있는 바위에다 글을 썼다.

"네가 그 사이에 글 쓰는 법을 배웠구나!"

반듯반듯하게 글을 써 나가는 아지의 손을 바라보며 자장은 대견해 했다.

그러나 다 쓴 글을 읽어 본 자장은 아연해지지 않을 수 없었다.

'소녀는 단 하룻밤만이라도 주인님을 모시고자 하나이다.'

"미쳤느냐? 어찌 출가한 승려와 동침을 하고자 한단 말이냐?"

그녀는 다시 글을 썼다.

'소녀는 20년 동안 오직 주인님만을 사모하여 왔고 이곳에서 주인님이 내려오실 때까지 5년 동안 기다렸나이다.'

"네가 확실히 미쳤구나. 저자식을 다 버리고 출가한 사람에게 어찌 감히 종 된 신분으로 계율을 깨뜨리려 하느냐?"

'부처님 앞에서도 처와 종의 가름이 있나이까?'

아지는 당돌하였다.

'어젯밤 꿈에 제가 주인님과 한 이부자리에서 말을 주고받는 꿈을 꾸었습니다. 주인님이 저의 청을 들어 주시면 저는 말문이 트이겠거니와 그렇지 않으면 저는 이 자리에서 죽어 버리겠습니다.'

"너는 아무래도 나를 시험하려는 마귀가 둔갑한 게로구나. 썩물러가라!"

자장은 자리를 박차고 일어났다. 그리고는 뒤도 안 돌아보고 걸었다.

한참 있자니 "아! 아!" 하는 비명 소리가 들렸다. 휙 돌아 본 자장은 깜짝 놀랐다. 아지가 낭떠러지에서 몸을 던지고 있었다.

"저런!"

자장은 얼른 그녀가 떨어진 곳으로 달려갔다. 그러나 그가 도착했을 때 그녀는 머리가 깨어진 채 이미 숨이 끊어져 있었다.

'이럴 수가 있단 말인가?'

자장은 아지의 시신을 안고 한동안 멍하니 주저앉아 있었다. 이윽고 근처에 흙을 파서 그녀를 묻어주고 명복을 빈 다음 일어섰다. 그러나 머릿속에선 그녀 생각이 떠나지를 않았다.

'아지는 왜 그런 행동을 했을까?'

'정말 20년 동안 나를 사모했단 말인가?'

'20년 동안 도를 닦은 나와 20년을 기다린 그 여자와는 무엇이 다른가?'

'그럴 줄 알았으면 차라리 하룻밤을 동침해 그녀의 목숨을 구하는 것이 옳은 일이 아니었을까? 아니, 이건 내 멋대로의 생각이고 아지의 소원을 들어주는 일은 분명 계율을 어기는 것이다.'

'도는 무엇인가? 한 생명을 구하지 못 하는 도, 나 혼자 득도하는 것, 그것이 무슨 소용이 있는가?'

그는 혼란스러웠다.

'아니다. 이 모든 게 번뇌다. 인연을 끊어야 한다. 나는 비워진 것이다.'

'아니, 인연을 끊고 목석이 되는 것, 그것이 과연 궁극적인 득도인가? 무엇을 위하여? 아니다. 하나의 생명이라도 건진다면 그게 부처님의 뜻에 더 가까운 것이 아닐까?'

자장이 이 생각, 저 생각으로 끊임없이 질문하며 걷는 사이에 해가 져 주위가 캄캄해졌다. 할 수 없이 바위틈에 꼬부리고 앉아 밤을 새었다.

이튿날, 아침 일찍 다시 길을 재촉하여 두 식경쯤 걸었다. 한 마을이 보이고 이곳저곳에서 아침밥을 짓는 연기가 피어오르고 있었다. 초가집 10여 채가 띄엄띄엄 흩어져 있었다.

마을 어귀를 지나려는데 어느 집에서 곡소리가 들렸다. 지나가던 노인을 붙잡고 곡소리의 연고를 물었다.

"마을 뒷산에 번번이 가축을 해치는 호랑이가 있는데 어젯밤에는 다섯 살 난 저 집 아이를 물어 갔어. 사람들이 며칠 전에 산에다 함정을 파 놓았는데 그놈이 어찌 영리한지 잡히질 않아."

자장은 가슴이 뜨끔하였다.

'내가 무슨 짓을 한 것인가? 짐승의 목숨을 구하려다 사람 목숨을 없앤 꼴이 되었으니……'

자장은 자책감 때문에 견딜 수 없이 괴로웠다. 오히려 고골관 수도를 하며 가시에 찔리는 고통이 차라리 견디기 쉬웠다.

호환을 당한 집에 들러 염불을 하고 위로를 했지만, 오히려 그런 자신이 위선자처럼 생각되어 더욱 스스로를 미워했다. 마을을 벗어나 번민을 하며 또 걸었다.

다음 날엔 큰 도시인 달구벌에 도착했다. 시장에 이르러 한구석에 좌판을 벌였다. 헌 궤짝 하나를 가져다 놓고 그 위에 산삼과 더덕 무더기를 올려놓고 지나가는 사람들에게 산삼을 사기를 권했다. 조금 있으니 군사들이 나타나 시장을 순시하였다. 그 가운데한 명이 자장에게 접근하더니 손을 내밀었다. 자장은 무슨 뜻인지몰라 쳐다보고 있자니 그 자가 말했다.

"쫑!"

"쫑이라니요?"

"허가증 말이야."

그는 버럭 소리를 질렀다.

"허가증이라뇨? 언제부터 그런 제도가?"

"허! 이것 순 땡중이로군!"

"산승이 무식해서 그런 제도가 있는 줄 몰랐습니다. 산삼 한 뿌리만 팔고 가겠습니다. 봐 주십쇼."

병사는 발로 궤짝을 걷어찼다. 산삼과 더덕들이 땅바닥에 흩어졌다.

"이게 산삼이라고? 거짓말 마라. 이 땡중아! 어디 내가 먹어 보면 알지."

그는 산삼을 집어서 한입 크게 베물고는 우적우적 씹었다.

"앗, 산삼!"

자장은 반사적으로 일어나 그 병사의 턱에 일격을 가하였다. 자장이 중이라고는 하나 젊을 때에는 화랑으로서 무예가 출중하던 터였다. 병사는 그대로 땅바닥에 나동그라졌다. 그러자 주위의 다른 병사 여럿이 우우 달려들더니 자장에게 주먹질과 발길질을 퍼부었다. 뭇매를 맞고 나서 반동강 난 산삼과 더덕은 압수 당한 채 자장은 시장에서 쫓겨났다. 온 몸이 멍투성이고 코에는 피가 흘렀다. 어찌나 맞았던지 걷기조차 힘들었다.

정처 없이 걷던 자장은 어느 냇가에 와 몸을 씻고는 퍼질러 앉았다.

'아! 내가 왜 중이 되었던가? 차라리 진골 신분으로 관리가 되어 저런 썩은 말단 벼슬아치를 다스리는 게 세상을 위해 좋을 뻔하지 않았을까?'

'범을 놓아 도리어 사람을 죽이고, 순진한 처녀 목숨 하나 못 구하고, 이제는 하급 병사에게 모멸을 당하고…… 이것이 20년 동안 도 닦은 총결산인가……?'

생각할수록 자신이 한심하였다.

'내 나이 마흔일곱, 나는 인생을 완전히 헛산 게 아닐까?'

'아니다. 중이 된 자체가 잘못은 아니다. 나는 이 세상 밑바닥 민초들이 날마다 겪고 있는 고통의 일부를 맛본데 지나지 않는다. 나는 산승이랍시고 그 고통을 몰랐던 것 뿐이다. 수많은 사람들은 나보다 큰 번민을 늘 겪고 있다.'

'그러면 조금 전 상황에서 어떻게 하는 게 옳았을까? 그냥 그 병사가 멋대로 산삼을 씹는 것을 허허 웃으며 대범하게 보아 넘기는 게 옳은 일이었을까? 그게 도통한 승려로서 초연한 행동일까?'

'아니, 그 병사가 그런 행동을 한 것에도 이유가 있다. 땡중이라고? 그렇다. 이 세상엔 중이랍시고 나서지만 실은 중이 아닌 땡중이 많은 것도 사실이다. 그게 그 자의 반감을 샀던 게다.'

'아, 나는 부족하다. 그래, 처음부터 다시 시작하자! 47년 인생은 다 헛것이다. 이제 처음부터 다시 시작하자!'

그는 벌떡 일어나 자신이 가산을 털어 세운 절, 원녕사를 향해 성큼성큼 발걸음을 떼어 놓았다.

자장이 원녕사에 도착하자 기다리고 있던 제자 10여 명이 반가이 그를 맞았다. 자장은 제자들을 보자마자 말했다.

"다들 듣거라! 나는 중국으로 공부하러 간다. 열흘 뒤 출발이다. 같이 가고 싶은 사람은 따르라!"

그는 몇몇 친구들을 찾아가 작별 인사를 했다. 며칠 뒤, 한 친구가 원녕사로 그를 찾아왔다.

"임금께서 자네를 보자 하시네."

자장은 선뜻 내키지 않았다.

'내가 중국으로 간다는 말을 듣고 뭔가 부탁을 하시려는 게 틀림없다. 다른 부탁을 받으면 번거로울 뿐, 공부에 방해만 된다.'

그는 한마디로 귀찮다는 생각이 들었다. 자장은 한때 선덕여왕의 아버지 진평왕이 그에게 산에서 내려와 상대등의 자리를 받을 것을 명하면서 만일 거역하면 칙령으로 목을 베겠다고 했을 때, 다음과 같이 대답하고 과감히 이를 거절했었다.

"나는 차라리 하루 동안 계율을 지키다 죽을지언정 백 년 동안 계율을 어기며 사는 것을 원치 않는다."

이에 진평왕은 할 수 없이 명을 거둬들였다.

　　그러나 입궐하여 선덕왕을 만나는 순간 자장은 마음이 달라졌다. 그가 선덕왕을 마지막으로 본 건 출가하기 직전이었다. 자장은 진골이며 벼슬 서열 3위인 소판 무림 공의 아들로서, 선덕왕 즉 덕만공주는 따지고 보면 그에게는 가까운 누나뻘 되는 친척이었다. 그 당시 덕만공주는 30대 초반이었으나 빼어난 용모를 그대로 간직한, 갖출 것을 다 갖춘 여성이었다. 미모에다 공주로서 최고의 권력, 부귀, 미륵선화라는 최고의 명예 등등…….

　　그러나 지금 자장 앞에 있는 선덕여왕은 왕년의 그 아름답던 모습이 아니었다. 국정을 맡은지 불과 5년, 50대 중반의 그녀는 이미 머리가 하얗게 센 노파였다. 곱게 늙었다고나 할까. 아직도 아름다운 흔적이 남아 있고 어딘가 자애로운 위엄이 풍겨 나오긴 하지만 자장의 눈에는 국정에 노심초사하느라 팍 늙어 버린 한 여인의 모습이었다. 자장은 저도 몰래 측은한 마음이 떠올랐다.

　　'저렇게 팍 늙어버릴 수가 있나…… 왕이란 것도 할 게 못 되는구나.'

　　"산승, 부름을 받고 대령하였사옵니다."

　　자장은 여왕에게 인사를 올렸다.

　　"그래, 산에서 사는 재미가 속세에서 사는 재미보다 낫던가?"

　　"그러하옵니다."

　　자장은 서슴지 않고 대답했다.

　　"부럽군. 나 역시 신라를 지아비로 섬기며 열심히 살고 있네만 부처님을 섬기며 사는 동생보단 못 한 것 같애……."

　　"황공하옵니다."

　　자장은 왕이 그를 동생이라 부르는 것에 친밀감을 느끼기보다는 그저 황송하였다. 신라를 지아비로 섬기며 산다— 그건 외로움을 뜻하는 것일까? 아니면 수도승과 진배없다는 뜻일까?

"그래, 중국으로 간다면서?"

"예……."

"아니, 중국을 가려면 진작에 갈 것이지. 동생이 경술생(庚戌生)이니 올해 마흔일곱 아니오? 중늙은이가 되어 어찌 그런 먼 곳을 가려하오?"

자장은 자신의 생년까지 기억하고 있는 선덕왕의 비상한 기억력에 놀랐다.

"20년을 헛공부했다는 생각이 들어 처음부터 다시 시작하려 합니다."

"동생다운 생각이군. 동생 같은 사람이 내 옆에서 일을 거들어 주었으면 내가 얼마나 편할까?"

"가당찮은 말씀이십니다. 지금 대신 을제(乙祭)와 이찬 용수의 칭송이 나라 안에 자자한데 어찌 그런 말씀을 하십니까?"

사실이 그랬다. 자장은 세상사에 초연했지만 그렇다고 백성들의 소리에 귀를 막고 사는 것은 아니었다.

"그건 나도 알고 있소. 두 대감이 내정에는 밝은데 외교에는 약해서…… 그래서 내 동생에게 부탁 하나 하려는데 괜찮겠는가?"

자장의 예측은 맞았다. 그러나 그는 선덕왕을 보는 순간 부탁을 거절할 생각은 벌써 머리에서 도망가고 없었다.

"말씀하십시오. 소승이 힘을 다해 노력하겠습니다."

선덕왕은 갑자기 표정이 엄숙해지더니 짜랑짜랑한 음성으로 말했다.

"진흥대왕께서 솥발처럼 갈라진 우리 삼한을 통일하라는 유훈을 남기시고 떠나신지 올해로 딱 60년이네. 선왕께서도 한시도 이를 게을리하지 않으셨지만 뜻을 못 이루신 채 나에게 제위를 물려주시고 가셨네. 내가 이 자리를 맡아 5년을 해 보니 비로소 나라를 다스린다는 게 어떤 것인지 알 만하네. 나는 목표를 분명히 정했어. 나 다음, 혹은 다다음 왕이 되는 사람이 삼국을 통일할 수 있도록 기반을 닦자, 나는 그 길을 마련하는 사람이 되자고 말일세. 그래서 지금 그 길을 착실히 가고 있어. 벌써 일부에서 그 효과가 나타나는 중이야. 중국에 가거든 꼭 황제를 만나게. 그 자는 아마도 내가 여자라고 업수이 여기고 있을 게야. 그러나 이렇게 말하게. '30년 안에 신라는 꼭 삼국을 통일한다' 고 말이야. 그리고 지금 우리 실정을 보태지도 말고 빼지도 말고 있는 그대로 전하게. 신라 땅이 당나라보다 작지만 그 백성들은 당나라 백성들보다 더 부유하게 산다고 말이야. 그래야 그들이 우리를 믿음직한 동맹국으로 여길 거야."

자장은 잠시 얼굴을 들어 용안을 우러렀다가 선덕여왕의 눈빛이 너무도 강하여 금방 고개를 숙이고 말았다. 그리고는 말했다.

"소승이 뼈를 갈아서라도 뜻을 받들겠나이다."

자장은 대궐에서 물러나왔다.

'저 분이야말로 미륵이 현신하신 것이다.'

그는 원녕사에 도착한 그 다음 날로 실(實) 등 제자 10명을 데리고 당나라로 향하였다.

죽령(竹嶺)을 넘어 한수를 거쳐 고구려 땅으로 접어들 때까지는 별일이 없었다. 당시만 해도 승려에 대해선 국경 통과가 그리 문제 되지 않았다.

출발한 지 석 달 만에 드디어 요수에 이르렀을 무렵, 음력 10월 인데 벌써 눈보라가 치고 북풍이 매서웠다. 해는 저물었는데 잘 곳을 찾지 못 해 이리저리 헤매고 있었다. 사방이 허허벌판이라 도통 방향을 가늠하기가 어려웠다. 숲을 지나면 또 숲이 나오고 지나온 곳을 또 지나가는 느낌이 드는가 하면 아닌 것 같기도 했다. 길은 끊어지고 누런 안개가 시야를 가리는데 흰 눈은 펑펑 쏟아졌다. 몇 식경을 헤매었는지 나중에는 지쳐 움직이기도 힘들 지경이었다.

'뭔가 잘못되었다. 오던 길로 다시 돌아가자.'

그러나 이미 발자국이 지워져 돌아가는 길도 찾기가 쉽지 않았 다. 분명히 왼쪽으로 꺾어져야 할 때라고 생각하고 그쪽으로 가 보 면 주위가 낯설었다. 나중에는 무조건 일자 방향으로 나아가기로 하고 걷고 또 걸었다. 진창에 빠지기도 하고 비탈에 구르기도 하였 다. 그런데도 숲은 가도 가도 끝이 없었다.

"힘내라. 마을이 멀지 않았다."

자장은 제자들이 지쳐 쓰러질까 봐 빈말로 독려를 했지만 시간 이 흘러도 마을은 나타나지 않았다. 마침내 모두들 그 자리에 주저 앉고 말았다.

'여기서 얼어 죽는구나. 아니, 움직여야 한다. 아니면 죽는다.'

그러나 몸이 말을 듣지 않았다. 눈은 소리 없이 쌓여갔다.

이때였다. 멀리 앞에서 뭔가 검은 물체가 움직이는 것이 보였 다. 그리고는 불빛이 보였다.

자장은 제자들과 함께 있는 힘을 다해 살려 달라고 고함을 지르기 시작했다. 불빛이 멈칫하더니 이쪽으로 다가왔다. 가까워지고 보니 그것은 말이 끄는 여러 대의 썰매였다. 썰매마다 고구려군이 두 명씩 타고 있었다. 자장 일행은 구사일생으로 구조되어 썰매에 옮겨 탔다.

"저녁때, 마을 사람들 말이, 중 여러 명이 이 숲으로 떠났다고 해서 틀림없이 길을 잃으실 것 같아 찾아 나섰습니다."

대장인 듯한 사내가 말하면서 횃불을 자장에게 비추었다. 그러자 그는 깜짝 놀라 소리쳤다.

"자장 스님 아니시오?"

자장도 놀라 그 사람의 얼굴을 바라보았다. 얼굴 모습이 눈에 익은 것 같으면서도 생각이 날듯 말 듯 하였다.

"저를 모르시겠습니까? 양만춘이라 합니다. 전에 원광법사님 계실 때, 속리산에서 저희들 길잡이를 해 주시지 않으셨습니까?"

그제야 자장은 상대방을 알아보았다.

"그것 참, 인연이란 게 묘하오. 전에 길 안내를 해 주고 오늘 또 길 안내를 받는구려. 나무관세음보살!."

"그러지 말고 아예 저희 집으로 가십시다."

만춘의 권유에 자장은 사양하지 않았다.

"부처님이 이 자장을 버리지 않으셨군. 그래, 그때 데려간 군승이란 아이는 잘 크고 있소?"

"좀 있다 보시면 알 겝니다. 벌써 어엿한 청년 장교입니다."

사장 일행은 만춘의 집에서 이틀을 묵었다. 만춘은 자장이 청량산(淸凉山), 즉 오대산(五臺山)으로 간다는 말을 듣고 지리를 자세히 가르쳐 주었다. 오대산은 승려들 사이에서는 문수보살(文殊菩

薩)이 상주한다고 알려진 곳이다.

"임유관에서 곧장 서쪽으로 가십시오. 590리를 가면 고대인성
(古大人城)이란 곳이 나옵니다. 거기서는 오대산으로 가는 길을
묻지 말고 태원으로 가는 길을 물으십시오. 거기서 정서쪽 방향으
로 480리 떨어진 곳에 소오대산이란 곳이 있는데 사람들이 종종
착각합니다. 진짜 오대산은 서쪽 방향이긴 하지만 그 길보다 조금
남쪽에 있는 길, 즉 태원 가는 길로 가야합니다. 고대인성에서 720
리 떨어진 곳 즉, 태원에서 480리 동북쪽에 있는 곳이 오대산입니
다."

만춘은 약도까지 그려서 자장에게 주었다.

이듬해 정월에 오대산에 도착한 자장 일행은 다시 용맹정진하
여 수도에 몰두하였다. 그 해 가을, 자장을 찾아온 사람이 있었다.
그는 두순(杜順)이라는 중으로 화엄종(華嚴宗)의 창시자이다. 그
는 자장에게 부처 머리뼈, 어금니, 사리 100톨, 부처가 입던 붉은
비단에 금점 박은 가사 한 벌을 주면서 일렀다.

"이제부터 불국(佛國)의 중심은 해동이 될 테니 잘 보관하도록
하시오."

장안성 남쪽에 있는 종남산(終南山) 운제사(雲除寺).

50여 명의 승려들이 마당에서 체력 단련을 하고 있었다. 마침
주지는 출타하고 없었다. 이때 10여 명의 중들이 나타났다. 가장
앞에 선 중이 운제사 승려들에게 선포했다.

"나는 신라에서 온 자장이라는 사람이다. 오늘부터 이 절은 내
가 맡는다."

중들은 처음에는 어안이 벙벙한 표정으로 멍청히 있다가 그 가운데 체력 단련을 지도하던 중이 다짜고짜 자장에게 덤벼들었다. 그러나 자장은 달려드는 그 자의 팔목을 잡더니 가볍게 땅바닥에 내동댕이쳐 버렸다. 이번에는 여럿이서 우우 달려들었다. 이것을 보고 자장을 따라왔던 제자들이 막아섰다. 절 마당은 삽시간에 열 명 대 오십 명의 격투장으로 변했다. 그러나 얼마 안 가서 마당에 퍼져 버린 것은 열 명이 아니라 오십 명이었다. 자장은 아무 말 없이 대웅전에 들어 열심히 게(偈)를 낭송했다.

얼마 뒤 바깥에 나갔던 주지가 돌아오자 운제사의 승려들이 자초지종을 말했다. 주지승이 자장에게 물었다.

"어디서 온 누구인가?"

"간 곳이 없으니 온 곳도 없노라."

"누구인가는 밝혀야 하지 않겠는가?"

"달예다거야(산스크리트어로 '본래의 성품은 가진 것이 없다'는 뜻)."

주지승은 빙긋이 웃더니 말했다.

"내가 지난밤 꿈에 동방에서 왔다는 문수보살을 뵈었더니 그대가 나타날 꿈이었군."

그로부터 자장은 운제사에 머물면서 불경을 강의하였다.

당 태종 세민이 운제사에서 웬 신라 중이 심오한 법을 설파한다는 소문을 듣고 자장을 궁중으로 불렀다.

"그대 나라에선 여사가 임금 노릇을 한다며?"

세민이 자장에게 한 첫마디였다.

"틀렸습니다. 우리나라는 미륵이 다스리고 있습니다."

세민이 말귀를 못 알아듣고 물었다.

"그으래? 그 미륵은 어디에 거처하는가?"

"우리 임금이 바로 살아 있는 미륵보살입니다."

세민은 피식 웃었다.

"미륵보살이 임금이라…… 그럼, 아무리 강한 나라가 침범해도 끄떡없겠군."

"그렇습니다."

"감히 내 앞에서 허풍을 치는가? 만날 고구려, 백제가 손잡고 침범해서 편할 날이 없다면서……."

"머지않아 신라는 삼한을 통일할 것입니다."

세민은 비웃는 표정이 역력했다.

"허풍쟁이 중이로군…… 노자와 석가는 누가 더 높은가?"

"태산이 높다 하나 산은 하나입니다. 그러나 동쪽에서 보는 모습과 서쪽에서 보는 모습이 달라 보일 뿐입니다."

"그거 재미있는 이야기인데? 극락은 정말로 있는 것인가?"

"그렇습니다."

"나는 극락에 들 만하겠는가?"

"부처님 앞에서는 제왕이나 천인이나 다름이 없습니다. 아직 공덕을 닦을 날이 창창한데 어찌 벌써 극락을 논하십니까?"

"흠, 그럼 지금 죽으면 극락에는 못 간단 얘기로군. 어떤 공덕을 쌓으면 되는가?"

"중생을 구제하는 게 본분인 것은 중이나 제왕이 다르지 않습니다. 다만 제왕은 중생을 의식주로 구제하고 중은 마음으로 구제하는 것입니다. 폐하께서 객진(客塵)을 털어 버리시고 백성들의 복지에 힘쓰시면 열반에 이르시게 됩니다.”

“좋아. 그건 곧 내 소망이오. 그런데 난 우리나라 백성뿐 아니라 천하의 만백성이 모두 짐의 혜택을 받기를 바라는 바이오.”

세민이 마음속에 품은 야심의 일부를 드러내었다.

“그건…… 폐하의 마음속에 욕심의 가시가 덮여 있기 때문입니다. 그것도 객진의 일부이니 버리시지 않으면 본각(本覺)에 이르지 못합니다.”

“신라가 삼한을 통일하는 것은 욕심이 아니고 짐이 천하를 통일하는 것은 욕심이란 말인가?”

세민이 매섭게 파고들었다.

“살려고 자구책을 취하는 것과 욕심을 채우는 것은 다릅니다.”

“흐음, 그러면…….”

세민은 다음 말을 하려다 입을 다물었다. 그러나 말을 하지 않아도 자장은 그의 속내를 짐작할 수 있었다.

‘삼한을 통일하려는 신라나 천하를 통일하려는 당이나 일차적인 목표는 같다. 그것은 고구려와 백제를 치는 것이다. 그러니 신라와 당은 서로 협조할 수 있겠다.’

—세민은 아마 이런 말을 하고 싶었을 것이다. 그런데 말을 않는 이유는? 그의 욕심대로라면 결국은 백제, 고구려에 이어 신라와도 궁극에는 한판 승부를 벌여야 한다. 그래야 천하통일이 되는 것이다. 그러니 말을 못 하는 것이다.

“이 대사님을 승광별원(勝光別院)에 모시고 달마다 한 번씩 짐과 조정 대신이 참석하는 법회를 열도록 하라!”

세민이 지시하였다. 승광별원은 장안성 안에 있는 절로 최고의 고승대덕들이 있는 곳이다.

'저 자는 불법에 관심이 있는 것이 아니다. 오직 나를, 아니 신라를 이용하여 천하통일을 이루려는 야망에만 불타 있다.'

자장은 이렇게 생각하며 궁중을 물러나왔다.

13. 설연타(薛延陀)

이 시기, 만리장성 이북에서는 설연타 부족 출신의 강력한 지도자가 나타나 초원의 패자로 군림하였다. 그는 바로 을실발의 손자 이남(夷男)이다. 그는 당나라와 동맹하여 돌궐을 무너뜨린 뒤, 아이훈 강 남쪽 욱독국산(郁督軍山)에 도읍을 정하고 동으로는 고구려와 국경을 접하고 남으로는 황하 중류 하투지구, 서로는 알타이 산, 북으로는 시르카 강·바이칼 호에 이르는 광대한 영역을 다스렸다. 그 영내에는 회흘(回紇)·부고(仆固)·동라(同羅)·발야고(拔野古)·아질(阿跌)·습(霫) 등 여러 종족이 모두 복속하고 있었다.

고구려 서쪽 국경, 흑산(黑山) 지역의 수비를 맡고 있던 만춘은 나날이 바빠졌다. 그가 부임해 올 때만 하더라도 이곳 수비대장은 한직이었다. 그러던 것이 당나라로 오가는 사람들, 거란과 무역하

는 고구려인, 거란인, 설연타를 오고 가는 사람들이 늘어나면서 국
경도시인 이곳도 북적거렸다.

어느 날이었다.

평양에서 온 고위층이 그를 찾는다는 전갈을 받고는 급히 성 안
으로 들어갔다. 어렴풋이 안면이 있는 외평욕살 무진이었다.

"이리 좀 앉게."

만춘이 인사를 하자 무진은 나직한 음성으로 자리를 권했다.

"어떻게 일은 할 만한가?"

"요즈음 국경을 드나드는 인마가 많이 늘어나 좀 바쁩니다."

"자네가 낭비성 일로 제자리를 찾지 못 하고 고생하는 걸 위에
서도 늘 안타깝게 생각하시네. 언젠가는 또 기회가 오겠지."

"천만의 말씀입니다. 패장이 목숨을 연명하는 것도 부끄러운데
어찌 고생이고 말고가 있습니까?"

"그거야 뭐, 자네만의 잘못이라 할 수 없지. 신라에서 걸출한 장
수들을 내보낸 줄 모르고 자넬 혼자 보낸 조정의 잘못이지. 어쨌든
그건 그렇고 우리끼리 은밀히 할 얘기가 있으니 어디 조용한 곳으
로 가세."

"좀 조용한 주막으로 모실까요? 술맛도 괜찮습니다."

"아니야. 차라리 술 한 병 들고 우리 둘만 저 앞에 있는 언덕으
로 가세."

"좋습니다."

둘은 주위가 빤히 내려다보이는 언덕으로 올라가 소나무 밑에
주저앉아 술잔을 나눴다.

"나는 내일 진주비가칸(眞珠毗伽可汗)을 만나러 욱독국산으로

떠나네."

술이 두어 잔 오간 뒤 무진이 말했다.

"이남을 만나러 가시는군요. 꽤 먼 길을 가시겠는데요."

"그런데 자네도 나와 같이 가 줘야겠네."

"네? 이곳 일이 많이 바쁜데요?"

무진은 고개를 가로저었다.

"이번에 내가 맡은 일은 엄청나게 중요한 일이야. 조정에서는 자네가 이남과 교분이 있는 것을 알고 계시네. 그래서 각별히 명령을 내리신 거야."

만춘과 이남의 교분이란 옛날 을지문덕이 바이갈 달라이로 원정할 때를 이르는 말이었다. 그것을 고위층에서까지 알고 있다는 것도 만춘으로서는 다소 뜻밖이었다.

"그야 명령이라면 따라야죠."

"지금 장안에 있는 우리 첩보원이 보낸 소식에 따르면 당나라에서 진주비가칸에게 보낼 선물을 마련하고 있다고 하네. 동시에 황실의 공주 한 사람을 칸의 아들 대도설(大度設)과 혼인을 시키려 하는 모양이야. 그런데 우리 임금께서도 둘째 연미옹주('翁主'란 후궁 소생의 공주를 이름)를 대도설에게 시집보내려 한단 말일세. 만약 당나라 사신이 먼저 도착하여 칸과 사돈을 맺기로 약조해 버리면 우린 헛물을 켜게 될뿐더러 선왕 때처럼 국제 관계에서 당나라에 밀리는 처지가 되네. 우린 당나라 사신보다 먼저 도착하여 설연타와 당의 혼인동맹을 막아야 하네. 지금 나는 연미옹주의 화상(畫像)도 가지고 간단 말일세."

그 말을 듣는 순간 만춘은 어쩌면 돌궐과 동맹하여 고구려를 치려 했던 수나라 때나 상황이 비슷하다는 생각이 들었다. 동시에 비명에 간 부친 생각이 나서 가슴이 찡하였다.

"그들이 무슨 선물을 준비하는지 아는 바가 있습니까?"

"최고의 명마 한 마리와 황금 수만 푼이라는군."

"이남이 말을 무척 좋아하는 줄 당나라에서도 아는 모양이군요. 우린 무슨 선물을 가지고 갑니까?"

"금, 은, 베, 약재 따위인데 당나라 것보단 터무니없이 빈약해. 그러니 자네와 이남의 친분을 동원해서라도 어찌 한번 당과 설연타의 동맹을 막아 보려는 거지……."

"보통 어려운 일이 아니군요."

"나도 밤잠이 안 올 정도로 신경 쓰이는 일이야……."

"사행(使行)은 얼마나 됩니까?"

"평양에서 호위군 300명을 데리고 왔는데. 자네 휘하에서 200명만 더 주게. 지휘는 자네가 맡고…… 거란 땅을 지나야 하니 호위군이 500은 되어야 하지 않을까?"

"그쪽으로 가려면 준비를 좀 해야 합니다. 우선 밤에는 너무 쌀쌀해서 한둔을 못 하고 마차를 가지고 가다 움막을 치고 자거나 마차 안에서 자야 합니다. 또 길이 나빠서 마차 바닥을 높이고 바퀴도 큰 것으로 바꿔 끼워야 합니다. 제가 준비할 수 있도록 닷새만 시간을 주십시오."

"으음…… 아까도 말했듯이 당나라 사신보다 늦게 도착하면 큰 낭패야. 어떻게 사흘이면 안 되겠는가?"

"알겠습니다. 밤낮 없이 준비를 시켜 보죠."

무진 일행은 흑산에서 사흘을 더 머물렀다. 사흘 뒤 만춘은 수레 스무 대를 이끌고 나타났다.

그 수레는 꽤 길어서 그 안에 스무 명가량이 서서 들어갈 수 있는 크기였다. 특이한 것은 바퀴가 수레 몸체 안에 들어가 있었고 양쪽 옆에는 두꺼운 판자가 천정 위로 다섯 자나 더 올라가 있었으며 바퀴 지름이 여섯 자나 되며 바닥은 땅에서 석 자나 올라와 있었다.

"괴상한 마차로군"

무진이 중얼거렸다.

"이 줄을 당겨 양쪽 판자를 내리면 웬만한 석포(石砲)나 강노의 공격에는 까딱도 없어 안쪽에 있는 사람이 보호됩니다. 말하자면 장갑거(裝甲車)인 셈이죠."

"자네가 발명한 건가?"

"그렇습니다. 그러나 적이 마차를 끄는 말을 쏘게 되면 보호막 이상의 구실은 못 하기 때문에 실전에는 그리 큰 소용이 못 됩니다. 단지 울퉁불퉁한 길에서는 바퀴가 커 도움이 됩니다."

일행은 식량 등을 마차에 싣고는 곧 설연타의 수도 욱독국산으로 출발하였다. 동북쪽으로 올라가면 바로 설연타 땅으로 들어갈 수도 있었으나 거리를 줄이고자 서쪽의 거란 땅으로 들어섰다. 이틀 뒤에는 설연타의 영역으로 들어섰다. 사신 도착 통지를 수도에 알리고 경호 병력이 올 때까지 기다리는 게 순서였지만 시간을 단축하고 또 비밀을 유지하기 위해 쉬지 않고 그대로 내달았다. 유목민 나라인 설연타에는 국경도, 쳐 놓은 울타리도 없었다.

태평령(太平嶺)을 지나 달라이노르 호(일명 呼倫湖)를 거쳐 케를렌 강을 거슬러 올라갔다.

　강을 따라가며 닷새를 지나니 강폭이 좁아지고 좌우에 높은 산
들이 나타났다.

　앞서 가던 척후가 돌아와 보고하였다.

　"아무래도 저 산에 상당수의 인마가 숨어 있는 것 같습니다. 소
리개가 높이 날고 새들이 시끄러운 게 아무래도 수상합니다."

　"그래? 주위를 수색해서 현지인을 찾아 데려오라!"

　만춘이 행군을 중단시키고 한 식경쯤 기다리자 군사들이 현지
인 하나를 찾아 데려왔다. 그는 돌궐말을 할 줄 알았다. 무진이 통
역을 하고 만춘과 무진이 번갈아 질문을 하였다.

　"요 며칠 사이에 이 근처를 통과한 무리들이 있는가?"

　"어제 회흘인 복장을 한 사람들이 저 산 속으로 들어갔다."

　"숫자는?"

　"800에서 1천여 명 정도로 보였다."

　"그 전에도 이곳을 온 적이 있는 사람들인가?"

　"아니다. 낯선 사람들이었다."

　"이 골짜기 말고 욱독국산으로 가는 방법이 있는가?"

　"있기는 한데 열흘 넘게 걸린다."

　만춘은 그 길이 어떨까 하고 동의를 구하는 표정으로 무진의 얼
굴을 살폈다. 무진이 고개를 저었다. 만춘이 다시 물었다.

　"골짜기를 지나는 길은 하나뿐인가?"

　"시내를 따라가는 길이 하나 있고 중턱에도 길이 있는데 중턱길
은 끊어졌다 이어졌다 한다."

　"그 중턱길로 우릴 안내할 수 있겠는가?"

　현지인은 대답을 하지 않았다. 무진이 은 한 푼을 꺼내 그에게

내밀었다. 그러자 현지인은 재빨리 고개를 끄덕였다. 만춘이 무진에게 제안하였다.

"저는 200명을 데리고 수레와 함께 계곡길로 가겠습니다. 욕살 어른은 군사 300명을 데리고 저 안내인을 앞세워 중턱길로 가십시오. 만일 도적 무리가 나타나면 제가 즉시 헝겊을 묶은 화살을 쏘아 올릴 테니 뒤에서 도적들을 덮치십시오. 아래위 양쪽에서 공격하면 저들을 물리칠 수 있을 겁니다."

"알겠네. 조심하게."

일행은 군사를 두 패로 나누어 전진하였다.

"지금부터 마차 한 대마다 좌우 5명씩 모두 열 명이 붙어서 속보로 전진한다. 언제 어디서 화살이 날아올지 모른다. 방패로 측면을 단단히 가리면서 전진하라! 싸움이 시작되면 마차 속으로 들어가라! 마차 옆에 붙은 줄을 당겨 방패벽을 내린 뒤에 활로 응사하고 적들이 접근하면 뛰어나와 싸운다."

만춘은 군사들에게 지시를 한 뒤 골짜기로 접어들었다.

반나절쯤 지나자 강이 오른쪽으로 다시 굽어졌다.

이때였다. 좌우 산기슭에서 함성이 일어나며 화살이 날아왔다.

"도적 떼다. 마차 안으로 들어가라!"

만춘은 준비했던 신호 화살을 쏘아 올린 뒤 소리쳤다.

병사들은 지시대로 마차 안으로 들어가 방패벽을 내리고 그 위로 난 틈으로 응사하였다. 말들이 놀라 뛰기 시작했다. 그러나 수레는 곧 멈췄다. 도적들이 선두 마차를 끌던 말들을 집중적으로 쏘아 맞혀 죽였기 때문이다.

그러자 양쪽 산기슭에 숨었던 도적들이 함성을 지르며 칼을 빼어 들고 바위 혹은 나무 뒤에서 뛰쳐나왔다. 도적들이 마차 부근에 거의 다다랐을 무렵, 함성과 함께 산 중턱에서 화살이 비 오듯 쏟아졌다. 무진이 이끄는 고구려 군사들이 기습 공격을 해 온 것이다. 놀란 도적들이 흩어지며 다시 언덕 위로 기어오르려 할 즈음, 마차 문이 열리고 고구려 병사들이 뛰쳐나왔다. 협공을 당한 도적 무리들은 별수 없이 고구려 군사들과 칼싸움을 벌여야 했다. 한 식경쯤 지날 무렵, 도적들의 8할 가량은 죽고 나머지는 뿔뿔이 도망쳤다. 그 가운데 여섯 명이 사로잡혀 무진이 직접 심문하였다.

심문 결과 놀랍게도 그들은 당나라 관헌으로부터 돈을 받고 고구려 사신 일행을 기습한 것으로 드러났다. 도적들은 대부분 회흘인들이었다. 회흘인들은 토랍하(土拉河) 지역에 근거를 둔 민족인데 627년 우두머리 보살(菩薩)의 영도로 5천여 기병이 돌궐의 10만 대병을 무찌르는 등 북방에서 맹위를 떨쳤으나 이때는 어쩔 수 없이 강성해진 설연타 밑에 귀속되어 있었다.

"당나라에서도 우리 사절이 설연타로 가는 것을 알고 있다는 이야기군요."

만춘이 무진을 보고 말했다.

"우리가 저들의 움직임을 알고 있듯이 저들도 우리 움직임을 알고 있는 게 하등 이상한 일이 아니지. 어쨌든 서둘러야겠어. 이 시합은 먼저 도착하는 쪽이 이기는 것이야."

무진 일행은 갈 길을 재촉하였다.

이레 뒤에 그들은 마침내 진주비가칸의 장막에 도착하였다. 공교롭게도 이 날, 한 식경 차이로 당나라에서 온 사자들도 도착하였다. 당나라에서는 대도설과 혼인을 청하는 것 말고도 대도설과 그

의 동생 돌리실(突利失)을 함께 소칸(小可汗)으로 책봉한다는 조
서도 가져왔다.

진주비가칸 이남은 두 강대국에서 서로 사돈을 맺자고 하는 것
이 흐뭇하기도 하였지만 혼란스럽기도 하였다. 게다가 고구려 사
신으로부터 푸짐한 선물을 받은 뒤 숨도 돌리기 전에 당나라 사신
은 그보다 더 푸짐한 선물 보따리를 풀어 놓으니……

"이 말은 중원에서 으뜸가는 명마입니다. 칸 전하께서 말을 귀
히 여긴다는 말을 들으시고 각별히 고른 것이옵니다."

당나라 사신은 말 한 마리를 끌고 와 칸 앞에 대령하였다. 칸의
옆에 있던 고구려 사신 무진과 만춘도 그 말을 보았다. 가슴은 넓
고 기갑이 높은데 온 몸에 윤이 나는 갈색 털이 덮여 있었다.

"보십시오. 이렇게 노루 머리에 사슴 귀 같은 말을 추풍(騶風)
이라 하며 사람의 뜻을 금방 알아차립니다……."

사신은 입이 닳도록 말을 칭찬하였다.

"호오! 과연 명마로군."

칸도 매우 흡족한 표정을 지었다. 이때 묵묵히 지켜보던 만춘이
무진에게 귓속말을 했다. 무진은 심각한 얼굴로 심호흡을 하였다.
무척이나 결정하기 어렵다는 표정이었다. 그러나 시간이 없었고
순간적으로 결정을 내려야만 했다. 만춘의 귓속말은 이랬다.

"제가 저 말을 타다 떨어지겠습니다. 흰 털이 배 밑에서부터 위
로 쭉 뻗어 있으니 흉마라고 하시고 먼저 제가 시승토록 허락해 달
라고 하십시오."

무진은 마침내 귓속말로 그 옆에 있던 칸의 측근 신하에게 말했
다. 그 측근은 칸에게 가서 귓속말을 했다. 칸의 눈길이 만춘에게

와 머물렀다. 기회를 놓치지 않고 만춘이 칸에게 청했다.

"신이 부족하지만 말에 대해 주워들은 식견이 있습니다. 원컨대 시승을 허락해 주십시오."

칸은 잠시 머뭇거리더니 대답했다.

"그렇지. 왕년에 그대는 나 못지않은 '마수(馬叔)'였지. 어디 내가 보는 앞에서 한번 시범을 보이시오."

그러자 당나라 사신이 나섰다.

"칸 전하, 이 말은 황제께서 칸 전하께 직접 드린 선물입니다. 처음 타는 것은 전하께서 직접 타셔야 할 것이오며 그런 연후에 측근에게 관리토록 하는 것이 마땅할 것이옵니다. 저 고구려 사신의 청은 법도에 어긋난 너무 무례한 짓이라 사료되옵니다."

당나라 사신은 노기가 등등한 눈빛으로 만춘을 쏘아보았다. 그러자 칸이 나섰다.

"아니, 그건 공께서 우리 사이를 잘 몰라 하는 소리요. 양 공과 나는 젊었을 때 형제처럼 지낸 적이 있소. 저 사람이 타는 것은 내가 타는 거나 다름없소. 또 말에 대해 누구보다 박식하지. 자— 양 공, 어서 말에 오르시오."

만춘은 재빨리 말에 올랐다. 그리고는 잠깐 구보를 시킨 뒤에 속력을 내었다. 말이 네 굽을 힘차게 내디디며 전속력을 내어 달리기 시작했다. 칸 앞에서 두 바퀴를 금세 돌았다. 그때였다. 전속력으로 달리던 말이 갑자기 목을 밑으로 획 빼더니 느닷없이 속력을 줄이며 방향을 오른쪽으로 꺾어 버렸다. 이 바람에 타고 있던 만춘은 공중에 붕 떠서 땅바닥에 팽개쳐졌다.

보고 있던 여러 사람들 입에서 한꺼번에 "왁" 하는 비명이 쏟아졌다. 칸도 자리에서 벌떡 일어났다. 칸의 시위군사 몇 명이 만춘 옆으로 뛰어가 그를 부축했다. 만춘은 군사들을 물리치고 비틀비틀 걷더니 다시 말 옆으로 다가갔다. 그리고는 다시 말에 올랐다. 말이 다시 달리기 시작했다. 금방 무서운 속도로 내달았다. 가히 천리마처럼 보였다. 보는 사람들이 긴장하며 모두 주먹을 불끈 쥐었다. 만춘은 엉덩이를 약간 들며 두 다리로 말등을 꼭 끼고 있었다. 네 바퀴, 다섯 바퀴…… 흡사 한 덩어리가 되어 달리는 인마가 일진광풍을 휩쓸고 가는 모습 같았다. 보고 있던 당나라 사신의 입가에도 회심의 미소가 번지었다.

그때였다. 달리던 말이 또다시 갑자기 고개를 획 아래로 젖히고는 방향을 틀며 멎어 버렸다. 만춘의 몸은 아까보다 더 큰 원을 그리며 공중에 붕 뜨더니 땅에 처박혔다. 누가 봐도 말의 고의적인 행동이었다. 사람들이 모두 비명을 질렀다. 칸의 호위병들이 다시 뛰어갔다. 무진도 뛰어갔다. 만춘은 이번에는 꼼짝도 않고 드러누워 있었다.

"의원을 불러라! 어의를! 빨리!"

칸이 소리쳤다. 의원이 불려 와서 만춘의 몸 이곳저곳을 살피는 사이, 사색이 된 당나라 사신은 칸에게 말했다.

"저는 도저히 이 사실을 믿지 못 하겠습니다. 황송한 말씀이오나 저희 당나라 장교로 하여금 저 말을 다시 한번 타도록 허락해 주시면 저희도 저 말이 흉마가 아님을 증명해 보이겠습니다. 소신의 생각으로는 저 고구려인이 혹 거짓으로 떨어진 것이 아닌가 해서……."

칸은 얼굴을 찡그렸다.

"좋도록 하시오. 그러나, 나도 일부러 떨어지는 것과 진짜 낙마는 구별할 줄 아오. 저렇게 두 번씩이나 달리는 말에서 굴러 떨어지는 것을 보고도 거짓이라니……."

칸은 고개를 저었다. 그러나 칸의 그런 태도와 아랑곳없이 당나라 사신은 옆에 서 있던 장수에게 말을 타라고 지시하였다. 그 장수는 머뭇거리더니 사신의 쌍심지를 세운 눈총을 받고는 마지못해 말 등에 올라탔다. 처음에는 구보로 한 바퀴를 돌았다. 이번에는 고구려 사신 무진이 긴장을 하며 조마조마하게 지켜보았다.

이윽고 말이 속력을 내기 시작했다. 말 위에 탄 사람이 물주머니처럼 말등 위에서 털썩거렸다. 두 바퀴째 돌고 나서였다. 다시금 말이 아까 만춘을 내동댕이칠 때처럼 기수를 공중에 붕 띄웠다. 당나라 장수는 거꾸로 떨어졌다. 거기다가 운수 사납게도 떨어지면서 한쪽 발이 등자에서 빠지지 않아 떨어진 뒤에도 얼마 동안 말에게 질질 끌려갔다. 당나라 장교는 목뼈가 부러져 헐떡이더니 이내 숨을 거두고 말았다.

"어찌 되었나?"

칸이 물었다.

"기수가 즉사했습니다."

칸은 노기가 충천하였다.

"여봐라! 저 말을 당장 끌어내다가 목을 베어라!"

그리고는 당나라 사신을 불러 세운 다음 호통을 쳤다.

"그대들이야말로 나를 해치려고 저 말을 내게 보낸 것이 분명하다. 내가 꼭 먼저 타야 한다고? 에이이, 고얀 것들!"

칸은 엎드려 조아린 채 어쩔 줄 몰라 하는 사신 앞에 당나라에서 보낸 조서를 내동댕이쳤다.

"오늘 당장 돌아가시오! 생각 같아서는 내 그대의 목을 베어 저 말 모가지와 함께 소금에 절여 장안으로 보내고 싶지마는 참겠소. 내 생각이 바뀌기 전에 어서 물러나시오!"

당나라 사신은 몸을 부들부들 떨며 물러갔다.

한참 뒤, 칸은 만춘이 누워 있는 곳까지 직접 찾아왔다.

"내 의원에게 들으니 중추 뼈가 심하게 다쳤다 하오. 여섯 달 넘게 누워 있어야 하고 자칫하면 평생 반신불수로 지내야 된다 하니 내가 당할 일을 그대가 대신 당한 것 같아 미안하기 그지없소."

칸은 만춘의 손을 지긋이 잡으며 말했다.

"천만의 말씀입니다. 제가 일진이 나빠 그런 일을 당했을 뿐입니다. 송구합니다."

"천만에, 일진이 나쁜 게 아니오. 그 말은 천하에 흉마야. 당나라 장수는 그 말을 타다 즉사했소. 양 공이 그래도 말타기에 능숙하니 두 번이나 떨어지고도 생명을 건졌소. 그런데 공은 왜 첫 번째 떨어졌을 때 그만 두지 않고 다시 오르셨소?"

"혹 제가 잘못 다룬 게 아닌가 싶어서 그랬습니다. 또 고구려 사람이니 일부러 떨어졌다는 오해도 받을 수 있고……."

"쯧쯧쯧, 그만한 일로 어찌 목숨을 걸려 하시오. 어쨌거나 내가 정성껏 시중을 들게 할 테니 충분히 완쾌되거든 돌아가시오. 나도 평양에서 유학할 때 선대 영양왕께서 늘 보살펴 주셨고 그 은혜를 잊을 수가 없소."

"아닙니다. 소인 같은 신분이 어찌 칸 전하의 어전에서 누를 끼치겠습니까? 응급치료가 끝나는 대로 고향에 가 몸조리를 하겠습니다."

만춘은 사양하였다. 칸은 여러 말로 위로를 한 뒤 돌아갔다. 단 둘이 남게 되자 무진이 긴장을 풀며 말했다.

"휴우, 나는 십년감수했네. 결과적으로 잘된 것도 같네만 어찌 그런 엄청난 모험을 했는가? 하긴 거기 부화뇌동한 내가 잘못이지만……."

"고구려를 떠날 때 욕살 어른께서 당나라가 말을 선물한단 얘기를 했을 때부터 고심해서 짜낸 생각입니다."

"그럼, 어찌 미리 말해 주지 않았나?"

"말을 보기 전엔 미리 말할 수 없었습니다."

"그런데 그 말은 진짜 흉마였나? 당나라에서 애써 고른 말이 어찌 그 모양일까?"

"아닙니다. 명마였습니다. 흉마는 왼쪽 배에 흰 털이 밑에서 위로 쭉 뻗어 있으며 이를 대도(帶刀)라 합니다. 그런데 그 말은 흰 털이 오른쪽 배에 있었습니다."

"그럼, 자넨 일부러 떨어졌단 말이지…… 그런데 보기엔 전혀 그렇지 않던데……?"

"칸도 말 타는 솜씨가 천하제일입니다. 을지문덕 장군이 바이갈 달라이로 원정하셨을 때 그와 같이 지내 봐서 압니다. 그런데 제가 억지로 떨어지면 금방 눈치 챌 것입니다. 그래서 말을 타는 도중에 미리 준비한 가시 여럿을 움켜쥐고 있다가 말의 옆구리를 몰래 찔렀습니다. 그러니 말이 놀랐죠."

"그럼, 당나라 장교가 떨어진 건 어떻게 된 거야?"

"제가 그럴 경우를 대비해서 말이 아주 싫어하는 향을 구해서,

미리 밥알에 섞어 만든 알갱이를 가지고 있었습니다. 두 번째 떨어지기 직전에 그 알갱이를 안장 안쪽에다 살짝 끼웠습니다. 당나라 장교가 달리면서 그걸 터뜨렸을 거고 그래서 말이 또 흥분을 했겠죠."

"그것 참…… 자네가 이번 일에 수훈을 세웠네만 이 일로 평생 반신불수가 되면 어쩌나 그게 걱정일세."

무진은 입맛을 쩍쩍 다셨다.

한 달 뒤, 만춘은 더 있으라는 칸의 만류를 뿌리치고 침상에 뉘인 채 수레에 옮겨져 고구려로 돌아갔다.

그 얼마 뒤, 당나라와 설연타의 관계는 크게 나빠졌다. 당 황제 세민은 옛 힐리칸의 동족 이사마(李思摩)를 칸으로 삼고 하투지구 남쪽에 도읍을 세우는 것을 지원하였다. 겉으로는 남쪽으로 이주한 옛 동돌궐 유민들을 다스리게 한 것이지만 실질적으로는 설연타를 견제 감시토록 하였다.

641년, 설연타의 칸 이남은 마침내 장남 대도설에게 대병을 주어 이사마를 공격하게 하여 만리장성 남쪽까지 밀어붙여 중원을 떨게 하였다. 그러나 아깝게도 그 뒤 대도설은 산서성(山西省) 삭주(朔州)에서 방심하다가 당나라 장수 이세적(李世勣)에게 패하여 만리장성 북쪽으로 물러났다.

14. 피바람

 641년, 설연타가 패하고 나서 당 태종 세민은 직방낭중(職方郞中) 진대덕(陳大德)을 조용히 불렀다.

"요수 동쪽은 한나라 때 사군(四郡)이 있었던 곳이다. 내가 일찍이 이곳을 경략할 뜻을 품고 15년 전에 주자사를 해동 삼국으로 보내어 그들을 염탐케 한 적이 있다. 그러나 그때는 우리가 아직 안팎이 안정되지 않은 때라 내가 어떻게 할 수 없었다. 지금은 사정이 달라졌다. 그런데도 고구려는 여전히 자세가 뻣뻣하기만 하다. 산동 주현(州縣)의 형편이 나아지는 대로 나는 고구려, 나아가 백제, 신라를 차례로 치려 한다. 내가 군사 20~30만 명을 이끌고 요동을 치면 저들이 전력을 다해 막을 것이고, 그 틈을 이용하여 수군을 내주(萊州)에서 출발시켜 바닷길로 평양을 쳐 양동작전을 펴면 어렵지 않게 고구려를 뺏을 수 있을 것이다.

그런즉 너는 유람 명목으로 고구려에 가서 그들의 동정을 샅샅이 살피고 오너라. 노자는 네가 마음대로 쓸 수 있도록 줄 테니 아끼지 말고 써라. 특히 선대 때에 포로 교환이 있었음에도 불구하고 고구려에는 수나라 때 멋대로 탈영한 많은 중국 군인 출신들이 곳곳에 숨어 산다고 들었다. 그들을 유사시 우리 편으로 끌어들여야 한다. 그들에게 내가 과거의 일은 모두 사면한다고 전하고 재물을 나누어 주면서 편지도 받아 그들 식솔에게 전하라."

642년 6월 안시성—

성주 만춘은 안시성 동남쪽 벌판에서 군사들을 조련하고 있었다. 만춘은 한동안 변경의 한직에서 와신상담하였으나 설연타에 사신을 따라가 목숨을 걸고 세운 공훈으로 두 품계가 올랐다. 그 뒤 국경 쪽으로 밀려든 거란족들의 퇴치에 혁혁한 공을 세워 안시성 경후사(竟侯奢: 고구려 관등 12단계 가운데 다섯 번째)로 진급했다가 작년에 성주가 죽는 바람에 그 자리를 이어받았다.

원래 국왕 건무는 왕위 회복에 결정적인 공헌을 한 만춘을 우대하고 싶었으나 왕좌 회복의 비밀을 아는 이는 다섯 손가락에 꼽을 만큼 극소수에 지나지 않았다. 건무는 주위의 눈치가 보여서 자신의 속뜻을 드러낼 수 없어 안타까워하던 차에 만춘 스스로 떳떳하게 잇단 공훈을 세우자 이를 빠뜨리지 않고 챙겨 주었다.

6월 땡볕 아래 비지땀을 흘리며 훈련에 열중하고 있는 안시성의 총 병력 5만— 보병 2만 4천, 기병 8천, 장창부대 5천, 강노대(剛努隊) 2천, 사궁대(射弓隊) 3천, 전차대 3천, 석전대(石戰隊) 2천, 특전대 3천의 막강한 무력이다. 이 가운데 기병의 절반을 차지하고 있는 말갈 기병대와 장창부대는 정예 가운데 최정예로서 고구려는 물론 멀리 중국, 돌궐에까지 소문이 자자하였다.

만춘은 각 부대의 인원을 둘로 나누어 한편은 제갈공명의 팔진도를 치게 하고 다른 편은 을지문덕의 병서에 나오는 무영진을 적용하여 대적시켜 보았다. 그 결과 팔진도가 상대도 되지 않을 정도로 무너졌다. 다시 팔진도의 인원수를 무영진의 두 배 정도가 되게 해서 붙여 보았다. 그래도 무영진이 우세했다. 이번에는 신라군이 잘 쓴다는 육진법을 무영진과 대응시켜 보았다. 육진법의 인원을 무영진의 5할 정도 많게 하니 두 진영의 세가 비슷했다.

'역시 을지문덕 장군은 비범한 병법의 대가로구나……!'

만춘은 새삼 감탄하면서 병사들을 잠시 쉬게 했다. 그때 성에서 군승이 달려와 손님이 오셨다고 했다.

'연개소문이 온 게로군…….'

며칠 전 그로부터 이미 통지를 받은 터였다. 그런데 성에 이르니 천만뜻밖에도 수군으로서 패수에 있어야 할 가영이 와 있었다. 만춘은 반가워서 어쩔 줄을 몰랐다. 가영은 얼마 전에 제독으로 승진했다.

"어이, 오랜만일세. 아직 정정하구만."

만춘이 반가워서 먼저 인사했다.

"허, 자네도 이젠 백발이 제법 희끗희끗하네 그려."

"나도 이제 나이 50인데 당연하지."

만춘은 멋쩍게 웃으며 가영을 집무실 옆에 붙은 방으로 안내하였다.

"그래 부인은 잘 계시고?"

자리에 앉자 가영이 물었다.

"집사람은 지금 친정에 갔네. 장인이 위독하다는 소식이 와서……."

"자넨 부인을 친정엔 안 보낸다더니?"

"나이를 먹으니 생각이 바뀌더라고. 어차피 다 흙으로 돌아갈 몸인데……."

"자네 장인은 이세민의 신임을 꽤나 받는 모양이던데?"

"모르지, 그 영감은 혀로 먹고 사는 사람이니까…… 늙어도 별 지장이 없겠지. 자네 부인은 어떤가?"

"나이를 먹으니 잔소리만 자꾸 늘어……."

"참, 자네 제독으로 승진했다지. 축하가 늦었네."

"그까짓 것 뭐…… 하는 일은 같은데, 벼슬 바뀐 게 대순가?"

둘은 서로 집안 인사를 주고받다가, 가영이 한쪽 켠에 있는 불상을 보고는 물었다.

"도교에 몰두한다더니 언제부터 또 부처님의 제자가 되었나?"

"아, 그게 아니고…… 자네 기억나나? 우리가 신라 가잠성에 겁 없이 들어갔다가 쫓기어 암자에 숨었던 일……."

"그럼, 기억하지."

"그때 거기서 나올 때 길잡이를 했던 자장이란 화랑 출신 중 있었잖아?"

"얼굴이 도토리처럼 생긴 그 중 말이지?"

"그렇지. 그 중이 몇 해 전에 이쪽 길로 해서 중국으로 갔는데, 길을 잃고 헤매기에 내가 길 안내를 좀 해 줬더니 저걸 내게 주고 갔어. 그런데 머리가 어지러울 때 저걸 보면 왠지 마음이 차분해지는 느낌을 받아."

"요샌 중국 안 갔다 오면 팔불출이라며? 너도나도 중국 간다고 난리야."

"우리야 30년 전에 강도(江都)에서 유학하지 않았나?"

"맞아, 그게 진짜 유학이지. 참, 자네 신라와 백제에 있는 의동생들은 어떻게 지내나? 가끔 소식 듣나?"

"재작년 원광 스님이 시적(示寂)하셨을 때, 내가 몰래 가서 만났어. 문훈이는 자기가 모시던 용수란 사람이 죽어 그 자리를 이어받은 모양이고, 그때 성충도 변장해서 왔었는데 의자(義慈)라는 사람이 즉위하면 중앙으로 진출한다 했으니 아마 지금쯤 잘 풀려 있을 거야. 자옥이도 잘 있다데."

사실 만춘은 며칠 전에 성충을 만났었다. 고구려에 몰래 사자로 온 성충는 다녀가면서 자옥의 소식을 전하려고 굳이 그에게 들렀던 것인데, 누구에게도 자신이 왔다는 이야기를 절대 발설하지 말라고 신신당부를 했던 터이므로 만춘은 가영에게도 말할 수가 없었다. 성충은 백제 의자왕과 고구려 영류왕 사이에 맺어진 모종의 밀약 때문에 왔다고 했었다.

"그래, 이 먼 길까지 온 무슨 용무라도 있는가?"

만춘이 먼저 물었다. 곧 가영은 조금 심각한 표정을 지었다.

"자네, 대인(大人) 연개소문을 잘 아는가?"

"음. 창부(倉部) 토졸(吐捽)로 있는 장군 말이지? 잘 알다말다…… 안 그래도 오늘 이곳으로 온다고 했는데? 지금 국경 지역 조달 상황을 둘러보고 있는 중이거든…… 근데 그 사람은 왜?"

"음, 그 사람에게 부탁할 게 하나 있어서…… 패수 입구에 바다로 올라오는 조달품을 보관하는 부대가 있어. 지금은 육군 소속이야. 그걸 수군 소속으로 하려고…… 그래야 일이 편해지거든…… 지금은 물품들을 일일이 점고해서 인수인계를 시켜야 하는데 수군과 육군의 물자 분류 방법이나 기호가 같지 않아 여간 불편한 게 아냐. 문서 작성하는 데 시간 다 뺏기거든……."

"그런 일이라면 수군 총관을 통해 왕에게 직접 건의하면 빠르잖아? 왕이 수군 출신이니까 잘 밀어줄 것 아닌가?"

"그래도 되지만 그러면 육군이 기분 나빠할 것 아닌가? 같이 이야기를 나눈 뒤에 함께 상소를 올리는 게 낫지."

"그도 일리가 있군. 그런데 수군은 이번에 새 전함 80척을 짓는다며? 역시 수군 출신 왕이라 수군이 건의한 건 재가를 잘 해주는 모양이지?"

"말도 말게, 그것 때문에 애를 먹었네. 원래는 200척을 짓자고 청을 올렸는데 천리장성 예산 때문에, 깎이고 또 깎여서 결국 반도 안 되게 줄어들었어."

"그래도 부럽군……."

"그런데 연개소문이란 어떤 사람인가? 자넨 태학에 있었으니 그 사람도 가르쳤을 게 아닌가?"

"가르치기도 했고…… 특별한 사이였지. 성격이 좀 괄괄해. 빙빙 돌려서 말하는 걸 싫어하니 바로 본론을 얘기하는 게 좋을 거야. 어쨌든 나이는 어려도 우리보다 직급이 높은 사람 아닌가?"

"그 사람이 지난해에 당나라에서 진대덕이 왔을 때 사석에서 진대덕의 얼굴에다 술잔을 끼얹어 버렸다는 얘기 들었는가?"

"음, 그 진대덕이란 자가 당나라의 고관이랍시고 정식 사자도

아닌 주제에 비단을 헌 종이 쓰듯 뿌리고 다니며 너무 거들먹거리
니까 그랬겠지. 웃기는 건 진대덕이가 당나라에 돌아가서는 제가
모욕 당한 건 숨기고 연개소문의 아버지 연태조가 세 번이나 찾아
와 융숭하게 술대접을 하더라고 보고했다는 거야. 죽은 개소문의
아버지가 어떻게 술대접을 하나? 하하…… 어쨌든 연 장군이 과격
하지만 의리가 있다고 소문이 나, 따르는 부하들은 많아. 태학 다
닐 때도 후배들이 잘 따랐거든…….”

“자넨 개인적으로 그를 어떻게 생각하는가?”

“뭐, 그저 아주 좋아하는 편도 아니고 싫어하는 편도 아니
고…… 그런데 그건 왜 묻나?”

“아니, 그저…… 연 장군을 가리켜서 제2의 을지문덕 감이니 아
니니 하는 사람들도 있어서…….”

만춘은 웃음을 지었다.

“글쎄…… 그건 좀 지나친 비유군. 성격도 전혀 다르고…… 을
지 장군 같은 사람이 다시 나오기가 어디 쉽겠나?”

만춘은 동의할 수 없다는 표정이었다. 이때 군승이 들어와 가영
에게 정중히 인사를 하였다.

“아버님, 차가 준비되었습니다.”

“그래. 가져오너라”

군승은 차를 들여 놓고는 물러났다. 그가 방을 나가자 가영은
목소리를 낮추었다.

“저 아인 아직 자기 아버지가 누구인지 모르는가?”

“음, 어렸을 때 일을 어렴풋이 기억하고 있어서 신라에서 태어
났다는 건 알지만 내가 자기 친아버진 줄로 알아.”

"벌써 장가갈 나이가 지났잖아?"

"글쎄, 벌써 서른하나니까 나도 그걸 생각하고 있어. 어디 좋은 혼처가 있으면 소개해 주게나."

"으음…… 생각해 보지."

둘이서 이야기를 나누고 있자니 다시 군승이 들어와 연개소문 장군이 도착했다고 알렸다. 개소문은 이번 국경 순시에 동생인 정토와 동행하고 있었다. 만춘과 가영이 바깥으로 나가니 개소문 형제는 말에서 내려 성큼성큼 다가왔다.

"선생님, 저 왔습니다."

개소문은 깍듯이 인사를 했다. 벼슬은 그가 더 높았지만 개소문은 만춘을 만날 때는 늘 선생님이라 불렀다.

"어서 오시오. 여기는 수군의 가영 장군이오. 인사하시오."

만춘이 소개를 하였다.

"아, 전에 뵌 적이 있습니다. 안녕하십니까?"

개소문이 인사를 하고 가영도 답례를 하였다. 만춘이 개소문에게 국경 지역을 돌아본 소감을 묻고 개소문은 거기에 관한 화제를 꺼냈다. 네 사람은 서로 인사와 얘기를 나누다가 만춘이 잠시 자리를 떴다.

"세 분, 잠시 얘기들 나누시오. 난 종회를 하고 올 테니."

만춘이 종회를 하고 관원들을 퇴근시킨 뒤 돌아오니 개소문 형제와 가영은 머리를 맞대고 뭔가 숙의하고 있었다.

"세 분 사이에 얘기가 잘 됐소?"

그들은 서로 얼굴을 마주보며 고개를 끄덕였다.

"자, 갑시다. 내가 술상을 보아 놓으라 일렀으니 오랜만에 회포나 풉시다."

네 사람은 자리를 옮겨 술을 곁들여 저녁 식사를 하면서 많은 대화를 나누었다. 화제는 주로 조정에서 돌아가는 일, 내외정세 등이었는데 개소문은 자주 만춘의 의견을 물으며 그 견해를 경청하였다.

"제가 선생님과 긴히 할 얘기가 있는데 자리를 좀⋯⋯."

밤이 꽤 늦었을 무렵, 개소문이 가영과 정토의 표정을 살피며 말했다.

"그럼, 우린 먼저 객사로 가 쉴 터이니 두 분, 얘기들 나누시오."

두 사람이 먼저 자리를 떴다. 만춘은 부하에게 손님들을 객사로 모시라고 이르고는 개소문과 계속 술을 마셨다.

"선생님, 지금 왕의 주변에 있는 친당파(親唐派) 대신들을 어떻게 생각하십니까?"

갑작스런 개소문의 '친당파' 운운에 만춘이 그 저의를 잘 몰라 되물었다.

"글쎄⋯⋯ 무슨 뜻이오?"

원래 만춘은 중앙 정계의 일에는 초연해 있었다.

"지금 국왕 주변에는 친당파들이 득세를 하고 있습니다. 이들을 제거하지 않고서는 국방이 위태롭다는 게 제 생각입니다."

개소문은 결연한 표정으로 말하였다.

"국왕께서 잘 알아서 하시겠지. 그렇다고 인위적으로 어떻게 그들을 제거한단 말이오?"

"제 말은⋯⋯ 힘을 쓰겠다는 뜻입니다."

만춘은 흠칫 놀랐다.

"힘? 그럼 군사를 일으키겠다는 뜻이오?"

"그렇습니다."

만춘의 손에 있던 잔이 바닥에 떨어져 쨍그렁 소리를 내고 깨어졌다.

"그건 안 되오, 연 장군! 군이 조정의 일에 끼어들어서는 절대로 안 되오. 조정의 일이라는 게 견해가 다른 사람끼리 조화를 이루어야 더 좋은 결과가 나오는 법이오. 견해가 다르다고 힘으로 억누르는 건 금물이오."

"선생님, 그들은 견해가 다른 정도가 아니라, 도가 지나쳐 오히려 저희 무신들의 설 자리를 뺏으려 하고 있습니다. 전 이미 결심을 했습니다. 도와주십시오. 군에서 선생님을 존경하는 사람들이 많다는 걸 잘 알고 있습니다. 그래서 일부러 이곳까지 찾아온 것입니다."

만춘은 잔을 바꿔 새로 술을 따라 한잔을 죽 들이킨 뒤에 진지한 표정으로 개소문을 설득했다.

"연 장군, 우리 국왕이 그렇게 호락호락한 분이 아니오. 지금 국제정세가 돌아가는 형편을 잘 헤아리고 계시기에 그들을 두둔하는 척할 뿐이오. 외교란 때로는 백만 대군보다 더 큰 위력을 발휘하는 것이오. 군이 함부로 나섰다간 자칫 나랏일을 그르치기 쉽소. 나 역시 군 내부에서 주체의식 운운하는 장교들이 많다는 걸 잘 알고 있소. 연 장군은 그들의 우두머리 아니오? 따르는 사람이야 나보다 연 장군이 몇 배는 많을 것이오. 연 장군이 할 일은 그들을 설득하여 국왕의 뜻을 이해시키는 일이오."

"그러다 만일 당나라가 침입한다면 어떻게 막겠습니까?"

"내 말이 바로 그 말이오. 당나라가 침입할 빌미를 만들어서는 안 되오. 전쟁이란 비참한 것이오. 설사 이겼다 하더라도 나라가 황폐해지긴 마찬가지요. 국왕의 현명한 판단에 맡깁시다."

둘은 서로 상대방을 설득시키려고 무척 애썼지만 결국 견해차를 좁히지 못 했다. 자정이 훨씬 넘어 마침내 개소문은 일어섰다.

개소문이 만춘과 헤어져 객사에 이르자 정토와 가영이 자지 않고 기다리고 있다가 방에 모였다.

"어떻게 됐소?"

가영이 궁금해 했다. 그는 이곳에 오기 전에 수군에 속한 장군들을 설득하는 핵심 인물로 개소문의 계획에 깊이 몸담고 있었다. 하지만 만춘에게는 다른 일 때문에 들른 척 숨겼던 것이다. 개소문이 고개를 좌우로 흔들었다.

"도저히 먹혀들지 않아. 도리어 날 설득하려 들었소."

"어떡하죠?"

정토가 걱정스런 표정으로 형을 쳐다보았다.

"할 수 있나? 비밀이 탄로 나기 전에 처치해야지……."

"그건 안 되오. 양 장군은 그렇게 고자질할 사람이 아니오."

가영이 강력히 반대하였다.

"손 장군! 큰일을 하려면 작은 것은 희생해야 하오."

"아니오. 양 장군에게 무슨 일이 생기면 난 이 일에서 빠지겠소. 내가 내일 다시 한번 설득해 보겠소. 양 장군 신변에 무슨 일이라도 일어나면 난 그를 따르겠소. 군 내부에서도 나와 같은 생각을 가진 사람이 많을 것이오. 설득해서 정 안 되면 내버려 둡시다."

가영이 강력하게 얘기하자 개소문은 난처한 표정을 지었다.

"에이, 술이나 더 마십시다!"

이튿날 가영이 다시 만춘에게 찾아왔다. 전날 개소문이 한 주장을 되풀이하자 만춘은 적이 놀랐다.

'이들이 아주 제대로 짜서 움직이는구나…… 수군에 이르기까지…….'

만춘의 목소리가 높아졌다.

"대관절 자네까지 왜 그러는가? 더구나 국왕은 수군에게 특별한 애정을 가지고 계시지 않는가?"

"우린 지금 국왕 밑의 간신들을 없애서 국왕을 더 높이 받들자는 거야. 국왕이 아니라 그 밑의 친당파가 문제라니까…… 난 내 조국 유구와 내 국왕, 어버이의 원수를 갚아야 하네."

"자네의 사무친 심정은 이해가 가네만 이제 수 양제, 내호아의 무리는 다 망했잖은가?"

"수나라·당나라, 다 한통속이야. 양제가 죽으면 뭘 하나? 난 유구국이 다시 설 때까지 싸울 거야. 당이 멸망할 때까지…… 나도 이제 50대 후반이야. 시간이 얼마 남지 않았어."

"가영, 그건 불가능한 일이야. 자넨 세민이란 사람을 못 만나 봤지만 나는 그와 같이 지내 봤어. 결코 호락호락한 인물이 아니야. 양제와는 달라. 나라를 위기로 몰아갈 사람은 결코 아니야."

"어쨌든 난 결심했어. 함께하지 않겠다면 비밀만은 지켜 주게."

가영은 마침내 물러갔다. 만춘은 고민에 싸였다. 알고 보니 개소문과 가영은 그를 설득하려고 둘이서 짜고 온 것이었다. 만춘은 국왕에게 이 일을 고할까도 생각했으나 그렇게 되면 절친한 가영은 물론 장래가 촉망되는 여러 사람들이 다칠 것 같아 차마 그러지

를 못 하였다. 그렇다고 저들을 설득하는 것은 도저히 불가능하게
여겨졌다. 며칠 동안 고민하던 만춘은 마침내 다른 방법을 쓰기로
했다. 그는 절친한 사이였던 중외대부(中畏大夫: 장관급) 대신을
만나 건의하였다.

"지금 변경의 천리장성 공사가 부진하오. 그것은 책임자가 물품
조달의 전문가가 아니기 때문이오. 창부(倉部)를 맡은 연개소문은
이 방면의 전문가이고 추진력도 뛰어나니 그를 시키면 일의 진척
이 빠를 것이오."

만춘은 주모자인 개소문을 평양에서 멀리 떼어 놓으면 거사를
단념하리라 생각했던 것이다. 그의 건의가 받아들여져 개소문이
서부대인(西部大人) 장성 공사감으로 발령이 나자 만춘은 겨우 한
숨을 돌렸다.

백제 사비성—

작년에 즉위한 의자왕이 성충과 밀담을 나누고 있었다. 성충은
지니고 온 영류왕의 답서를 의자왕에게 전했다.

"영류왕이 동의했단 말이지?"

"그렇습니다. 양국 사이에는 비밀 불가침조약을 맺고 당나라가
군사를 동원했을 때는 백제가 중립을 지키고, 백제가 신라를 쳤을
때는 고구려가 중립을 지키되, 단 당나라-신라가 노골적으로 군사
동맹을 맺을 때에는 백제-고구려 동맹도 드러내 놓기로 하였사옵
니다."

의자왕은 만족한 표정이었다.

"이제 왜국과의 동맹만 이루면 된다. 그때도 경이 좀 수고를 해

주게."

그런 다음 왕은 어전회의를 소집했다.

"선왕께서 생전에 신라를 멸하고자 여러 번 저들을 공격하였으나 큰 전과를 못 올렸다. 이제 내가 직접 저들의 서쪽 변경을 공략하여 전략적인 거점을 확보하려 한다. 좋은 의견이 있으면 거리낌 없이 말하라."

좌평 흥수(興首)가 나서서 말했다.

"전략 요충지로 말할 것 같으면 미후성(瀰猴城), 당항성(黨項城), 대야성(大耶城)이 으뜸입니다.

미후성은 높은 언덕에 의지한 천연의 요새이자 군사 요충지로서 그 성을 항복 받으면 동쪽의 40개 성은 따라서 항복하지 않을 수 없게 됩니다.

당항성은 바로 남쪽에 신라가 당나라로 사신을 보낼 때 이용하는 선단이 있으므로 여기를 차지하게 되면 신라는 옛날처럼 근오지현에서 돌아 나와야 하니, 우리가 이곳을 차지하면 신라와 당의 교통을 끊을 수 있습니다.

대야성은 주위 여러 성들을 통제하는 주요 성이며 교통의 요지입니다. 이곳을 차지하게 되면 저들의 서남쪽 방면 물산 집합지인 달구벌까지 길이 툭 트입니다. 이 세 성을 모두 차지하게 되면 신라는 독 안에 든 쥐 같은 꼴이 됩니다."

의자왕은 이 의견을 받아들였다. 642년 7월에 자신이 직접 군사 1만 5천을 거느리고 미후성으로 나아가고 장군 윤충(允忠)은 대야성을 친 뒤에 두 부대를 합쳐 당항성을 공략하기로 하였다.

의자왕은 군사들을 이끌고 미후성을 포위하였다. 미후성의 신라군은 즉시 봉화를 올렸고, 이웃 내혜홀(奈兮忽)에서 곧 신라의 원군이 도착하여 양군이 진을 치고 버텼다. 신라군에서 도끼를 든 한 장수가 나와 백제군을 무인지경으로 짓밟고 다니는데 백제 장수 여럿이서 막아 내려 하였으나 속수무책이었다.

"저 장수가 대체 어떤 놈이냐?"

의자왕이 주위에 물었다.

"저 자는 장수가 아니옵고 심나(沈那)라 하는 배꾼입니다. 힘이 장사라 몇 년 동안 내혜홀에서 우리 군사들을 막아 내 그쪽 지방의 우리 군사들 사이에는 모르는 사람이 없을 지경입니다."

"아니, 우리 진영에는 무지렁이 뱃놈 하나 당할 인재가 없단 말이냐?"

의자는 탄식했다.

"제가 한번 나가 보겠나이다."

한 사람이 선뜻 나섰다. 그는 계덕(季德) 벼슬에 있는 젊은 장수 계백이었다. 그가 왕의 허락을 받고 말을 달려 나가 심나와 어울려 싸우는데, 가히 쌍벽을 이루었다. 힘은 엇비슷한데 아무래도 기량 면에서는 계백이 한 수 위였다. 마침내 심나는 도끼를 놓치고 계백에게 사로잡히는 신세가 되었다. 그 승세를 놓치지 않고 의자왕이 총돌격 명령을 내리자 신라군이 쫓겨 흩어졌다.

"서라벌에서 본군이 도착하기 전에 성을 점령해야 한다."

의자는 30자 높이의 팔륜거(八輪車) 40대를 성 가까이에 붙이고 성 안으로 화살을 쏘게 하는 한편, 미리 조립해 온 장대 사다리 800대를 성벽에 한꺼번에 걸치고 성을 공격하였다. 의자가 즉위하고 나서 1년 동안 공격무기의 기계화를 서두른 효과가 나타났다. 하루 만에 미후성이 백제군의 손에 떨어지고 그 뒤로도 하루 평균 네 개의 성이 떨어져 열흘 만에 40개의 성이 백제군 수중에 들어왔다. 의자왕은 그 이전 2월에 전국 감옥에서 사형수를 제외한 모든 죄수들을 사면한 적이 있었다. 이번 전투에서는 이들로 하여금 특공대를 편성하여 최일선 돌격에 이용하였다.

한편 동남쪽으로 진군한 윤충은 험준한 남덕유산의 육십령을 넘어 대야성을 포위하였다.

대야성은 김춘추의 첫째 사위인 품석(品釋)이 지키고 있었다. 그는 아직 20대의 청년으로 전투 경험이 별로 없는데다가 품행도 썩 좋지 않았다. 그는 춘추의 딸인 젊은 아내 고타소랑(古陀炤娘) 을 두고도 부하인 사지(舍知: 신라 관등 17계급 가운데 열세 번째) 검일(黔日)의 아내에게 반하여 그를 출장 보낸 뒤 함부로 그녀와 정을 통하였다. 이에 원한을 품고 있던 검일은 몰래 성 밖의 윤충에게 사람을 보냈다.

"오늘 밤, 자정에 창고에 불을 지를 터이니 그것을 신호로 야습을 하시오."

의외의 호재에 윤충은 반신반의했으나, 자정이 되자 과연 성 안에서 불길이 치솟았다. 그는 군사들에게 총공격 명령을 내렸다.

성이 위태롭게 되자 사지 죽죽(竹竹)과 설계두의 동생 용석(龍石)이 죽을힘을 다해 앞장서 싸웠다. 그들은 병사들을 독려해 백제군을 겨우 막았지만 성 안의 군사들 사기는 말이 아니었다. 창고가 불타 식량이 떨어지고 병졸들 절반이 없어진데다가 검일이 백제 진영으로 도망가 백제군은 성 안의 사정을 훤히 들여다보고 있었다.

거기다가 총책임자인 품석은 자신의 과거 행실이 원인이 되어 성이 이 모양이 되자 완전히 풀이 죽었다. 그는 급기야 부하들을 모아 놓고 항복할 것을 논의하였다. 죽죽이 강력히 반대했으나 품석의 보좌관인 아찬 서천(西川)은 직위가 높은 것을 내세워 죽죽의 의견을 무시하고 항복을 주장했다. 품석은 항복을 결심하고 서천을 보내 의사를 타진하였다. 즉 항복할 경우 성 안의 모든 사람을 살려 준다는 약속을 받아내려 하였다. 윤충은 백성들은 모르되 장졸들은 살려 줄 마음이 없었다. 그러나 시침을 뚝 떼면서 태연하게 약속하였다.

"해를 두고 맹세하거니와 그대들의 목숨은 살려 주겠소."

품석 일행이 성문을 나서려 하자 다시 죽죽이 막아서서 말고삐를 잡고 부르짖었다.

"저들의 말을 어찌 믿으려 하십니까? 구차하게 목숨을 구걸하느니 차라리 영예롭게 싸우다 죽는 것만 못 합니다."

품석은 들은 척도 않고서 말채찍으로 죽죽의 등을 후려치고는 장병들을 거느리고 성 밖으로 나갔다. 그러나 100여 보를 못 가서 백제군을 데리고 잠복해 있던 검일에게 처참히 살육 당하고 말았다. 죽죽은 황급히 성문을 닫고 남은 병사들에게 소리쳤다.

"보라! 어차피 항복해도 기다리는 것은 죽음뿐이다. 여기서 목숨이 다할 때까지 싸우자."

남은 병사들은 결연한 각오로 싸워 보름을 버텼으나, 마침내 식량이 완전히 바닥나고 말았다.

용석이 죽죽에게 말했다.

"이제 이 성은 글렀소. 백성들을 생각해서 차라리 항복하고 후일을 도모합시다."

"그대의 말도 일리는 있소. 그러나 추운 겨울에도 대쪽처럼 시들지도 말고 꺾이지도 말라고 아버지가 지어 주신 내 이름을 더럽힐 순 없소."

죽죽은 군사를 이끌고 나가 적진으로 돌격하여 용감히 싸우다가 죽었다. 이에 용석도 나가 싸우다 장렬히 전사하고 성은 마침내 항복하였다.

백제군이 성 안에 있던 군신의 가족들을 붙잡아 윤충 앞에 데리고 왔다. 그 가운데는 고타소랑도 있었다. 검일이 그녀를 가리키며 윤충에게 요청했다.

"저 여자를 제 마음대로 해도 되겠습니까?"

"오늘 성공은 다 공의 덕택인데 마음대로 하오."

검일은 고타소랑을 끌어내어 옷을 발가벗겼다.

"네 남편이 내 아내를 욕보였으니 나도 앙갚음을 해야겠다."

검일은 여러 사람이 보는 앞에서 부하 모척(毛尺)에게 그녀의 사지를 붙잡게 하고 바지를 벗고는 여자를 겁탈하였다. 보고 있던 백제 군사들도 민망하여 고개를 돌렸다. 욕심을 채운 검일은 고타소랑을 그 자리에서 죽이고 나서 묻어 버렸다.

미후성을 함락시킨 의자왕은 남쪽으로 내려와 윤충의 부대와 합세, 당항성을 치려고 이동하였다. 그러나 갑자기 몰아닥친 태풍으로 작전이 불가능하게 되어 할 수 없이 윤충을 대야성에 주둔시킨 뒤 남녀 포로 1천 명을 데리고 사비성으로 개선하였다. 왕은 계백에게 두 직급을 올려 시덕(施德) 벼슬을 내렸고 윤충에게는 말 20마리와 곡식 1천 섬을 상으로 주었다.

한편 서쪽 40여 성과 서남의 요충인 대야성이 함락되었다는 급보가 날아들자 신라 조정에는 비상이 걸렸다. 조정은 일단 유신을 압량주(押梁州: 지금의 경북 경산) 군주(軍主)로 삼아 서쪽으로 보내 백제군이 더 이상 오지 못 하도록 막았다. 끔찍이도 사랑했던 딸의 굴욕적인 사망 소식을 들은 춘추는 넋을 잃었다. 그는 기둥에 기대어 하루 종일 눈도 깜박 않고 서서, 앞에 사람이 지나가도 알아보지 못 할 지경이 되었다. 경험도 없는 사위를 최일선에 내보내는 것을 말리던 아내 문희의 말을 떠올리고 뒤늦은 후회도 했다.

'그렇다. 당나라는 너무 멀다. 그들만 믿고 있다가는 아무것도 안 되겠다.'

춘추는 선덕여왕 앞에 나아가 간청하였다.

"백제에 원수를 갚지 않고는 제가 잠을 이룰 수 없고 밥을 먹어도 목구멍으로 넘어가지를 않습니다. 신이 고구려로 가서 군사를 청하려 하니 부디 허락해 주십시오."

여왕은 신변을 염려해 말렸으나 춘추가 어전에 엎드려 물러나지 않는 바람에 마지못해 허락하였다. 여왕은 내성사신인 소판(蘇判) 문훈을 그와 동행케 했다. 사절단이 고구려로 떠나기 전날, 여왕은 문훈을 따로 불러 조용히 당부했다.

"지금 이찬 춘추 공이 딸을 잃은 슬픔에 제정신이 아니다. 내가 마지못해 허락은 했다마는 경이 각별히 그의 안전에 힘을 쓰고 고구려와 협력 가능성이 없으면 즉각 돌아오도록 하라."

김춘추와 김문훈이 고구려로 출발할 때쯤, 고구려에서는 엄청난 사건이 벌어졌다.

10월 동맹절. 연중 가장 큰 국경일인 이 날, 관례에 따라 국왕 이하 대신들은 열병식을 참관하고 있었다.

맨 앞에 태학 무과반 행렬이 지나가고 뒤를 이어 주요 장수들이 말을 타고 행진하였다. 그 뒤로 육군과 수군에서 뽑혀 온 군사들이 행진하였다. 이때 대열 가운데서 독수리처럼 눈을 번뜩이며 국왕이 서 있는 자리를 노려보는 자가 있었다.

그는 오래 전에 수군에 잠입했다가 행사 인원 선발 때 섞여 온 설계두였다.

말을 타고 앞장서 가던 연개소문이 갑자기 돌아서며 칼을 빼 들었다. 이것이 신호였다. 귀빈석 앞을 통과하던 군사들이 흉적으로 돌변하여 귀빈석으로 달려들었다. 그리고는 현장에 있던 고위 대신 100여 명과 왕족들을 무참하게 살육하기 시작했다. 소수의 친위병들이 이들을 막았지만 중과부적이었다. 개소문은 이들 무리에 섞여 뛰어들었다.

"국왕을 찾아라!"

그는 눈을 부릅뜨고 국왕을 찾았다. 그러나 식장에서 머지않은 곳에서 국왕을 찾아냈을 때는, 국왕은 이미 무참히 난자된 시신으로 변해 있었다. 개소문은 경악했다. 그는 원래 친당파 대신들을 없앤 다음 왕을 별궁에 가둘 계획이었는데 영류왕은 이미 시체가 되어 버렸다.

"누, 누구 짓이냐?"

개소문이 소리쳤다.

"수군 복장을 한 어떤 건장하게 생긴 자가 왕을 시해하고 사라졌습니다."

주위의 목격자가 말했다.

"그 자를 찾아라!"

개소문이 낭패한 목소리로 부르짖었다. 그러나 그 수병의 행방은 묘연했다. 연개소문의 뜻에 동조하여 거사에 가담하였던 여러 장군들도 아연실색하였다. 연개소문이 그들에게 거사를 의논했을 때는 친위혁명이라고 했지 어느 누구에게도 국왕을 제거한다는 말은 입 밖에도 꺼내지 않았었다. 자연히 군 내부에서도 동요가 일었다. 만춘도 이 소식을 전해 들었다.

"개소문! 이놈이 기어이 일을 저질렀구나. 용서할 수 없다."

만춘은 휘하의 병사들을 이끌고 평양으로 쳐들어갈 계획을 세웠다. 그러자 어떻게 소문을 들었는지 태학 시절의 제자들인 중견 지휘관들이 그에게 몰려왔다.

"스승님, 명령만 내리십시오. 저희들은 언제든지 평양으로 진격할 준비가 되어 있습니다."

그렇게 모인 제자들이 300여 명에 이르렀고, 그들이 지휘하는 군사들을 합치면 20만이 넘었다. 고구려 전체 병력의 6할에 해당하는 인원이었다. 만춘은 바로 평양으로 진격하려다 한숨을 돌려 다시 생각해 보았다.

'내가 이들을 이끌고 평양으로 진격하면 개소문을 처단하는 것은 문제도 아니다. 그러나 그 사이 요동의 운명은 어찌될 것인가…… 필시 당나라군이 진격해 올 것이다. 평양을 장악하여 개소문을 목 베고 나서 당군과 싸운다? 그때는 너무 늦다. 이세민이 이 기회를 놓칠 리 없다. 평양을 장악하고 나서 군비를 갖춰 이세민과 맞붙으려면 시간이 너무 촉박하다. 최소한 압록수 이북은 당나라에게 빼앗길 각오를 해야 한다. 그렇게 해서까지 개소문을 응징해야 하나? 고구려가 요동을 뺏기고 겨우 압록수에서 한수 이북까지 쪼그라든 상태에서……? 아니— 개소문이란 놈, 이 점을 알기 때문에 그걸 이용하여 정변을 일으킨 건지도 모른다.'

그는 왕권 확립을 위한 개소문 응징과 국토의 유지라는 두 목표 사이에서 끝없이 번민하다가 결국은 자기를 믿고 달려온 제자들을 한데 불러 모았다.

"제군들이 나의 뜻을 알고 같이 의로운 일에 동참해 주어서 감사하다. 이제 묻노니 그대들은 진정 목숨을 바쳐 나를 따를 각오가 되어 있는가?"

지휘관들은 이구동성으로 각오가 되어 있다고 외쳤다.

"그러면 지금부터 하는 내 말을 잘 들어라! 지금 우리는 억울하게 돌아가신 대왕의 원수를 갚고 권력에 눈이 어두운 정치 군인들을 응징하여야 한다. 우리가 군사를 몰아 평양성으로 진격하면 석달 안에 역적 무리들을 잡아 처단하는 것은 손쉬운 일이다. 그러나 우리가 진격하는 사이, 이곳 요동은 텅 비게 된다. 그 틈을 이용해 당나라가 밀어닥치는 건 불을 보듯 뻔하다. 우리의 고민은 여기에 있다. 개소문의 처단도 중요하지만 그것 때문에 요동을 당나라에 내주는 것 또한 절대로 있어서는 안 될 일이다.

그래서 나는 결단을 내렸다. 군사들은 모두 남겨 두고 우리 지휘관들끼리만 평양으로 가서 개소문과 담판을 지을 것이다. 모든 걸 원위치하고 개소문이 물러난다면 우리는 참고 돌아온다. 개소문이 거절한다면 우리는 궁궐에서 개소문을 처단하고 그 일당들과 최후까지 싸우다 죽을 것이다. 아마도 우리의 운명은 후자일 가능성이 더 높다. 그래도 여러분들은 나를 따르겠는가?"

만춘이 말을 마치자 장교들은 웅성거렸다. 결국 300여 명의 장수들 가운데 100여 명 정도는 이런저런 핑계로 빠지고 200여 명이 남았다. 만춘이 말했다.

"나는 사실 이 일에서 빠진 저들을 목 베고 싶었다. 그들 가운데 대다수는 대의명분보다는 아마도 입신출세를 위해 이곳으로 온 건지도 모른다. 그러나 그들을 목 베지 않은 건 만약에라도 우리 모두가 목숨을 잃는 경우, 그들이라도 당나라군을 막아 내야 하기 때문이다. 내 말을 이해하겠는가?"

숙연한 침묵이 흘렀다. 마침내 만춘은 지휘관들을 이끌고 평양으로 갔다.

그 사이에 연개소문은 죽은 영류왕의 조카 장(藏)을 왕으로 세우고 자신은 스스로 막리지(莫離支)란 자리에 올라 병권(兵權)뿐 아니라 국정 전반에 관한 일을 모두 손 안에 넣고 관장하고 있었다.

요동의 주요 지휘관 200여 명이 면담을 요구하자 개소문은 적이 당황했다. 고민하던 개소문은 마침내 만춘을 제외한다는 조건으로 면담을 하자고 했다. 요동 지휘관들은 만춘에게 의견을 물었다. 만춘은 조건을 수락했다.

그리하여 요동의 지휘관들이 개소문 일파와 자리를 맞대고 앉았다. 앉자마자 젊은 지휘관들은 조금도 개의치 않고 개소문에게 질문을 퍼부었다.

"먼저 막리지께 묻겠습니다. 대관절 무슨 이유로 국왕 폐하의 목숨을 빼앗고 나라를 도둑질하셨습니까?"

아직 새파란 청년 장교가 개소문에게 단도직입적으로 물었다.

개소문은 인상을 찌푸리더니 대답했다.

"국왕이 목숨을 잃으신 것은 전혀 내 뜻이 아니었고, 누가 국왕을 시해했는지는 나도 지금 열심히 범인을 쫓고 있소."

"삼척동자도 안 믿을 그 말을 우리더러 믿으란 말입니까? 그렇다면 무슨 이유에서 정변을 일으키셨습니까?"

"정변이라 했는데 난 혁명이라 부르고 싶소. 난 다만 국정을 농단하는 간신배 무리를 처단하여 우리나라의 자주성과 체면을 세우고 태왕폐하를 더 높게 받들고 싶었을 따름이오. 나의 소망은 단 하나요. 고구려를 더 크고 강한 나라로 만드는 것이오."

"저희들이 알기론 지금 장군님께서 막리지란 새로운 자리를 만들어 국왕에 버금가는 권력을 행사한다고 들었습니다. 이것은 권력에 욕심이 있어 정변을 일으킨 것이 아닙니까?"

"천만에, 그 자리는 혁명으로 말미암은 사회 혼란을 막으려고 임시로 만든 직책일 뿐이오. 나는 질서가 회복되면 국왕께 모든 걸 맡기고 조용히 물러나 군무에 몰두할 작정이오."

"그 말을 어떻게 보장하겠으며 물러나는 시기는 언제입니까?"

개소문은 헛기침을 한 번 했다.

"다른 보장은 없소. 나는 3년 이내에 국정이 정상으로 회복되는 즉시 물러날 것이며 만약 그때에도 내가 물러나지 않으면 그대들 누구라도 나를 암살하여도 좋소. 그대들 손으로 하기 싫으면 자객을 보내도 좋소. 그 사람은 처벌 받지 않을 것이며 오히려 구국의 영웅으로 추앙 받을 것이오. 여기에 나온 내 참모들과 이번 거사에 동참한 장군들께서 내 말의 증인이 될 것이오."

좌중이 웅성거렸다.

"막리지의 말이 다 사실이다 칩시다. 양만춘 장군님과 안 만나시는 이유는 뭡니까?"

개소문은 미간을 찌푸리고 뭔가를 생각하더니 말문을 열었다.

"오늘 처음 여러분에게 밝히는데…… 양 장군과는 이 일이 있기 전에 상의를 했었습니다."

이 말이 떨어지자 좌중은 크게 소란해졌다. 개소문은 말을 계속했다.

"여러분이 양 장군을 우러르고 따르듯이 저 역시 그 분을 존경하고 따릅니다. 그래서 넉 달 전에 상의를 드렸습니다. 그 분은 내가 처단한 우유부단한 대신들과는 다릅니다. 양 장군 역시 제가 바라는 크고 강한 고구려를 꿈꾸고 있습니다. 우리는 단지 방법론이 다를 뿐입니다. 그 분은 신중하게 행동에 옮기는 형이고 나는 성격이 급해 즉시 행동에 옮기지 않으면 병이 나는 형입니다. 양 장군은 그때 내 제의를 거부하셨지만 나를 고변하지도 않았고 야단치지도 않았습니다."

"그렇다면 지금은 왜 못 만나시는 겁니까?"

"여러분, 그 분은 나의 스승입니다. 아무리 내 의도가 좋았다 해도 사람이 여럿 죽었습니다. 그 분이 나를 꾸중하면 내가 어떻게 변명을 하겠습니까? 더욱이 나는 국왕을 시해했다는 무시무시한 누명을 쓰고 있습니다. 내가 아니라 해도 아무도 믿어 주지 않습니다. 나는 그 분을 꼭 만날 겁니다. 그러나 지금이 아니라, 나의 선한 의도를 행동으로 보여 주어 그 분이 오해를 풀 수 있을 때, 만나겠습니다."

"지금 제위에 오르신 새 왕은 폐하지 않을 것으로 믿어도 되겠습니까?"

그러자 개소문은 칼집에서 칼을 꺼내더니 날을 바로 세우고 말했다.

"무사로서 이 칼을 두고 맹세합니다. 그런 일은 절대 없을 것입니다."

이때였다. 연정토가 들어오더니 개소문의 귀에다 대고 뭔가를 소곤거렸다. 개소문의 얼굴이 굳어졌다.

그는 자리에서 일어났다.

"여러분, 방금 외국에서 중요한 사신이 도착했다고 합니다. 그러나 여러분은 돌아가지 말고 이 자리에서 토론을 계속하십시오. 난, 사신을 접견하는 대로 곧 돌아오겠습니다."

개소문은 어떠한 일이 있더라도 군의 중추 세력인 이 젊은 지휘관들을 설득시켜 자기편으로 끌어들여야 했다.

고구려 정변 소식은 장안의 세민에게도 즉시 전해졌다. 그는 속으로 뛸듯이 기뻤다. 세민은 얼른 용하다는 점성가를 불렀다.

"이제 당 왕조를 위협하는 무 씨 세력은 사라졌겠지?"

점성가는 고개를 흔들었다.

'뭣이? 그럼 이번에도 가짜가 죽었단 말인가……?'

세민은 낙심천만이었다.

"정녕, 고구려가 당조를 무너뜨린단 말이냐?"

세민이 소리 내어 부르짖었다.

"그런 것은 소인도 모르옵니다. 다만 비기(秘記)에, 고구려는 960년을 갈 것이라 했으니 아직 망할 날이 멀었고 당나라가 망하는 날은 고구려보다 먼저이옵니다."

점성가가 말을 마치기도 전에 세민은 불같이 성을 내었다.

"요망한 점쟁이 놈! 어디 망언으로써 이목을 현혹하려 드느냐? 여봐라, 이 자를 당장 끌어내어 목을 쳐라!"

세민은 고래고래 소리 지른 뒤 어전회의를 소집하였다. 그는 이제 군대를 동원하여 고구려를 쳐 없애는 길밖에 없다는 생각을 굳혔다.

사실 이 점성가의 말은, 고구려 건국 때부터 발해가 망하기까지세 보면 정확히 963년 간이 되고, 당나라는 서기 907년에 망하고 발해는 926년에 망했으니 어지간히 정확히 맞춘 것이었으나 당시의 세민이 이런 것을 알 턱이 없었다.

점성가는 사형장으로 끌려갔다. 이때 호송책임을 맡았던 장수 설인귀(薛仁貴)가 그를 측은하게 여겨 여러 가지 말로 위로를 하고 가족들을 걱정하여 주었다. 설인귀는 글을 많이 읽어 당나라의 다른 장수들과는 달리 꽤 박식하였다. 점성가는 처형되기 직전에 설인귀를 조용히 불러 말했다.

"내 그대가 세민은 물론 그 누구에게도 비밀로 한다면 한 가지 비기를 알려 주겠네."

"맹세코 비밀을 지킬 테니 말씀하십시오!"

"세민이 나를 죽이려 하지만 않았어도 내가 고구려의 기(氣)를 뺏어 오는 방법을 알려 주려 했는데 이미 늦었어.

고구려 요동성 근처에 가면 육왕탑(育王塔)이 있고 그 곁에 석불이 하나 있네. 천제가 우주를 만들어 낼 때, 인구 9억 명마다 탑 하나씩을 세워 땅을 지키도록 했는데 이 인간 세계에 세워진 탑은 그 하나가 시초이며 유일한 거야. 그 탑에 새겨진 명문(銘文)은 범서(梵書: 고대 인도 문자의 하나인 브라흐미 문자)로 되어 있는데 고구려인들이 파다가 주몽사당에 보관하면서 천제께 제사 지낼 때만 꺼내네.

그런데 석불은 원래 요동성 안에 있었는데 고구려인들 사이에 도교 바람이 불어 지금은 야산에 방치되어 있어. 그 석불을 옮겨 집에다 모시면 가문이 흥할 것이요. 성에다 모시면 그 성이 번성할 것이며, 궁궐에다 모시면 그 나라가 융성할 것이네. 이 비밀은 신라 중 자장을 제외하고는 내가 유일하게 자네에게만 얘기하였으니 명심하게. 그 탑은 원래 삼중으로 된 토탑이었으나 고구려인들이 7중의 석탑으로 고쳤는데 위가 솥을 덮은 것 같이 생겼으니 헷갈리지 않도록 하게."

말을 마친 점성가는 스스로 혀를 깨물어 죽었다.

요동에서 온 지휘관들과 심각하게 토의를 하던 개소문을 바깥으로 불러 낸 외국 사신 일행은 바로 김춘추와 문훈이었다. 이들은 국왕과의 알현이 허용되어 곧 어전으로 나아갔다. 개소문은 칼을 찬 채 보장왕의 뒤에 섰다. 춘추는 고구려와의 외교에 관해 춘추에게 전권을 위임한다는 신라왕의 신임장을 보이고서 용건을 말하였다.

"신이 옛일을 살피건대 귀국의 평안호태왕(平安好太王: 광개토태왕) 시절에는 신라가 왜적들의 노략질에 시달릴 때 대왕께서 5만의 군사를 보내 도와주실 정도로 두 나라의 우의가 두터웠다 합니다. 그러던 것이 뽕나무 밭과 바다가 모양을 바꾸는 사이에 후손이 조상의 덕을 기리지 못 하고 두 나라가 소원한 관계가 되어 버렸습니다. 그런데 지금 무도하기가 긴 뱀, 큰 돼지와 같아 오히려 옛 왜구를 무색케 하는 나라가 있으니 그게 바로 백제올시다.

만일 고구려와 신라가 동맹을 맺어 저들을 멸하면 신라는 치욕을 씻는 기회를 얻을 것이며 고구려는 남쪽의 큰 바다로 뻗어 나갈 수 있는 흔치 않는 기회를 얻게 되어 주위의 어떤 나라도 감히 넘볼 수 없는 초강국이 될 것입니다. 이것이야말로 진실로 국가 백년지대계라 여겨집니다.

청컨대 저희들의 제안을 받아들이시어 두 나라가 영원한 혈맹이 되어 세세 영영토록 후손에게 물려줄 복된 터전을 마련하는 계기로 삼으시기 바랍니다.”

보장왕은 춘추의 말을 듣고 나서 뒤에 있는 개소문과 귓속말을 주고받은 뒤 말하였다.

“알았소. 답변은 내일 하겠소. 물러가 쉬도록 하시오.”

개소문은 다시 중견 지휘관들을 만나러 갔다.

춘추와 문훈은 궁 밖으로 나오다가 거기서 개소문을 만나고자 얼쩡거리고 있던 만춘과 마주쳤다. 문훈과 만춘이 서로 놀랐으나 주위를 의식해 눈짓으로만 인사를 나누고 헤어졌다. 저녁 늦게 만춘이 술과 고기를 마련해서 문훈의 객사로 찾아왔다.

문훈은 그때까지 그 누구에게도 고구려에 의형이 있다는 말을 하지 않았었다. 하지만 이때에 이르러 춘추에게만은 그 내력을 실토하고 춘추와 만춘을 인사시켰다. 만춘은 서른아홉 살의 춘추와 얘기를 나눈지 오래지 않아, 그의 서글서글한 인상과 소탈한 태도가 마음에 들었다. 만춘은 속마음을 감추지 않고, 술을 마시며 서로 격의 없는 대화를 나누었다. 춘추는 첫 대면에 상대방을 사로잡는 묘한 매력이 있었다.

"형님, 형님이 보시기엔 어떻습니까? 이번 일이 성사될 것 같습니까?"

문훈이 물었다.

"글쎄. 고구려와 신라가 동맹을 맺는다면 그보다 좋은 일이 어디 있겠나? 그런데 지금 사실상 왕은 힘이 없고 개소문이 좌지우지하는데, 그가 욕심이 많은 인물이라 어떻게 나올지 모르겠군."

춘추가 만춘에게 넌지시 의견을 구했다.

"사실 신라 형편이 몹시 어렵습니다. 왕께서 내치에 힘을 기울여 백성들은 편해졌습니다만 상대적으로 국방에 소홀하는 사이에 백제는 군사력을 강화하여 변경을 위협하고 있습니다. 이번에도 사실은 의자라는 자가 이렇게 빨리 움직일 줄은 몰랐습니다. 저희로서는 고구려와 동맹이 되지 않으면 또다시 당나라를 찾아가는 길밖에 없는데 솔직히 이민족에게 동맹을 청하기보다는 같은 민족에게 동맹을 구하는 게 백 번 낫지 않습니까?"

"맞는 말이오. 그런데 우리가 신라와 동맹하면 백제는 당나라와 손을 잡을 것 아니오?"

"이제 백제와 신라는 도저히 공존할 수 없는 앙숙이 되어 두 나라 가운데 하나가 지도에서 없어지지 않는 한 싸움이 계속될 것입니다. 고구려와 신라가 동맹을 맺어 백제를 친다면 당나라가 바다를 건너오기 전에 사비성을 점령할 수 있습니다. 그런 뒤에 고구려가 백제 땅을 취하면 남쪽 해상으로 자유로이 진출할 수 있게 되어 왜국과 유구를 공략하기는 어렵지 않습니다.

그런 뒤에 틈을 봐서 장강 하구로 군사를 상륙시키면 중원 전체가 고구려 손아귀에 들어올 것입니다. 지금 고구려는 대당(對唐) 강경파들이 정변을 일으킨 것으로 알고 있습니다만 처음부터 당나라라는 강적과 맞서지 말고 약한 곳을 취하여 몸집을 부풀린 뒤에 강적과 싸우는 게 싸움의 정도(正道)가 아니겠습니까? 연개소문 공이 식견 있는 사람이라면 이 정도는 이해할 줄로 믿습니다."

"그러면 신라는?"

"그때 가서 신라는 왜의 땅만 가져도 족합니다. 설마 고구려에서 중원을 차지하고도 왜의 땅 한쪽 떼어 주는 것을 아까워하진 않겠지요?"

만춘은 춘추의 국가 경영 구도가 원대함을 알고 썩 마음에 들어 술잔을 잡고 건배를 제안했다. 그러나 개소문이 과연 춘추 만한 큰 식견이 있을지 자신이 서지 않았다. 더구나 작년에 성충이 와서 영류왕과 의자왕 사이에 비밀협약을 주고받은 사실을 알고 있는 만춘으로서는 새로 등극한 보장왕과 개소문이 과연 이 비밀조약을 버릴지 지킬지도 알 수 없는 노릇이었다.

춘추와 문훈은 은근히 만춘에게 개소문을 설득해 달라고 기대하는 눈치였다. 하지만 평양까지 와서 개소문과 면담도 못 하고 있는 자신의 처지가 안타까울 뿐이었다.

이튿날 춘추와 문훈이 어전에 나아가자 보장왕은 말했다.

"내가 경의 이야기를 심사숙고해 보았소. 우리가 군사를 일으켜 백제를 치는 것은 어렵지 않으나 조건이 있소. 지금 신라가 차지하고 있는 마목현(馬木峴: 지금의 경북 문경)과 죽령 이북의 땅은 원래 고구려의 땅이었으니 이 땅들을 돌려준다면 그대의 청을 받아들이겠소."

춘추는 '일은 글렀구나' 짐작하고 대답하였다.

"그것은 무리한 요구입니다. 저는 일개 신하일 뿐 국왕의 땅에 관한 일을 다룰 권한은 없습니다. 또 제가 온 목적은 백제에 땅을 뺏기고 원통하여 그것을 되찾고자 군사를 청하러 온 것인데 어찌 그보다 더 큰 것을 요구하십니까? 진정 신라는 이리를 피하려다 호랑이를 만난 꼴이니 신은 차라리 죽을지언정 땅에 관한 일은 알지 못 합니다."

보장왕은 화를 버럭 내더니 주위의 병사들에게 춘추를 잡아 가두라 명하였다. 춘추가 끌려 나간 뒤 보장왕은 개소문을 돌아보며 말했다.

"그래도 외교사절로 온 사람인데…… 좀 심한 것 아니오?"

"아니올시다. 저 자는 신라에서 소문난 중신(重臣) 가운데 중신입니다. 인질로 잡고 있으면 신라에서 성 몇 개쯤은 내놓을 것입니다. 저도 죽일 생각은 없습니다. 그래서 신라에 소문이 가도록, 같이 온 자는 일부러 가두지 않았습니다."

개소문의 말을 듣고 보장왕은 고개를 끄덕였다.

춘추가 갇히자 문훈은 당황하여 만춘을 찾아갔다.

"형님, 아무리 무도한 나라라도 외교사절을 잡아 가두는 예는 고금에 없는 일입니다. 형님이 어떻게 손을 좀 써 주십시오. 제가 올 때 선덕왕이 춘추 공의 안전에 각별히 신경을 쓰라고 당부까지 하셨는데 저 역시 돌아갈 면목이 없습니다. 또 저는 개인적으로 춘추 공의 아버지인 용수 공에게 특별한 은혜를 입은 사람입니다. 제발 좀 살려 주십시오!"

문훈이 애걸복걸하자 만춘은 난감해서 그를 위로하듯 말했다.

"개소문이 아무려면 그렇게 무지막지한 인간은 아닌데……? 뭔가 딴 속셈이 있겠지. 춘추를 인질로 삼고 땅을 돌려받으려는 게 아닐까?"

"형님, 설령 그렇더라도 그건 개소문이 신라의 분위기를 모르고 하는 짓입니다. 춘추가 국왕의 총애를 받는 신하인 건 사실이지만 어디까지나 신하일 뿐입니다. 또 설사 왕자나 태자라 하더라도 땅과 맞바꿀 리는 만무합니다. 신라 땅이래야 손바닥 만한데 어떻게 함부로 떼어 주겠습니까?"

문훈이 만춘을 붙잡고 여러 번 통사정을 한 지 사흘, 마침내 만춘은 군승을 조용히 불렀다.

"나가서 술 한 되만 사 오너라!"

만춘이 전에 없이 숙연한 표정으로 말하자 군승은 영문을 몰라 어리둥절해 하면서도 얼른 술집으로 갔다. 안시성에서 올 때 노자를 빠듯하게 가져와 사실은 술 살 돈도 다 떨어진 상태였다. 그전 같으면 평양성 안에서 만춘의 이름만 들어도 푼돈쯤 융통해 줄 사람은 우글우글했지만 개소문이 집권하고 나자 이른바 비주류로 찍힌 만춘은 이제 꺼리는 인물이 되어 버렸다.

군승은 술집에다 자기 칼을 맡기고 술 한 되를 받아 왔다.

"아버님, 안주가 마땅찮습니다."

군승이 나물 한 접시를 내놓았다.

"괜찮다. 그보다 네게 긴히 할 말이 있으니 게 앉거라."

군승이 자리에 앉자 만춘이 입을 열었다.

"승아, 난 사실 네 아비가 아니다."

날벼락 같은 소리에 군승은 깜짝 놀랐다.

"아버님, 무슨 말씀을?"

"지금부터 내가 하는 말을 잘 듣거라."

만춘은 군승에게 그의 출신, 데려온 내력 등을 설명해 주었다.

"내가 너를 맡아 기른 것은 너를 신분에 얽매이지 않고 훌륭히 키워 달라는 너희 어머니의 간절한 소망 때문이었다. 나 역시 너희 어머니의 뜻을 높이 사 오늘날까지 너를 기르는데 남 못지않은 노력을 기울였다고 자부한다. 그러나 나는 오늘 밤, 이 나라에 역적이 되는 일을 감행하려 한다. 내일이 지나면 내 목숨이 어떻게 될지는 누구도 모른다. 그렇게 되면 너의 앞일도 장담할 수 없다. 너는 오늘 밤, 신라 사람들을 따라 너의 고국으로 가거라. 네 아버지가 신라의 훌륭한 장군이니 너를 소홀히 대하지는 않을 것이다."

군승은 눈물을 흘리며 애원했다.

"아버님, 저는 어느 곳으로도 가지 않고 평생 아버님만을 따르겠습니다. 설령 내일 당장 이 목숨이 떨어진다 한들 후회는 없습니다. 어찌 처와 자식을 버린 사람을 아버지라 부르며 따르라 하십니까? 아버님께서 강요를 하시면 저는 차라리 이 자리에서 죽어 버리겠습니다."

만춘이 여러 번 타일렀지만 군승은 듣지 않았다.

"할 수 없구나. 운명을 하늘에 맡기자. 나는 밤이 되면 신라 사절을 구해낼 테다. 너는 그들을 신라 국경까지 안전하게 모셔다 드리고 오너라."

만춘은 밤이 되기를 기다렸다.

밤이 이슥해졌을 무렵, 그는 미리 준비한 말 세 마리와 약간의 식량을 문훈에게 맡겨, 지정 장소에서 기다리게 한 뒤 군승만을 데리고 춘추가 감금되어 있는 곳으로 갔다.

10여 명의 군졸들이 외따로 떨어진 한 저택 주위를 엄중히 감시하고 있었다. 이 날, 개소문은 요동에서 온 젊은 지휘관들과 사흘에 걸친 집요한 설전 끝에 그들의 마음을 일단 돌리는데 성공하여 이들을 끌고 거나한 술판을 벌이러 평양 밖 어디론가 가고 없었다.

감시 책임자인 듯한 자가 만춘을 알아보고 부동자세를 취했다.

"신라인 포로는 잘 있는가?"

"예, 조금 전에 식사를 들여보내 주었는데 지금은 책을 읽고 있는 것 같습니다."

"막리지께서 취조할 일이 있다고 포로를 데려오라 하시네."

그는 약간 곤란한 표정을 지으며 눈치를 살폈다.

"막리지님의 감결(甘結: 공문)이 없으면…… 곤란한데요……?"

"아, 그건 여기 있네."

만춘은 품속에서 위조한 감결을 꺼내 주었다. 만춘은 태학 무과에 있을 때 개소문의 특이한 필적과 수결을 자주 봤기 때문에 어렵잖게 그의 글씨를 흉내 낼 수 있었다.

"막리지님의 필적이 틀림없군요. 데려가십시오."

감시병은 만춘과 군승을 춘추가 있는 방으로 안내하였다.

춘추는 책을 읽고 있다가 만춘을 보고 내심 깜짝 놀랐으나, 만춘이 경비병 몰래 눈신호를 하자 모르는 척 시침을 뗐다. 만춘은 경비병의 의심을 사지 않으려고 준비해 온 포승줄로 춘추를 묶은 뒤 데리고 나왔다. 문훈이 기다리는 곳으로 온 그는 춘추의 몸에서 포승줄을 풀고 군승에게 말했다.

"너는 이 분들을 국경까지 안전히 모셔라. 내일 아침이면 추적

이 있을 것이니 큰길로 가지 말고 산길로 해서 신라의 칠중성(七重
城: 지금의 경기도 파주)으로 가거라. 몇 년 전에 우리가 칠중성을
칠 때 너도 종군했으니 길을 잘 알 것 아니냐? 말 발자국이 남지 않
게 산길까지는 말발굽을 헝겊으로 감도록 하자.”

만춘은 직접 헝겊을 꺼내 말발굽을 감쌌다.

“이 은혜는 죽어도 잊지 않겠습니다.”

떠나기에 앞서 춘추는 만춘의 손을 으스러지게 잡았다.

“가서 꼭 큰 뜻을 이루시오.”

만춘은 말 궁둥이를 손바닥으로 내리쳤다.

다음 날. 사건의 전말을 들은 개소문은 노발대발해서 추격군을
보내는 한편 당장 만춘을 잡아들였다.

만춘이 끌려오자 그는 고함을 질렀다.

“내 너를 이때까지 선생으로 여기고 사소한 허물도 용서하여 줬
거늘, 역적질을 해?”

개소문은 며칠 동안 공들여 젊은 지휘관들을 일단 무마시키는
데는 성공했으나 만춘을 어떻게 해야 할 것인가 고민하던 참이었
다. 젊은 지휘관들과 달리 만춘을 설득하기는 불가능에 가까웠다.
그렇다고 만춘을 함부로 처치하거나 관직을 박탈하면 애써 설득해
놓은 지휘관들의 마음이 다시 돌아설 것 같아 그럴 수도 없었다.
그런데, 만춘의 행동은 그를 제거할 절호의 구실 아닌가?

만춘은 눈을 지그시 감고 아무런 대꾸도 않고 있었다.

“당장 저놈을 끌어내 모가지를 잘라라!”

개소문의 추상같은 명령에 아무도 말리는 사람이 없는데 가영

이 나섰다.

"만춘 성주의 죄가 죽어 마땅하나 그는 대수(對隋) 전쟁에서 큰 공을 세웠고, 중국과 관련된 일에서는 그만한 인재를 다시 찾기 어렵습니다. 목숨만은 살려 후일 나라에 은혜를 갚을 길을 남겨 두는 것이 좋으리라 여겨집니다."

'혁명 공신'인 가영이 간청하자 개소문은 차마 이를 거절할 수 없었다. 기실, 개소문은 만춘의 목숨까지 뺏을 생각은 처음부터 없었다.

"내, 손 제독의 말을 고려하여 목숨은 살려 둔다. 그러나 그냥 둘 순 없다. 나라의 원수를 풀어 주고 남의 수결을 위조한 저 자의 오른손을 잘라라."

개소문은 무사들에게 당장 시행하라고 다그쳤다. 한 무사가 만춘의 오른팔을 상 위에 얹어 놓고 손목에다 칼을 내리쳤다. 보장왕은 이 처참한 광경을 보고 얼굴을 한쪽으로 돌렸다.

그 날 저녁, 가영이 만춘을 위로해 주려고 숙소에 들르니 만춘은 오른팔에 붕대를 칭칭 감고 혼자서 왼손으로 붓글씨 연습을 하고 있었다.

'참으로 대단한 사람이다. 멀쩡하던 오른손을 잘리고서 어떻게 저렇게 금방 태연히 자기 정진에 몰두할 수 있을까?'

가영은 감탄하였다.

"어떻게 통증은 좀 가라앉았나?"

"응, 견딜 만해."

만춘은 고개도 돌리지 않은 채 대답했다.

"요동에서 온 지휘관들은 어디 갔는가?"

"조금 전에 다 돌려보냈네."

"이 사람아, 어쩌자고 그런 무모한 짓을 했는가?"

만춘은 획 긋는 연습을 하던 왼손의 붓을 계속 놀리면서 대답이 없었다. 가영도 만춘의 마음속에 수많은 생각의 파도가 오락가락하고 있을 것임을 알고 무어라 말을 꺼내야 할지 몰라 잠자코 있었다. 어쩌면 그는 손 하나 잃은 것보다 그를 따라왔던 젊은 지휘관들이 개소문에게 설득 당하고 만 사실에 더 큰 상실감을 느끼고 있을지도 몰랐다. 사람이란 한편에선 의리니 명분이니 떠들지만 막상 죽음과 권세 가운데 하나를 택하라면 누구나 망설이게 된다. 그리고 적당한 핑계만 있으면 자신의 행동을 합리화하고 후자를 택하게 된다. 물론 그렇지 않은 부류도 있다. 그게 열에 하나쯤일까, 아니면 백에 하나쯤일까?

한참 만에 가영은 다시 운을 떼었다.

"내가 보기엔 자네가 그 신라 동생과의 의리 때문에 그랬던 것 같은데, 어찌 자기 목숨을 걸고 남의 목숨을 구한단 말인가?"

잠자코 듣고만 있던 만춘이 붓을 놓고는 가영을 쳐다보았다.

"그뿐이 아닐세. 내 아버지 역시 돌궐에 사신으로 갔다가 돌아가셨네. 사신을 잡아 가두는 일은 오랑캐들이나 할 짓이지 어찌 대제국에서 있을 일인가? 전쟁을 하기에 앞서 결의를 다지고자 상대국 사신을 잡아 가두거나 목 베어 보내는 것은 간혹 있을 수 있는 일이야. 그러나 사람을 인질로 잡고 땅이나 재물을 바라는 것은 도적들이나 하는 일이지 나라를 다스리는 사람이 할 짓이 아니야. 도에 어긋나는 일이란 말이야. 하긴 자신이 모시던 국왕도 시해하는 작자이니 못 할 짓이 없겠지……."

"자넨 무장이면서 서생들처럼 걸핏하면 무슨 도를 운운하나? ……그건 그렇고, 불행 가운데 다행인 건 자네의 관직을 뺏지는 않을 모양일세. 오늘 평의회가 있었는데 그 문제가 논의되었어. 내가 나서려는데 막리지의 동생 정토가 먼저 나서더군. 자네의 관직을 유지시켜야 된다고…… 가만 보니 그 사람은 자네의 열렬한 추종자야. 서쪽 변경을 지킬 사람은 자네를 능가할 사람이 없다고 막 우기더군. 그래서 통과되었네."

"우습군. 평의회는 또 뭔가?"

만춘이 비꼬는 투로 말했다.

"국정의 최고 의결기구라고 보면 돼. 열다섯 사람으로 이루어져 있어."

"다 개금의 꼭두각시들이겠지."

"그렇지는 않네. 막리지가 상좌이긴 하지만 의결은 존중하네. 물론 막리지가 거부하면 다시 검토를 하지만……"

"자네도 그 구성원 가운데 한 명이겠구만…… 막리지, 막리지 하는 걸 보니……"

"만춘, 막리지에게 너무 억한 심정은 갖지 말게. 그는 나름대로 원대한 구도를 가지고 있는 사람이야."

"구도는 무슨 개똥 같은 구도……"

만춘의 마음이 좀처럼 풀리지 않는 것을 보고 가영은 술이나 마시자며 만춘을 억지로 떠밀어 밖으로 데리고 나갔다.

"오늘, 대궐에서 무슨 일이 있었는지 아는가?"

술이 얼큰해지자 가영이 말했다.

"관심 없네."

만춘은 시큰둥하였다.

"막리지께서 중요한 지시 두 가지를 내리셨네. 하나는 앞으로 조정에서 일체 붕당(朋黨)을 지어 패거리를 만드는 일은 용납 않겠다는 거야. 사실 그동안 당파를 지어 국사를 논할 때마다 건건이 서로 상대방의 약점을 잡아 물고늘어지느라 얼마나 폐단이 많았나? 건설적인 비판이면 좋아. 그러나 자기 패거리가 내놓은 안은 무조건 좋다고 쌍수를 들고 상대편에서 내놓은 안은 무슨 꼬투리를 잡아서라도 물고늘어지고, 때만 되면 상대방의 개인적 약점을 잡아 들추어내어 상대방을 그 자리에서 끌어내리려 하고…… 이젠 그런 꼴 안 보게 됐으니 속 시원하지 뭔가?"

"개소문이 독재를 하겠다는 거로군. 그게 붕당보다 더 나빠."

"이러지 말게. 막리지는 사욕이 있어 그러는 게 아니야. 국정이 제대로 돌아가면 언제고 물러나겠다고까지 하셨네."

"그 말을 믿나?"

만춘이 정색을 하며 가영의 얼굴을 들여다보았다.

"나는 믿네. 그리고 또 한 가지 중요한 선언을 하셨네. '앞으로는 무민(武民)이 문민(文民)의 우위(優位)에 선다' — 이 말씀을 하셨네. 얼마나 속 시원한 말인가? 그간 문신(文臣)들이 입만 나불거렸지 해 놓은 일이 뭔가? 뜻있는 인사들이 뭔가 해 보려고 하면 딴죽이나 걸고…… 머리는 텅 빈 것들이 우리 무신들이 뭐라고 하면 무식하다고 비아냥거리고…… 앞으로는 그것들이 우리 신발이나 닦을 일밖에 더 있겠는가?"

"무신이 문신 위에 선다? 참으로 한심한 이야기로군. 이보게, 나도 무신이지만 우리 선친은 문신이셨네. 문신·무신 사이에 어찌

상하를 나눈단 말인가? 할 일이 따로들 있는데…… 그건 개소문이 정말 무식해서 하는 소리야."

"여보게, 아무리 제자지만 개소문, 개소문 하지 말고 막리지라 하면 어디가 덧나나?"

가영이 퉁명스럽게 대꾸했다.

"자네도 완전히 물이 들었군. 아, 한심하다! 세상이 어떻게 돌아가려고…… 술이나 따르게!"

만춘은 잔을 내밀었다. 가영이 잔을 채우려 했지만 갑자기 만춘은 술병을 낚아채어 잔이 철철 넘치도록 술을 따른 뒤 벌컥벌컥 들이마셨다.

군승은 춘추·문훈과 함께 산길을 타고 사흘 낮, 사흘 밤을 꼬박 걸려 칠중성 부근에 이르렀다. 마침 유신이 1만여 명의 군사를 이끌고 당항성 쪽에서 올라오고 있었다.

"천만다행이오. 고구려에서 공을 억류하고 있다는 소식을 접하신 왕께서 빨리 군사를 이끌고 가 보라는 명령을 내리시어 올라오고 있었소."

유신이 말을 마치자 춘추는 군승을 가리켰다.

"이 분의 부친께서 도움을 줘서 구사일생으로 살았소."

"고맙소. 저는 압량주 군주 유신이라 하오."

군승은 흠칫 놀랐다.

'이 사람이 나의 친아버지로구나!'

군승은 가슴에 뭔가 북받쳐 오르는 게 있었지만 속으로 꾹꾹 누른 채 아무 말 않고 고개만 약간 숙였다.

'이 자리에서 나의 신분을 밝힐까? 아니다. 나와 어머니를 팽개친 자를 아버지라 불러 뭣 하겠는가?

"그럼, 저는 이만 가보겠습니다."

군승은 인사를 하고는 재빨리 말을 몰고 북쪽으로 사라졌다.

춘추, 문훈, 유신 셋은 말 머리를 나란히 하고 가며 그간 있었던 이야기를 주고받았다. 이야기 끝에 춘추가 불쑥 물었다.

"그런데 유신 공은 왜 아직 장가를 들지 않고 있소?"

유신이 얼굴이 벌게지며 답변을 못 하고 있는데 문훈이 거들었다.

"혹시 자네 그 옛날의 천관이를 못 잊어서 그런 건 아니겠지?"

"천관? 그게 무슨 얘기요? 무슨 숨은 얘기가 있으시군그래?"

춘추가 비상한 관심을 가진 표정으로 유신을 바라보았다.

"형님, 그 얘긴 하지 맙시다. 공연히……."

문훈이 그의 속내를 적중시키자 당황하여 얼버무리려 하였다.

"자네도 그러고 보면 꽤 순정파야. 곧 나이 쉰을 바라보는 사람이 청년 시절 한때의 연정을 못 잊어 결혼을 않다니……."

문훈이 말을 마치자 춘추가 이었다.

"빨리 장가를 드시오. 내 이번에 저들에게 잡혀 '진짜 내가 여기서 죽으면 어찌 될꼬?' 하고 고민하다 보니 '그래도 아들들이 있는 게 천만다행이다' 라는 생각이 듭디다."

그런데 유신의 머리에는 아까부터 계속 맴돌고 있는 게 있었다. 그것은 문훈과 춘추를 데려다 주고 홀쩍 사라진 그 젊은이의 모습이었다.

'어디서 많이 본 얼굴이다. 어디서 봤을까?…….'

그는 아무리 용을 써도 언뜻 생각이 나지 않았다. 한참 만에야 그는 10여 년 전 낭비성 싸움 때 부딪친 적이 있다는 것을 겨우 기억해 냈다.

'그랬었구나……'

유신은 자꾸만 눈에 밟히는 얼굴 모습을 낭비성 싸움 때의 일로 여기고 더 이상은 생각하지 않았다.

그들이 서라벌에 도착하여 선덕왕에게 다녀온 경과를 아뢰자 왕은 차분히 말했다.

"내 처음부터 고구려에 큰 기대는 하지 않았다. 공들이 무사히 돌아온 것만 해도 천만다행이다. 개소문이 우리 북쪽 땅에 욕심이 많은 모양이니 방비를 단단히 하고 당나라에 사신을 보내는 문제는 나중에 신중하게 의논토록 하자."

이듬해 9월에 문훈은 선덕왕의 명을 받고 당나라로 파견되어 당 태종 세민 앞에 나아가 도움을 청하였다. 세민이 한참 생각에 잠겼다가 말했다.

"과인이 신라를 위해 취할 수 있는 방법이 세 가지가 있다. 첫째는 내가 북쪽의 주군(州郡)에서 병력을 일으켜 거란·말갈족과 함께 요동으로 진군하면 고구려는 1년 동안은 신라를 침략할 여유가 없을 것이다. 그러나 그 뒤에는 신라에 보복을 하려 들 것이고 그렇게 되면 신라는 지금보다 더 어려워질 것이다. 둘째 방법은 신라에 우리 군사들의 갑옷과 깃발을 대량 공급하여 신라 군사가 이것을 입고 백제나 고구려와 싸우게 되면 저들은 당나라 군대가 건너온 줄 알고 후퇴할 것이다. 셋째 방법은 내가 수백 척의 배에 군사를 태우고 바다를 건너 백제를 급습하는 것이다.

그런데 문제는, 지금 신라왕이 여자이니 그들이 더욱 깔보고 노략질을 그치지 않는 것이다. 내가 우리 왕족 가운데 한 사람을 보내되 그 사람의 신변 보호를 위해 군사를 같이 보내 주둔시키고 나라가 안정되면 그대들에게 맡기고 도로 불러들이려고 한다. 잘 생각해 보라. 어느 계책을 따르겠는가를……."

문훈이 이 말을 곱씹어 보니 첫째 계책은 임시방편책에 지나지 않고 부작용만 더 커지는 방법이며 두 번째 방법은 백제·고구려가 바보가 아닌 이상 당나라 군사들만 보면 도망칠 거라는 생각은 전혀 황당한 이야기이고 세 번째 방법도 그리 쉬워 보이진 않았다. 결국 태종이 원하는 건 마지막에 제시한 방법인데, 왕족을 파견하고 군대를 주둔시킨다는 것은 나라를 털도 안 뽑고 송두리째 집어삼키겠다는 의도인지라 기가 찼다.

"저는 다만 사직의 안전을 위해 군사를 청하러 왔을 뿐, 그 이외의 방안에 대해서는 돌아가서 국왕께 아뢰고 충분히 검토해 본 뒤에야 결론이 나올 것 같습니다."

문훈은 이렇게만 말하고 물러 나왔다.

'당이든 고구려든 모두 땅에만 관심이 있구나…… 결국은 우리가 스스로 강해지는 길뿐이다.'

문훈은 이렇게 생각하며 장안을 떠나 귀국길에 올랐다.

안시성—

당나라에서 부친 위징의 장례식을 치르고 방금 귀국한 소연이 만춘의 오른손 붕대를 걷어 내고 있었다. 상처가 거의 아물어 뭉툭

해진 손목이 드러나자 그녀는 눈물을 흘렸다.

"어쩌다 이 지경을 당하셨소?"

"거참, 신기하군. 내가 20여 년 전에 태백산에서 을지 장군의 말을 듣고 영험하다는 샘에서 목욕을 하였는데 그때 오른팔 손목 아래만 물이 묻지 않았는데 지금 보니 잘려 나간 부분이 그때 물이 묻지 않은 부분과 딱 맞네. 태백산이 과연 영산(靈山)인가 봐."

만춘은 빙그레 웃었다. 소연은 상처 부위에다 약을 바른 뒤 조그만 나무를 열십자로 깎아 끝에 달아 맨, 염주 비슷한 목걸이를 목에서 끌렀다. 그러더니 그것을 만춘의 상처에다 대고 뭔가를 중얼중얼하고는 그녀의 오른손을 머리꼭지에서 허리까지 한 번 내리긋고 또 어깨 좌우로 한 번 그으면서 "아멘" 하였다.

"그거, 뭐하는 거요? 중이 하는 염불도 아니고 도교에서 하는 의식도 아니고 무당이 하는 방식도 아닌데 도대체 무슨 식이오?"

"천제께 기도 드린 거예요. 당신도 천제를 믿으셔야 돼요. 그래야 죽은 뒤에 천국에 들 수 있어요. 천제께서는 우리 모두를 똑같이 사랑하신답니다."

"당신, 이번에 장안에 가서 이상한 걸 배워 왔군."

"이상한 게 아녜요. 지금 장안 개원문(開遠門) 근처에 파사사(波斯寺)라는 절이 있는데 그 절에는 파사국에서 온 덕이 높은 승려들이 많아요. 신도들도 많고요. 당나라에선 경교(景敎)라 하는데 제가 한문 성경책을 가져 왔으니 당신도 읽어 보세요."

소연은 당당하게 말했다.

"내가 그런 술법에 관한 책을 읽어 볼 시간이 어딨나? 그래, 그 사람들은 뭘을 주로 가르치나?"

"사랑이죠. 사랑만이 이 세상을 구원할 수 있어요."

"별 소릴 다 듣는군. 사랑이란 젊은 년놈들이 멍청해서 벌이는 짓인데 그게 무슨 세상을 구한단 말이오? 쓸데없는 짓일랑 말고…… 그래, 장인어른의 장례는 잘 치렀소?"

소연은 고개를 끄덕이며 말했다.

"황제께서 '나는 거울 하나를 잃었다' 하면서 손수 비문(碑文)을 씁디다."

그러나 그녀가 고구려로 떠나온 직후 당나라에서는 태자 승건이 역모 혐의로 폐위되는 사건이 일어났다. 당 태종 세민은 '역모 사건'에 혹시 위징이 생전에 가담했던 것이 아닌가 의심하고는, 위징의 비문을 치워 버리고 위징의 아들 숙옥(叔玉)과 형산공주(衡山公主)의 혼인 계획도 취소하였다. 또, 능연각(凌煙閣)에 걸어 두었던 충신 24명의 초상 가운데 위징의 것을 떼어 내기까지 했다. 소연은 이런 사실은 모르고 있었다.

"당나라 조정 돌아가는 소문도 좀 들었소?"

"당나라에서도 연개소문에 대한 얘기가 많다고 해요. 봄에는 개소문이 도교를 요청해서 도사 숙달(叔達)이란 사람과 일곱 명의 도인을《노자도덕경(老子道德經)》과 함께 보내 주었대요."

"흠, 그 때문에 여러 군데 절에서 중들이 쫓겨나고 그 절을 도사들에게 주었지. 개소문이 젊을 때 제 계모가 중과 간통하는 것을 보고 중을 원수처럼 여기는 모양이야."

"또 이런 얘기가 있습디다. 개소문이 일을 저지르고 나서 사신을 황제에게 보냈는데 황제가 그의 하극상을 거론하여 고구려를 치겠다고 했대요. 그런데 장손무기(長孫武忌)가 극력 반대해서 그만두고 답례하는 사신을 보냈답디다."

"세민이 원래 건방끼가 있는 놈이오. 당나라 놈들이 왜 남의 일에 감 놓아라 배 놓아라 한단 말이오?"

"아참, 장례식에 왔던 위공(衛公) 이정(李靖) 대감이 다른 사람 몰래 가져가라며 당신에게 편지를 줍디다. 치마 속에 감춰 왔는데……."

소연은 꼬깃꼬깃 구겨 접은 편지 한 장을 꺼내었다.

그 내용은— 댁내 두루 평안하신지? 우리는 잘 있노라…… 황제는 원래부터 동방 삼국 정벌을 꿈꾸고 있었는데 마침 고구려에서 정변이 일어나 좋은 구실이 생겼으므로 필시 군사를 일으킬 것이다. 반대하는 신하들도 있긴 하지만 황제는 대외문제에 관한 한 저보다 나은 사람이 없다고 확신하는 고로 반대 의견이 받아들여질 가능성은 없다. 이미 홍주(洪州)·요주(饒州)·강주(江州) 등 3주에 명령을 내려 군량을 실을 배가 필요하니 낡은 배를 점검, 수리하고 추가로 새 배 400척을 1년 안에 만들도록 했다. 또 지금 안라산(安羅山)에서는 몰래 여러 가지 공성(攻城) 무기 수천 개가 제작 중— 이라는 것이었다.

만춘은 이 내용을 바로 조정에 보고할 것인가 좀더 확인할까 망설였다. 그러나 이정이 지금은 비록 연로하지만 그와 친분 관계가 돈독했을 뿐 아니라, 허튼소리를 함부로 할 사람이 아니라는 판단을 내렸다. 만춘은 국왕에게 당나라가 1년 안에 고구려를 칠 기색이 보이므로 우리도 표 나지 않게 그들의 침공에 대비하여야 할 것이라는 장계를 올렸다. 또, 스스로도 휘하 군사들의 조련 시간을 늘리고 성곽을 수리함과 동시에 군량·무기의 비축에 들어갔다.

15. 전운(戰雲)

644년 새해 벽두. 당 태종 이세민은 사농승(司農丞) 상리현장(相里玄奬)을 은밀히 불러 지시하였다.

"내가 올 하반기 안에 군사를 일으켜 고구려를 치려 한다. 그런데 근자에 백제가 마음 놓고 신라를 공격하는 것을 보니 백제와 고구려 사이에 뭔가 밀약이 있음이 분명하다. 너는 지금 해동으로 건너가서 겉으로는 그들 사이의 화해를 종용하는 것처럼 하고, 실제로는 우선 고구려의 허실을 살펴라. 백제에 가서는 만약 고구려와 백제가 동맹을 맺는다면 내가 먼저 바닷길로 건너가 백제부터 쑥밭으로 만들어 놓겠다고 일러라. 그래야 우리가 고구려를 칠 때에 신라가 안심하고 고구려의 후방을 공격할 수 있다."

명을 받은 상리현장은 고구려로 들어와 국서를 전하며 '동방 삼국이 화해를 하여야 네 나라가 서로 문물을 원만하게 교류할 수 있을 것'이라고 말했다.

이때 실권자인 연개소문은 신라로 출정하여 이미 두 성을 함락시킨 뒤였는데 보장왕이 급히 부르자 약간 짜증난 표정으로 입궐하였다. 개소문은 상리현장을 보고 말했다.

"황제에게 전하시오. 우리와 신라는 원한으로 틈이 벌어진지가 오래되었소. 이전에 수나라 군대가 우리나라를 쳐들어왔을 때 신라는 그 틈을 타 우리 땅 500리를 빼앗고 그 성읍을 모두 차지하였으니 신라가 스스로 우리에게서 빼앗아 간 땅을 돌려주지 않는 한 싸움은 그치지 않을 것이라고 말이오."

상리현장은 개소문이 그렇게 나올 줄 뻔히 알고 있었으나 공손하게 말했다.

"기왕의 일을 거슬러 올라가 논하자면 끝이 없지요. 땅이란 줄어졌다 넓혀졌다 하는 것이고 요동도 한때는 중국 땅이었던 적이 있지 않습니까? 과거로 거슬러 올라가 금을 긋자면 어느 나라, 어느 때를 표준으로 정하겠습니까?"

"과거로 거슬러 올라가겠다는 얘기가 아니오. 소행이 괘씸하다는 것이오. 남이 외환을 당하여 정신이 없는데 그 틈에 뒤쪽에서 불을 지르는 짓이 얼마나 얄밉소? 만일 그런 일을 징계하지 않고 버려두면 머지않아 또다시 그런 짓을 되풀이할 것 아니오?"

'머지않아 또다시 되풀이한다'는 말은 수나라 대신 당나라가 고구려를 치는 경우 신라가 거드는 행위로 해석할 수 있었다. 상리현장은 '이 자가 혹시 이미 황제의 계획을 짐작하고 있는 게 아닐까?'하는 의구심을 가졌다.

상리현장은 고구려 조정 내부의 분위기를 파악한 다음 백제로 가서 세민이 말한 대로 고구려와 관계를 끊고 신라 침공을 그치도록 요구했다.

　그가 떠나고 난 다음 의자왕은 중신회의를 열었다. 한 신하가 말했다.

　"저들은 당나라-신라의 동서동맹(東西同盟)에 대항하여 우리가 고구려와 남북동맹(南北同盟)을 맺었을까를 염려하는 것입니다. 저들의 엄포로 보아야 합니다."

　성충이 나섰다.

　"지난번에 주자사가 와서 삼국의 화해를 종용하였으나 실효가 없음을 알고 있음에도 지금 또다시 케케묵은 화해 운운하는 것은 저들이 필시 조만간 대규모의 군사를 일으켜 고구려를 칠 의사가 있다고 봐야 합니다."

　"그럴 경우에 우리는 어떻게 하여야 되겠는가?"

　이에 달솔 상영(常永)이 말했다.

　"지난번 수나라 때처럼 겉으로는 중립을 지키고 안으로는 고구려와 협력하는 것이 옳은 일인 줄 압니다."

　좌평 홍수가 나섰다.

　"그렇지 않습니다. 이번에는 중립이 어렵습니다. 양다리를 걸치려 하다가 잘못하면 양쪽에서 다 버림받습니다. 왜냐하면 당나라와 신라가 동맹을 드러낸 이상, 당나라가 고구려를 치면 신라는 고구려의 남쪽을 공격할 것이고, 그렇게 되면 고구려는 우리에게 신라를 치도록 요구할 텐데 이때 거절할 명분이 없습니다."

　"경의 얘기가 일리가 있소. 지난번 미루어 두었던 당항성 공략을 곧 시행하면 어떻겠소?"

의자왕의 질문에 좌평 의직(義直)이 말했다.

"만약 당나라가 고구려를 친다면 당항성이 문제가 아니라 우리
는 준비를 갖추었다가 동쪽으로 해서 바로 신라의 서라벌로 진군
해야 옳다고 봅니다."

의자왕은 그 의견을 좇아 당항성 공격 계획을 중지하고 전면전
을 준비하도록 지시하였다.

그러나 신라에서는 백제의 이런 의도가 있을 것을 미리 짐작하
고, 9월에 유신을 시켜 선수를 쳤다. 백제 동쪽 일곱 성의 전략 요
충지를 먼저 점령한 것이다.

상리현장이 귀국하자 세민은 그의 보고를 듣고 고구려 침공 계
획을 실행에 옮기기 시작했다.

세민은 성격대로 주도면밀하게 움직였다. 그는 우선 장작대장
(將作大匠) 염립덕(閻立德)을 불러 새로 짓는 선박 400척의 진척
상황을 점검하고 완료되었음을 보고 받자, 다시 소부소감(少府少
監) 구행엄(丘行淹)·총관 강행본(江行本)을 데리고 안라산으로
가 제(梯)·충(衝) 등 그동안 제조된 공성 무기들을 일일이 점검하
며 성능시험을 거쳐 불량품은 버리고 완성품은 실전 배치했다.

그리고는 대리경(大理卿) 위정(韋挺)을 궤수사(饋輸使)로 임명
하고 그에게 황제의 백지위임장을 주어 하북성 여러 고을로부터
물자를 징발하는 전권을 부여, 군수물자를 내주(萊州)에 집결시켰
다. 소경(少卿) 소예(蕭銳)는 이 물자들을 내주에서 해상으로 운송
하여 북쪽 고구려 접경 해안에 부린 뒤 직접 호송하여 병참기지로
지정된 고대인성(古大人城)에 갖다 두었다.

　또한 세민은 선발대로 영주도독(營州都督) 장검(張儉)에게 유주(幽州)·영주(營州) 2주의 군대 3만 명과 거란·말갈·해(奚)의 혼성군 2만 명을 주어 요동성을 치게 하였다.

　이때, 개소문이 보낸 사신 편으로 백금 50근이 왔다. 세민은 이걸 받을까 말까 망설이자 저수량(褚遂良)이 충고했다.

　"폐하께서는 이미 선전포고 없이 고구려 공격을 명하셨습니다. 적국으로 간주된 처지에 선물을 받는 것은 사리에 어긋납니다."

　세민은 고구려 사절 일행을 모두 체포해 대리시(大理寺: 검찰)의 감방에다 구금하였다.

　휘하 장군들을 모아 놓고 매일 작전계획을 짰다. 누군가가 전(前) 의주자사(宜州刺史) 정천숙(鄭天璹)이 일찍이 수 양제를 따라 고구려 원정에 참여한 적이 있는 고로 누구보다 실정을 잘 알 것이라 하였다. 세민은 그를 불러와 의견을 들었다.

　"요동은 길이 멀고 험해 식량 운반이 곤란하고, 동이(東夷)는 성(城)을 잘 지키며 전투에 능해 공격해도 이기기가 어려운즉, 신으로서도 뾰족한 계책이 없습니다."

　"어찌 지금을 수나라 때와 견주려 하느냐?"

　세민은 그를 나무라고 물러가게 했다. 황제의 심기를 건드리지 않으려고 누구도 고구려 원정에 반대 의견을 말하지 못 했다. 다만 저수량과 이정만은 반대 의사를 내비쳤다.

　저수량이 말했다.

　"폐하의 군사가 요동에 건너가서 이기게 되면 좋겠지만, 만일에 그렇지 않을 경우에는 재차, 삼차 군사를 동원하여야 할 것이온데 그렇게 되면 안위를 예측하기 어렵습니다."

그러자 병부상서 이적(李勣)이 즉각 반박했다. 그는 본명이 이세적(李世勣)인데 황제의 이름에 들어 있는 '세(世)'자를 쓰는 게 불경하다 하여 이적이라고 고쳐 불렀다.

"그렇지 않습니다. 전번에 설연타가 변방을 침입했을 때에도 폐하께서 이를 추격하시려 하자 위징이 간언하여 그만두었사옵니다. 만일 그때 쳤더라면 한 놈도 살려 두지 않았을 겁니다. 그 뒤에도 설연타가 다시 난을 일으켜 두고두고 후회한 적이 있습니다."

세민은 자칫 이 일이 문신과 무신과의 대립으로 번질까 염려되어 얼른 토론을 막고 이적의 편을 들어주었다.

"그렇다. 한번 생각을 잘못했다가는 나중에 큰 허물이 남는 법이다. 나중에 누가 나를 위해 원정을 위한 계책을 말해 줄 사람이 있겠느냐."

이정은 무신이면서도 반대를 했다. 세민은 이정의 연로함을 이유로 출정 장수 명단에서 제외했다. 세민은 그렇잖아도 이정의 명성이 높은 판에, 고구려 원정에서 공을 세우면 그의 세력이 더욱 높아질 것을 염려했고, 또 반대로 가기 싫은 장수를 굳이 보내 봤자 열심히 싸우지 않을 것이라고 생각했던 것이다.

드디어 세민은 선포하였다.

'고구려에서 하극상으로 그 임금을 죽이고 백성들을 탄압하니 이 죄를 묻지 않을 수 없다. 옛날 수 양제가 고구려 원정에 실패하였던 것은 당시 고구려왕은 백성에게 선정을 베푼 반면 양제는 포악하였으니, 이는 천리(天理)에 반하는 임금이 순리(順理)의 백성을 쳤기 때문이다. 그러나 지금으로 말하면 우리가 반드시 이길 원인이 다섯 가지가 있다. 첫째 큰 것으로 작은 것을 침이요(以大擊小), 둘째로 천명에 순종하는 것으로서 천명에 거역하는 것을 침이요(以順討逆), 셋째로 질서가 정연한 나라가 혼란에 빠진 나라를 침이요(以治乘亂), 넷째로 편안한 군사로 피로한 군사를 공격함이요(以逸敵勞), 다섯째 마음으로 복종하는 군사로서 마음으로 원망하는 군사를 상대하는 것이다(以悅當怨). 백성들은 행여나 우리가 이기지 못 할 것을 근심하거나 의구심이나 두려움을 갖지 말라.'

그러나 조서를 반포한지 사흘도 안 되어 나쁜 소식이 들어왔다. 선발대로 간 장검의 군사가 요택(遼澤) 지역의 진흙탕에 발이 묶이어 제대로 힘도 써 보지 못 하고 고구려군의 습격을 받아 병력의 절반을 잃었다는 보고였다.

세민은 당장 장검의 목을 베려고 그를 소환하였다. 그러나 막상 그가 도착하여 지형이 험한 곳과 쉬운 곳, 요택의 위치와 수초(水草)의 미악(美惡)을 상세히 표시한 지도를 바치자 세민은 장검을 벌주지 않고 오히려 칭찬을 하고는 군사를 추가로 보충하여 다시 요동으로 보냈다. 이 일로 황제의 친정(親征)을 말리는 신하가 늘어갔다. 하지만 그의 고집을 꺾지는 못했다.

"나도 친정의 위험을 모르는 바 아니오. 대개 천자의 행로가 상서롭지 못한 경우가 세 가지가 있으니 근본을 버리고 끝을 잡는 것, 높은 것을 버리고 낮은 것을 취하는 것, 가까운 것을 버리고 먼데로 가는 것이오. 그러나 이번 경우는 다르오. 그러나 경들이 그렇게도 날 염려하니 난 두어 달 뒤에 천천히 출발하겠소."

세민은 뭔가 자신만만하면서도 의미심장한 미소를 띠었다.

이제 진군명령이 떨어졌다. 세민은 먼저 신라에다 거병 사실을 알려, 시기를 맞춰 같이 출병할 것을 요청했다. 또 거란·해(奚) 등에도 길을 나누어 오도록 하였다. 4개국의 합동 작전인 셈이었다.

그런 다음 형부상서 장량(張亮)을 평양도행군대총관(平壤道行軍大摠管)으로 임명하여 강주(江州)·회주(淮州)·영주(嶺州)·섬주(陝州)의 군사 4만 명과 장안·낙양의 사관생도 3천 명을 거느리고 전함 수백 척으로 내주에서 바닷길로 요동반도를 거쳐 평양으로 향하게 하였다. 태자첨사좌위솔(太子詹事左衛率)인 이세적을 요동도행군대총관(遼東道行軍大摠管)으로 임명하여 보·기병 6만과 난주(蘭州)·하주(河州)에 이주시켜 살게 하였던 피정복 민족으로 구성된 호병(胡兵) 2만을 주어 나아가게 하고 출병식을 열었다.

장량과 이세적이 출발하기 전날, 세민은 둘을 은밀히 불러 작전을 지시했다. 그들 사이에는 장검이 그려온 지도가 펼쳐져 있었다.

"수나라가 고구려와의 싸움에서 참패한 가장 큰 원인은 적의 작전을 모르고 너무 깊숙이 들어간 것이지만 둘째로 큰 원인은 요수·요택에서 희생이 너무 컸다는 점이다. 요수·요택은 중국군에게는 언제나 발목을 잡는 애물단지이고 적에게는 천혜의 방어진지 노릇을 했다. 그러나 싸움의 묘미란 적의 강점을 약점으로 바꾸고 우리의 약점을 적의 약점이나 우리의 강점으로 바꾸는데 있다. 따라서 우리는 거꾸로 적이 믿고 있는 요수에다 고구려군을 쓸어 넣어 버릴 작전을 짜야 한다. 그러므로……."

세민은 지도에 미리 표시해 놓은 지점들을 가리키며 장량과 이적에게 뭔가를 지시하였다.

그 두 달 뒤인 이듬해 2월, 황제가 직접 지휘하는 20만 군은 백성들의 대대적인 환송을 받으며 장안을 출발하여 한 달 뒤 정주(定州)에 이르렀다.

정주에서 사흘을 묵은 뒤, 세민은 직접 활을 차고 제 손으로 비옷을 말안장 뒤에 묶어 출발하면서 신하들에게 말하였다.

"수나라는 네 번이나 고구려에 출병하였으되 실패하였다. 짐이 이제 동정(東征)하는 것은 중국을 위해서는 그 자제(子弟)의 원수를 갚고자 함이요, 고구려를 위해서는 군부(君父)의 치욕을 씻고자 함이다. 또한 서, 남, 북을 다 평정하였으나 오직 이곳만은 평정하지 못 하였으니 짐이 늙기 전에 제군(諸君)의 여력을 빌어서 탈취코자 함이로다."

16. 여당 대전(麗唐大戰)

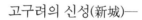 고구려의 신성(新城)—

고구려 서쪽 국경과는 160리 떨어진 곳으로서 서북 지방의 요충이며 북으로 220리를 가면 거란과 접하는 곳이다. 요수 하구로 이르려면 400리 서남쪽으로 가야 하고 요동반도 끝의 비사성까지 거의 1000리 길이며 평양성까지는 1300리이다.

성주 석호명은 성루에서 북쪽 들판을 조용히 응시하고 있었다. 끝없이 뻗은 연록색의 들판에는 아지랑이가 아물거리고 가끔 종달새들이 날아올랐다 내렸다 하며 봄을 만끽하는 듯했다. 그는 아주 어릴 적에 경험했던 이와 꼭 같은 광경을 머릿속에 떠올렸다. 그때 그의 젊은 외삼촌 을지문덕은 그를 소 잔등에 태우고 밭을 갈았다. 그는 똑같은 두 개의 장면 사이에 50년 세월의 간격이 존재한다는 것이 믿어지지 않았다. 외삼촌이 그를 비롯한 사람들의 기억 속에서 사라진지도 20년이 훨씬 넘었다. 그런데 그 기억을 일깨워 준 사람이 있었다. 바로 한 달 전 안시성에서 막리지를 비롯한 군 수뇌들이 작전회의를 하고 난 직후였다.

안시성주 양만춘은 25년 전에 태백산에서 을지문덕을 만났노라고 석호명에게 이야기하였다. 당시 을지 장군은 이 사실을 일체 비밀에 붙여 달라는 당부를 했으며, 어쩌면 아직 생존해 계실지도 모른다는 자신의 생각을 덧붙였다. 만약 외삼촌이 살아 있다면 올해 76세가 된다. 이 미증유의 국난을 안다면 그 나이에라도 산속에서 나오셨을 게 분명한 일인데 그렇지 않으니 장군의 생존은 가망 없는 이야기가 아닌가. 석호명은 이제 이 소식을 친척들에게 알려야 하나 말아야 하나 고민했다. 만춘의 얘기처럼 친지들에게 부질없는 희망을 안겨 주는 것보다는 그냥 입 다물고 있는 게 낫겠다는 생각이 들었다.

'이번 전쟁이 끝나면 외숙모를 꼭 찾아뵈어야지.'

석호명은 그간 너무 무심했음을 스스로 탓하며 다짐했다. 그의 연상 작용은 다시 작전회의 때의 장면으로 이어졌다.

"이번 전쟁에서 우리의 작전 개념은 '고슴도치 작전' 이다."

막리지 연개소문은 서북의 모든 성주들과 수군 제독들, 군 지휘관들이 모인 자리에서 말했다.

"우리가 그동안 모은 정보를 종합하면 적들은 대량의 공성무기(功城武器)를 보유하고 있다고 한다. 그들은 수나라 때 너무 깊숙이 들어와 전멸된 것을 교훈 삼아 이번에는 성을 하나씩 점령하며 동진(東進)하려는 계획임이 분명하다. 우리는 이에 각 성 단위로 고슴도치처럼 적의 공격을 막아 내며 기다렸다가 적이 돌아서면

꼬리를 물고 늘어져야 한다. 이미 1년 전에 공성무기들에 대한 대비책을 지시했으니 만반의 준비가 되어 있을 줄 안다. 단, 수군은 예외로 한다. 적의 수군은 이번에는 패수로 직행하지 않고 요동반도 앞바다를 거쳐 동진한다는 정보가 들어왔다. 적의 함대가 요동반도 앞바다에서 동쪽으로 더 이상 못 가게 막아야 한다. 중앙군은 성 단위로 취약한 곳을 집중 지원할 것이다. 그리고, 중앙군에 연락을 취하기가 거리상 용이하지 않기 때문에 각 성끼리 협조하는 문제나 중앙군과의 연락이 곤란한 상황 아래서는 안시성주 양 장군의 지휘에 따른다."

개소문은 양만춘에게 보검을 내려 주었다. 그러자 여러 장수들의 표정에서 안도의 빛이 감돌았다.

사실 그때까지도 개소문의 정변 이후 군 수뇌부 사이에서는 정변에 적극 가담한 주류와 소극적이었던 비주류, 소수이긴 하지만 만춘처럼 골수 반대파 사이에 앙금이 완전히 씻어지지 않은 상태였다. 굳이 분류하자면 서쪽 여러 성들 가운데 신성 성주 석호명·비사성 성주 을서중걸·건안성 성주 유태복은 비주류에 속했고 그 밖에 현도성·개모성·요동성·백암성·오골성 등의 성주들은 주류에 속했다. 그런데 개소문이 만춘에게 이들 여러 성들에 대한 비상시 지휘권을 인정한 것은 이런 앙금을 완전히 떨쳐 버린다는 상징적 의미로 비쳤다.

석호명이 이런저런 상념에 사로잡혀 있는 사이에 멀리서 척후병의 말이 달려오는 것이 보였다. 척후병은 이내 성문 밑에 도달했다. 석호명은 보고를 듣고자 지휘소로 내려갔다.

"장군님, 지금 40리 북쪽에서 8만에서 9만으로 보이는 당나라 병력이 현도성 방면에서 천리장성 담장을 끼고 이쪽으로 내려오고 있습니다."

척후의 보고를 접한 그는 깜짝 놀랐다.

"거란족이 아니고 당군이 맞더냐? 그리고 숫자는 확실하냐?"

척후는 숨을 헐떡거리며 대답했다.

"앞쪽에서 나오는 군대는 거란족처럼 보였으나 뒤쪽에서 따르는 군대는 분명 당나라군이었습니다."

석호명이 약간 미심쩍은 생각을 하고 있는데 두 번째, 세 번째 척후들이 잇달아 같은 보고를 해 왔다.

'으음…… 보기 좋게 한 방 먹었구나…….'

석호명은 가벼운 한숨을 내쉬었다. 원래 수나라 때나 그 이전에도 중국에서 병력이 건너올 때는 회원진(懷遠鎭)에서 출발하여 요수를 건너 안시성 방면으로 나오거나 해안선을 따라 건안성 방면으로 나오는 것이 상례였다. 이 길이 가장 가깝기 때문이다.

그런데 적은 행군하기가 귀찮은 요수 일대의 늪지대를 피하고 동북쪽 통정(通定: 지금의 중국 요령성 신민현) 위쪽까지 올라가 우회하여 국경선과 현도성·신성 등 여러 성의 중간에 있는 천리장성을 끼고 이를 행군의 은폐물로 삼아 남쪽으로 다시 내려온 것이다. 즉, 당군은 300리 가까운 길을 우회한 셈이다. 천리장성은 이때 공사가 7할 정도의 진척이 있었으며 아직 군데군데 이어지지 않은 데가 많아 참호 구실을 못 하였으므로 고구려측에서는 아예 이곳에서 물러나 방어하기로 결정을 내렸던 터였다.

"빨리 안시성에 가서 양만춘 장군께 이곳 사정을 알려라!"

석호명은 즉시 불을 피우고 연기를 올려 이웃 성에 신호를 하고 연락병을 안시성으로 보낸 뒤, 방어 준비를 서둘렀다. 신성은 꽤 큰 규모의 성으로 3만여 병력을 보유하고 있었지만 그 가운데 2만여 명은 연정토가 지휘하는 요수 방어선 진지로 나가 있었다.

한참이 지나자 당군들이 일으키는 먼지 구름이 보였다. 그 먼지 구름은 시간이 지남에 따라 점차 커졌다. 반나절가량 지나자 그들은 성 앞 400보가량 떨어진 곳까지 와 멈추고 진열을 가다듬었다. 이미 해가 뉘엿뉘엿 넘어갈 무렵이었다. 갑옷과 창검들이 석양빛에 반사되어 번쩍번쩍했다.

첫날은 이렇다 할 접전이 없었다. 다만 당군 장군 조삼량(曹三良)이 겁도 없이 궁노수들의 엄호를 받으며 충차로 성문을 부딪쳐 깨트리려 하였다. 성문은 기존 문에다 새로 삼중으로 두꺼운 철판을 바깥에다 덧씌운데다가 문 안쪽에는 큰 돌들을 괴어 놓아 부딪쳐도 끄떡도 하지 않았다. 성 위에서는 화살을 내려 쏘려다가 한 낭장이 더 좋은 것이 있다며 뒷간에서 똥물 몇 통을 퍼다가 충차를 미는 적병들이 가까이 이르렀을 때 한꺼번에 쏟아 부었다. 그 바람에 그들은 고구려군의 온갖 조롱을 다 받으며 물러났다. 이렇게 여당전쟁의 서막은 오물 싸움으로 시작되었다.

밤이 되자 당군들이 피우는 화톳불이 10여 리에 걸쳐 장관을 이루었다.

"오늘 밤은 저들이 먼 길을 오느라 피곤해서 공격이 없을 것이다. 군사들의 2할만 교대로 불침번을 서게 하고 푹 쉬게 하라."

석호명은 주위에 지시하고 나서 성루에 올라가 다시 한번 적진을 살폈다.

적병들이 저녁을 짓느라 불을 피워, 곳곳에서 연기가 솟아오르고 있었다. 국 끓이는 냄새가 바람을 타고 와 성 안에까지 진동을 하였다. 한편에서는 공성무기를 조립하느라 횃불을 대낮 같이 밝혀 놓고 군사들이 부산하게 움직였다.

이튿날 당나라측에서 호병(胡兵)들을 앞장세워 싸움을 걸어왔다. 그러나 석호명은 병력이 열 배가량 차이 남을 보고 문자 그대로 고슴도치처럼 가만히 웅크리고 있었다.

드디어 당군들이 무수한 사다리, 바퀴 사다리, 충차 등을 앞세워 성을 공격하여 왔다. 당나라의 무기들 가운데 가장 무서운 것은 석포였다. 이것은 돌 날리는 기계로서 앞쪽에 세운 기둥과 포신 사이에 탄력체를 연결하고 양쪽 도르래로 밧줄을 감으면 포신이 뒤로 젖혀졌다. 이때 줄이 풀려나지 않도록 빗장쇠를 걸고 돌을 장착한 뒤에 빗장쇠를 당겨 빼면 인장력을 받고 있던 탄력체의 힘으로 줄은 자동적으로 풀리면서 돌이 멀리 날아갔다. 고구려에서는 굵은 동아줄로 그물을 만들어서 돌이 중간에 걸리게 했다. 그러나 가끔 굵은 돌이 날아와 쌓이면 무게를 이기지 못 한 그물이 내려앉는 경우가 생겼다.

한편 고구려가 자랑하는 무기는 쇠뇌였다. 일반 화살의 사정거리가 100보를 넘기 힘든 데 견주어 쇠뇌는 사정거리가 200보를 넘었다. 따라서 적병이 채 성벽에 접근하기 전에 쇠뇌에 희생되는 경우가 많았다.

이때 고구려·신라·백제 삼국은 무기 개발 경쟁을 벌여 상당한 진척을 이루었다. 쇠뇌 같은 경우, 500보 넘게 나간 기록도 있었다. 그러나 문제는 쇠뇌와 같은 무기의 경우 줄을 끝까지 당기려면 상당한 힘이 필요했으므로 널리 쓸 수 있는 무기가 못 되었고,

특별히 완력이 센 사람만으로 부대를 꾸려 훈련을 시켜야 했다.

첫날 공격에서 당군은 2천여 명의 희생자만 내고 아무런 성과도 얻지 못 했다. 저녁때, 이세적은 부하 장수들을 모아 놓고 지시했다.

"오늘 보니 성 안의 군사들은 1만여 명에 불과하다. 예상했던 대로 저들 주력은 우리가 요택 쪽으로 건너올 줄 알고 그쪽으로 나가 있는 게 분명하다. 우리가 8만이 넘는 군사로 여기서 북적댈 필요가 없다. 우리는 황제가 도착하기 전에 최소한 여섯 개의 성은 점령해야 면목이 선다. 부대총관(副大摠管) 도종(道宗)은 2만 병사를 거느리고 이곳에서 남쪽 100리 밖에 있는 개모성을 쳐라. 그 성은 작은 성이니 쉽게 공략할 수 있을 것이다. 계필하력(契苾何力)은 2만의 군사를 거느리고 서남쪽으로 나가 길목에 매복하고 있다가 요수 쪽에서 돌아오는 고구려군을 기습하라. 이곳은 나머지 군사들로 내가 맡아도 충분하다."

다음 날 당나라군들은 세 무리로 갈라졌다. 이튿날에도 신성에서는 여전히 공방전이 치열하게 벌어졌다. 한편으로 도종은 밤중에 개모성에 이르러 성을 포위하고, 계필하력은 서남쪽 길로 나아가서 60리쯤 되는 곳에서 넓고 무성한 억새풀밭에 매복하고 있었다. 그런데 부하 하나가 매복 장소를 옮기자고 했다.

"풀이 말라 적이 화공(火攻)으로 나오면 위험합니다."

계필하력은 느긋하게 웃으면서 말했다.

"지금 풍향을 보라. 북쪽에서 바람이 불어오고 있는데 남쪽에서 올라오는 저들이 화공을 하면 불더미를 뒤집어쓰게 되거늘 어찌 화공으로 나오겠나? 화공은 우리가 쓸 만하다."

밤이 되었다. 매복하고 있는 계필하력 부대의 뒤편에서 함성과 북소리가 진동을 하면서 "고구려군이다!" 하는 외침과 함께 삼면에서 불길이 거세게 일었다.

"무슨 소리냐? 요수에 있을 고구려군이 어떻게 벌써 올라온단 말이냐? 그것도 뒤쪽으로……."

계필하력이 소리를 질렀다. 그러나 사실이었다. 당군이 정신을 차릴 사이도 없이 기마병을 선두로 한 고구려군들이 사방을 짓밟고 다녔다. 반달이 교교히 비치는 밤이었다. 고구려군들은 흡사 갑자기 나타난 귀신처럼 창백한 달빛 속에서 칼춤을 추었다.

사실 이 날 밤, 고구려군은 '적에게도 배운다' 는 정신으로 당나라군이 이용한 것과 똑같은 방법을 써먹었다.

전날 아침, 요수 하류에 나가 있던 연정토에게 만춘이 직접 말을 달려 나타났다. 그는 당군 8만이 우회하여 신성 쪽에 나타났다는 사실을 알리고 작전을 협의하였다.

"이세민의 본군도 그쪽으로 올 것 같습니까?"

연정토가 물었다.

"아니, 그는 이쪽으로 올 것이오."

"그렇다면 이세적의 부대로 하여금 길을 닦아 놓게 하고 자기는 편히 넘어오겠다는 수작이군요."

"그렇다고도 볼 수 있지만, 그건 아니오. 그 자는 편한 걸 좋아하는 성격은 아니지. 그 자가 노리는 게 무얼까……?"

만춘은 눈을 지그시 감았다가는 다시 먼 하늘을 바라보았다. 감이 잡히는 듯 마는 듯 했다. 다시 눈을 감고 꼼짝도 않던 그는 별안간 눈을 뜨며 말했다.

"세민은 대단히 교활한 놈이오. 내가 생각하기엔 세민이 넘어오는 것과 때맞춰 이세적은 북쪽에서, 장검은 남쪽에서 우리 배후를 포위한 뒤에 강 쪽으로 밀어 넣으려는 속셈인 것 같소."

연정토가 눈을 크게 떴다.

"그렇다면……."

"현재 우리 병력으로는 삼면에서 달려드는 적군을 상대로 정면으로 싸우는 건 무리요. 잘못하면 요수의 고기밥이 되기 십상이오. 과감히 요수 방어선은 버리고 신성에서 온 온사문(溫沙門)의 부대는 돌려보냅시다."

"혹 조정에서 우리가 요수 방어선을 너무 쉽게 포기했다고 문책하지 않을까요?"

"그렇더라도 할 수 없소. 책임은 내가 지겠소."

만춘은 온사문을 불러 지시를 내렸다.

"신성으로 돌아가되, 적군이 너무 많으니 반드시 나누어, 돌아가는 길을 지킬 것이다. 당나라군의 매복에 걸리지 말고 그들을 우회하여 몰래 뒤에서 쳐라."

경후사 온사문이 거느린 2만의 병력은 주야를 가리지 않고 부지런히 올라가다가 서북쪽으로 방향을 틀어 둑을 따라 은밀히 북쪽으로 우회하여 당군의 배후를 급습하였다. 300여 리 길을 하루 반 만에 신속히 이동한 비결은 다름이 아니라 만춘의 발의로 시행한 훈련 덕분이었다. 그는 보병에게도 말 타는 법을 훈련시켜 전투 때가 아닌 이동시에는 보병과 기병이 교대로 말을 타면서 이동하도록 했는데 그 결과 기동력을 다섯 배 이상으로 향상시켰다.

종전에 병력이 이동할 때는 늘 기병은 말을 타고 보병은 걸어서

만 이동했다. 보병의 속도에 맞춰 행군을 해야 하니 시간이 걸릴 수 밖에 없었다. 보병은 기껏해야 하루에 50~60리를 이동하는데 기병은 잘 하면 그 열 배인 500리까지 가능했다. 지역은 넓은데 병력은 적은 서북 변경에 있는 성들을 지키려면 기동력 향상이 필수였다. 만춘이 개발한 이 방식은 다른 부대에도 널리 퍼졌다. 당군은 본국에서 싣고 온 물자가 많아 이런 방법이 불가능했지만, 고구려군은 물자를 각 성에 쌓아 놓았기 때문에 이것이 가능했다.

계필하력의 부대는 풍비박산이 되어 겨우 절반의 인원이 남동쪽 개모성 방향으로 도망하였다.

온사문은 내친 여세를 몰아 성 근처로 접근해 새벽잠에 취한 이세적의 부대를 유린하였다. 성 안에서도 석호명이 즉각 군사를 출동시켰다. 이세적이 반격하려 했을 때는 이미 승패가 갈라진 뒤였다. 1만 5천여 군사들을 잃은 이세적은 도종이 있는 개모성 쪽으로 달아났다.

서전을 멋지게 장식한 고구려군은 적들이 버리고 간 많은 장비와 포로들을 수습하여 성으로 들어갔다. 석호명은 요수에서 돌아온 병사들에게 충분히 휴식을 취하게 하고 온사문 등 장수들과 다음 일을 의논하였다. 개모성을 구하는 문제를 의논하는 가운데 포로를 심문하던 군관이 '당 태종이 친히 지휘하는 20만 대군이 곧 요수 하구를 통해 넘어올 것' 이라는 정보를 캐냈다. 석호명은 개모성을 구할 것인지 군사를 요수로 다시 보낼 것인지 결정하지 못했다. 할 수 없이 안시성에 사람을 보내 전황보고와 함께 처결을 요청했다.

사흘 뒤에 안시성으로부터 전령이 돌아왔다.

　'지금 평양에서 지원군 15만이 출발했다고 하니 그들이 도착할 때까지는 각자의 위치를 고수하고 적의 유인작전에 걸리지 않도록 하라.'

　요동반도 끝, 비사성 앞바다——

　내주(萊州)에서 출발한 장량(張亮)의 선단 500여 척이 발해만과 황해의 경계 영역을 새카맣게 덮고 있었다. 여기서 평양성 입구의 패수 어귀까지는 뱃길로 불과 닷새면 족하였다. 당군은 여기서 비사성을 공격할 1만 명의 군사를 상륙시키고 나머지 3만 3천의 군사로 바닷길을 따라 평양으로 갈 계획을 세워 두었다.

　갑자기 오른편 대삼산도(大三山島) 쪽에서 고구려 선단 200여 척이 이들을 초승달 모양으로 에워싸며 다가왔다. 장량은 수송선단을 뒤로 빼고 300여 척의 전함을 앞세워 어린진을 갖춰 이에 맞섰다. 고구려 선단에서는 대함 120여 척에서 불화살을 날리는 한편 천장이 덮인 소형 쾌속선 80여 척이 전투병을 태우고 당나라 전함으로 돌격하여 왔다. 이 소형선들은 큰 배에 접근하자 여러 개의 쇠갈고리를 뱃전으로 던져 배를 붙이고는, 고구려 병사들이 사다리를 걸고 올라와 칼싸움을 벌였다.

　이어 고구려의 대함들이 접근해 왔다. 당나라 함정과 고구려 함정들이 어지러이 뒤섞여 부딪쳤다.

　"당군의 배는 측면이 약하다. 측면에 부딪쳐라!"

　고구려 지휘함에 선 가영이 소리쳤다. 배의 덩치는 당나라 것이 더 컸으나 기동력은 고구려 것보다 뒤떨어져 전후좌우로 방향을 트는 속도가 느렸다. 반면에 고구려 전함은 선체를 민첩하게 움직이며 철판으로 단단히 입힌, 정면 선수 부분으로 당나라 배들의 옆구리를 들이박아 부수었다.

"한 놈의 적도 상륙시키지 마라!"

점차 고구려 선단의 승세가 뚜렷해지자 가영이 소리쳤다. 불타는 배가 차츰 늘어나 검은 연기가 바다를 뒤덮었다.

"안 되겠다. 평양 행은 포기다. 앞줄 전함들은 적들을 막고 뒤쪽 배들은 병력을 해안에 상륙시켜라!"

장량은 병력의 절반 정도는 잃을 각오를 하고 되도록 많은 인원을 상륙시키려고 안간힘을 썼다.

해가 질 때까지 계속된 이 날 싸움에서 당군은 배의 3분의 2가량을 잃고 어둠을 타 서쪽으로 도주하였다. 고구려측은 50여 척의 소형선과 20여 척의 전함을 잃었다. 장량이 가까스로 뭍에 배를 대고 이곳저곳에서 산발적으로 상륙한 병력을 모두 모아 보니 출발할 때의 절반도 채 못 되는 2만 명가량이었다.

그는 이 병력으로 비사성을 공격하기 시작했다. 당시 비사성을 지키는 고구려군은 2천여 명에 불과했다(筆者註: 이하에서 기술하는 각 성의 병력수는 당시 당나라에 붙잡힌 일반 주민의 수, 빼앗긴 양곡의 수 등을 고려하여 추정한 것임). 이웃이 없이 멀리 떨어진 비사성은 이 병력으로 열 배의 당군을 맞아 외로운 싸움을 벌였다. 다행히 성은 삼면이 깎은 듯한 절벽이었고, 오직 서쪽으로만 사람이 오를 수 있어 지키기는 용이한 반면 공격하기엔 쉽지가 않았다. 장량이 한 달 동안 갖은 수를 다 썼으나 불과 10리가 조금 넘는 둘레의 이 성은 끄떡도 하지 않았다.

당나라 장수 정명진(程名振)은 특공대를 조직하여 밤에 줄을 타고 동남쪽 절벽으로 기어오르려 했으나 고구려 군사에게 발각되어 모두 절벽에서 떨어져 죽었다.

그러나 불행하게도 어느 날 세찬 폭우가 쏟아지는 바람에 서쪽 성벽의 축대가 무너져 내렸다. 이 틈으로 당의 부총관 왕대도(王大度)가 선봉으로 쳐들어오니 성은 마침내 함락되었다. 장량은 바다에서 물고기 밥이 된 부하들 2만 3천 명의 원수를 갚는다고 하면서, 포로가 된 고구려 병사들을 동쪽 절벽에 한 줄로 세워 놓고 발로 차 낭떠러지 아래로 떨어뜨려 죽이고, 성 안에 있던 일반 주민 8천여 명을 남녀노소 가릴 것 없이 모두 살해하였다.

개모성(盖牟城)—

당나라 부대총관 도종과 서북쪽에서 도망쳐 온 계필하력, 신성에서 패퇴한 이세적 등이 거느린 6만여 당군들은 성을 겹겹이 둘러싸고 점령하려고 안간힘을 쓰고 있었다. 그러나 겨우 3천여 고구려군이 지키고 있는 성은 40일 동안 잘도 버텨 내었다. 이세적은 초조해지기 시작했다.

'황제가 건너올 때가 다 되어 가는데 성을 하나도 점령하지 못했다면 이 무슨 망신인가? 최소한 개모성과 요동성만은 점령해야 한다.'

이세적은 마침내 병력의 손실과 상관없이 어떠한 희생이라도 치를 각오로 총돌격을 감행하였다. 시체가 산을 이루고 당나라 병졸들은 그 시체를 밟고 성으로 넘어왔다. 성 안에서는 병사들뿐 아니라 여자들과 노인들까지 동원되어 물을 끓여, 기어오르는 적병에게 퍼부으면서 저항하였다. 그러나 화살이 떨어지고 칼이 부러

질 지경이 되어 성은 함락되고 남은 군사와 1만여 주민이 사로잡혔다. 이세적은 성에서 빼앗은 양곡으로 배를 채우고 요동성으로 이동해 성을 포위하였다.

개모성이 함락되고 요동성은 포위 당했다는 보고를 접하자, 만춘은 개소문이 지원군으로 보낸 연정토의 부대 4만 명을 나누었다. 연정토는 2만의 병력으로 요동성을 지원케 하고 나머지 2만 병력은 경후사 고연무(高延武)에게 주어 건안성을 에워싼 장검의 병력을 치도록 하였다.

연정토가 요동성으로 향하니 도중에 도종의 부대가 호를 깊이 파고 흙을 높이 쌓아 놓고 기다리고 있었다. 연정토는 적의 숫자가 얼마 안 됨을 보고 한꺼번에 짓밟으려 하였으나 적들은 호에 숨어서 화살을 날리는 한편 마문거(馬文擧)가 거느린 기병 4천으로 후원부대가 올 때까지 기를 쓰고 막았다.

연정토는 군사를 10리쯤 물린 뒤에 진을 쳤다. 이튿날 당군은 행군총관 장군예(張君乂)가 이끄는 후속부대 2만여 명의 병력이 도착하자 같이 합세하여 기세를 올리며 공격해 왔다. 연정토는 짐짓 후퇴하는 척 그들을 넓은 개활지로 이끌어 낸 다음 총공격을 감행하였다. 장군예의 대병은 어지러이 무너지며 요동성 쪽으로 도망치기 시작했다. 고구려군이 뒤를 쫓아 6천여 명을 죽였다. 마침내 이세적이 요동성 주위에 있던 병력 전부를 거느리고 구원하러 나와 연정토는 군사를 거두었다. 고구려군이 이 날 싸움에서 잃은 병력은 천여 명에 지나지 않았다.

한편 20만 대군을 거느린 당 태종 세민은 요택의 200여 리에 이르는 진흙 구덩이를 일일이 흙으로 덮어 진군하느라 고생 고생하며 겨우 요수를 건넜다. 요수를 건넌 그는 사졸들의 각오를 다지고 자 다리를 불태워 버렸다.

세민은 마수산(馬首山)에 진을 치고 제장들을 모두 불러 그 사이의 전황을 보고 받았다. 세민은 그동안의 전과가 너무 한심한 것에 기가 찼다. 생각같아서는 모두 목을 잘라 그 자리에서 죽여 버리고 싶었으나 겨우 참고, 하나하나 공과를 따져 상벌을 내렸다.

먼저 8만여 병력을 거느리고도 겨우 개모성 하나 점령하는 데 그친 이세적과, 먼저 도착하여 상당한 시간이 있었음에도 건안성에서 지지부진하여 전혀 전과가 없는 장검을 엄히 질책하였다. 수군 병력 절반 이상과 전함 6~7할을 상실하고 겨우 비사성 하나를 얻은 장량은 두 계급을 강등했으며, 적을 맞아 도망친 장군예는 목을 베었다. 오직 도종에게는 위로와 함께 선물을 내리고 마문거는 승진시켜 중랑장으로 삼았다.

세민은 장량의 수군 병력만 빼고 휘하의 군사 전부와 이세적의 남은 병력, 장검의 병력 전부를 집결하여 요동성을 에워싸니 총병력이 30만이었다. 세민은 사졸들이 흙을 져서 해자를 메우는 것을 보고 가장 무거운 짐을 나누어 자신의 말 위에 얹었다. 시종관들도 다투어 흙을 졌다. 어마어마한 병력이 성을 수십 겹으로 포위하니 북소리와 고함소리가 천지를 진동하였다.

성 안의 고구려 병력은 총 2만. 이세적이 보름 동안 집중 공격해도 끄떡도 않던 고구려 병사들은 적의 인해공세를 보고 사기가 많이 떨어졌다. 성주 이경덕은 가라앉은 병사들의 사기를 어떻게 북돋울 수 있을까 골몰하다가 한 가지 꾀를 생각해 냈다.

요동성 안에는 300여 년 전부터 전해 내려오는 쇠사슬로 만든 갑옷과 날카로운 창이 있었다. 그것은 미천왕(美川王)이 한사군의 하나인 현도군을 점령할 때 입었던 옷이라 하여, 성 안에 있는 주몽사당에 보관되어 있었다.

미천왕은 백부였던 폭군 봉상왕(烽上王)이 자기 부친을 살해하고 자신마저 죽이려 하자 도망쳐서 8년 간 왕족의 신분을 숨기고 종노릇, 소금장수, 걸인 행세를 하면서도 요동 정복의 꿈을 키워 마침내 왕위에 오른 이였다. 그는 그때까지 요동 지역에 남아 있던 현도·낙랑 등 중국 세력을 완전히 몰아내고, 선비족(鮮卑族)과 진(晋)의 지방군과 연합하여 당시 중원 북부의 패자였던 모용외(慕容廆)와 각축을 벌이던 영걸로서 요동이 고구려 땅이 된 데에는 그의 공이 컸다.

미천왕이 걸식을 하면서 돌아다닐 때 늘 가죽으로 신을 만들어 신었다. 만주에서는 지금도 가죽신을 '우글로' 라 하는 바, '우글로' 또는 '을불' 은 그가 신분을 숨기고 다닐 때의 이름이다. 또 그는 요동 각지를 돌아다닐 때 산천의 지형과 거리를 알고자 풀씨를 가지고 다니며 군데군데 뿌려 그가 지나온 곳임을 표시하였는데 지금도 만주에서는 길가에 '우글로' 란 풀이 많다 한다.

어쨌거나 미천왕은 당시 고구려들에게는 전설적인 존재였다.

성주 이경덕은 성 안에서 용하다고 소문난 처녀무당을 가만히 불러 상의하였다. 당시 성 안의 병사들 가운데는 연개소문이 천리 장성 공사 감독을 할 때 그 휘하에서 일한 군사들이 많았으므로 개소문의 영향을 받은 도교 신자가 꽤 있었다. 이경덕은 미천왕의 갑옷을 내걸어 여러 사람이 보는 앞에 놓고 주몽신에게 제사를 올리고 무당에게 굿을 하게 하였다. 무당은 신이 들려 몸을 떨면서 "주몽이 기뻐하니 성은 무사할 것이다"고 소리쳤다.

이에 군사들의 사기가 올라 죽기를 각오하고 싸움에 임했다.

당군은 세민이 가져온 고성능 포차 수백 대를 늘어놓고 큰 돌을 날렸다. 돌은 300보를 넘게 날아와 맞는 것마다 부서졌다. 고구려 군은 나무를 쌓아 다락을 만들고 밧줄로 만든 그물을 쳐서 대항했다. 굵기가 열두 자를 넘는 충차가 요란히 성문을 때렸다. 세민은 그가 즉위했을 때 백제에서 선물로 준, 검붉게 칠한 쇠갑옷을 입고 진두에서 지휘했다.

피아간에 치열한 혈전이 벌어졌다. 성 안에는 사상자가 늘어났다. 그러나 성은 좀처럼 함락되지 않았다. 공방전이 20여 일 동안 계속되자 세민의 표정에 낭패한 빛이 역력했다.

하루는 성 안에서 불미한 사건이 일어났다. 낭장 최상근이 애첩의 생일을 축하한답시고 군량미를 꺼내다가 술을 빚어 잔치를 크게 벌이고 부하들로부터 금붙이를 거둬 애첩에게 선물하였다. 이 일을 들은 성주는 몹시 괘씸하게 여겼다. 그는 모든 군민이 죽기를 각오로 싸우는 마당에 혼자 딴 세상처럼 행동한 짓에 곤장 50대를 치고 관직을 강등시켰다. 여기에 앙심을 품은 최상근은 자기 아들을 몰래 성 밖으로 내보내 적과 내통하였다.

"남풍이 세게 부는 날, 성주를 죽이고 서남쪽 성루에 불을 지를 테니 그 틈을 놓치지 말고 쳐들어오시오."

며칠이 지났다. 하루는 저녁이 되자 남풍이 거세게 불어 흙먼지에 눈을 못 뜰 지경이 되었다. 세민이 서남쪽 성루를 지켜보니 과연 조금 뒤 불길이 거세게 일었다.

"됐다. 성주는 죽었다. 총돌격하라."

세민은 휘하의 대군을 총동원해 서쪽과 남쪽에서 치고 들어갔다. 성 안에서는 불의의 변고에 장사(長史) 정익현이 성주를 대신하여 전 장병들과 최후까지 싸웠으나 전사하고 성은 마침내 무너졌다. 성사(省事) 강길태가 자기 휘하의 소수 병력을 동원하여 성주와 정익현의 가족을 데리고 간신히 혈로를 뚫어 백암성으로 피신했다.

한 달 넘게 계속된 요동성 전투에서 고구려군은 전사 1만여 명, 포로가 된 자가 1만여 명, 일반 주민으로 붙잡힌 사람이 남녀 4만 명이었으며 양곡 50만 섬을 빼앗겼다. 비록 성은 함락되었으나 고구려인의 투혼을 유감없이 발휘한 전투였다. 세민은 성을 접수한 뒤 고구려에 반역하여 밀서를 보낸 최상근 부자에게 포상을 하려 하자 장손무기가 나섰다.

"피점령지의 주민이 점령군을 바라보는 태도에 세 가지가 있으니, 적개심에 불타는 눈빛과 의혹으로 반신반의하는 눈빛, 오히려 반기는 눈빛이 그것입니다. 신이 입성할 때, 이 성민들의 눈빛을 보니 적개심에 이글이글 불타고 있었습니다. 그것은 성주가 사람들에게 존경을 받고 있었음을 뜻합니다. 이런 사람들에게 성을 배반하여 우리와 협력한 자를 포상하는 것을 보여 준다면 주민들은 우리에게 몇 배나 더 분노하는 마음을 가질 것입니다. 장수들은 성을 점령하는 것이 목표지만 천자는 점령 후에 통치하는 데까지 신경을 쓰셔야 합니다."

"우리에게 협력한 사람을 우리 손으로 처벌하면 다음부터 적군들 가운데 누가 우리에게 협력하겠습니까?"

이세적이 항의하였다. 세민이 중재에 나섰다.

　"두 사람 말에 다 일리가 있으나 백성들에게 존경 받는 주군을 배신하여 나라를 팔아넘긴 자는 반드시 처벌 받아야 한다. 그것이 우리 장수들에게도 좋은 본보기가 될 것이다."

　그는 장손무기의 말을 따라 최상근 부자의 목을 베어 효수하고 성을 위무하였다.

　요동성을 손에 넣은 당 태종 세민은 곧 안시성으로 가는 길목에 있는 백암성을 포위하였다. 백암성은 병력 5천 명이 주둔한 중소 규모의 성이었다. 성주 손대음(孫代音)은 우유부단한 사람이었다. 그는 적은 병력으로 당의 대병력과 싸울 것인지 항복할 것인지 결정을 내릴 수 없었다. 손대음은 요동성이 떨어졌다는 소식을 듣자 당나라에 항복하겠다며 사자를 보낸 적이 있었다. 그러나 막상 당군이 들이닥치자 문을 닫고 싸웠다. 세민은 화가 나서 휘하 장수에게 소리쳤다.

　"성을 빼앗으면 너희들 마음대로 약탈해도 좋다."

　싸움이 며칠 동안 계속되었다. 태종은 백암성에 사신을 보내 항복 의사를 번복한 것에 대해 항의했다. 그러자 손대음은 몰래 심복을 보내 답신을 전달했다.

　"저희는 항복하고 싶은데 성 안의 민관이 모두 싸우기를 주장하기 때문에 어쩔 수가 없습니다."

　"네 주인이 항복할 의사가 진심이라면 이것을 성 제일 높은 곳에 세우라고 해라."

　세민은 그 심복에게 당나라 깃발을 내주었다.

　이튿날, 치열한 전투를 틈타 손대음은 당나라 깃발을 내걸었다.

싸우느라 정신이 없던 병사들은 느닷없이 내걸린 깃발을 보고 어리둥절했다.

"당나라 군사들이 이미 성 안에 진입하였다. 항복하자."

성주 손대음의 유도에 성을 지키던 고구려 병사들은 사기를 잃고 어이없게도 당나라군에 무너지고 말았다.

이세적의 군사들이 성 안에서 재물 약탈과 부녀자 겁간을 자행하였다. 그들은 군대인지 도적인지 도저히 구별할 수 없을 지경이었다. 태종이 이를 말리자 이세적은 앞서의 약속을 상기시켰다.

"사졸들이 죽음을 무릅쓰고 싸우는 것은 노획물을 탐하기 때문입니다. 이제 성을 손에 넣었는데 어찌 말을 바꾸시어 전사들의 기대를 저버리십니까?"

"장군의 말이 옳다. 그러나 지금 이 광경은 도가 지나쳐 차마 눈 뜨고 보기 어려울 지경이다. 네 휘하의 공이 있는 자에게는 궁중 창고에서 마음대로 재물을 가져가게 할 테니 약탈을 그만두어라."

세민이 명령을 내렸다. 그제야 이세적은 물러났다.

세민은 백암의 백성들을 위무하기에 앞서 요동성에서 죽음을 무릅쓰고 성주와 장사의 가족들을 구출하여 백암성으로 온 성사 강길태를 찾아내 그의 의리를 칭찬하고 비단 다섯 필을 내렸다. 강길태가 요동성에서 성주와 장사의 시체를 찾아내 장례를 지낼 수 있게 해 달라고 하므로 세민은 이를 허용하여 상여를 만들어 평양으로 가게 했다.

세민이 다시 부장들과 더불어 안시성으로 남진(南進)할 계획을 짜는데 거기에는 백암성 자사(刺史) 벼슬을 받은 손대음도 끼어 있었다.

"지금 안시성 성주는 누구인가?"

"양만춘입니다."

손대음이 대답하자 세민의 얼굴이 굳어졌다.

"그가 과거 수나라 때 포로로 잡혀 중국에 있다 돌아간 그 만춘이 맞는가?"

"네, 바로 그 자이옵니다."

"내가 이런 일이 있을 줄 알고 그때 사만보에게 잘 처리하라고 했는데 일이 꼬였어…….""

태종은 한숨을 내쉬었다. 주위에서는 무슨 영문인지 몰라 그 뜻을 물었다.

"아무것도 아니다. 그저…… 병법에서 말하기를 성에는 치지 않을 곳이 있다 했다. 안시성이 험하다고 하니 건안성부터 쳐서 함락시키면 안시성은 손 안에 있는 것과 같을 것이다."

태종은 150리 더 남쪽에 있는 건안성부터 치자고 했다. 그의 속내를 모르는 이세적이 강력히 반대하였다.

"건안성은 남쪽에 있고 안시성은 북쪽에 있습니다. 우리 군량은 모두 요동에 있으니 지금 안시성을 지나쳐 건안성으로 갔다가, 만약 고구려 사람들이 우리 보급로를 끊으면 어떻게 하겠습니까? 더구나 항복한 손대음의 말대로 라면 지금 요동 지방의 여러 성들은 안시성주의 지휘를 받는다고 합니다. 먼저 안시성을 공격하여 그 성이 떨어지면 승세를 타고 나아가 건안성을 빼앗는 것이 낫겠습니다."

"내, 공을 장수로 삼았으니 어찌 공의 책략을 쓰지 않을 수 있으랴. 일을 그르치지나 말라."

세민은 할 수 없이 안시성을 공격하기로 결론을 내렸다.

6월 말, 당나라군이 안시성에 이르러 진을 쳤다. 이 때, 여러 성들을 지원키 위해 평양에서 보낸 북부욕살 고연수(高延壽)와 남부욕살 고혜진(高惠眞)이 말갈과의 혼성군 15만 명을 거느리고 도착하였다. 개소문은 대병력을 지휘할 경험 있는 장수들을 찾느라 고심하였다. 경험이 풍부한 원로 중진들은 정변 때 거의 제거된 터이라 마땅한 인물을 찾을 수가 없었다.

할 수 없이 왕족이면서도 정변에 적극 가담하였고, 개소문 일파에게 유달리 충성심이 강한, 실전 경험도 없는 30대 후반의 태학무과 직속 후배 고연수와 고혜진을 사령관으로 임명하였다. 그리고 대수(對隋) 전쟁 참전 경험이 있는 80이 다 된 노인 대로(對盧: 장관급 벼슬) 고정의(高正義)를 참모로 딸려 보냈다. 고정의는 여수전쟁에서 고건무가 지휘한 금정사 전투 당시 공을 세운 사람이었다. 특별히 뛰어난 장수는 아니었으나, 경험이 많은 편이라 고연수에게 충고하였다.

"듣건대, 당 태종 이세민은 일찍부터 싸움을 좋아하여 전쟁터를 돌아다녔으며, 형과 동생을 죽이고 정권을 빼앗은 아주 교활한 인간이라 하오. 거기다 권모술수로 그의 협잡을 도운 휘하의 내로라하는 무리들을 다 데리고 왔으니 어떤 술수로 나올지 예측할 수 없소. 게다가 병력도 우리보다 많소. 정면으로 승부를 거는 것보다 군사를 정돈하여 싸우지 않고 시간을 벌며 오래 버티다가 기습병을 나누어 보내 보급로를 끊는 게 낫소. 양식이 떨어지면 싸우려 해도 할 수 없고 돌아가려 해도 길이 없으니 그때는 우리가 이길 수 있소."

그러나 혈기왕성한 고연수는 듣지 않았다.

고구려 대병이 40리 떨어진 곳까지 왔다는 보고를 받은 세민은 근신들과 숙의하였다.

"지금 고연수에게는 두 가지 계책이 있을 수 있다. 군사를 이끌고 곧바로 나아와 안시성과 연결하여 보루로 삼고, 산악의 험한 지형을 의지하여 성 안의 곡식을 먹으면서 군사를 풀어 우리의 소와 말을 빼앗으면, 우리가 공격해도 갑자기 함락시키지 못 할 것이요, 회군하려 해도 진흙으로 막혀 피로하게 될 테니 이것이 저들에겐 상책이요, 자신의 입장을 헤아리지 않고 무모하게 정면으로 우리와 싸우는 것은 하책이 될 것이다. 과연 어느 방법으로 나오는지 두고 보자."

태종은 대장군 아사나사이(阿史那社尒)에게 돌궐 기병 몇 천을 주어 당군에게 유리한 지형으로 고구려군을 유인했다. 고연수의 부대는 여기에 걸려들었다. 고연수는 이들을 쫓아 안시성 동남쪽 10리 되는 곳에 이르러 산을 뒤에 두고 진을 쳤다.

세민이 제장을 불러 의견을 물으니 장손무기가 말하였다.

"듣건대 승패의 징후는 정신에 나타난다 하였고, 전투에 임해서는 사졸들의 표정을 살피라 하였는데 제가 오늘 사졸들의 표정을 보니 결전의 의지가 넘치고 있어 필경 이길 군대라는 생각이 듭니다. 폐하께서는 일찍이 약관의 나이에 출정하시어 기이한 계책을 내어 연전연승하셔서 대업을 이루셨고 제장은 그저 따르기만 했으니 오늘의 일은 폐하께서 직접 지휘하심이 가한 줄 아옵니다."

이 공손한 아부에 세민은 기분이 좋아졌다.

"공들이 이와 같이 사양하니 짐은 기꺼이 공들의 의사를 좇아 행하겠다."

그는 제장들과 기병 수백 명을 거느리고 높은 곳에 올라가 지형의 모양과 고구려의 진형을 살펴보았다. 고구려군들과 말갈군의 진형이 40리에 걸쳐 뻗어진 모양을 바라보던 세민의 얼굴이 하얗게 질렸다. 수십 년에 걸쳐 여러 싸움터에서 온갖 군대와 맞부딪쳤어도 얼굴색 하나 변하지 않았던 그였다. 옆에 있던 도종이 황제의 근심을 덜어 주려고 한마디 거들었다.

"신에게 정병 5천을 주시면 적의 후방을 교란하여 진영을 혼란시키고 오겠습니다."

그러나 세민은 들은 체 만 체 하였다.

세민은 고연수에게 사신을 보내 서찰을 띄웠다.

'내가 고구려에서 정변이 일어났다는 얘기를 듣고 군사를 이끌고 왔으나 이는 내 본심이 아니며 나는 어디까지나 고구려와 화친하기를 원하오. 성 몇 개를 빼앗은 것은 말먹이와 양식이 부족하여 그랬던 것이니 퇴로를 열어 준다면 성을 돌려주고 돌아가겠소.'

"누굴 바보로 아시오? 고연수가 이 따위 허튼 수작에 놀아날 만큼 바보는 아니라 이르시오."

고연수는 서찰을 구겨서 던져 버렸다.

태종은 그 뒤 며칠 동안 장막 근방을 왔다 갔다 서성거리며 무엇을 생각하는지 말이 없었다. 그러던 어느 날, 그 날도 초저녁이 되어 장막 밖을 서성거리던 그가 걸음을 딱 멈추었다. 하늘에는 희미한 구름 사이로 달이 얼굴을 내밀었다, 감추었다 했다. 갑자기 별똥별 하나가 긴 꼬리를 내며 고구려 진영 쪽으로 떨어졌다. 그것을 본 세민은 흥분하여 소리 질렀다.

"빨리 천문관을 불러오너라!"

천문관이 오자 그는 조급하게 물었다.

"내일 이후의 날씨가 어떨 것 같으냐?"

천문관은 손을 쭉 뻗어 바람의 세기와 방향을 재고 또 습도를 호흡으로 느껴 보고는 대답했다.

"내일 새벽부터는 아마 큰 비가 올 것 같습니다."

"얼마나 계속될 것 같으냐?"

"글쎄요, 한 사흘은 계속 올 것 같습니다……."

세민은 여러 장수들을 급히 불러 모았다. 장수들이 모이자 그는 말했다.

"드디어 기다리던 때가 왔다. 적은 결코 얕볼 상대가 아니다. 그간 여러 성을 공격하며 겪었던 것에서 봤듯이 적은 전투력이 대단히 강하다. 우리가 수적으로 2 대 1의 비율로 우세하다고는 하나 정면 승부를 벌인다면 그 승패는 알 수 없다. 우리는 이제 적들을 양분시켜 동강낸 뒤 적의 지휘부가 있는 왼쪽을 포위 공격한다. 적은 무슨 이유인지 모르나 강이 그들의 진영 가운데를 지나는 곳에다 진을 쳤다. 아마 식수 공급을 쉽게 하려고 그런 것인지도 모른다. 그러나 이는 저들의 실수다. 모든 것이 다 그렇듯 병법에서도 기초가 중요하다. 이런 기초적인 금기 사항을 범하면서 요행을 바라는 것은 병가가 특별히 삼가야 할 사항이다.

이세적은 보·기병 1만 5천을 거느리고 서쪽 고개에서 진을 치고 있다가 작전이 시작되면 제일 먼저 싸움을 걸어 적의 주력을 서쪽으로 이동케 하라. 장손무기와 우진달(牛進達)은 정병 1만 5천 명을 기습병으로 삼아 북쪽으로부터 산의 협곡으로 나와 적의 배후를 공격하라. 나는 서편 언덕 높은 곳에 숨어 있다가 깃발로 제장들에게 신호를 내릴 것이다. 장검과 강덕본(姜德本), 도종은 내가 깃발로 신호하거든 정면에서 적을 공격한다. 이렇게 되면 적의 중심이 서쪽에 몰려 강을 끼고 있는 가운데가 더욱 잘룩하게 된다. 이때 오흑달(吳黑達)과 집실사력(執失思力)이 전면에서 동쪽으로 나아가 강에 있는 다리를 절단하고 동쪽에 있는 적군이 못 넘어오게 지켜라.

천문관이 내일부터 큰 비가 올 것이라 했다. 강물이 불어나면 적들이 웬만해선 못 넘어올 것이다. 이 작전은 시작하고 끊는 시점이 중요하다. 제장은 절대 나의 깃발 신호에 철저히 따라 움직여야 한다. 이동은 오늘 밤에 실시하고 작전개시는 비가 그치는 즉시 짐의 신호에 따라 발령한다."

명령을 받은 장수들은 준비를 하고 밤이 이슥하기를 기다렸다가 이동을 개시하였다. 하늘에서는 이미 별과 달은 자취를 감췄고 가랑비가 부슬부슬 내리기 시작하였다. 태종은 스스로 호위군 4천을 거느리고 북과 피리를 가지고 깃발을 눕힌 뒤 이세적의 뒤를 따라 가다가 중도에서 꺾어져 왼편 산꼭대기로 올라갔다.

이튿날 아침 고구려 진영—
폭우가 쏟아지기 시작했다. 고혜진이 고연수의 장막에 와서 전날 밤 떨어진 별똥별 얘기를 하고 있었다.

"유성이 우리 진영에 떨어졌다는 얘기가 있는데, 정말인가?"

"그런 얘기가 있더군……."

부하가 끓여 준 차를 마시며 고연수가 말했다.

"옛날 사람 말이 유성이 떨어지면 장수가 죽는다 하던데……."

"방정맞은 소리 말게. 그런 미신은 늙다리들이나 하는 얘기지, 교육을 제대로 받은 장수가 그런 근거 없는 속설에 현혹되어서야……."

"이번에 우리가 막리지 영감께 뭔가를 보여 줘야 할 텐데……."

그들은 빨리 공을 세워서 개소문에게 칭찬 들을 궁리만 하였다. 이때 고정의가 들어왔다.

"총관, 비가 계속 오면 동쪽에 있는 부대와 우리 부대가 분리될 우려가 있소. 병법에……."

"그런 기초쯤은 나도 알고 있소. 비가 그치면 바로 진지를 옮기도록 합시다."

고연수는 그렇지 않아도 아까부터 불안하게 여기던 점을 고정의가 거론하자 짜증이 나서 미리 말을 막았다. 고정의는 뭔가 상의할 일이 있어 왔는데 그가 신경질을 내며 말을 막자 비위가 뒤틀려 그냥 돌아가 버렸다.

"저런 송장이 다 된 영감이 왜 따라와서…… 하는 짓이란 삼척동자도 다 아는 병법 운운하니……."

고연수가 투덜거리자 고혜진이 동조를 했다.

"자고로 늙으면 잔소리가 많아지는 법이야."

비는 사흘 동안을 억수 같이 퍼붓다가 그 다음 날 아침, 언제 그랬냐는듯 뚝 그치고 해가 쨍하고 비치었다.

아침 식사를 마친 고연수는 부장들을 불러 모아 이동 준비를 시켰다. 고구려군들이 장비에서 흙을 털어 내고 젖은 옷을 짜서 물기를 빼느라 부산할 즈음에 오른쪽 산꼭대기에서 둥둥둥 북소리가 났다.

"와아"

연이어 함성이 나며 일대의 군사들이 공격해 왔다. 고연수는 직접 군사들을 거느리고 살피러 나섰다. 이세적의 부대였다.

"적은 얼마 안 된다. 나가서 막으라."

고연수는 휘하에게 2만의 군사를 주어 막게 했다.

"장군님, 북쪽에서도 쳐들어옵니다."

높은 곳에 올라가 살피니 과연 일단의 군마가 북쪽 협곡에서 나와 전속력으로 달려오고 있었다. 고연수는 그쪽으로 다시 2만의 병력을 보내 막게 했다.

두 식경쯤 뒤 다시 북소리가 둥둥 울리더니 오른편 산꼭대기에서 깃발이 어지러이 흔들거렸다. 그러자 전면에 포진했던 27만여 적군 대병이 새카맣게 몰려들었다. 이제 고연수에게는 3만도 채 안 되는 병력밖에 남아 있지 않았다.

"빨리 동쪽에 있는 병력을 이쪽으로 넘어오게 하라."

고연수는 허겁지겁 외쳤다. 그러나 전면에서 쳐들어오던 당의 대군은 둘로 갈라지더니 한쪽은 강변으로 진출해 다리를 끊고 건너오려는 고구려군들에게 무수한 화살을 날려댔다. 어느새 고연수·고혜진의 지휘부가 있는 7만여 고구려군은 사방에서 완전 포위된 형국이 되었다.

고구려군 진용이 차츰 무너져 질서를 잃기 시작했다. 산기슭으로 내려와 싸우던 고구려군이 점점 위쪽으로 밀리기 시작하더니 마침내 걷잡을 수 없이 무너졌다. 고연수와 고혜진이 직접 진두에 나서 칼을 빼들고 독려했지만 중과부적이었다.

"물러나지 마라. 여기서 밀리면 안 된다."

"고연수는 어디 있느냐? 나와서 이 설인귀의 칼을 받아라."

옷차림이 걸레 같은 괴상한 인간이 창을 휘두르며 말을 타고 달려오는데 그 앞을 가로막던 병사 여럿이 쓰러졌다.

"오냐, 상대해 주마."

고연수가 나가 그 앞을 막았다. 그러나 설인귀는 고연수보다 한 수 위였다. 연수는 마침내 산속으로 달아났다. 장사 뇌음신(惱音信)이 고연수에게 다가와 말했다.

"저 산 위에서 깃발로 신호를 하는 자는 필시 이세민일 것입니다. 제게 군사 3천 명만 주신다면 사로잡아 오겠습니다."

고연수가 허락하고 3천 명을 내주자 뇌음신은 산 뒷머리를 돌아 세민이 있는 곳에 가 갑자기 덮쳤다. 당의 친위군 4천여 명과 고구려군이 어지러이 붙어 싸우는데 고구려군이 세민이 있는 곳을 집중적으로 공격하므로 태종이 몹시 위태해졌다.

그는 마침내 100여 명의 호위를 받으며 산 아래로 도망쳐 내려갔다. 그러자 산 밑에서도 1천여 명의 고구려군이 함성을 지르며 칼을 뽑아 들고 올라왔다. 진퇴양난에 빠진 세민이 엉거주춤하고 있는데 왼쪽 옆에서 10여 명의 당군이 나와 친위병과 합세하여 막았다. 세민이 바위틈에 숨어 보고 있자니 옆에서 나타난 당군 장수가 나무 하나를 뿌리째 뽑아 들고는 올라오는 고구려군을 후려치면서 막아 내는데 혼자서 수백 명을 상대하였다. 고구려군이 멀찌

감치서 활을 쏘아 그의 몸에 화살 여러 개가 박혔다. 그는 화살을 뺄 생각도 않고 달려가 칼을 뽑아 맞붙어 싸우다 마침내 쓰러졌다. 이 틈에 세민은 얼른 옆길로 도망쳐 이세적의 군사들 속으로 끼어 들어가 위기를 간신히 모면했다.

그 날 싸움이 끝나고 태종은 공훈을 논하면서, 낮에 산 위에서 자기를 위기에서 구해 주고 전사한 장교의 시신을 찾아오라고 일렀다. 군신들 앞에 온몸에 고슴도치처럼 화살이 꽂힌 시신이 들것 에 실려 왔다.

"이 사람이 누군지 아는 사람이 없느냐?"

시신의 얼굴을 들여다본 이세적이 말했다.

"제 밑에 있는 좌무위과의(左武衛果毅) 설계두라는 신라 사람 입니다."

세민은 그의 이름을 이미 위지경덕으로부터 들었던 터라 감동 하여 눈물을 흘렸다.

"오늘의 제일가는 공훈은 이 사람의 것이다. 내가 이 사람 때문 에 목숨을 건졌으니 무엇으로 그 공로에 보답하리오?"

세민은 그를 대장군에 추서하고 입고 있던 곤룡포를 벗어 시신 에 덮어 장사 지내게 하고는 신라에 알려 가족들을 보살피도록 연 락하라 하였다.

이등 공훈은 오늘의 전투로 새로 두각을 나타낸 장수 설인귀에 게 돌아갔다. 세민은 그를 유격장군(遊擊將軍)에 임명하였다.

이 날 싸움에서 고구려군은 3만여 명의 사망자를 낸 대참패를 당하였다. 말 5만 필, 소 5만 두, 명광개(明光鎧)라 불리는 갑옷 1 만 벌을 뺏겼다. 고연수와 고혜진은 나머지 병사들을 모아 산속에서 간신히 높은 지형을 이용해 올라오는 당군들을 막았다. 그러나 사방이 겹겹이 포위된 상황에서 먹을 것이 떨어져 궤멸은 시간문제였다.

결국 고연수와 고혜진은 남은 병력 3만 6800명과 함께 손을 들고 산에서 내려와 항복하였다. 지휘부를 잃은 강 건너편의 나머지 고구려군 8만여 명은 오골성 쪽으로 물러가 버렸다.

고연수, 고혜진은 뻔뻔스럽게도 당나라가 주는 벼슬까지 받아 각각 홍려경(鴻臚卿), 사농경(司農卿)이 되었다. 그들은 당 태종이 속으로 자신들을 비웃는 줄도 모르고 말하였다.

"저희가 이미 대국에 몸을 맡겼으니 어찌 지성으로 폐하를 모시지 않을 수 있겠습니까? 저희도 폐하께서 속히 공을 이루셔야 처자를 만날 수 있습니다. 안시성은 성주와 군민들이 일사불란하게 움직이므로 함락이 힘듭니다. 오골성의 욕살은 늙어서 성을 굳게 지킬 수 없습니다. 막리지는 거기에 있었으나 우리가 그곳을 지나올 때 평양으로 가 버리고 없습니다. 군사를 이동해 그곳으로 가면 아침에 다다라서 저녁에 이길 것이며 나머지 작은 성들은 폐하의 위엄만 보고도 달아날 것입니다. 그런 뒤 물자와 식량을 거두어 진군하면 평양성을 얻는 것도 가능하리라 여겨집니다."

다른 군신들도 이에 동조하였다. 그러나 장손무기가 나서서 반대했다.

"천자의 행로는 장수들과 달라서 위험한 형세를 타고 요행을 바랄 수는 없습니다. 지금 건안성과 신성에 있는 적의 무리만 해도 10만 명이나 되는데 만약 오골성으로 향했다가는 그들이 필경 우리 뒤를 밟을 것입니다. 먼저 안시성을 깨뜨리고 건안성을 빼앗은 후에 군사를 멀리 몰고 나아가는 것이 나으니 이것이 만전의 계책입니다."

세민이 그 의견을 옳게 여겨 이에 따라 군사를 모두 모아 안시성으로 갔다.

안시성—

보름달이 휘영청 하늘에 걸려 있었다.

만춘은 병사들에게 취침을 지시하고 성가퀴를 내려서려는데 천여 기의 군마가 동문으로 들이닥쳤다. 그들은 성으로 접근하면서 소리쳤다.

"고구려군이다. 쏘지 말라!"

그들이 성벽 바로 밑에까지 도달하자 모두 고구려군 복장을 하고 있는 것이 보였다.

"우리는 고정의 장군이 거느리는 부대다. 성문을 열어라!"

만춘이 그들을 내려다보다가 옆에 있던 군승에게 일렀다.

"횃불을 비춰 얼굴을 확인하라고 해라."

군승은 성 아래에다 대고 소리쳤다.

"성주의 명이오. 횃불로 얼굴을 비추시오!"

아래에서 소리쳤다.

"횃불 하나만 던져 주시오!"

군승이 옆에 있던 횃불 하나를 집어 성 아래로 휙 던졌다. 아래에서 횃불을 받아 든 병사가 선두에 있는 장수의 얼굴을 비췄다. 만춘이 보니 고정의가 틀림없었다. 만춘은 성문을 열라고 지시하려다 말고 고정의에게 물었다.

"고 장군, 어디서 오는 길이오?"

고정의는 만춘을 한번 쳐다보더니 큰 소리로 외쳤다.

"속지 마시오! 당나라 놈들이오!"

만춘은 흠칫 놀랐다. 고정의의 옆에 있던 병사 하나가 그의 목을 베었다.

"쏴라!"

만춘의 명령이 떨어지기가 바쁘게 성 위에서 아래로 화살을 날렸다. 일부는 화살에 맞아 말에서 떨어지고 일부는 도망쳤다.

"쫓을까요?"

군승이 물었다.

"아니다. 적이 곧 닥칠 게다. 가서 고 장군의 시체나 거둬 오너라. 그리고 병사들을 모두 정위치에 배치시켜라."

병사들이 고정의의 시체를 찾아오자 만춘은 시신을 앞에 놓고 두 번 절한 뒤 말했다.

"고 장군, 편히 잠드시오. 원수는 내가 꼭 갚아드리리다."

그리고는 주위에서 눈물을 흘리고 있는 병사들에게 관을 만들라고 지시하였다.

얼마의 시간이 흘렀다. 지평선 저쪽에서 검은 파도가 일렁이듯 끝없이 이어지는 띠의 모습이 서서히 접근해 오기 시작했다. 인해(人海)! 그 한마디로 밖에 표현할 수 없는 끝이 안 보이는 군사들의 거대한 집단이 달빛 속에서 희미한 검은 윤곽을 드러내며 서서히 성의 사방에서 한걸음 한걸음씩 조여 왔다. 북소리가 점점 크게 들렸다.

500마장, 400마장, 300마장, 400보, 300보, 200보…… 10만, 15

만, 20만, 30만—

만춘이 거리와 숫자를 가늠하고 있는 사이 적들은 200보 앞에서 멈췄다. 그리고 귀청을 울리던 요란한 북소리, 꽹과리 소리, 나팔 소리가 뚝 그쳤다. 그러더니 천지를 진동하듯 한꺼번에 고함을 치기 시작했다. 기가 질릴 만했다. 잠시 후 흰 깃발을 든 10여 기의 군마가 달려와 성 밑에 이르렀다.

"양 장군! 대세가 이미 기울었소. 우리가 졌소. 그만 항복하여 희생을 줄입시다."

만춘이 내려다보니 소리치는 자는 고연수였고 그 옆에는 고혜진이 서 있었다. 만춘은 대답 대신 옆에 있던 병사의 창을 뺏어 휙 날렸다. 창은 고연수의 어깨에 박혔다. 놈들은 도망쳤다. 도망친 그들이 저쪽 편에 이르자마자 당나라의 공격이 시작되었다.

수천의 누차(樓車)와 운제(雲梯)가 사방에서 한꺼번에 밀고 들어왔다. 성 안에서는 쇳물을 부은 뒤 불화살을 날려 누차와 운제를 불타게 했다. 그래도 다 못 태운 운제를 타고 넘어오는 당군들은 창으로 찌르고 칼로 베었다. 또 큰 날을 가진 대우포(大于浦)를 쏘아 운제를 때려 부쉈다. 당군은 쏟아지는 화살과 돌멩이를 막고자 대목상(大木床)을 만들어 쇠가죽으로 이를 싸고 그 속에서 충차를 굴려 성문을 두들겨 부수려 하였다. 고구려군이 대목상 위로 쇳물과 큰 돌을 퍼부으니 땅이 꺼지면서 적병들이 충차에 치어 죽었다. 성문 앞에 있는 땅은 일정 중량을 초과하면 땅이 꺼지도록 미리 목재와 흙을 빈 공간 위에 살짝 덮어 두었던 것이다. 그러자 당군은 마른 초목을 쌓은 수레를 굴리면서 성문으로 진공하였다. 성 안에서는 쇳물을 쏟아 붓고 불화살을 쏘아 풀을 불살랐다.

당군은 또 짐승의 기름에 절인 장작 수천 개에 불을 댕겨 성 안으로 던졌다. 물을 끼얹자 불길은 더욱 거세게 일어났다. 진흙을 물에 타서 끼얹었더니 그제서야 불이 꺼졌다. 당군이 포차 천여 대를 동원해 한꺼번에 쏘자 하늘이 새카맣게 돌이 날라 왔다. 성에서는 밧줄 그물을 이중으로 쳐서 주요시설을 보호하였는데 돌이 그물에 쌓이지 않게 지붕처럼 비스듬히 하여 돌이 걸렸다가 굴러 내리게 하였다. 이 돌을 날라다가 성을 기어오르는 당나라군의 머리 위로 떨어뜨렸다. 돌에 무너지는 곳은 목책으로 막았다. 성 안에서도 석포를 쏘아 성으로 다가오는 적병들의 머리 위로 날렸다.

밤새도록 치열한 공방이 계속되었다. 사방을 포위한 당군은 화살을 비 오듯 퍼부어대며 사다리를 타고 끊임없이 성벽 위로 기어올랐다. 이 위로 고구려군은 끓는 유황물을 쏟아 부었다.

날이 새도 당군은 공격을 멈추지 않았다. 또 그 다음 날 밤이 와도 공격은 그치지 않았으며 그 다음 다음 날이 새도 공격이 계속되었다. 당군은 숫자가 여섯 배 이상 많은 장점을 이용하여 군사들을 3교대로 번(番)을 나누어 밤낮으로 공격했다. 고구려군도 6만의 군사들을 2교대로 나누어 지켰다. 이렇게 보름 동안 치열한 공방이 계속되었다. 하루 낮에 10회 이상 공격하지 않는 날이 없었으며 하루 밤에 7~8회 이상 공격하지 않는 밤이 없었다.

어느 날 망루에 올라와 적정을 내려다보는 만춘에게 옆에 있던 관측병이 말했다.

"며칠 전부터 당군들이 흙을 실어다 버리는 것이 보입니다."

만춘이 어느 지점인지를 물어 자세히 살펴보고는 다른 관측소를 돌며 흙을 퍼내는 지점을 눈여겨보라고 일렀다.

관측병들의 보고를 차례로 받은 만춘은 성 열 군데에다 여덟 자 깊이의 구멍을 뚫게 하고 거기에다가 속이 텅 빈 통나무를 곳마다 여덟 개씩 박아 놓고 위를 헝겊으로 막아 놓았다.

당군측에서는 세민이 장수들을 소집했다.

"우리는 그동안 땅굴 열 군데를 파 왔다. 어제 이 땅굴들이 이미 성벽 경계를 통과하였다. 오늘 밤 각 땅굴마다 병사들 천 명씩을 투입하라. 두 길을 더 판 다음 땅 위로 올라가 성을 기습하라!"

일면 일상적인 포위 공격을 계속하는 한편, 비밀리에 명령을 받은 장수들은 특공대를 조직해서 땅굴에 투입시켰다.

굴 안으로 들어간 당나라 병사들은 삽과 곡괭이로 계속 흙을 긁어내다가 이상한 것을 발견했다.

"어라, 이게 뭐지? 웬 뿌리 없는 나무가 여러 개 자라고 있네……."

순간, 위에서부터 물이 콸콸 쏟아져 내려왔다. 여러 개의 관을 타고 내려온 물은 삽시간에 땅굴을 가득 메웠다 굴에 들어왔던 병사들 대부분이 익사하고 말았다.

세민의 얼굴이 일그러졌다.

'만춘이란 놈, 역시 보통내기가 아니군…….'

그러나 그럴수록 그는 오기가 생겼다.

세민이 일일이 성능 검사를 하여 가져온 운제·비루 등 각종 공성무기들이 고구려군의 반격으로 대부분 부서져 못 쓰게 되었다. 세민은 도종을 책임자로 명하여 성 동남쪽에다 성을 내려다보며 공격할 수 있는 인공 언덕을 쌓도록 했다. 군사 30만을 10만씩으로 나누어, 교대로 동원했다. 당나라 병사들은 하루 동안에 공격조,

부역조, 휴식조를 번갈아 되풀이했다. 즉, 공격조에 들어가 두 시간을 공격에 가담한 병사 10만은 그 다음 두 시간은 쉰 다음 언덕 쌓기에 동원되었고, 두 시간 동안 언덕을 쌓은 뒤 다시 공격에 가담하는 것이었다. 그러다 보니 공격도 24시간 계속되고 언덕 쌓기도 24시간 계속되었다. 그밖에 성 밖 주민과 요동성, 개모성, 백암성에서 끌고 온 고구려 백성들을 부려서, 무려 50만 명이 언덕 쌓기에 가담했다.

싸움이 치열해 갈수록 인공 언덕도 높아져 갔다. 도종이 병사들의 사역을 거들어주다 발을 삐자 세민은 손수 발에 침을 놔 주기도 했다.

"형, 이리 와서 저것 좀 봐!"

어느 날 아침, 성벽에서 바깥쪽을 내려다보던 선백이 마침 지나가던 군승을 향해 손짓했다. 군승이 다가가 선백이 가리키는 곳을 내려다보았다. 이미 사람 키만큼 높아진 토산 위로 일단의 적병 무리들이 토산의 이쪽저쪽을 돌아보며 뭔가를 점검하는 듯이 보였다. 군사들의 차림이 요란하고 기치가 화려하였다.

"저기 저 가운데 있는 사람이 황제 같은데…… 아닐까?"

가운데 있는 사람 주위로 중무장한 갑사들이 둘러싸 있고 그 사람이 움직일 때마다 장군들로 보이는 화려한 갑옷들이 따라 움직이는 것이 보였다.

"맞는 것 같군. 지난번 공격 때도 저 자 주위에서 무슨 깃발을 흔들자 공격하던 무리들이 따라서 진용을 바꾸더라고."

선백은 군승의 이야기를 듣고 계속 그쪽을 바라보다가 그 무리들이 사라져 한 장막 쪽으로 들어가자 다시 말을 건넸다.

"형, 우리 둘이 몰래 저 황제란 자를 납치해 올까?"

만춘과 소연 사이에서 난 선백은 올해 스물두 살로 젊은 혈기에 겁이 없었다.

"글쎄, 그게 그리 쉬울까?"

나이가 열두 살 위인 군승은 신중한 편이었다.

"안 되면 목만 잘라 오지, 뭐……."

"중무장한 갑사들이 겹겹이 호위하고 있는데 무슨 수로……?"

"우리도 날랜 병사들을 데리고 가지. 병사들이 호위병들과 싸우는 동안 우리 둘이서 황제란 자를 묶어 오면 되지 뭐. 묶은 다음에는 칼을 들이대고 접근하면 너희 황제의 목을 딴다고 협박하면서 끌고 오는 거야."

"글쎄……."

"생각해 봐, 형. 저쪽 언덕은 자꾸 높아지고, 그러다 우리 성보다 더 높아지면 어떡해? 우리를 내려다보고 활을 쏘고 석포를 퍼부으면……?"

안시성의 장수들이 속으로 걱정하는 것도 방금 선백이 말한 그 점이었다. 결사대를 조직해서 황제를 납치해 오자는 선백의 제안 ― 그것은 황당하면서도 구미가 당기는 일이었다.

"봐! 저기 이세민의 장막이 빤히 보이잖아? 저기를 알았으니 잡아 오기만 하면 된다구."

선백은 계속 부추겼다.

"아버님께서 허락을 안 하실 텐데……."

"아버님께 알리지 말고 우리끼리 하잔 말이지. 아버님께 말씀

드리면 보나마나 쓸데없는 짓 말고 방어나 열심히 하라고 하실 테지. 아버님은 정공법만 아시니까……."

"그럼 같이 갈 군사는 어떻게 모으나?"

"형하고 내 밑에 있는 군사만 모아도 300은 되잖아? 그 중 날랜 병사 150명만 뽑으면 되지. 아까 그 호위 갑사들, 100여 명밖에 안 되던데……."

선백이 조르자 군승은 그냥 생각해 보자며 자리를 떴다.

그런데 점심때쯤 선백이 와서 또 졸랐다.

"형, 천문관 말이 오늘 밤은 구름이 잔뜩 끼고, 달이 안 뜬데. 오늘 밤이 절호의 기회야. 형이 가만있으면 나 혼자 할 거야. 그 대신 아버지한테 말하지만 말아 줘."

선백의 집요한 설득에 군승은 마침내 동의하였다. 혈육을 나누지는 않았지만 동생을 극진히 사랑하는 군승은 선백 혼자 범굴 속에 뛰어드는 것을 가만히 보고만 있을 수 없었다.

그들은 수하들 가운데 날랜 병사 150여 명을 뽑아 오늘 밤의 막중한 특수 임무를 말하고 사기를 북돋우고자 닭과 돼지까지 잡아 먹였다.

자정쯤. 이들은 캄캄한 야음에 굵은 동아줄을 타고 소리 없이 성 밖으로 내려갔다.

그런데 이들이 이세민의 장막 방향으로 절반쯤 다가갔을 무렵, 갑자기 주위가 횃불로 환해지며 당나라군들이 달려들었다.

고구려군들은 완강히 저항했지만 워낙 숫자가 중과부적이라 군승·선백을 비롯한 절반가량은 포로로 잡히고 나머지는 들판으로 도망쳤다.

사실은 이들이 밤에 닭과 돼지를 잡아먹은 게 실수였다. 닭 소리와 돼지 소리는 이 날 습기 찬 공기를 타고 바깥까지도 잘 들렸다.

마침 성 밖을 오락가락하던 세민이 이 소리를 듣고 지시하였던 것이다.

"성을 포위한지 오래되어 성 안에서 나는 연기가 날로 작아지더니 이제 닭과 돼지가 매우 시끄럽게 우니, 이것은 필시 군사들을 먹이고 밤에 나와서 우리를 습격하려는 것이다. 마땅히 군사들을 엄하게 하여 대비해야 한다."

포로 중에 성주의 아들 두 명이 있다는 소식을 들은 세민은 의외의 횡재에 기뻐하며 양만춘에게 사신을 보냈다.

'당신 아들 둘을 포로로 잡고 있으니 지난번 싸움 때 포로가 된 우리측 장군 두 명과 맞바꾸자. 그렇지 않으면 두 아들의 목을 베어 돌려보내겠다.'

사자를 접한 만춘은 잠시 멍하니 허공을 응시하다가 바깥으로 나갔다. 원광법사와 소연의 얼굴이 두 아들의 얼굴과 함께 아른거렸다.

'송구합니다, 원광법사님. 미안하다, 소연……'

그는 안으로 들어가 사자에게 말했다.

"포로 교환에는 원칙이 있어야 한다. 장군과 하사관을 바꿀 수는 없다. 우리도 하사관급을 놓아줄 수는 있으되 장군을 놓아줄 수는 없다. 가서 황제에게 그렇게 전하라!"

사자가 돌아가 어전에서 만춘의 뜻을 전하자 세민이 어이없다는 표정을 지었다.

"걔들이 성주의 친아들 맞아?"

"확실합니다."

이세적이 말했다.

"목을 벨까요?"

"그래야겠지. 일단 내 앞으로 끌고 와!"

군승과 선백이 끌려와 세민의 어전에 꿇어 앉혀졌다.

"저 어린 친구가 위징의 외손자라고 합니다."

옆에 있던 위지경덕이 세민에게 다가가 귓속말을 했다.

'아참, 그랬지……'

세민은 옛적에 잠깐 보았던 위징의 딸 소연의 얼굴이 떠올랐다.

"너희 아비가 너희들과 우리 장군 두 명을 산 채로 바꾸자는 내 제의를 거절했다. 그래서 나는 지금 너희들 목을 벨 참이다. 할 말은 없느냐?"

"당신 목을 따려다 실패한 게 아쉽소. 빨리 목을 치시오."

군승이 중국어로 말했다. 이세적이 칼을 빼어 치켜들었다. 그러자 세민은 무슨 생각을 했는지 잠깐 멈추라고 하였다.

"다시 성주에게 사자를 보내 한 녀석은 살려 보낼 수 있으니 둘중 하나를 고르라고 하라."

다시 사자를 접한 만춘은 착잡했다.

'누구를 살려야 하나……'

군승을 살리자니 소연의 울부짖는 소리가 눈에 선했다.

'그까짓 남의 양자를 살리려고, 피를 받은 친자식을 죽이셨습니까? 신라인을 살리려고 우리 하나뿐인 아들을 왜 죽이셨습니까?

그러나 선백을 살리려면 원광법사와의 언약을 저버려야 한다.

'내 자네가 못 한 일을 대신해 준다면, 자네도 내 일 하나를 대신해 주겠는가?'

신의가 중요하냐? 혈육의 정이 중요하냐? 긴 한숨을 쉬던 만춘이 마침내 말했다.

"큰 아이를 보내 주면 고맙겠소."

사자의 보고를 들은 세민은 고개를 끄덕였다.

"장자 우선 원칙은 우리나 해동이나 다름없나 보군."

"그럼, 이 젊은 친구는 끌어내어 목을 자르겠습니다."

이세적이 선백의 뒷덜미를 잡으며 말했다.

"안 돼! 내 목을 자르시오!"

군승이 발악했으나 이적과 부하 하나가 선백을 끌고 나갔다. 그러자 세민이 잠깐 멈추게 했다.

"내, 죽은 위징 영감을 생각해서라도 외손자를 죽일 수는 없지. 가서 붓과 벼루를 가져오너라!"

세민은 한때 위징을 후군집 모반 사건에 관련된 것으로 의심을 해서 능연각의 위징 초상화를 여러 신하들이 보는 앞에서 떼어내 그를 모욕한 일이 있었다. 그 뒤, 그 혐의가 사실무근인 것으로 드러나 세민은 몹시 미안하게 생각하고 있었다. 사실 위징은 너무도 충실했던 신하였다. 그는 선백과 군승을 풀어 주며 만춘에게 보내는 짤막한 서찰을 전했다.

서찰에는 '양만춘 보라. 이로써 중원에서 그대에게 진 신세는 다 갚았다' 라고 씌어 있었다.

언덕을 쌓기 시작한지 60일이 지나자 그 높이가 성벽 높이를 추월하여 당군들이 언덕 위에서 내려다보며 성 안으로 활을 쏘아댔다. 이에 안시성에서도 흙벽돌을 찍어다가 동남쪽 성벽을 높였다. 매일 성 높이기 경쟁과 언덕 높이기 경쟁이 되풀이되었다. 고구려 병사들은 당나라군들이 흙을 나르느라 끙끙거리는 것을 보고 이 거대한 언덕에다 요굴산(腰屈山)이란 별명을 붙였다.

어느 날 성벽 주위를 둘러보던 만춘이 동남쪽 성벽에 와서 위아래와 좌우를 오르내리며 유심히 살피다가 공병감을 불러 물었다.

"내 눈이 잘못되었나? 이 벽면의 곡선이 다른 곳과 차이가 있는 것 같은데?"

공병감이 먹줄과 자 등 측량도구를 가져와 이리저리 재어 보더니 대답했다.

"장군님의 말씀이 맞습니다. 이 벽면 가운데가 다섯 치 정도 안쪽으로 들어와 있습니다."

"그 이유가 뭔가?"

"원래 성을 세울 때 잘못했을 수도 있습니다."

만춘은 한참 생각한 뒤에 서고에 가서 당초 성을 세울 때의 설계도와 공사일지를 가져오라고 일렀다. 그러나 설계도나 공사일지에서는 그 어떤 흔적도 찾을 수 없었다. 그는 공병감을 다시 불렀다.

"전문가를 동원하여 오늘 내로 그 원인을 찾아내어 보고하라."

저녁때 공병감이 와서 보고했다.

"원인을 찾아냈습니다. 지금 바깥에서 당나라 놈들이 쌓아 올리는 언덕 때문에 그 토압(土壓)을 견뎌 내지 못 하고 성벽면의 배가 불러졌던 것입니다."

"뭐라고? 그러면 토산을 계속 쌓으면 토압이 점점 세어지겠군……."

"그렇습니다."

"비가 오면 어떻게 되나?"

"흙이 물기를 빨아들이기 때문에 압력이 더욱 세어집니다."

"음…… 알았다. 절대 이 일을 다른 사람들에게 발설하지 말라. 알겠느냐?"

만춘은 공병감을 돌려보내고 군승을 불렀다.

"너는 지난번에 무단히 성을 이탈하여 포로가 되었는데도 여태 그 벌을 받지 않았다. 이제 네가 그 죄를 속량할 기회를 줄 터이니 단단히 듣고 추호의 실수도 없이 임무를 수행해야 한다.

지금 동남쪽에서 우리와 당군 사이에 성 쌓기 시합을 하고 있다. 공병감의 말이 우리 성벽이 토압을 심하게 받아 견디기 어렵다 한다. 계속 흙이 쌓이거나 비가 오면 필경 성벽이 안쪽으로 허물어지게 될 것이다. 네게 정병 천 명을 줄 테니 동남쪽 성벽에 가서 밤낮으로 감시하다가 성이 정말 무너지면 지체 없이 돌격해서 요굴산을 뺏어야 한다. 알겠느냐?"

과연 며칠 뒤, 비가 오자 성벽이 압력을 견디지 못 하고 꼭대기 일부가 안쪽으로 무너져 내리면서 흙이 함께 휩쓸려 내렸다.

기다리고 있던 군승의 부대원들은 무너진 곳으로 뛰어나가 요굴산을 지키고 있던 적병들을 모두 처치하고 난 뒤 해자를 파고 지켰다.

보고를 받은 만춘은 곧 추가 병력을 파견해 진지를 구축하고 방어 태세를 갖추었다. 두 달 이상 공들여 쌓은 인공 언덕을 빼앗겼다는 보고에 접한 세민은 화가 머리끝까지 치밀었다. 그는 경비 책임을 지고 있던 과의(果毅) 부복애(傅伏愛)를 목 베어 두루 돌리고 제장을 불러 무슨 수를 쓰더라도 산을 도로 뺏으라고 지시하였다. 부복애의 상관이자 토산 건설의 책임자인 도종이 맨발로 황제 앞에 나아가 죄를 청하니 세민은 그를 윽박질렀다.

"이놈아! 그 언덕을 쌓느라 내가 손수 네 더러운 발에 침까지 놔가며 공을 들였다. 네 죄가 열 번 죽여도 마땅하나, 다만 나는 한(漢)나라 무제가 왕회(王恢)를 죽인 게, 진(秦)나라 목공(穆公)이 맹명(孟明)을 살려 쓴 것만 못 하다고 여기며, 네가 개모성과 요동성 싸움에서 공이 있으므로 특별히 용서할 뿐이다."

그 뒤 사흘 동안 당군은 온 힘을 다해 토산을 도로 뺏으려 했지만 고구려군의 강력한 방어 때문에 실패하였다. 100일 동안 온갖 수단을 다 동원해서 공격해도 모두 헛일로 끝났다. 이미 30만 대병의 절반을 잃고 난 당군의 사기는 말이 아니었다. 거기다 추위는 닥쳐오는데 양식은 떨어지고 풀이 말라 인마가 함께 굶주리기 시작했다.

마침내 당 태종은 철수를 결정하였다. 성 밑에서 줄을 세우고 돌아서는데 성주 만춘이 홀로 성 위에 나타나 손을 흔들었다.

'결국 네 놈한테는 이번에도 못 이기고 돌아가는구나!'

세민은 화가 나면서도 어쩐지 서글픈 생각이 들었다. 그는 비단 100필을 안시성 앞으로 보내라고 명하면서 양만춘에게 주는 편지를 썼다.

'우리 군사와 말들이 고구려의 들판을 어지럽혀 곡식을 많이 축

냈으니 그 일부나마 갚는다.'

세민은 이 비단과 아울러 자신이 차던 활집을 막리지에게 바치라고 전해준 뒤 서쪽을 향해 발길을 돌렸다.

세민은 이세적과 도종에게 보병과 기마병 4만을 주어 후방에서 추격하는 고구려군을 막게 하고 요수를 건넜다. 진눈깨비가 내려 요택이 진창을 이루어 수레와 말이 지날 수 없게 되었다. 장손무기가 1만여 명의 병사를 데리고 풀을 베어 길을 메우는데 고구려의 추격군이 들이닥쳐 후미의 군사들과 접전을 벌였다. 세민은 마음이 급하여 스스로 말채찍 끈으로 풀을 묶어 일을 거들며, 물이 깊이 괸 곳에는 수레를 처박아 다리를 만들어 겨우 발착수(渤錯水)에 이르렀다. 폭풍이 불고 눈이 내려 무수한 사졸들이 습기에 젖어 체온 강하로 그 자리에 픽픽 주저앉아 죽었다. 불을 피워 몸을 덥히고 싶었지만 고구려군의 추격 때문에 그럴 여유가 없었다.

'아아, 이 무슨 비참한 패잔병들의 모습이냐? 천하의 세민이 이 꼴을 당하다니⋯⋯. 만약 위징이 살아 있었다면 내가 이번 걸음을 하게 하지는 않았을 것이다.'

이 시기를 전후하여 요동 지방에 널리 불려진 뒤 구전되어 내려온 〈무당새 노래〉라는 민요가 있다.

새야 새야 무당새야 안시성에 앉지 마라
샛바람이 부는 것이 눈동자를 가릴러라
친정살이 좋다더니 고초 당초 더 맵더라
비단 백 필 짜내다가 남의 존일 한단 말가

사기에서는 이렇게 적고 있다.

"당나라 태종은 뛰어나고 총명하여 세상에 드문 군주다. 난리를 제압한 것은 탕왕(湯王)과 무왕(武王)에 견줄 만하고, 다스림을 이룬 것은 성왕(成王), 강왕(康王)과 비슷하다. 군사를 부리는데 이르러서는 기이한 책략을 내는 것에 끝이 없고 향하는 곳에 적수가 없었는데, 오직 동방을 정벌하려다 안시성에서 패하였으니 그 성주는 호걸이요 비상한 인물이라 하지 않을 수 없다."

또 이 안시성 싸움은 600여 년이나 지난 뒤인 고려시대까지 국제문제에 영향을 미쳤다.

1259년, 고려와 몽고 간에 전쟁이 붙은지도 근 30년. 몽고는 고려를 완전 장악하지 못 했지만, 고려도 전쟁으로 많이 지친 상태였다. 이에 고려는 태자 전(倎: 뒷날의 元宗)을 몽고로 보내어 강화를 맺기로 했다. 몽고에 간 태자 전은 실권자 쿠빌라이를 만나게 되는데, 그때 쿠빌라이는 이렇게 말했다.

"고려는 만 리 밖에 있는 나라요, 당 태종 때부터 항복을 시킬 수가 없었는데 이제 그 태자가 왔으니 이는 하늘의 뜻이로다."

그리고는 고려에 있던 몽고군을 철수시키고 생포한 고려인을 풀어줌은 물론 몽고로 데려간 백성들도 돌려보내고, 변방의 장수들에게는 함부로 고려를 침략치 못 하게 하였다.

당의 패전은 여러 가지 결과를 가져왔다.

고구려의 패장이자 당나라의 앞잡이가 되었던 고연수는 울분에

차 얼마 뒤에 죽고 고혜진은 장안에까지 가 구차한 목숨을 연명하였다.

당나라의 위세와 절정을 구가하던 황제의 위엄은 크게 손상되었다. 황제는 위징을 의심한 것을 깊이 후회하여 그를 위해 양과 돼지를 바쳐 위령제를 지내고 비각을 다시 세우게 했다. 잠잠하던 돌궐이 다시 당나라를 깔보고 영주(靈州)를 넘보자 이세적이 나서서 토벌을 해야 했다.

고구려와 동맹을 맺었던 백제는 득의양양해진 반면, 당과 동맹을 맺고 3만여 명의 병력을 동원해 여당전쟁 동안 고구려의 남쪽을 쳐 당나라를 도왔던 신라는 크게 위축되어 고구려의 보복을 두려워하게 되었다. 백제는 신라가 고구려를 공격하던 틈을 타 그 전에 유신이 빼앗아 갔던 동쪽의 일곱 성을 쳐서 되찾았다.

개소문은 이번 전쟁에서 한 일이 별로 없었음에도 불구하고, 더욱 교만해져 외교를 소홀히 하고 내치에 정성을 다하지 않음으로써 내외의 불만이 높아져 갔다.

북방 민족 연표

연도	북 방	중 국	우리나라
	곤 융 (混 戎)	춘추시대	
BC 403		전국시대	
	적이(赤夷) / 산융(山戎)		고조선
BC 200	적적(赤狄)	진 (秦, BC211~ BC207)	
	흉 노 (匈 奴)		
		선비	
	오환(烏丸) / 동호(東湖)		전 한 (前漢)
BC 100	고차(高車)		BC108
			(여러 부족 국가)
			신라 BC57
AD 1			고구려 BC37 / 백제 BC18 / 가야

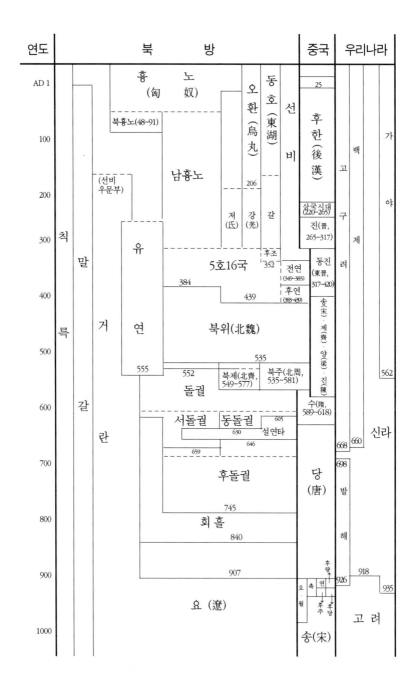

연도	북 방		중 국	우리나라

- AD 1000
- 1100
- 1200
- 1300
- 1400
- 1500
- 1600
- 1700
- 1800
- 1900
- 2000

말갈 칙륵

요 (遼)

송 (宋)

1114 · 1125 · 1127

금 (金)

고 려

남송 (南宋)

1206 · 1234 · 1279

몽 고 (元)

1368 · 1391 · 1392

말갈 칙륵

명 (明)

조 선

1616 · 1662

(후금)

청 (清)

1897

대한제국

1911 · 1911

몽골

중화민국

국권피탈(1910~1945)

1949

중화인민공화국 (대만)

대한민국 (남) (북)